Jove Viller

Quadriga-Liebe

novum ◢ pro

Dieses Buch ist auch als
e-book
erhältlich.

www.novumverlag.com

Bibliografische Information
der Deutschen Nationalbibliothek:

Die Deutsche Nationalbibliothek
verzeichnet diese Publikation in
der Deutschen Nationalbibliografie.
Detaillierte bibliografische Daten
sind im Internet über
http://www.d-nb.de abrufbar.

© 2021 novum Verlag

ISBN 978-3-99131-123-2
Lektorat: Alexandra Eryiğit-Klos
Umschlagfotos: Lembit Ansperi,
Pixelliebe, Shvector, Danflcreativo,
Davidstiller, Chetsadakorn Nakhammoon,
Jonatan Stockton | Dreamstime.com
Layout & Satz: Jove Viller

Gedruckt in der Europäischen Union
auf umweltfreundlichem, chlor- und
säurefrei gebleichtem Papier.

www.novumverlag.com

Die in diesem Buch erzählte Geschichte ist rein fiktiv. Ähnlichkeiten mit lebenden oder verstorbenen Personen sind zufällig und nicht beabsichtigt.

Die Protagonisten in diesem Roman in alphabetischer Reihenfolge sind:

Leo   29, Softwareentwickler, lebt in München noch bei seinen Eltern und fährt gern Motorrad

Lydia   28, Mediendesignerin, stammt aus Dresden, wohnt seit fünf Jahren in einer WG in München

Marie   29, Lehrerin in Münster, hat einen kleinen Sohn, lebt aber mit dessen Vater nicht zusammen

Sven   32, selbstständiger Fotograf und Videograf, wohnt in Hamburg-Sternschanze und ist beruflich viel unterwegs

Tina   27, Assistentin des Geschäftsführers in einem Beratungsunternehmen, lebt im Hamburger Stadtteil Eppendorf

PROLOG

„Was kann ich Ihnen beiden anbieten?", fragte die Stewardess.
Er: „Für mich einen Tomatensaft, bitte."
Sie: „Ich hätt gern einen Kaffee mit Milch."
„Bitte sehr."
Sie: „Hat die uns jetzt für ein Paar gehalten?"
Er: „Das kam mir auch so vor. Aber wär das so schlimm?"
Sie: „Was meinst du? Suchst du eine neue Freundin?"
Er: „Nein, bin grad auf dem Weg zu meiner derzeitigen Freundin in München."
Sie: „Na, so ein Zufall, ich fliege auch übers Wochenende zu meinem Freund."
Er: „Vielleicht sehen wir uns dann auf dem Rückflug wieder. Wann geht dein Flieger am Sonntag?"
Sie: „Ich flieg um 16:15 Uhr zurück. Hab am Sonntag abends noch eine Verabredung mit einer Freundin in Hamburg."
Er: „Dann passt es nicht, ich nehm den späten Flieger am Sonntagabend."
Sie: „Was macht ihr denn am Wochenende in München?"
Er: „Wir gehen morgen eine Fotoausstellung besuchen und am Abend sind wir mit Freunden in einem Club verabredet. Und ihr?"
Sie: „Wir wollen morgen Abend ins Kino und den neuen ,Spider-Man' anschauen. Sonst weiß ich nicht, was Leo noch geplant hat."
Er: „Stehst du auf Spider-Man-Filme?
Sie: „Ja, schon ein wenig. Mich interessiert vor allem die Handlung. Leo ist mehr an der grafischen Umsetzung interessiert."
Er: „Das würde mich auch mehr interessieren. Ich bin Fotograf und Kameramann und würde gern mal an solch einem Film mitarbeiten. Aber leider mach ich meist nur so stinknormale Reportagen."
Sie: „Was sind das denn für Reportagen, bei denen du filmst?"

9

Er: „Sehr oft mache ich kurze Beiträge für Panorama, da komme ich natürlich viel rum und berichte zusammen mit anderen Kollegen über aktuelle Themen. Aber manchmal mache ich auch ganze Filme. Im letzten Herbst war ich mit einer Kollegin aus Köln eine Woche in Südtirol unterwegs. Da haben wir einen 45-Minuten-Film über einen Fotografen gedreht, der seine Bilder auf großen Glasplatten macht. Er fotografiert alte Menschen und Berge und diese Bilder sind dann Unikate, die demnächst in einer Ausstellung gezeigt werden. Das hat großen Spaß gemacht und der Fotograf war wirklich nett."
Sie: „Das klingt ja spannend. Da bist du sicher viel unterwegs und am Wochenende fliegst du immer nach München?"
Er: „Wenn's geht, aber manchmal kommt Lydia auch zu mir. Vor zwei Wochen war sie da und wir haben uns Tina angeschaut."
Sie: „Das Musical von Tina Turner? Und wie war das?"
Er: „Mega. Ich bin ja nicht so ein Fan ihrer Musik, aber Lydia steht da drauf. Sie war ganz hin und weg."
Sie: „Ich wollte mit Leo auch schon mal hingehen, aber das haben wir noch nicht geschafft."
Er: „Ich find, das lohnt sich wirklich."
„Verehrte Passagiere, wir haben unseren Landeanflug nach München begonnen. Bitte schnallen Sie sich wieder an, schalten Sie Ihre elektronischen Geräte aus und verstauen Sie sie. Klappen Sie die Tische hoch, stellen Sie die Rückenlehnen senkrecht und öffnen Sie die Sonnenblenden."
Er: „Das ist ja jetzt schnell gegangen. War nett, mit dir zu plaudern."
Sie: „Fand ich auch. Ich wünsch dir ein tolles Wochenende."
Er: „Ich euch auch:"
Sie: „Man sieht sich."
Er: „Ciao."

Teil 1

Ich will Dich!

Leo

1.

Bin gespannt, wie die Blonde wirklich ausschaut. Wir haben ein paar Mal hin und her geschrieben und dann wollte sie mich treffen. Auf dem Foto schaut sie ja ganz super aus. Hoffentlich ist das im realen Leben auch so. Wenn ich so dran denke, was mir da alles schon passiert ist. Sofie, die Letzte, die ich über Tinder kennengelernt hatte, war ein absoluter Reinfall. Ihr Bild war toll gewesen, aber die muss einen guten Fotografen haben. Denn als wir uns treffen wollten, klappte mir die Kinnlade runter. Ich hätt sie fast net erkannt. Und daher blieb es auch bei einem Kaffee, den wir im „Cotidiano" getrunken haben. Ich glaub, sie war sehr enttäuscht, denn ich war sicher nicht der Erste, der sich so schnell von ihr verabschiedet hat. Diesmal habe ich mich mit Ariane im „Café Rischart" am Marienplatz verabredet. Das liegt schön zentral, und wenn's passt, können wir leicht von dort woanders oder zu mir nach Hause in Neuhausen fahren. Denn meine Eltern sind heute unterwegs. Ich weiß noch nicht, wo sie wohnt, aber vielleicht …

Das Rischart ist ein Traditionshaus, bekannt für seine herrlichen Mehlspeisen. Es wurde modern renoviert und ist in der Gegend total angesagt, also ideal für ein erstes Date. Ich möchte natürlich Eindruck schinden und bin eine Viertelstunde vor dem vereinbarten Zeitpunkt da. *‚Ist es jetzt besser, einen Platz auszusuchen, wo wir ein bisschen versteckt sind, um für Stimmung zu sorgen, oder wähle ich besser einen zentralen Platz aus, damit sie mich einfach schnell findet? Ach, da hab ich doch schon den perfekten Mittelweg entdeckt, einen Platz am großen Schaufenster, wo wir ein wenig abgeschieden sitzen, mit feinem Blick über den Marienplatz, aber vom*

Eingang kann sie mich auch gleich sehen.' Während ich auf sie warte, trinke ich nur Wasser. Das ist auch gut gegen den trockenen Mund. *,Interessant, es ist doch immer wieder ein wenig Aufregung dabei, obwohl das eigentlich keine neue Situation für mich ist.'*

Da ...! Eine Blondine öffnet die Tür und schaut sich unsicher um. Ist sie das? Könnte schon sein. Frisur stimmt. Eine Ähnlichkeit mit den Fotos würde ich schon erahnen. Als sie tatsächlich in meine Richtung kommt, denke ich noch, dass sie aber in Tinder schlanker gewirkt hat. Da schwebt sie auch schon an mir vorbei zu dem Typen zwei Tische weiter hinten. Als ich mich nach dem Irrtum gerade wieder fange, steht sie plötzlich vor mir, kein bisschen unsicher, im Gegenteil. „Hi Leo, ich bin Ariane! Toller Platz hier, ich hab dich gleich gefunden!", strahlt sie und setzt sich zielsicher auf den Platz mir gegenüber. Also schüchtern ist sie wirklich nicht. Im Chat hat sie ja schon angedeutet, dass sie eine Person ist, die weiß, was sie will. Nach ihrem Auftreten zu urteilen, kann ich ihr das gut glauben. „Hi! Schön, dass du da bist! Find ich echt mega, dass das so geklappt hat", begrüße ich sie und realisiere, dass ihre Fotos kein Fake waren. Unglaublich hübsch, die Frau! Das blonde, lange Haar fällt über ihre Schultern. Ein paar Strähnchen spielen kess um ihr Gesicht. Die modische Brille mit dem roten Rahmen bringt ihre leuchtend blauen Augen stark zur Geltung. Sie lächelt amüsiert und will gleich wissen: „Gibt's denn hier Bedienung? Mir wäre nach einem starken Kaffee!" Ein beflissenes „Ja klar" huscht über meine Lippen und ich winke der Kellnerin. „Möchtest du Kuchen dazu oder etwas anderes?" „Oh nein, danke, nur Kaffee bitte. Wir wollen ja auch nicht zu lang hierbleiben, oder?" Sie zwinkert mir zu und blickt mir tief in die Augen. *,Na gut, dann gibt es für mich eben auch nur Kaffee. Ist doch klar ...'* Ich bestelle zwei Espressi, die auch prompt serviert werden.

Ich bin normalerweise auch sehr selbstsicher und weiß mich gut zu präsentieren. Aber diese Dame setzt mir gerade einen Spiegel vor, der mich ein wenig zum Nachdenken bringt. Also versuche ich noch ein bisschen Small Talk, um nichts zu überstürzen und vielleicht doch noch hier die Oberhand zu gewinnen. Mal sehen ... „Du hast echt coole Fotos ausgesucht, finde ich. Sie zeigen dich so, wie du bist, sehr hübsch und elegant. Und der Chat mit dir ist spannend. Ich habe mich sehr auf unser Date gefreut!" „Oh, das Kompliment kann ich zurückgeben", „meint Ariane, „deine Fotos sind auch vielversprechend, und ich muss sagen, ich bin nicht enttäuscht. Dein wuscheliges dunkles Haar und der Bart ... etwas mehr als drei Tage würde ich schätzen ... passt gut zu deinem südländischen Typ. Sag, bist du echt von hier?" Ich muss lachen, denn diese Frage habe ich schon öfter gehört. „Klar bin ich von da. Bin in München geboren und i sag's glei – meine Eltern sind auch beide Einheimische." „Na, dann bist du ihnen aber sehr gut gelungen", lacht sie und trinkt den letzten Schluck ihres Kaffees. „So, was wollen wir jetzt anstellen?", fügt sie nahtlos hinzu. „Gehen wir zu dir oder zu mir?" ,Ich hab mir schon gedacht, dass die Frau es eilig hat ...' „Tja", muss ich da loswerden „bei mir ist es nicht so einfach. Ich wohne noch bei meinen Eltern. Ich weiß, das hätte ich vielleicht früher erwähnen sollen, aber auf Tinder wollte ich das net schreiben." „Oh, na, dann müssen wir wohl drei Stationen mit der Straßenbahn fahren. Ich wohne nicht so weit weg von hier. Oder bist du mit dem Auto da?" „Nein, ein Auto habe ich nicht. Ist bis jetzt nicht notwendig. Mal sehen, vielleicht im nächsten Jahr", überspiele ich die nächste kleine Unsicherheit. Auf dem Weg zur Bahn prescht sie nach vorn: „Du wohnst noch bei Mami? Du bist doch schon 29. Was läuft da schief?" „Nichts läuft schief", rechtfertige ich mich, „mir geht's gut zu Hause. Ich habe meine kleine Wohnung mit eigenem Zugang von außen und kann machen, was ich will. Nur mit Damenbesuchen ist es halt nicht so leicht, weil meine Mutter meistens zu Hause ist. Die kriegt dann alles mit." Dass ich wieder zu Hause eingezogen bin, als ich mich von meiner Freundin getrennt habe, muss ich Ariane ja nicht erzählen. Ich werde das Gefühl nicht los, wir werden nicht alt miteinander.

Sie wohnt in einer kleinen Wohnung in einem Mietshaus. Ich weiß nur, dass das Vorzimmer recht klein und eng ist. Mehr habe ich nicht gesehen. Während die heiße Braut ins Schlafzimmer vorausgeht, ruft sie mir zu: „Rechts hinten ist das Bad. Da kannst du dich schon mal bereit machen. Hast du Kondome mit?" Das war's! Leise schließe ich hinter mir die Tür, laufe die zwei Stockwerke hinunter und sehe zu, dass ich Land gewinne. Vielleicht schreibe ich ihr später eine Entschuldigung ... oder auch nicht.

Lydia

2.

„Wohin gehst du so aufgepimpt?" fragt mich Wolfgang, mein Zimmernachbar, am Samstagabend, als ich die Wohnung gerade verlassen will. Der ist manchmal echt nervig, ständig wuselt er um mich rum. Hat wohl irgendwie ein Auge auf mich geworfen. Muss ihm mal sagen, dass ich ihn zwar nett finde, aber mehr auch nicht. Soll er es doch bei Lisa versuchen, der Dritten in unserer WG, vielleicht hat er da mehr Erfolg. „Ich bin mit einem Kollegen verabredet, bin schon spät dran", antworte ich und dann nichts wie durch die Tür. Draußen kann ich meinen Schritt wieder auf normal ändern, denn ich habe Zeit genug. Drei Stationen mit der U1 bis zum Hauptbahnhof und dann noch ein Stück Fußweg, dann sollte ich rechtzeitig im Harry Klein ankommen, wenn sie grad öffnen. Sonst ist ja Techno nicht so mein Ding, aber am Donnerstag, als ich mich mit Frank im Büro unterhalten habe, hatte er vorgeschlagen, sich dort zu treffen. Vielleicht wird das ja ein cooler Abend, denn Frank ist ganz nett. Allerdings wird man sich dort kaum unterhalten können. „Guggn mer mal", wie sie in meiner Heimat sagen.

Als ich im Harry Klein ankomme, ist es noch nicht ganz elf und einige Leute warten schon vor der Tür. Frank ist nicht dabei. *„Also der Pünktlichste ist er schon mal nicht"*, denke ich bei mir, da öffnen sie die Tür zum Club und ich gehe mit den anderen Wartenden hinein. Sofort werde ich von lauter Musik und Videos umschwirrt und ich setze mich erst mal an die Bar. „Was magst du trinken?", fragt der Barkeeper. „Einen Hugo, bitte." *Das sollte als Einstieg passen. Weiß eh noch nicht, wie lange ich bleiben werde.'* Ich denke ein bisschen über Frank nach. Ich kenne ihn ja schon länger, aber erst am

Donnerstag beim Meeting mit dem Team für die geplante neue Fernsehsendung sind wir ein bisschen ins Gespräch gekommen. Genau genommen, danach. Denn er fragte mich am Ende der Besprechung, ob er mit mir noch etwas bereden könne, und lud mich ein, am Automaten schnell einen Kaffee zu trinken. Nach der Klärung des dienstlichen Problems (das ich jetzt gar nicht so dringend fand, das hätten wir meiner Meinung nach auch per E-Mail oder telefonisch erledigen können) fragte er mich, ob ich Lust hätte, mal mit ihm auszugehen. „Wie wär's am Samstagabend bei Harry Klein?", meinte er, als ich nicht sofort geantwortet hatte. Ein bisschen überrumpelt sagte ich: „Das ist so ein Technoladen, oder?" „Ja, magst du das nicht?" „Techno, na ja. Aber Harry Klein kenne ich nicht, dann lerne ich den Schuppen und dich halt dort ein bisschen näher kennen. Also abgemacht." Frank ist sicher ein bisschen älter als ich, sieht gut aus und ist charmant, wie ich bei diversen internen Besprechungen festgestellt habe. Warum sollte ich also nicht mal ein Date mit ihm haben? Wer weiß, nachher ist er sogar netter, als ich denke, und wir kommen uns näher ...

Plötzlich steht er neben mir und begrüßt mich mit Küsschen rechts und links. Die Lautstärke der Musik ermöglicht keine großen Dialoge, außer: „Na, wie geht's?" „Gut, danke." Seine nächste Frage muss er zweimal stellen, bevor ich ihn verstehe: „Gefällt es dir hier?" „Der Club ist ganz nett, aber mir sind die Bässe zu laut." „Willst du lieber woandershin?", versucht er mir verständlich zu machen, aber ich schüttele nur den Kopf. „Magst du tanzen?" „Ja, sicher, reden geht ja hier eh schlecht." Also gehen wir zur Tanzfläche, auf der zu dieser frühen Stunde noch Platz ist. Frank scheint diese Musik wirklich zu mögen, denn ich habe den Eindruck, dass er sich schon nach kurzer Zeit von dem Sound wegtragen lässt. Ich versuche das auch, aber mir will das nicht so recht gelingen. Ich bin eher Fan von Classic

Rock oder Grunge, dieses elektronische Techno-
gehämmer löst bei mir eher keine Ekstase aus, wie bei
manch anderen. Irgendwann ist Frank wieder auf der
Erde angekommen und wir gehen zurück an die Bar.
„Wollen wir mal nach draußen gehen?", fragt er. „Ja klar,
da kann man besser reden." „Das auch, aber da kann
ich eine rauchen." Oh, Minuspunkt. Rauchen ist nix für
mich. Mein Onkel ist vor einigen Jahren mit 56 an
Lungenkrebs gestorben, was bei mir immer noch
nachhaltig dafür sorgt, dass ich weder selbst rauchen
will noch Verständnis dafür habe, dass andere diesem
Laster frönen. Gegen Laster habe ich grundsätzlich
nichts, aber rauchen? Igitt!!!

Frank bietet mir draußen eine Zigarette an und ich
schüttele nur den Kopf. Irgendwie hat mir das ein wenig
die Laune verdorben. „Was ist mit dir?", fragt er. „Ach,
nichts weiter, ich mag Rauchen nicht." „Rauchen oder
Raucher?" „Beides!", antworte ich wohl etwas zu schnell
und mit Ablehnung in der Stimme. „Dann hab ich jetzt
wohl schlechte Karten bei dir?" „Wieso, wofür hättest du
denn gern gute Karten?" „Na, ich dachte, wir haben
einen schönen Abend und vielleicht mehr." „Wie mehr?
Wolltest du mich gleich abschleppen?" „Du gefällst mir
sehr, aber ich kann auch geduldig sein." „Du meinst bis
zum zweiten Date oder was?" „Nein, ich meine, wir
sollten uns zuerst ein bisschen näher kennenlernen."
„Ja, dann fang mal an, mich kennenzulernen, und erzähl
auch was von dir." „Was interessiert dich denn?" „Ich
würde gern wissen, ob du außer Rauchen noch andere
Laster hast." „Na ja, ich trinke Alkohol, aber nicht
dauernd, ich könnt sicher etwas mehr Sport machen,
aber dazu bin ich oft zu faul, und ich hätte gern eine
feste Beziehung." „Betrachtest du eine feste Beziehung
als Laster?" „Nein, aber meinen Wunsch danach. Denn
bisher haben die meisten Frauen, die ich kennengelernt
habe, das eher abgelehnt." „Vielleicht weil du gleich mit
der Tür ins Haus fällst." „Ja, und du, was wünschst du

dir?" „Ich wünsch mir manchmal einen Mann, der mich nicht nur attraktiv, sondern auch intelligent findet und der nicht nur mit mir ins Bett will, sondern mich respektiert und akzeptiert." „Und so jemand hast du noch nicht gefunden?" „Na ja, ich hatte vor einigen Jahren in Dresden mal eine Beziehung, die länger dauerte und bei der ich das Gefühl hatte, das könnte gut passen. Aber dann bin ich nach München umgezogen und er halt nicht, wir haben uns noch ein paar Mal gesehen, aber dann aus den Augen verloren. Und hier scheine ich bisher kein Glück zu haben." „Hm, verstehe. Denkst du, wir sollten mal versuchen, wie das bei uns ist?" „Du, das geht mir jetzt zu schnell, wir gehen zum ersten Mal aus und da fragst du mich gleich so was. Vielleicht ist das ja deine Masche, um Frauen ins Bett zu kriegen." „Ja, klar, könnte man denken. Aber dann lass uns noch irgendwo was trinken, wo es leiser ist, wir reden ein bisschen und dann geht jeder nach Hause. Wie klingt das für dich?" „Das ist okay. Wo wollen wir hin?"

Tina

3.

Heute ist so ein Samstagabend, an dem ich in meinen vier Wänden nicht so zufrieden bin wie sonst. Eigentlich liebe ich meine Wohnung auf der Eppendorfer Landstraße im Hamburger Stadtteil Eppendorf. Ich lebe seit drei Jahren hier und habe mir alles so eingerichtet, wie ich es mir gewünscht habe. Der Verkäufer im Möbelhaus Hamburg tut mir heute noch leid, wenn ich daran denke, wie ich den gelöchert habe, bis ich alles so hatte, wie ich es wollte. Ich habe sogar meinen Couchtisch zweimal zurückgeschickt, weil er mir dann in der Kombination mit den anderen Möbeln doch nicht gefallen hat. Der dritte ist nun das Herzstück des Wohnzimmers mit seiner ausgefallenen Form. Er sieht aus wie ein großes halbes Ei in naturweißer Farbe, die gerade Oberfläche ist in verschiedenen Brauntönen gestrichen. Der Tisch passt einfach traumhaft zu der orangebraunen Eckcouch. Ich steh total auf Vintage-Möbel. Manche meiner Freunde meinen, ich hätte einen eher altmodischen Geschmack mit meinen 27 Jahren. Aber das sehe ich nicht so. Ich finde, das hat Stil und ich fühle mich hier geborgen.

Aber heute plagen mich nach langer Zeit wieder einmal Gedanken, die mich daran erinnern, dass dieses Geborgenheitsgefühl täuscht. Vielmehr bin ich hier mutterseelenallein und grüble vor mich hin, was denn bei meinen Beziehungen falsch läuft. Ich habe einen tollen Job und einen ansehnlichen Verdienst. Wenn ich den vielen Komplimenten glauben darf, die ich bekomme, sehe ich nicht übel aus. Für eine Steinbockfrau bin ich recht umgänglich, glaube ich wenigstens. Angeblich neige ich ein wenig zum Klammern und Bevormunden, das könnte sein. Aber vielleicht gibt es ja irgendwo jemand, der auch seiner Partnerin gerne nah ist und der es vielleicht auch genießt, manchmal umsorgt zu werden. Es kann doch nicht immer so weitergehen mit diesen kurzen Episoden und Enttäuschungen.

Da fällt mir eine Liaison letzte Woche ein, die schon sehr witzig begann, sich dann aber nur als One-Night-Stand herausstellte. Ich bin in der Firma in verschiedenen WhatsApp-Gruppen, die wir immer einrichten, wenn wir an einem gemeinsamen Projekt arbeiten. Letzte Woche war ich ausnahmsweise mit dem Auto auf dem Weg zur Arbeit, weil wir eine Konferenz mit dem ganzen Team und mehreren Vertretern des Kunden aus dem Projekt „TWINGO" hatten. Als Location hatte ich die Römitzer Mühle in Ratzeburg ausgesucht. Ich war also gegen 8:30 Uhr auf der A 24 auf dem Weg Richtung Ratzeburg. Kurz vor dem Kreuz Hamburg-Ost plötzlich ein Stau. Und ein richtiger. Alle Autos stehen und nichts geht mehr. Ich nehme also mein Handy und schreibe in die WhatsApp-Gruppe TWINGO:

Moin, so ein Mist, stehe auf der
A 24 im Stau. Hoffe, ich schaffe
es noch pünktlich.

Es dauert nicht lange, da schreibt Carsten aus der Gruppe, den ich nicht persönlich kenne, denn er arbeitet in unserem Büro in Düsseldorf:

Ja toll, ich steh auch auf der
A 24 im Stau. Da können wir
die Konferenz ja von hier
aus weiter vorbereiten.

Carsten, das ist eine Idee. Wo
stehst Du denn?

Kurz vor dem Kreuz Hamburg-Ost.

Ich auch. Was für ein Auto fährst Du?

Einen flotten 3er in Schwarz.

Hihi, mit einem D vorne drauf?

Ja, genau.

Ich fahre ein weißes Saab Cabrio.

Das gibt's ja nicht, stehst Du auf der rechten Spur? Dann schau mal in den Spiegel. Ich bin auf der linken ein wenig versetzt hinter Dir.

Hihi, das ist ja irre. So hab ich noch nie jemand kennengelernt. Bist Du heut früh in Düsseldorf losgefahren?

Ja, um halb 4 und bis Hamburg lief es einigermaßen gut. Wieso muss es jetzt auf den letzten 50 km noch zum Stau kommen? Weißt Du, was da los ist?

Nein, das Navi zeigt den Stau an, der scheint ein paar km lang zu sein, aber im Radio kam noch nichts.

Da bewegt sich auf Carstens Spur der Verkehr ein wenig und er kommt direkt neben mich. Wir drehen die Fenster runter und unterhalten uns von Auto zu Auto. Ein blonder Vierziger mit Hornbrille lacht mich aus dem schwarzen BMW an und ruft: „Hallo Tina, nett, dich hier kennenzulernen. Sollten wir jemals hier rauskommen, müssen wir das aber begießen. Das ist doch wirklich eine verrückte Art, sich zum ersten Mal zu treffen." Bevor ich antworte, schreibt Hans in der WhatsApp-Gruppe:

Hallo Tina und Carsten, ist Euch
was passiert?

Nein, alles paletti, wir
stehen nur im Stau. Keine
Ahnung wie lange noch.

Carsten sagt: „Woher kommst du?" „Aus Hamburg-Eppendorf, ich bin erst 20 Minuten unterwegs und extra rechtzeitig losgefahren. Aber so was kann man ja nicht vorher planen." „Planen nicht, aber rechnen muss man auf unseren Autobahnen immer damit." Im NDR 2 kommt die Meldung: „Achtung! Auf der A 24 sind zwei Kilometer Stau, wegen eines Unfalls ist die Autobahn kurzzeitig gesperrt. Die Polizei hofft, die Autobahn bald wieder freigeben zu können." – „Hast du die Verkehrsnachricht gehört, Carsten?" „Ja, ich frage mich, was ,bald' bedeuten soll."

Wir haben uns noch ein Weilchen unterhalten und irgendwann löste sich das Ganze wie von selbst auf. Zur Konferenz kamen wir beide noch rechtzeitig und wir hatten schon im Auto verabredet, dass wir uns abends an der Hotelbar treffen wollten. Der erste Tag der Konferenz verlief zur vollsten Zufriedenheit der Kunden und nach dem Abendessen fuhr ich ins Hotel, weil die Veranstaltung am nächsten Tag fortgesetzt werden sollte. Carsten saß schon an der Bar und nach ein paar Cocktails landete ich in seinem Zimmer. Was dann folgte, war schön, er war sehr zärtlich und ich glaube, ihm hat's auch gefallen. Aber am nächsten Tag schaute er mich kaum noch an. Hab während der Konferenz eine kurze WhatsApp direkt an ihn geschrieben, die er nicht mal beantwortet hat. Alle weiteren Nachrichten zwischen uns fanden wieder in der TWINGO-Gruppe statt.

Das Erlebnis hat mir wieder mal gezeigt, dass man in der Firma besser nichts mit jemand anfangen sollte. Aber was kann ich tun? In meiner Trauerstimmung beschließe ich, mir ein Glas guten Rioja einzuschenken, mich auf meiner gemütlichen Couch in gedämpftem Licht der Stehlampe in eine Decke zu kuscheln und meine Freundin Klara in Glücksstadt anzurufen. Das tut sicher gut. Klara und ich sind mehr oder weniger miteinander aufgewachsen. Sie war die Nachbarstochter und wir gingen zusammen zur Schule. Bis ich vor drei Jahren wegen der Arbeit den Wohnort wechselte, waren wir unzertrennlich, und auch jetzt sind wir noch füreinander da, wann immer die andere ruft. Und jetzt brauche ich sie einfach!

„Hallo Klara … liebe Klara, hast du gerade Zeit oder wie sieht's aus?", frage ich in dem Tonfall, dass sie sofort die Alarmglocken läuten hören muss. Daher lautet die Antwort natürlich: „Klar, das ist schon in Ordnung. Wir gucken gerade ‚How I Met Your Mother', aber das ist nicht so wichtig. Ich geh ins andere Zimmer." Ach ja, Klara lebt jetzt mit Kurt zusammen, daran habe ich eben gar nicht gedacht. Und ich weiß, dass sie diese Serie sehr gern ansieht. „Süße, was ist los? Dir geht's doch nicht gut. Das höre ich", stellt sie fest und dann lege ich gleich los: „Ach, weißt du, Klara, eigentlich geht es mir doch super. Ich habe alles, was ich brauche, ich bin gesund und im Job läuft es auch super. Mein Chef hat erst vor Kurzem Loblieder gesungen, wie froh er ist, dass er mich an seiner Seite hat. Aber dann gibt es so Momente wie jetzt gerade, wo mir bewusst wird, dass ich etwas versäume. Du hast deinen Kurt, fast alle meine Freundinnen haben Partner und wenn ich mit ihnen weggehe, komm ich mir vor wie das fünfte Rad am Wagen. Ich wollte heute gar nicht mit, als Jutta mich fragte, ob ich mit in ihren Club kommen möchte." Und dann erzähle ich noch von dem Erlebnis mit Carsten und sie lacht herzhaft über die ungewöhnliche Art des Kennenlernens. „Aber jetzt fühl ich mich wieder so allein. Irgendwie krieg ich es nicht hin, dass ich jemand kennenlerne, mit dem ich auch glücklich sein kann. Verstehst du ... nicht für eine Nacht oder für ein paar Wochen ... für immer."

Kurze Pause am anderen Ende der Leitung, dann meint Klara ganz euphorisch: „Tina, ich weiß ja nicht, wie du über so was denkst, aber wie wär's, wenn du dich bei einer Dating-Plattform anmeldest? Parship, Tinder oder so was ..." „Was, da wollen die Jungs doch sicher alle nur das eine. Du weißt doch, wie sie diese Apps oft nennen ..." „Teilweise ist das wahrscheinlich so, aber ich kenne tatsächlich Paare, die haben sich über Tinder kennengelernt und sind heute miteinander glücklich." Diesmal Pause auf meiner Seite der Leitung. „Hm, vielleicht denke ich mal drüber nach, aber ich kann mir nicht vorstellen, dass ich mich auf so was einlasse", protestiere ich und frage nach, wie es denn ihr gerade so geht. Ich brauch jetzt unbedingt was Positives!

Nach anderthalb Stunden überfällt uns die Müdigkeit, zwei Folgen von „How I Met Your Mother" hat Klara versäumt, aber es hat gutgetan, zu reden.

Schnell noch ins Bad und dann ab ins Bett. Decke über den Kopf und Augen zu ... für etwa zwei Minuten. Dann komme ich wieder hervor, schalte zuerst mein Nachtlicht ein, dann noch einmal mein Handy. Ich könnte doch ... natürlich rein infohalber ... gucken, wie das auf Tinder so läuft ...

Sven

4.

Nun soll ich also heute mit der Redakteurin Stefanie von DIE ZEIT mit, um für ihren Artikel über Plastikmüll zu fotografieren. Kein schwieriger Job, aber einen Tag mit Stefanie unterwegs zu sein, ist eine schöne Aussicht. Sie ist Ende 30, also etwas älter als ich, aber sehr nett. Vielleicht kommen wir uns ja etwas näher.

Wir interviewen ein paar Firmenchefs, um herauszufinden, was sie sich dabei denken, alle möglichen Werbeartikel zu verschenken. Ob sie dabei auch den vielen Plastikmüll in den Weltmeeren im Auge haben? Kaum Unrechtsbewusstsein, einer sagt: „Irgendwas muss man den Leuten ja mitgeben. Was kann ich dafür, wenn die Kunden diese Artikel achtlos wegschmeißen?"

Abends sitze ich mit Stefanie im Español Picasso in der Nähe unserer Redaktion und bei ein paar Tapas unterhalten wir uns über ihr Thema. „Das war doch schlimm heute", sagt sie, „die verschleudern ihren Plastikkram unter ihren Kunden und denken sich gar nichts dabei. Wer braucht schon so 'n Scheiß wie Knetbälle, Luftballons, Schlüsselanhängerfigürchen, Stofftiere, Jo-Jos, Kreisel und Handwärmer? Das fliegt doch bei nächster Gelegenheit in die Mülltonne." „In die Mülltonne geht ja noch, aber manches landet sicher auch direkt in der Elbe und schwimmt aufs Meer hinaus", antworte ich. „Ja genau, noch schlimmer. Und im Übrigen sind Werbegeschenke doch kleine Bestechungsversuche bei deren Kunden, oder? Frei nach dem Motto: Geschenke befeuern die Freundschaft." „Aber du freust dich doch auch, wenn du beim Bäcker zu Weihnachten einen Kalender bekommst, oder?" „Quatsch, wenn schon, dann soll er mir lieber was aus seinem Sortiment schenken statt irgendein kleines Plastikteil. Davon hab ich was. Wenn er mir zum Beispiel ein Brot gibt, das ich sonst nicht kaufe, oder ein paar Plunderteilchen. Damit kann ich was anfangen und vielleicht kauf ich die dann beim nächsten Mal." „Oder hier im Restaurant gibt's meist am Ende noch einen Schnaps, wie heißt der noch?" „Hierbas meinst du?" „Ja genau. So was können wir gebrauchen und das ist dann auch ein bisschen Kundenbindung."

So plaudern wir noch ein Weilchen weiter und beim Rioja kommt Stefanie so richtig in Fahrt. *‚Ui, ob die im Bett auch so aufdreht?'*, frage ich mich zwischendurch, wenn sie wieder vehement für ein Thema eintritt. Bei der zweiten Flasche versuche ich dann einen kleinen Coup: „Bist du sonst auch so aggressiv oder hast du ebenfalls weiche Seiten?" „Wie weiche Seiten? Meinst du beim Sex? Da musst du meinen Mann fragen." „Ich dachte, ich könnte das selbst herausfinden." „Spinnst du? Was soll ich mit einem so jungen Hüpfer wie dir anfangen? Du bist mir viel zu schnell." „Das käm auf einen Versuch an." „Baggerst du mich grad an?" „Ja, ich find dich richtig geil und deine vehemente Art, sich für Themen einzusetzen, macht mich echt an. Würde wirklich gern wissen, wie du im Bett bist. Hast du noch was vor oder wollen wir mal zu mir fahren und das ausprobieren?" „Hey, Sven, nu mal langsam mit die jungen Pferde. Ich glaub, du trinkst jetzt mal besser einen Kaffee, damit du wieder auf den Boden kommst." „Warum? Bin grad genauso in Fahrt wie du und würd gern mit dir eine kleine sportliche Runde bei mir zu Hause drehen." „Herr Ober, zahlen bitte!"

Das war wohl nix, sie zahlt und rauscht davon. Ja, dann muss ich wohl allein nach Hause gehen. Aber ich

schreib mal eben an Manuela, ob sie heut Abend noch
Zeit für mich hat.

„Hey Süße, hast Du Lust,
noch zu mir zu kommen?

Nach ein paar Minuten kommt ihre Antwort per
WhatsApp:

Nö, heut nicht, zieh mir grad
die dritte Folge von den
Simpsons rein. Morgen
vielleicht.

Sehr schade. O. K., dann
morgen Abend um 8 bei
mir?

Ja, O. K. Bis dann.

Leo

5.

Das war ja ein Hammer-Work-out heute Abend im McFit! Bin ich fertig! Es ist erst spät losgegangen, weil im Büro viel zu tun war. Zwei Kumpels ging es genauso, und die wollten es sich scheinbar noch beweisen. So, wie die beiden drauf waren, konnte ich nicht tatenlos zusehen und war ganz schnell bei dem Wetteifern dabei. Also war das Training diesmal zwar nicht länger, jedoch sehr intensiv. Zum Schluss noch ein paar Längen schwimmen und so ist es fast Mitternacht geworden.

Für heute reicht es also und ich überlege, was ich noch trinken möchte. Ein Bier vielleicht? Na ... erst Fitnessstudio und dann glei a Bier? Ganz schlecht ... Andererseits, ein kleines Helles nach der Anstrengung, das darf doch sein. Etwas enttäuscht bin ich schon, als ich merke, dass ich keines mehr im Kühlschrank hab. *‚Wie nachlässig von mir!‘* Meine Getränkevorräte lagern in der Speis, ganz hinten, hinter dem letzten Regal. Die Speis, also die Speisekammer, ist durch die Küche begehbar. Neben der Küche sind das kleine Bad und das WC. Dann gibt es noch ein kleines Schlafzimmer und dafür ein geräumiges Wohnzimmer. Das ist der alte Teil unseres Hauses. Später haben meine Eltern angebaut und diesen Teil immer als Extrawohnung behalten. Da haben nach Familienfesten immer die Überbleibsel übernachtet, zeitweise war sie auch vermietet. Bis ich ins Alter gekommen war, wo andere Burschen ausziehen. Mir reicht das von der Größe her völlig, außerdem hilft mir die Mama beim Sauberhalten und den schönen Garten kann ich auch mitbenützen. Ein herrliches Leben ... Nur für das, was im Kühlschrank ist, bin ich selber verantwortlich. Also hole ich jetzt um Mitternacht einmal ein paar Bierflaschen aus dem Depot. Als ich die Tür am Ende der Küche aufmache, ist mir so, als ob da irgendwo etwas geraschelt hätte. *‚A, kann gar net sein‘, denke ich, ‚das war sicher nur die Tasche am Haken hinter der Tür. Das war ich selber.‘*

Drei Flaschen für den Kühlschrank, eine für mich. Ein Glas nehm ich mir mit aus der Küche. Ich trinke Bier nicht gern aus der Flasche, auch nicht mitten in der Nacht und allein. Um diese Zeit stell ich im Wohnzimmer keinen Fernseher mehr an. Ich glaub immer, das hört man drüben bei den Eltern. So lehne ich bequem auf meiner Couch, mein Glas Gerstensaft in der Hand und es ist mucksmäuschenstill. Nicht das Schlechteste nach diesem Abend.

Zum Abschluss könnte ich auch noch nachsehen, was sich auf Tinder so getan hat. Das Tablet liegt griffbereit auf dem Beistelltischchen und da leuchten die Likes auch schon auf, heute nur vier, aber das reicht ja. Ein Mädchen fällt mir gleich ins Auge, vom Aussehen her durchaus der Ariane von vorgestern ähnlich. *‚Was schreibt die denn?‘*

Hi, ich bin Lucy und würde mich freuen, genau DICH kennenzulernen. Mein Spitzname ist Mickymaus und ich bringe gern den Kater zum Schnurren!

Ich muss lächeln, so was hat ja noch keine geschrieben! Mit der gibt's sicher viel zu lachen. Irgendwie bin ich plötzlich gar nicht mehr müde. Da ist es auf einmal wieder, das Geräusch. Irgendwas raschelt doch hier! Kaum schleiche ich zur Zimmertür, ist es vorbei. Kein Mucks. Ich schau mal sicherheitshalber nach, ob die Türen zu sind … und die Fenster … Nichts mehr, kein Geräusch. *‚Aber ich bild mir das doch nicht ein!‘* Na ja, dann werde ich jetzt noch schnell die süße Mickymaus liken, dann haben wir morgen vielleicht ein sehr unterhaltsames Match.

Die Küchentüre bleibt immer offen, die Schlafzimmertür meistens ebenfalls, so auch heute. Langsam immer müder werdend, bin ich etwa zwei Sekunden vor dem endgültigen Einschlafen, als ein lauter Knacks die Stille stört. Ein Geräusch, das ich hier noch nie gehört habe. Kein Knacksen wie das, wenn das Holz der alten Möbel arbeitet oder die Mauern. Das kenn ich schon lang. Es hört sich eher an, als wäre jemand – oder etwas – hier. Und ganz klar, als ich mich blitzschnell aufsetze und die Nachttischlampe einschalte, ist es wieder vorbei. Ich muss nachschauen, es lässt mir ja doch keine Ruhe. Zum Glück habe ich nicht viele Räume, aber wo ich auch hingehe, nirgends irgendein Lebenszeichen. Als ich mir schon denke, es wird sich vielleicht ein Tier im Dachgebälk verirrt haben, werfe ich noch einen flüchtigen Blick in die Speis. Da glaube ich meinen Augen nicht zu trauen. Auf dem hellgrauen Bodenbelag liegen lauter kleine schwarzbraune Krümelchen. *,Ah geh! I hab Mäuse da drin! Na, gute Nacht!'* Dann muss ich aber doch schmunzeln. *,Zuerst die Mickymaus in der App und dann a echte Maus zu Haus. Ein Zeichen?'*

31

Lydia

6.

Die Unterhaltung mit Frank in der Kneipe war ganz nett gewesen, aber irgendwie wurden wir nicht warm. Ich gehe also allein mit meinen Gedanken nach Hause und frage mich, ob ich wohl jemals die einzige größte Liebe finden werde. Davon träumen scheinbar ganz viele, auch wenn nur die engsten Freunde bzw. Freundinnen das wirklich zugeben. Aber warum klappt das bei den meisten nicht? Hab mal gelesen, dass mehr als 70 Prozent der Deutschen an die große Liebe glauben. Wenn man aber die Statistiken anschaut, dass jede dritte Ehe geschieden wird und dass auch die anderen Paare (ob verheiratet oder nicht) nach einiger Zeit Probleme in der Beziehung bekommen, muss doch irgendwas faul sein. In einem Artikel in der ZEIT habe ich letztens gelesen, dass man für eine tiefe und funktionierende Beziehung nur reif ist, wenn man sich selbst akzeptiert und liebt. Tu ich das? Oder bin ich mit mir selbst zu kritisch?

Ich schließe die Haustür auf und gehe langsam die Treppe hinauf in den vierten Stock. Als ich in die Wohnung komme, höre ich Lisa und Wolfgang in der Küche noch reden. Ich gehe hinein und da sitzen die beiden nebeneinander mit einer Flasche Rotwein. Mir scheint, es ist nicht die erste, und ich frage: „Krieg ich auch einen Schluck oder wollt ihr beiden lieber allein sein?" Wolfgang springt auf und holt mir sofort ein Glas: „Nein, bitte setz dich dazu. Wir haben uns grad gefragt, wie dein Date wohl läuft." Ich nehme einen großen Schluck und antworte: „Na ja, Frank ist ganz nett, aber kein wirklicher Partner für mich." „Wieso", fragt Lisa, „was fehlt dir an ihm?" „Ach, ich weiß nicht, er war mir zu stürmisch, schon im Harry Klein faselte er von ins

Bett gehen, was ich vehement abgelehnt habe. Dann sind wir noch ins Shakespeare und haben ein bisschen geredet, aber irgendwie passt das nicht. Er quarzt und ihr wisst, das kann ich nicht ausstehen. Außerdem glaube ich, dass er ziemlich klammern würde. Er macht auf den ersten Blick einen charmanten Eindruck, aber je länger wir redeten, umso mehr habe ich gemerkt, wie sehr er sich eine feste Beziehung wünscht, und das am liebsten gleich." „Aber das ist doch okay, das wollen doch die meisten", kontert Lisa. „Ja, stimmt wohl, aber nicht beim ersten Date gleich bei der Frau ausbaldowern, ob sie das auch will. Hab ihm gesagt, dass ich glaube, er macht das nur, um Frauen in die Kiste zu kriegen." „Und was hat er dazu gesagt?", fragt Wolfgang. „Dass das Quatsch ist und er sehr geduldig sein kann. Fünf Minuten später fing er an, an mir rumzubiebln. Da bin ich heimgegangen."

Wir debattierten noch eine weitere Flasche Rotwein weiter, kamen aber zu keinem Ergebnis. Außer dass Lisa sagte, wir sollten doch alle spaßeshalber mal ein Dating-Portal ausprobieren. „Du bist meschugge", sagte ich am Schluss. „Wenn ich auf normalem Wege, also zum Beispiel beim Schwoofen oder in der Arbeit, niemand kennenlernen kann, dann will ich och keenen übers Netz finden. Un jetz geh ich radsn. Gut Nacht, ihr beiden." „I mog etz a nimmer", sagt Lisa und lässt Wolfgang mit dem Rest der Rotweinflasche allein.

Am nächsten Morgen schlafe ich lange und weil es regnet, gehe ich kurz vor Mittag erst mal ins Clever Fit. Da kann ich den Rotwein und das blöde Genuschl von Frank aus mir rausquetschen. Auf dem Laufband und mit Kopfhörern und Rockmusik geht das wunderbar. Plötzlich tippt mich jemand an und deutet an, ich soll die Hörer absetzen. „Was is 'n?" „Kann ich auch mal auf das Band?" Ich schau mich um und sehe, dass alle Bänder besetzt sind. „Ja klar", antworte ich, „gib mir noch zwei

Minuten." Ich höre noch „Smoke on the Water" zu Ende und springe dann vom Band. Im Weggehen winke ich dem Typen noch mal zu und gehe in Richtung Sauna.

Dort sitze ich einige Minuten später und schwitze vor mich hin, diesmal ohne Kopfhörer. Da kommt der Typ von eben auch rein und setzt sich gleich neben mich. „Bist du öfter hier?" ‚Sehr intelligenter Anfang', denke ich und sage nur: „Nö." Er weiter: „Magst du nachher noch was mit mir trinken?" „Nö, hab Wasser dabei und muss dann auch bald weg." „Schade, ich finde dich echt nett. Können wir uns denn hier mal wieder treffen?" „Ja, vielleicht demnächst", fertige ich ihn ab und verlasse die Sauna in Richtung Damenduschen.

Tina

7.

Am nächsten Morgen, beim Frühstück, lasse ich mir noch einmal durch den Kopf gehen, was ich in der Nacht getan habe. Ich konnte es tatsächlich nicht lassen, mich bei Tinder anzumelden. Welchen Floh hat mir Klara da ins Ohr gesetzt! So hin- und hergerissen war ich noch nie. Ich würde doch so gern auf ganz normalem Weg jemand kennenlernen, am besten so mit Liebe auf den ersten Blick, irgendwo, wo man überhaupt nicht damit rechnet. Amors sprichwörtlicher Pfeil! Warum trifft der alle anderen, nur mich nicht? Ich bin doch nicht unsichtbar! Andererseits hat Klara nicht unrecht. Ein bisschen nachhelfen kann auch nicht schaden. Man trifft sich ja schließlich völlig unverbindlich. Ich kann auch sofort sagen: „Du, es tut mir leid, ich möchte kein weiteres Treffen." Allerdings, wenn ich mir einzelne Fotos so ansehe ... Da wäre optisch schon die erste Hürde überwunden. Deshalb habe ich zu nächtlicher Stunde sicher sehr bereitwillig meine eigene Person beschrieben, selbstverständlich mit einem Hammer Foto von mir als Zugabe. Frisch vom Friseur mit dem flotten Kurzhaarschnitt. Schon ein bisschen aufgepimpt, aber nicht zu viel. Ich habe angegeben, dass ich Chefsekretärin in einer großen Firma bin, aber nicht in welcher, dass ich Radfahren und Schwimmen liebe und dass ich hobbymäßig fotografiere. Ach ja, wo ich studiert habe, wollten die auch wissen. Zum Schluss sollte man etwas Persönliches schreiben. Da musste ich einige Zeit nachdenken. Dann tippte ich folgende Zeilen:

Hallo, ich bin Tina! Hast Du Lust, Deine Freizeit mit mir zu teilen?
Dann kann es losgehen! Ich freue mich auf Dich!

Nach dem Klick auf „Profil erstellen" war es fix und ich konnte in Ruhe einschlafen. In meinem Traum änderte ich den Text wohl zehnmal um. „Hi, ich bin's, Tina, noch immer nicht am Ziel der Wünsche. Hilf mir dabei!" oder „Hallo, ich bin Tina, noch auf dem Weg zu dir. Hol mich ab!" So in der Art ging es weiter, bis ich wach wurde.

Jetzt, so vor meinem Frühstückskaffee sitzend, bin ich mir nicht mehr sicher, welche Version wohl die beste gewesen wäre. Mal sehen, ob es schon ein erstes Ergebnis gibt. Aufgeregt öffne ich die App, gebe mein Passwort ein und bin ziemlich überrascht, als ich 99 Likes finde. *,Na hallo, wer sagt's denn!'* Nun bin ich erst mal beschäftigt mit Wischen. Nach links die Uninteressanten und nach rechts die, die ins Auge springen. Es sind schon unterschiedliche Fotos, die mich ansprechen, also es kommt für mich nicht immer nur derselbe Typ infrage. Trotzdem sind die Jungs mit dunklem Haar und Bart bald leicht in der Überzahl. Als ich mit den 99 Bildern durch bin und etwa 20 Fotos übrig habe, klicke ich den ersten an, um mehr über ihn zu erfahren. Jürgen, 25 Jahre, Elektrotechniker noch in Ausbildung, möchte gern Erfahrungen sammeln. Oje, weiter nach links mit ihm. Jochen, 32 Jahre, geschieden, eine kleine Tochter, sucht Lebenspartnerin. Du lieber Himmel ... weiter nach links. Eine halbe Stunde später:

,Oh, was haben wir denn da! Ein sehr ansprechendes Foto!' Das Lächeln wirkt natürlich, sein Blick trifft mich genau ins Herz. Den würde ich gern kennenlernen. Da schaue ich genauer hin. Andreas, 30 Jahre, tätig in der IT-Branche, sucht Partnerin, die mit ihm das Leben entdeckt. Das ist es: LIKE ... Bingo! Mein erstes Match!

Sven

8.

Die Bearbeitung der Bilder von gestern war nicht besonders schwierig und damit bin ich jetzt schon fertig. Jetzt kann ich mich noch mal in die Serie von letzter Woche knien. Da war ich auf Sylt gewesen und hatte im Naturschutzgebiet Vögel fotografiert. Diese Bilder müssen nächste Woche fertig sein, denn die sollen ins übernächste Magazin der ZEIT. Da muss ich also auf gute Qualität achten, denn der Druck ist aufwendiger und die Bilder nehmen oft eine ganze Seite ein. Ich öffne also Photoshop und Lightroom und beginne die Fotos zu sichten und zu sortieren. Meine Gedanken schweifen noch mal zu gestern Abend. *,Was hat mich da bloß geritten, bei Steffi so einen plumpen Annäherungsversuch zu machen? Da sind wohl die Pferde oder die Promille mit mir durchgegangen. Was würde Manuela denken, wenn sie das wüsste? Und was würde sie erst sagen, wenn Steffi tatsächlich mitgegangen wäre und wir hätten die Nacht zusammen verbracht? Ich glaub, dann wär's aus mit uns. Sie versteht mein unstetes Leben sowieso nicht und beklagt sich immer, dass wir uns zu selten sehen.'*

Abends, als Manuela kommt, sitze ich immer noch am PC, und sie fragt, was ich den ganzen Tag gemacht habe. „Ich habe Vögelbilder bearbeitet. Möchtest du welche sehen?" „Wie, Vögelbilder? Von uns? Hast du uns mal im Bett fotografiert? Ich mag solche Pornobilder nicht." „Unsinn, ich war doch letzte Woche auf Sylt und hab im Naturschutzgebiet Vögel beim Brüten fotografiert. Das hab ich dir doch erzählt." „Ach so, entschuldige, das hatte ich vergessen." „Möchtest du ein paar Bilder sehen?" „Ja sicher, gern." Ich schlage die Dateien auf, die schon fertig sind, und zeige ihr die

Brandgänse, Austernfischer und Brachvögel. Besonders stolz bin ich auf einen Kormoran, den ich gerade beim Ausbreiten seiner Flügel erwischt habe. Manuela findet die Bilder auch sehr gelungen. Dann fragt sie: „Hast du was zu trinken da?" „Oh, entschuldige bitte, ja sicher. Was magst du denn? Ich hätte noch ein paar Bier und einen Weißwein im Kühlschrank, Riesling glaube ich, aber ich habe auch Rotwein." „Nein, kein Alkohol, ich bin mit dem Auto direkt von der Arbeit hergekommen, machst du mir einen Kaffee und dann vielleicht noch ein Wasser, bitte?" „Na das ist ja leicht zu erfüllen", ich verschwinde in die Küche, schalte den Kaffeeautomaten an und bringe ihr schon mal das Wasser. „Macht es dir was aus, wenn ich ein Glas Rotwein trinke?" „Nein, mach nur."

Kurz darauf sitzen wir mit unseren Getränken auf meinem Sofa und ich nehme sie in den Arm und fange an, sie zu küssen und zu streicheln. Irgendwie sind aber meine Gedanken plötzlich bei gestern Abend mit Steffi und Manuela reagiert auch sehr zurückhaltend. „Was ist los?", frage ich sie. „Ach, keine Ahnung, ich habe dir schon mal gesagt, dass ich mit unserer Beziehung nicht so ganz glücklich bin. Fast immer, wenn wir uns treffen, springen wir ins Bett und danach sehen wir uns wieder für ein paar Tage nicht. Das finde ich zu wenig. Wir machen kaum etwas anderes zusammen, weil du auch so viel unterwegs bist. Können wir nicht mal für ein paar Tage zusammen wegfahren?" „Hm, ja sicher können wir das, woran denkst du denn? Ein Wochenende oder länger?" „Na, ein verlängertes Wochenende von Donnerstag bis Montag wär doch ganz schön. Irgendwo an der Ostsee in Meck-Pomm, da war ich noch nicht so oft und ich hör immer wieder, dass es da ganz schöne Orte geben soll." „Gute Idee. Ich war letztes Jahr mal zu einem Shooting in Schwerin, da haben die Leute alle von Rügen geschwärmt. Wie wär das denn?" „Wie lange fährt man dahin?" „Wenn wir dein Auto nehmen, circa drei Stunden, schätze ich." „Na, das ist doch für ein verlängertes Wochenende nicht so schlecht. Was meinst du?" „Ich schau gleich mal in meinen Terminplan für die nächsten Wochen. Also, ich könnte am übernächsten Wochenende, da liegt bisher kein Auftrag vor und ich kann ja morgen in der Redaktion Bescheid geben, dass ich vom 25. bis 29. unterwegs sein werde. Passt das für dich?" „Ja, an den Tagen kann ich sicher freinehmen. Soll ich später nach einem Hotel in Rügen schauen?" „Warum machen wir das nicht gleich? Dann buchen wir das auch sofort."

Eine halbe Stunde später haben wir uns für ein Fünftagesprogramm „Fit in den Frühling" im Bernstein-Hotel in Sellin entschieden. „Ich freu mich schon sehr darauf, mit dir ein paar Tage dort zu entspannen und nichts anderes zu hören und zu sehen", sage ich zu Manuela. „Ja, das wird sicher megaschön." Und sie umarmt und küsst mich plötzlich ganz wild. Das fühlt sich vielversprechend an und ich erwidere nicht nur ihren Kuss, sondern ziehe ihr gleich mal das T-Shirt über den Kopf. Sie lässt es geschehen, wir wechseln ins Schlafzimmer und so wird es noch ein sehr schöner Abend.

Leo

9.

Wenn man einmal weiß, woher ein ungewohntes Geräusch kommt, stört es einen nicht mehr beim Schlafen. Die Tür vom Schlafzimmer habe ich sicherheitshalber zugemacht, dann war es eine ruhige Nacht.

Am nächsten Tag führt mich der erste Weg natürlich in den Baumarkt. Als tierlieber Mensch entscheide ich mich für eine Lebendfalle, die ich gleich in der Speisekammer platziere. Als Köder nehme ich Freilandfutter für Vögel, davon habe ich genug zu Hause, und Körner fressen Mäuse sicher auch. Tür zu und jetzt heißt es abwarten. *Das ging ja flott'*, denke ich, *'da hab ich noch Zeit, Lucy zu schreiben, bevor ich ins Büro fahre.'* Die Neugier lässt mich irgendwie nicht mehr los.

Das Match mit Lucy beginnt nett. Ich möchte den Chat nicht mit einer abgedroschenen Floskel starten und überlege, wie ich die Mickymaus kommentieren könnte, ohne abwertend oder gekünstelt witzig rüberzukommen. Ein gewisser Ernst sollte dahinter sein. So schreibe ich schließlich:

Hi Lucy! Könnte ich der sein, den Du kennenlernen möchtest? Ich würde Dir gern mehr von mir erzählen. Ich bin auch neugierig, wie Du zu Deinem Spitznamen gekommen bist. Der ist ja recht außergewöhnlich!

Das war eine gute Formulierung, wie sich eine Stunde später herausstellt. Gleich als ich im Büro ankomme, sehe ich am Handy, dass sie geantwortet hat. Ihre Zeilen wirken auch sehr freundlich und ehrlich:

Lieber Leo!
Das kann ich Dir gern erzählen. Vor ein paar Jahren nahm ich mit
Freunden an einem Faschingsumzug teil, und zwar als Mickymaus
kostümiert. Es dauerte zwei Stunden, bis sie draufkamen, wer ich
bin. So gut war ich geschminkt und verkleidet. Das war ein Spaß,
von dem wir alle noch heute reden. So blieb mir der Spitzname.
Einfach, aber so war es. Wie geht es Dir? Hast Du Osterurlaub
oder musst Du arbeiten?

So kommen wir ins Plaudern und es macht richtig Spaß.
Lucy ist witzig und wirkt sehr offen in ihren Ansichten.
Weil ich aber noch zu arbeiten habe, vereinbaren wir,
am Abend weiterzuchatten. Deshalb beeile ich mich auf
dem Heimweg. Meine Mutter hat mir noch Abendessen
aufgehoben, das soll ich mir auch vorher abholen. Und
ich muss Mama dringend von der Maus erzählen. Nicht,
dass sie sich noch erschreckt, wenn sie einmal
rübergeht!

Endlich alles erledigt, komme ich zu Hause an und bin
mit den Gedanken schon beim Chat, als ich aus der
Speis ein lautes Scharren höre. Da habe ich aber
schnellen Jagderfolg gehabt. In der Falle sitzt eine
Hausmaus, zittert ein wenig und zieht sich in den letzten
Winkel der Falle zurück. „Du hast mir grad noch gefehlt,
Mäuschen! Du machst gerade mein Date zunichte!",
zische ich das arme, unschuldige Ding an. Es bleibt mir
nichts anderes übrig, als noch in den nahen Park zu
gehen und das Tier dort auszusetzen. Ich wusste gar
nicht, wie schnell so eine Maus laufen kann …

Endlich kann ich mich bei meiner Mickymaus melden,
beschließe aber, ihr nicht zu erzählen, dass ich gerade
mit einer anderen Maus beschäftigt war. Für mein
Zuspätkommen muss leider die Mama als Alibi
herhalten. Und Lucy meint, das ist doch kein Problem.
Wir haben ja Zeit. Die nehmen wir uns auch. Die halbe
Nacht wird geschrieben und gelacht, bis uns schon die

Augen zufallen. Bevor wir uns verabschieden, wage ich noch die vorsichtige Frage:

Was hältst Du davon, wenn wir uns diese Woche noch sehen? Nur kurz vielleicht, auf einen Kaffee oder so ...

Ihre Antwort ist kurz und bündig:

Tolle Idee! Reden wir morgen drüber! Gute Nacht, lieber Leo, bis morgen!

Zufrieden lege ich das Handy weg und mache einen Kurzbesuch im Bad. Ich lege mich mit den allerfriedlichsten Gedanken in mein Bett, mache die Augen zu ... Da ist es wieder, das Knacksen und Scharren. *‚Nein, nicht schon wieder!‘*

Lydia

10.

Am Montag im Büro ruft Frank mich an und fragt: „Bist du noch sauer auf mich?" „Nein, schon vergessen." „Wollen wir uns dann noch mal treffen?" „Ich weiß nicht, Frank, was soll das bringen?" „Na, wir wollten uns doch näher kennenlernen, und das könnten wir jetzt nachholen." „Hältst du denn ein längeres Gespräch ohne Rauchen und Antatschen aus?" „Ich denke schon. Gib mir halt noch eine Chance." „Lass mich noch mal drüber nachdenken. Ich sag dir in den nächsten Tagen Bescheid."

Meine Gedanken sind anschließend nicht bei der Arbeit, sondern bei Frank: *Will ich ihn sehen? Wohin führt das, wenn wir uns näher kennenlernen? Früher hätt ich gesagt, Rauchen ist ein K.O.-Kriterium. Und wieso jetzt nicht? Irgendwas verbindet uns. Ist es auf beiden Seiten der Wunsch nach einer festen Beziehung? Reicht das aus?'* Da schaut meine Kollegin Sandra kurz rein und fragt: „Lydia, hast du den Entwurf für die Sendung am Mittwoch fertig?" „Noch nicht ganz, aber du kriegst ihn bis Mittag." „Stimmt was nicht mit dir?", fragt sie. „Nein, alles paletti. Kam bloß noch nicht dazu. Aber ich mach mich gleich dran." Das fehlt noch, dass ich wegen Frank Ärger kriege! Die Gedanken müssen warten.

Kurz vor Mittag ruft Frank schon wieder an: „Wollen wir zusammen was essen?" „Hör mal, du hast gesagt, du kannst geduldig sein. Dann zeig mal, dass das stimmt, und warte, bis ich mich melde, okay?" „Hm, okay." *,Wenn der so weitermacht, wird das nix mit uns. Dann soll er sich eine andere suchen.'* Ich beschließe, nicht zum Essen in die Kantine zu gehen, nachher seh ich ihn da noch. Stattdessen mache ich einen Spaziergang. Es ist sonnig und schon recht warm, und heute mal wieder das Essen ausfallen zu lassen, schadet meiner Figur auch nicht. Trinke ich halt nachher einen Saft oder zwei, das wird dann schon reichen bis heut Abend. Dann koche ich mir was Schönes. Jetzt laufe ich zur Isar hinunter und überlege dabei, was ich machen will mit Frank.

Als ich wieder ins Büro zurückkomme, habe ich einen Entschluss gefasst: Eine Chance kriegt er noch, und zwar irgendwo, wo wir Ruhe haben und uns unterhalten können. Ich werde ihm vorschlagen, dass wir uns am Freitagabend beim Vietnamesen „Quan Com" zum Essen treffen. Da werden wir sehen, wie das läuft, und wenn es nicht passt, bin ich von dort in ein paar Minuten zu Hause. Aber ich werde ihn erst morgen anrufen.

Am Freitagabend fangen wir mit einem Tee an, während wir die Speisekarte studieren. Ich muss nicht lange lesen, denn ich kenne das Lokal recht gut und werde mit einer sup chua tom anfangen und danach einen cha kho tieu nehmen. Frank bestellt Frühlingsrollen und Rindfleisch. „Ich würde am liebsten zum Essen ein Glas Pinot Grigio trinken", schlage ich ihm vor, „aber das passt nicht zu deinem Rindfleisch." „Macht doch nichts, ich nehm ein alkoholfreies Helles, bin ja mit dem Auto gekommen." „Warum das denn?" „Ich wohne ziemlich weit draußen in Germering." „Geht da nicht die S8 hin?" „Ja, stimmt schon, aber von meiner Wohnung in der Dorfstraße ist mir das zu Fuß zu weit zum Bahnhof. Und wenn ich das Auto zur Bahn nehme, kann ich auch gleich in die Stadt weiterfahren." „Hast du denn hier einen Parkplatz gefunden? Das ist doch nicht so leicht." „Da hatte ich Glück, in der Nibelungenstraße fuhr grad einer weg, als ich kam. Wo wohnst du denn?" „In der Schulstraße, das ist nur ein paar Hundert Meter zu Fuß von hier. Ich bin hier in dem Lokal auch öfter mit Freunden oder meinen Mitbewohnern. Es schmeckt gut

und ist nicht zu teuer." „Du wohnst also in einer WG?"
„Ja, mit Lisa und Wolfgang. Das passt ganz gut. Und
du?" „Ich habe eine kleine Wohnung, zwei Zimmer,
Küche und Bad. Reicht für mich allein. Und es ist ruhig
dort und man kann mit dem Fahrrad oder zum Joggen
in die Natur. Welchen Sport machst du?" „McFit und im
Winter Skifahren. Joggen oder Radfahren mitten in der
Stadt mag ich nicht. Fahre höchstens mal zum
Einkaufen mit dem Fahrrad." Unsere Vorspeisen
werden gebracht und wir schweigen für einige Minuten.
Das gibt mir Gelegenheit, Frank ein bisschen näher zu
betrachten, und ich bin ganz zufrieden mit seinem
Aussehen. Er ist dunkelblond, etwa 1,85 Meter groß,
schlank und sieht recht gut aus, finde ich. Auch seine
Kleidung finde ich sehr geschmackvoll und bisher ist er
auch zurückhaltend. Kann also noch was werden.
Schau mer amal.

Nach dem Essen haben wir uns noch mehr voneinander
erzählt. Ich weiß jetzt, dass er aus Würzburg stammt
und seit über zehn Jahren in München wohnt. Er hat
schon hier studiert und hat dann gleich bei ProSieben
angefangen. Ich bestelle mir noch ein zweites Glas
Wein und Frank einen Espresso. Wir plaudern locker
weiter und ich fühle mich sehr wohl. Gegen halb elf zahlt
Frank unsere Rechnung und fragt, ob wir noch
woanders hinwollen. Ich lehne ab und sage ihm, dass
ich ihn lieber ein andermal treffen möchte. „Heute bin
ich zu müde." Er ist nur kurz ein bisschen unschlüssig
oder beleidigt, sagt aber dann mit einem Lächeln:
„Wollen wir uns beim nächsten Mal in Germering
treffen? Es gibt da einen sehr guten Italiener. Du magst
doch auch italienisch?" „Ja, sehr." „Wie wär's morgen
Abend?" „Da kann ich leider nicht, Wolfgang feiert
seinen Geburtstag. Aber Sonntagabend würde gehen."
„Der Italiener heißt „Casale". Aber wenn du magst, hole
ich dich an der S-Bahn in Unterpfaffenhofen ab. Sagen
wir gegen acht?" „Lieber sieben, sonst wird es mir am

Sonntag zu spät." „Great, dann bis Sonntag." Draußen versucht er noch, mich zu küssen, aber ich lasse es bei Küsschen, Küsschen enden. Vielleicht am Sonntag ...

Tina

11.

‚Da bin ich jetzt aber in eine Zwickmühle geraten!' Während ich mit Andreas einen äußerst unterhaltsamen Chat am Laufen hatte, klickte ich noch bei zwei anderen ansprechenden Fotos auf Like und wartete, was kam. Und ehe ich michs versah, steckte ich in drei Chats gleichzeitig. Schon komisch, dass ich mit allen so leicht ins Gespräch gekommen bin.

Andreas wirkt eher vorsichtig zurückhaltend und ist sichtlich bemüht, auf nichts zu drängen. Er erzählt gern von sich, ist aber auch interessiert an meinen Erlebnissen. Es fühlt sich so an, als würden wir ganz gut miteinander harmonieren.

Ben ist schon optisch ein ganz anderer Typ. Blond, das Haar sehr kurz geschnitten und wie es auf dem Bild aussieht, ein wenig kräftiger gebaut als Andreas. Und was er schreibt, ist viel lustiger. In fast jedem Satz ist etwas, worüber ich schmunzeln muss. Dass er schon fast 40 ist, kann man sich gar nicht vorstellen.

Markus macht noch mal einen ganz anderen Eindruck. Hier dürfte es sich um einen Draufgänger handeln. Ich merke sofort, wo er hinwill. Trotzdem hat er etwas Charmantes an sich, was nicht uninteressant ist. Er ist genauso alt wie ich und sieht verdammt gut aus. Er fällt wie Andreas in das Schema dunkelhaarig, Bart, sehr ansprechende Augen.

‚Was mache ich jetzt mit denen? Ich kann die doch nicht alle drei treffen! Wie sieht das denn aus?' Ich beschließe also erst mal ein paar Tage nur zu chatten und zu sehen, was sich entwickelt. Vielleicht macht es mir ja einer leicht und disqualifiziert sich selber. Außerdem

habe ich für Treffen ohnehin gerade wenig Zeit. In der Firma finden derzeit viele Sitzungen mit den unterschiedlichsten Partnern und Kunden statt, da tippe ich für den Chef die Protokolle. Dazu ist eine Aussendung von Briefen zu erledigen mit den persönlichen Einladungen zum Firmenjubiläum in zwei Monaten. So gesehen werden sich die Unterhaltungen mit den Jungs automatisch auf den späten Abend verlegen.

Heute bleibe ich jedenfalls bis halb sieben im Büro. Elf Stunden müssen reichen. Ich brauche Bewegung! Zu Hause ziehe ich mich schnell um, schnappe mein Fahrrad und strample noch eine Runde zur Alster. Auf der Promenade muss ich mich nicht mehr so auf die Straße konzentrieren und kann ein bisschen meinen Gedanken freien Lauf lassen. In meinem Hinterstübchen messen sich gerade die einfühlsamen Sprüche von Andreas mit den witzigen Reißern von Ben. Unentschieden! ‚Hat da vielleicht Markus die Chance, weil mein Körper ohnehin auch das will, was er will?' Andererseits geht es mir nicht nur darum. Genial wäre ein Mann, der alle diese Eigenschaften in sich vereint. Gibt es den? Den Mann, mit dem man reden kann, der einen zum Lachen bringt, mit dem man sich einfach blind versteht und der einen glücklich macht? Ich glaube daran, auch wenn meine Mutter immer meint, ich würde vergebens auf den Märchenprinzen warten ...
Im Seelemannpark setze ich mich noch ein paar Minuten auf eine Bank, bevor ich zurück nach Hause radle. Die untergehende Sonne zwischen den Bäumen kann ich mir nicht entgehen lassen. ‚Nächstes Mal sollte ich doch die Kamera mitnehmen!'

Zum Abendessen reicht mir heute ein Joghurt, zu Mittag hatte ich in der Kantine ein kleines Menü. Es ist auch schon fast acht. Ich sollte meine Unterhaltungen beginnen, damit es nicht allzu spät wird. Mal sehen, wer als Erster online ist.

Es ist Ben, der eben vom Fitnesscenter nach Hause gekommen ist:

Ciao Bella! Schön, dass Du da bist! Das ist genau das, was ich nach der Anstrengung brauche!

Und schon sind wir im Unterhaltungsmodus, man könnte es auch Lachmuskeltraining nennen. Eine gute halbe Stunde sind wir unter uns, da sehe ich das Symbol aufleuchten, das mir eine neue Nachricht anzeigt. Ich wechsle hinüber und werde von Andreas begrüßt:

Hi Tina! Hast Du die Arbeit hinter Dir? Ich gerade so ... Wir hatten heute Teammeeting, hat ein bisschen gedauert.

Mal sehen, wie ich das hinkriege. Zwei Chats gleichzeitig. Und so wechsle ich eine Weile hin und her und passe höllisch auf, was ich wem schreibe. Irgendwie möchte ich keinen von beiden abwimmeln. Aber lange geht das nicht mehr, ein wenig müde bin ich auch schon. Plötzlich ein leises *Pling* ... Die nächste Nachricht ... *,Markus, oh nein! Na, das kann ja heiter werden. Ich glaube, ich brauche für die nächsten Tage ein System!'*

Sven

12.

Die Fahrt nach Rügen am Donnerstag geht ziemlich schnell vorbei. Manuela und ich sind in ausgelassener Stimmung und lachen viel. Wir freuen uns beide sehr auf die freien Tage und planen schon mal, was wir alles machen wollen. „Das Wellnessprogramm im Hotel klingt vielversprechend, aber ich denke, wir sollten auch ein Rad nehmen und Rügen ein bisschen erkunden, was meinst du?", fragt sie. „Die Insel soll recht flach sein, da wird das schon gehen, denn ich bin ja nicht so ein geübter Radfahrer." Ich schaue mal bei Google Maps, wie weit es zu den berühmten Kreidefelsen ist. „Wenn wir am Ziel eine längere Pause machen, sollte ich die 65 Kilometer hin und zurück schaffen. Für dich ist das sicher kein Problem, denn du fährst ja viel Fahrrad." „Na ja, aber 65 Kilometer sind auch für mich eine Menge. Da sollten wir es langsam angehen lassen."

Das Bernstein-Hotel ist wirklich großartig. Da haben wir eine sehr gute Wahl getroffen. Unser Zimmer ist groß und sehr hell mit Blick auf die Ostsee. Manuela macht gleich nach dem Einchecken eine Augen- und Gesichtsbehandlung und ich buche ein Herrenvollbad mit anschließender Massage. Für den Abend melden wir uns zum Essen im Restaurant des Hotels an, denn am ersten Abend wollen wir nicht auswärts essen. Nach unseren Wellness-Erlebnissen treffen wir uns im Zimmer wieder und ich frage Manuela, ob sie einen ersten Spaziergang durch Sellin machen möchte. „Das können wir doch morgen nach dem Frühstück machen. Jetzt könnten wir uns doch bis zum Essen noch ein wenig ausruhen." Daraus werden dann ein paar beachtliche Höhepunkte im großen Doppelbett und anschließend schlafen wir ein Ründchen. Das Abendessen mit einem Kabeljau und einem sehr guten

Weißwein rundet unseren ersten Tag sehr schön ab und wir schlafen beide besser als zu Hause. Nur meine Träume habe ich wieder vergessen.

Das strahlende Wetter am nächsten Morgen lädt dazu ein, den Tag draußen zu verbringen. Wir verzichten auf den Rundgang in Sellin, nehmen uns nach dem Frühstück ein Hotelfahrrad und brechen auf Richtung Saßnitz zu den Kreidefelsen. Ganz so flach, wie ich gedacht hatte, ist Rügen dann doch nicht. Immer wieder gibt es kleine Hügel zu überwinden, wo ich gehörig ins Schnaufen komme.

In Saßnitz machen wir eine Pause im Café Gumpfer an der Strandpromenade. Nach einem Pott Kaffee und einem Stück Apfeltorte fühlen wir uns gut gerüstet, den restlichen Weg bis zu den Kreidefelsen zu schaffen. Es gibt noch ein paar Steigungen zu überwinden, aber nach zweieinhalb Stunden Fahrzeit sind wir angekommen. Der Ausblick ist grandios und ich hole meine Nikon hervor, um ein Foto von Manuela mit Blick aufs Meer und die Felsen zu machen. Es erinnert ein wenig an das berühmte Gemälde von Caspar David Friedrich, weil immer wieder jemand anders mit aufs Bild kommt. Dann gehe ich näher an Manuela heran und schieße noch ein paar Porträts, wo sie freigestellt ist und der Hintergrund verschwimmt. Manuela möchte ein Selfie mit dem Handy von uns beiden machen, aber ich bitte einen Spaziergänger, ein Foto mit meiner Kamera von uns zu schießen, und stelle ihm alles entsprechend ein. „Du bist aber auch ein Perfektionist", sagt Manuela anschließend, als ich ihr das Ergebnis zeige. „Ein Selfie mit dem Handy hätte doch als Erinnerung auch gereicht." „Ich schick dir das Bild nachher, dann kannst du es auf dem Handy speichern und posten. Und nicht nur du wirst dann auch von der Qualität begeistert sein." „Ach, das sieht man doch auf dem Handy nicht wirklich." „Ich schon."

Der Weg zurück ist dann etwas leichter, weil die meisten Steigungen jetzt bergab gehen. Damit wir nicht zu glücklich werden, kommt uns an freien Stellen ein kräftiger Wind entgegen. Wir legen eine Pause in Prora ein, besuchen den Baumwipfel-Pfad und essen im danebenliegenden Restaurant Boomhus eine Kleinigkeit. Da es nur noch etwa 15 Kilometer nach Sellin sind und ich sehr durstig bin, trinke ich ein paar Störtebeker. Der restliche Weg schafft mich aber dann so sehr, dass ich im Hotel nur noch aufs Zimmer schleichen und ins Bett fallen kann. Manuela ist nicht begeistert von ihrem schlappen Begleiter und geht auf ein paar Cocktails allein in die Bernstein-Lounge.

Leo

13.

Meine Mausefalle ist im Großeinsatz. *,Das gibt's doch nicht!* Da muss irgendwo ein Nest sein', grüble ich vor mich hin. In vier Tagen drei Mäuse, das ist rekordverdächtig. Die Pepi wäre neidisch, wenn sie das wüsste. Die Pepi ist die grau getigerte Nachbarskatze, die lässt nichts aus, was krabbeln kann und vor ihr flüchten will. Aber in meiner Speisekammer suche ich lieber selber die Übeltäter. Das muss sich ausgehen, wenn ich heute Abend heimkomme.

Inzwischen habe ich mit Lucy die Telefonnummern ausgetauscht. Es macht Spaß, sich mit ihr zu unterhalten. Das ist absolut kurzweilig und ich freue mich jeden Tag darauf. Bisher haben wir nur geschrieben. Für heute nach Dienstschluss sind wir verabredet zum Telefonieren, zum ersten Mal. Ich hoffe, ich komme zu einer menschenwürdigen Zeit aus dem Büro. Da muss ich mich ranhalten, der Planungsbericht für das neue Programm muss bei Jochen, meinem Chef, auf dem Schreibtisch liegen, bevor ich die heiligen Hallen verlasse. *,Also bitte, Konzentration! Die Gedanken an meine Mäuschen muss ich auf später vertagen!'* Es ist schwierig, aber die Motivation hat durch das, was mich am Abend erwarten würde, gesiegt. Damit meine ich natürlich die Mickymaus, nicht die in meiner Falle ...

Kurz vor acht bin ich zu Hause. Zum Mäusenest suchen ist es zu spät, wir wollen ja gleich telefonieren. Ich kann nachher nicht alles bis morgen herumliegen lassen. Meine Eltern sind zwar für ein paar Tage zu meiner Tante gefahren, aber gegen ein bisschen Ordnung habe ich selber auch nichts. Deshalb beschließe ich, die Falle wieder zu aktivieren, also den Köder zu erneuern, und die Räumaktion auf das Wochenende zu verschieben. Und jetzt ein kühles Blondes und ab auf die Couch. Circa halb neun haben wir ausgemacht. Jetzt ist es Punkt halb. Ich wähle ihre Nummer und sie geht nach dem ersten Läuten ran. „Hi Leo! Ich staune, wie pünktlich du bist!", scherzt eine klare, freundliche und sehr angenehme Stimme am Telefon. „Hi Lucy, ja, ich hab mich auch auf heute Abed gefreut! Wie geht's dir? Wie war dein Tag?" Sie erzählt von ihrem anstrengenden Arbeitstag und ich von meinem Chef, der begeistert war, wie schnell ich seinen Auftrag ausgeführt habe. „Irgendwie beflügelst du mich", muss ich ihr gestehen. Das gefällt ihr. Es knistert richtig zwischen uns. Ich würde sie sehr gern sehen, aber ich will nichts kaputtmachen, indem ich zu voreilig bin. Nach einer Weile legt Lucy scheinbar eine Denkpause ein und fragt dann ganz vorsichtig: „Sag mal, wir wollten uns doch diese Woche noch sehen. Es ist erst knapp halb zehn. Was meinst du, sollen wir uns heute noch treffen?" Mein Herz macht einen Sprung und der erste Impuls wäre ein lautes JA gewesen. Aber morgen sollte ich nicht zu spät aufstehen, und ausgeschlafen zu sein, wäre auch kein Fehler. „Musst du morgen gar nicht arbeiten?", versuche ich zu erfahren. „Doch, aber zugegeben erst etwas später als sonst. Möchtest du nicht?" Sie wirkt ein wenig enttäuscht. „Doch, doch! Sehr gern sogar. Ich muss nur früh raus und wenn wir jetzt noch irgendwo hinfahren, wird die Nacht kurz. Ich überdenk nur unsere Möglichkeiten."

Das Ergebnis unserer gemeinsamen Überlegung ist ein Kompromiss mit Folgen. Wir haben es beide nicht weit zur U-Bahn. Und so einigen wir uns darauf, dass ich sie von der Station abhole und wir machen uns bei mir zu Hause einen gemütlichen Abend. Trifft sich gut, dass Mama vor ihrem Urlaub noch aufgeräumt hat. Und ich bin froh, dass ich die Speisekammer heute nicht ausgeräumt habe! In einer halben Stunde soll ich sie abholen. Da kann ich noch Bettzeug für die Couch heraussuchen. Wenn es sehr spät wird, was ich fest glaube, möchte ich ihr das Bett überlassen und selber auf der Couch schlafen. Ich ziehe mich noch um, dann schnappe ich meine Jacke und los geht's.

Bei der Begrüßung wollen wir uns nicht lang aufhalten. Es gibt eine innige Umarmung und dann freuen wir uns auf zu Hause. Es ist genau 22:40 Uhr, als wir bei meiner Haustür ankommen. Ich greife in meiner Jackentasche nach dem Hausschlüssel. Da trifft es mich wie ein Schlag! Der Schlüssel liegt im Vorzimmer auf der Kommode. Ein Albtraum! Lucy glaubt erst, ich mache einen Scherz. Sie hört erst auf zu lachen, als ich sie mit in den Garten nehme – zum Glück kann man bei meinen Eltern über den Zaun steigen und so nach hinten zu meiner Terrasse gelangen. Bei der alten Terrassentüre steckt innen der Schlüssel. Um den zu erwischen, muss ich ein Loch in die Glasscheibe machen, die im oberen Teil der Tür eingesetzt ist. Da hilft nur eins. Ein Kissen von der Gartenbank holen und so leise wie möglich das Glas einschlagen. *Ich breche in mein eigenes Haus ein! Ich glaub's nicht!'* Lucy blickt ganz verlegen umher, als würde sie Schmiere stehen. Ich kann förmlich spüren, wie peinlich ihr das ist. In drei Minuten ist alles erledigt. Meine Hand passt gerade durch das Loch, ich fasse den Schlüssel und kann endlich aufsperren. Und das Wichtigste: Die Nachbarn sind nicht wach geworden!

Während ich das Loch provisorisch mit Karton abdichte, wird Lucy lockerer und kann wieder lachen. „Tut mir leid, meine Mickymaus! Das ist mir noch nie passiert. Ist ja voll peinlich, die Sache. Du musst dir jetzt was Schönes von mir denken!", flüstere ich, während ich sie in den Arm nehme. Sie lässt es geschehen, erwidert auch meinen Kuss und beruhigt mich nachher: „Ach, das kann doch passieren. Mach dir nix draus! Du hattest die Situation doch voll im Griff."

Bei einem guten Glas Rotwein und ein bisschen Knabberzeug wird es noch ein langer, gemütlicher Abend. Wir kommen uns bald näher, als ich es zu hoffen gewagt habe, und zum Schluss meint sie, die Bettwäsche für die Couch wäre doch nicht nötig. Sie will mir auf keinen Fall mein Bett wegnehmen. Es ist bereits nach halb zwei, als wir uns aneinanderkuscheln. Ich denke gerade, wie schön das ist. Das hatte ich schon lange nicht gespürt. Plötzlich – ein Knacksen und Scharren in der Dunkelheit ... „Was ist das?", fragt Lucy erschrocken. „Nichts weiter. Keine Sorge, wahrscheinlich die Pepi, die Nachbarskatze ... Gute Nacht, meine süße Mickymaus!"

Lydia

14.

Am Samstag ist Putzen angesagt, damit abends alles schön sauber ist. Ich teile mir die Hausarbeiten mit Wolfgang und Lisa. Jeder kümmert sich natürlich um sein eigenes Zimmer, aber ich biete an, die Küche in Ordnung zu bringen und auch nachmittags etwas zu essen für abends vorzubereiten. Lisa macht das Bad sauber und Wolfgang geht für seine Party einkaufen. Mittags ist die Küche fertig und bis zum Kochen und Vorbereiten habe ich noch etwas Zeit. Also schalte ich meinen Laptop ein und rufe das neue Computerspiel auf, das ich mir gestern heruntergeladen hatte. „Anno 1800" heißt es, in dem es um den Aufbau von Gesellschaften im Industriezeitalter geht. Ich beginne damit, ein paar Bauern auf Feldern schuften zu lassen, damit die Nahrung sichergestellt wird, aber dann muss ich mich um Arbeiter in Fabriken kümmern. Nach zwei Stunden habe ich eine beachtliche Struktur geschaffen und speichere den aktuellen Stand ab, denn Wolfgang ist vom Einkaufen zurück und jetzt heißt es Live Cooking.

Die Party am Abend wird dann megalustig, wir haben etwa 30 Leute in der Wohnung, die sich in allen Räumen tummeln. Das ist das Tolle an unserer WG, dass wir gut miteinander teilen und auch feiern können. Es wird spät, fast halb vier, bis ich die übrig gebliebenen Gäste aus meinem Zimmer scheuche und ins Bett krabbeln kann. Die anderen feiern noch weiter, aber nach drei Minuten bin ich eingeschlafen.

Am Sonntagvormittag um elf wache ich auf, mein Kopf fühlt sich an wie eine teigige Masse. Ich gehe zu unserem Medizinschrank, hole mir erst mal zwei Aspirin und brühe in der Küche einen starken Kaffee auf. Geruch oder mein Klappern in der Küche hat wohl Lisa geweckt, denn kurz danach steht sie zerzaust in der Tür und sagt: „Krieg ich auch 'n Kaffee?" „Klar Süße, brauchst du auch ein Aspirin?" „Nee, bloß nicht, dann muss ich kotzen." Also lassen wir beide die Party bei einer Reihe von Kaffeetassen Revue passieren. Wir kommen zu dem Schluss, dass der Abend sehr gelungen war. Gegen eins kommt Wolfgang aus seinem Zimmer und mit ihm eine junge Frau (höchstens 18), beide hocken sich zu uns in die Küche und es gibt eine weitere Kaffeerunde. „Wie hat dir deine Geburtstagsparty gefallen?", fragt Lisa. „Supergeil, dank eurer Unterstützung, vor allem auch dank Lydias Kochkünsten, aber auch wegen Lisas Musik und Getränkeversorgung fand ich es ganz toll. Ich danke euch sehr dafür." Nadine, die Kleine, die mit Wolfgang hereingekommen war, fragt: „Wohnt ihr hier schon lange zusammen?" „Drei Jahre in der Konstellation", antwortet Lisa, „da zog Lydia ein. Vorher hatten wir einen weiteren Mann bei uns, aber das passte nicht so gut, denn der war eher ein Putzmuffel." „Stinkstiefel, würde ich sagen", meinte Wolfgang, „denn sonst war mit dem auch nicht viel anzufangen. Irgendwie war der ständig bekifft und schwebte in anderen Welten."

Ich verabschiede mich aus der Runde und versuche in meinem Zimmer noch ein bisschen „Anno 1800" weiterzuspielen, aber dazu ist mein Geisteszustand wohl noch zu schwach. Also schalte ich ab, setze mir die Kopfhörer auf und höre Musik. Kurz danach muss ich eingeschlafen sein. Gegen fünf wache ich auf und denke: ‚Jetzt muss ich mich aber mal langsam in einen präsentablen Zustand versetzen. Und noch was essen wäre auch nicht schlecht.' Ich hole mir also schnell einen Joghurt mit etwas Müsli und danach gehe ich eine Viertelstunde unter die Dusche. Gegen sechs bin ich mit meinem Äußeren ganz zufrieden, die dunklen Ringe unter den Augen sind zwar auch mit Schminke nicht ganz wegzukriegen, aber was soll's. Mach 'mer los. Guggn 'mer mal, was Frank und der Italiener zu bieten haben.

Frank steht tatsächlich an der S-Bahn-Station und wir wandern zum „Casale". Er hat einen Tisch in einer gemütlichen Ecke reserviert und die Speisekarte sieht auch verlockend aus. Nach der Bestellung und einem ersten Schluck Valpolicella reden wir über uns. Frank will wissen, ob ich ihn mag. Ich sage wahrheitsgemäß: „Ja, schon, aber wie du weißt, stört es mich, dass du rauchst." „Kannst du dir trotzdem eine Beziehung mit mir vorstellen?" „Ach du lieber Gott, Frank, da ist er wieder, der Mister Geduldig. Wieso fragst du das? Können wir es nicht einfach erst mal angehen lassen und schauen, wie sich das mit uns entwickelt?" „Ja, aber ich möchte schon ein bisschen wissen, woran ich mit dir bin." „Hast du Angst, zu viel zu investieren, oder was soll das?" „Nein, das ist es nicht. Vielleicht bin ich etwas zu konservativ. Ich hatte mir erträumt, dass wir heute Abend nach dem Essen noch zu mir gehen und dass wir uns vielleicht etwas näherkommen. Wenn dir aber nichts an mir liegt, macht das wenig Sinn, oder? Dann lassen wir das besser." „Frank, wir treffen uns heute zum dritten Mal, da kann ich noch nicht sagen, wie sehr ich dich mag und ob wir langfristig füreinander bestimmt sind oder zueinander passen. Das braucht Zeit." „Ich bin vielleicht ein blöder Romantiker, aber ich mag dich sehr und ich kann mir mehr vorstellen, als nur mit dir essen zu gehen. Ich glaube, ich bin schon sehr in dich verliebt. Aber wenn das einseitig ist, dann möchte ich lieber nicht weiter darüber sprechen."

Das macht mich irgendwie sprachlos. Wenn es so ist, wie er sagt, dann muss ich den Kontakt mit ihm abbrechen, denn so etwas empfinde ich nicht für ihn. Jedenfalls bisher nicht. *‚Kann das noch kommen oder* *wird sich da bei mir nichts tun?'* Ich antworte ihm vorsichtig: „Frank, ich habe dir schon gesagt, dass ich dich mag, aber mehr ist da nicht. Jedenfalls bisher. Ich weiß nicht, ob sich das ändern wird, aber wenn wir es nicht versuchen, dann werden wir es nicht wissen."

Inzwischen sind meine Nudeln kalt und ich hab auch keinen Hunger mehr. Frank versucht, meine Hand zu nehmen, die ich ihm wegziehe. Dann sagt er: „Ich hab mich schon in der Firma in dich verguckt, da kannte ich dich noch gar nicht. Jetzt, wo ich dich näher kenne, ist das Gefühl noch viel stärker. Aus deinen Worten erkenne ich, dass du nicht sehr viel für mich übrig hast, und dann möchte ich nicht weiter versuchen, dich von meinen Empfindungen zu überzeugen. Ich glaube nicht, dass dies zu einer positiven Entwicklung deiner Gefühle führen wird. Dann bleiben wir halt Freunde, wenn du magst."

Ich schlucke ein paarmal, so ehrlich ist noch nie jemand zu mir gewesen. Die meisten Männer hatten einfach weiter gebaggert und versucht, mich rumzukriegen. So ein Mensch wie Frank ist mir noch nie begegnet. Da sollte ich zumindest das Freundschaftsangebot annehmen. „Ich danke dir sehr für deine offenen und liebevollen Worte. Und für eine Freundschaft mit dir bin ich gern bereit. Das heißt, wenn dir das reicht." „Wenn es mehr nicht werden kann ..."

Tina

15.

Meine Chatzeiten habe ich jetzt gut im Griff. Seit etwa zwei Wochen schreibe ich mit den drei Jungs, wobei es sich eingespielt hat, dass ich jeweils nur einem bekannt gebe, dass ich schon zu Hause bin oder auf seine Nachricht antworte. Es ist nicht ganz einfach, einen Dialog zeitlich zu begrenzen, damit die beiden anderen noch zum Zug kommen, aber man wird erfinderisch. Mal bin ich sehr müde und muss am nächsten Tag früh raus. Dann wieder ruft meine Freundin gerade an oder ich bin draufgekommen, dass ich etwas vergessen habe, was noch dringend vor dem Schlafengehen erledigt werden muss. Und wenn es sich für einen der drei einmal gar nicht ausgeht, bin ich einfach nicht zum Chatten gekommen.

Das ist natürlich nur möglich, weil ich es bisher vermeiden konnte, meine Telefonnummer herzugeben. Langsam wird es aber eng. Markus hat schon zweimal danach gefragt. Und ich muss zugeben, die Unterhaltung mit ihm ist am spannendsten. Andreas ist vielleicht ein bisschen zu vorsichtig. Ich möchte nicht den ersten Schritt machen. Er macht ihn aber auch nicht. Ben ist unheimlich höflich und einfühlsam, mit ihm könnte ich stundenlang reden ... NUR reden, glaube ich. Bei Markus ist das ganz anders! Er macht es spannend, spricht oft in Andeutungen, gibt aber seine Absichten auch offen zu, ohne dabei aufdringlich zu wirken.

Heute ist er der letzte in der Plauderrunde und diesmal ist es so weit. Die angenehme Spannung zwischen uns wird immer spürbarer und der Wunsch nach mehr deutlicher. Wir tauschen endlich unsere Nummern aus und verabreden uns für den nächsten Tag. Da ich ohnehin vorhabe, morgen mit dem Auto zu fahren, schlage ich vor, dass ich ihn von der Arbeit abhole, und dann überlegen wir, wo wir hinwollen. Markus ist begeistert von der Idee, er liebt Überraschungen.

Zuerst ist Markus erstaunt, welches Auto ich fahre. „Wow, da weiß ich ja gar nicht, wen oder was ich zuerst bewundern soll. Dich oder dein Auto! Beides echte Schönheiten, wie ich sehe", tönt er sehr charmant und fast ehrfürchtig. „Danke für das Kompliment", gebe ich zurück „Das Saab Cabrio war schon lange mein Traum. Im Winter habe ich es geschafft und noch einen Verrückten gefunden, der seinen Schatz verkauft! Neu gibt es die ja leider nicht mehr ... Komm, steig ein, hast du eine Idee, wo wir hinfahren wollen?"

Dann bin ich überrascht. Markus schlägt vor, ins Kino zu gehen. „Gibt es eines, wo du öfter hingehst?", will er wissen. „Ja, schon. Ich bin ab und zu in der ASTOR Lounge in der HafenCity. Da gefällt mir das besondere Ambiente und die angenehmen Liegesitze." Markus schmunzelt: „Soso, Liegesitze ... Apropos ... hat das Saab Cabrio auch Liegesitze?" Seine Augen blitzen und ein Lächeln umspielt seinen Mund, das Bände spricht. Ich lenke erst einmal ab und frage schnell: „Also, wohin? HafenCity?" „Alles klar! Kann losgehen."

„Am besten parken wir im City Parkhaus, von da sind wir zu Fuß in etwa 18 Minuten im Kino ... sagt Mr. Google", lautet seine Recherche. Ich kutschiere uns also zu dem Parkhaus und muss gleich einmal feststellen, dass die ersten beiden Ebenen völlig zugeparkt sind. Also noch eine höher. Plötzlich meint Markus: „Fahr doch noch eine höher!" Ich weiß auch nicht, warum, aber ich erklimme wirklich die nächste Etage, und als Markus richtig in Fahrt kommt und mich anfeuert, noch eine und noch eine. Auf der letzten Ebene parken nur ganz wenige Autos. „So passt das", meint Markus, schon wieder mit einem Lächeln im Gesicht.

Unser Zeitplan ist okay. Es gibt mehrere Filme, die innerhalb der nächsten Stunde beginnen. Auf dem Weg zum Kino überlegen wir, welchen wir sehen wollen. Markus hat „Robin Hood" im Auge. Jamie Fox soll die Rolle des Little John hervorragend spielen. Ich bin aber eher für was Lustiges und dränge auf „Booksmart".

„Davon habe ich letztens die Vorschau gesehen. Da geht die Post ab, sag ich dir. Da gibt's was zu lachen", schwärme ich und Markus gibt nach. Also kaufe ich zwei Tickets für uns und eine große Tüte Popcorn.

Er kennt dieses Kino noch nicht und ist überwältigt von dem angenehm großen Saal mit der schummrigen blauen Beleuchtung. So weiche Kinosessel hat er auch noch nicht gesehen – oder besser gespürt. „War eine gute Idee, hierherzukommen. Das gefällt mir sehr", gesteht er und kippt während des Films seinen Sessel nach hinten. Ich meinen auch. Es ist sehr angenehm, neben Markus zu sitzen, ich genieße seine Gesellschaft. Nach der Einleitung des Films, also als klar ist, was die beiden Highschool-Girls vorhaben, spüre ich, wie seine Hand meiner immer näher kommt, bis er sie zu streicheln beginnt. Von da an ist es gar nicht mehr so einfach, der Handlung zu folgen. Jedenfalls geht es im Film ganz schön heiß zur Sache, was auch uns in einen gewissen Spannungszustand versetzt.

Auf dem Rückweg zum Auto ist es etwas kühl geworden, daher hake ich mich bei meinem Begleiter unter und genieße seine Nähe. Als wir im Parkhaus auf der letzten Ebene ankommen, stellen wir erstaunt fest, dass das weiße Traumauto mit dem dunkelblauen Verdeck als einziges übrig geblieben ist. „Hm", flüstert Markus mir ins Ohr „Hast du schon mal auf dem

Rücksitz deines Autos geküsst ... oder geknutscht?"
„Nein!", lautet meine prompte Antwort. „Dazu hatte ich noch nie die Gelegenheit!" „Das hier könnte man aber als Gelegenheit bezeichnen, oder?" „Ja ... wenn man so will. Das könnte man wohl." Wir schauen uns ein paar verhängnisvoll lange Sekunden an, dann öffne ich die Tür und schiebe die Sitze etwas nach vorn. Die Lehnen noch nach vorn kippen und schon ist es auf dem Rücksitz recht gemütlich. Wie in eine geheimnisvolle Höhle ziehen wir uns zurück. Die Spannung ist so groß, dass wir nicht mehr anders können, als uns zu küssen. ,Ja, das fühlt sich gut an', denke ich und lasse mich voll auf das ein, was jetzt kommt. Scheinbar durch die Diskussion der Mädchen im Film inspiriert, fragt mein Liebhaber: „Weißt du, dass es sie gibt?" ... „Was?" ... „Die Scherenstellung." ... Ich versinke zuerst in seinen lachenden Augen und dann in seinen starken Armen.

Sven

16.

Mitten in der Nacht wache ich auf und wundere mich, dass Manuela nicht neben mir liegt. Ich gehe aufs Klo und versuche sie anzurufen, aber scheinbar ist ihr Telefon aus, denn es kommt gleich die Mailbox. Ich schaue aufs Handy: 4:36 Uhr. Das ist jetzt aber komisch. Was mag da wohl los sein? Mit einem unguten Gefühl lege ich mich wieder hin, aber es dauert ewig, bis ich noch einmal einschlafe. Um 6:47 Uhr wache ich aus einem Albtraum auf, in dem Manuela mit einem anderen Mann im Bett liegt, und bin vollends verwirrt. Ich versuche erneut, sie anzurufen, und wieder antwortet die Mailbox. Jetzt bin ich ernsthaft besorgt und beschließe, einen Spaziergang zu machen.

Nach ungefähr einer Stunde komme ich zurück ins Zimmer. Keine Spur von Manuela. Also gehe ich in die Sauna, um meinen Frust auszuschwitzen. Als ich gegen halb zehn wieder in unser Zimmer komme, liegt Manuela schlafend und leise schnarchend im Bett. Ich bin versucht, sie aufzuwecken, beschließe aber stattdessen zum Frühstück zu gehen. Dort genehmige ich mir neben Spiegeleiern und Schinken zuerst zwei Gläser Sekt, um von meiner Nervosität runterzukommen. Ich überlege dauernd, was sie wohl gemacht haben könnte, und komme zu keinem anderen Schluss, dass es – wie in meinem Albtraum – nur ein anderer Mann gewesen sein kann. *‚Was mache ich denn jetzt? Soll ich sie ausfragen oder warten, ob sie von sich aus was sagt?‘* Ich beschließe, zunächst vorsichtig nachzufragen und ihr die Chance für ein Geständnis zu geben. Dann kann ich immer noch entscheiden, wie ich darauf reagiere. Vielleicht gibt es ja doch eine harmlose Erklärung.

Um 11:30 Uhr finde ich sie immer noch schlafend. *Muss wohl eine harte Nacht gewesen sein.'* Ich nehme meinen Laptop und setze mich zum Lesen auf den Balkon. Irgendwie kann ich mich aber nicht konzentrieren, immer wieder drehe ich mich um und schaue sie an. Sie schläft weiter tief und fest und so fallen mir auch die Augen zu.

Plötzlich werde ich durch zwei Hände aufgeweckt, die sich von hinten auf meine Augen legen. „Guten Morgen", sagt Manuela zu mir. „Wieso schläfst du hier auf dem Balkon? Du hättest dich doch neben mich legen können." „Hätte, hätte, Fahrradkette, da wär ich mir komisch vorgekommen. Wo warst du denn so lange?" „An der Bar unten, da hab ich ein paar nette Leute kennengelernt, und als die um eins zugemacht hat, sind wir noch in einen Nachtclub gefahren." „Und der hatte bis morgens um neun offen?" „Nein, um sieben waren wir wieder im Hotel und haben gefrühstückt. Danach bin ich ins Zimmer, aber du warst nicht hier. Also hab ich mich hingelegt, denn ich war echt kaputt und hatte wohl auch zu viel getrunken." „Und jetzt bist du schon halbwegs wieder fit?" „Na ja, geht so. Wieso, was möchtest du denn machen? Sicher nicht schon wieder Rad fahren, oder?" „Nö, das hat mir gestern gelangt. Aber wir könnten doch mit dem Auto irgendwo hinfahren und schön zu Mittag essen. Was meinst du?" „Ja, wenn du fährst, denn ich glaube, ich sollte noch nicht ans Steuer."

Eine halbe Stunde später sind wir unterwegs Richtung Hiddensee. In Schaprode stellen wir das Auto ab und nehmen die Fähre nach Vitte. Von dort machen wir einen Spaziergang zum Restaurant Buhne XI, das ich schon im Hotel gegoogelt hatte. Im Auto, auf der Fähre und auch beim Spaziergang kommen immer wieder Nachrichten auf Manuelas Handy, sie schaut kurz drauf, antwortet manchmal, aber immer so, dass ich nichts lesen kann. Im Restaurant spreche ich sie dann drauf an und frage: „Wer schreibt dir denn so viel?" „Meine Mutter." „Ist was passiert?" „Nein, sie will halt wissen, was wir so machen und wie es uns geht." „Zeig mal." „Wieso, das ist doch nicht wichtig." „Ich würde es aber gern sehen!" „Das interessiert dich doch sonst auch nicht." „Sonst bleibst du auch nicht eine ganze Nacht weg." „Ach, du kannst einem alles verderben." „Ich? Ach. Was verderbe ich? Die Kommunikation mit deiner Mutter?" „Ich finde, du bist äußerst misstrauisch." „Und ich finde, du bist äußerst unehrlich." Das Essen wird gebracht und wir kauen schweigend. Das heißt, ich kriege kaum was runter. Dabei sieht der Fisch sehr gut aus. Ich frage sie: „Meinst du, du kannst gleich zurückfahren? Ich würde gern noch ein Bier trinken." „Ja, ich denke, das wird schon gehen, und ich bleib heute bei Wasser." Also bestelle ich mir ein großes Bier und dann noch eins. Danach fühlt sich mein Magen besser an.

Auf dem Rückweg zur Fähre kommen wieder ein paar Nachrichten, aber sie schaut sie nicht an und beantwortet sie auch nicht. Ich tu auch so, als hätte ich das nicht mitbekommen. Erst auf der Fähre, wo ich eines der Biere wieder wegbringe, sehe ich auf dem Rückweg, dass sie schreibt wie wild. Jetzt reicht es mir und ich beschließe, ich muss handeln. Ich komme zum Platz zurück und sage zu ihr: „Es gibt zwei Möglichkeiten: Du zeigst mir die Konversation mit deiner Mutter oder ich fahre heute Abend nach Hause." „Was soll das jetzt? Spinnst du? Du kriegst mein Handy nicht. Schon aus Prinzip."

Ich sage kein Wort mehr, sondern suche mir im Auto eine Zugverbindung nach Hamburg und packe im Hotel wortlos meinen Koffer.

Marie

17.

Eigentlich hatten ihre Eltern sie Marie-Luise getauft und in der Schule hatte man sie nur Mary Lu gerufen. Dann war sie zum Studium nach Hamburg gegangen und als Marie zurück nach Münster gekommen. Jetzt saß sie gerade in ihrer Wohnung, ihr Sohn Bosse schlief und sie dachte darüber nach, wie sie ihren 30. Geburtstag feiern sollte. Letztens war sie mit ihrem Freund Bernd mal im Club „Walk of Fame" gewesen und dort hatte es ihr gut gefallen. An den Wänden hingen Bilder, die nach geschlossenen Gesellschaften aussahen. Sie hatte auch schon gefragt und erfahren, dass sie dort eine Geburtstagsparty feiern konnte. Also, der Ort war schon mal klar, Getränke lieferte der Club, Essen musste man selbst organisieren. Bernd hatte sie für verrückt erklärt, als sie meinte, der Club sei so groß, sie wolle 100 Leute einladen. Jetzt saß sie vor einem leeren Blatt Papier und wollte sich die Gäste notieren.

Als Erstes fiel ihr Sven ein, mit dem sie während ihres Studiums in Hamburg eine kurze Beziehung gehabt hatte. Genau genommen war es ein langes Wochenende auf Sylt gewesen, wo Sven Fotos machen wollte, und sie gefragt hatte, ob sie mitkommen wolle. Da sie Sven nett fand und seine lockere Art mochte, hatte sie zugesagt und war gern mitgefahren. Es waren ein paar tolle Vögeltage geworden, wie sie nachher immer zu sagen pflegte. Denn Sven hatte nicht nur Vögel fotografiert ...

Aber danach hatten sie sich aus den Augen verloren. Kurze Zeit später war Sven für eine längere Fotoreise nach Südafrika aufgebrochen und sie war nach Münster zurückgegangen und hatte angefangen, Italienisch und

Mathematik an der Marienschule zu unterrichten. Das ist ein bischöfliches Gymnasium mit 100-jähriger Geschichte und entsprechend traditionell geht's dort auch zu.

Sven wollte sie unbedingt einladen, denn er kam immer noch in vielen ihrer Träume vor, obwohl die Affäre schon fünf Jahre her war. Bernd gehörte auch dazu, obwohl sie nicht mit ihm verheiratet war. Sie teilten sich die Erziehung ihres gemeinsamen Sohnes, aber zusammen leben wollten sie nicht. Dazu waren sie zu verschieden. Dann musste sie diverse Kolleginnen und Kollegen von der Schule einladen, also Babsi, Marlene, Uschi, Franz, Manuel usw. Damit käme sie auf etwa 20 Personen. Sollte sie auch Verwandte einladen? Ihre Eltern, ihren Bruder. Ach ja, und Tina und ein paar andere aus Hamburg, die sie auch aus der Studienzeit kannte. So käme sie also auf etwa 30 Gäste, was für den 30. Geburtstag vielleicht auch besser war als 100. Da hatte Bernd recht gehabt.

Sie vervollständigte die Liste und dachte über ein Motto für den Abend nach. Sie war am 17. November 1989 geboren, also kurz nach der Maueröffnung. Sollte sie irgendwie daran anknüpfen? Wall of Shame im Walk of Fame? Das könnte gehen. Aber so richtig gefiel ihr das noch nicht. Zumindest würde sie jetzt schon mal den Klub am 16. November reservieren. Es war toll, dass das ein Samstag war, denn dann konnten sicher viele an der Party teilnehmen und mit ihr in den Geburtstag hineinfeiern. Sie musste auch an ein paar Übernachtungsmöglichkeiten denken. Sven könnte ja vielleicht bei ihr schlafen, wenn sie Bosse bei ihrer Nachbarin unterbringen würde. Aber andere auswärtige Gäste brauchten ein Hotelzimmer. Darum wollte sie sich morgen kümmern. Und das Essen? Catering Service von wo? Vielleicht könnte die eine oder andere Kollegin auch etwas mitbringen. Das müsste sie in der Schule mal ansprechen. Sie musste auch bald die Einladungen verschicken, damit alle rechtzeitig Bescheid wussten und möglichst viele bzw. genau 30 dabei wären. Was sollte da alles hinein und wie sollte die aussehen? Bernd kannte eine Druckerei und hatte angeboten, dass die Karten dort gedruckt werden könnten. Also schaltete sie ihren Laptop ein und fing an, in Power Point einen ersten Entwurf aufzusetzen.

Leo

18.

Die Nacht ist kurz und unruhig. Ich bin sehr schnell eingeschlafen und fühle mich unheimlich wohl, so nah an Lucys warmen, weichen Körper geschmiegt. Kein Stück Stoff ist zwischen uns. Haut an Haut ins Land der Träume. Wie wunderbar! Aber sie kann nicht schlafen. Zuerst flüstert sie: „Bitte kannst du mal nachsehen, ob das wirklich die Katze ist?" Ich muss kurz überlegen, was ich tun soll, denn ich weiß ja, dass es nicht die Pepi ist. Also versuche ich sie zu beruhigen: „Die geht gleich wieder. Die ist öfter hier und ein bisschen nachtaktiv. Komm, versuch zu schlafen." Nur gefühlte fünf Minuten später: „Leo bitte, was ist das? Das ist doch hier im Haus." ‚Oje, jetzt sitz ich in der Patsche! Wenn ich ihr gleich sage, dass das eine Maus ist, die aus der Falle fliehen will, lyncht sie mich, weil ich vorher gelogen habe. Und wenn sie selber die Falle mit der Maus findet, bin ich auch fällig.' Ich möchte auch noch ein bisschen schlafen, kann kaum die Augen offenhalten. Um fünf Uhr müssen wir aus den Federn. In zwei Stunden! Ich beschließe, es ihr zu sagen, damit hier bald Ruhe ist: „Lucy, bitte sei nicht sauer, ich muss dir was sagen. Ich habe in der Speisekammer eine Mausefalle aufgestellt, da sitzt jetzt sicher so ein armes Vieh drin und will raus. Morgen früh ..." Den Satz kann ich nicht zu Ende sprechen, denn sie springt wie von der Tarantel gestochen aus dem Bett und schreit mich an: „Waaas? Eine Maus!!! Bist du von allen guten Geistern verlassen? Du lässt mich mit Mäusen unter einem Dach schlafen?!" Ich bin gerade sehr froh, dass meine Eltern nicht zu Hause sind. Die Töne in dieser Frequenz wären sicher bis hinübergedrungen! „Beruhige dich bitte! Das ist doch nur eine kleine Maus. Noch dazu in einer Falle", versuche ich sie zu bändigen. Aber sie ist äußerst aufgebracht. Plötzlich hält sie inne und sagt in ganz normalem Ton: „Du verarschst mich doch, oder? Ich nerv dich, weil du schlafen willst, und deshalb erzählst du mir hier eine Geschichte." Da bin ich platt. Was soll das jetzt? Langsam komme ich in Rage. „Komm mit", fordere ich sie auf. Und sie geht mit in Richtung Küche. Wortlos öffne ich die Tür zur Speis und zeige auf die Falle in der Ecke. Da sitzt es tatsächlich, das kleine, zierliche Nagetier, und schaut uns erschrocken an. Ich will mir schon die Ohren zuhalten, weil ich mit einem Aufschrei rechne, aber Lucy macht nur einen großen Satz zurück und verschwindet im Schlafzimmer. Ich schließe die Tür und folge ihr. Sie sitzt splitternackt, mit angewinkelten Beinen, die Knie mit den Armen umfassend, auf dem Bett und ist den Tränen nah. „Warum hast du mir das nicht gesagt? Ich hasse Mäuse. Mich ekelt es davor! Mäuse sind schmutzig und lästig ... und überhaupt ...", brabbelt sie. „Oh Mann, Lucy, das konnte ich doch nicht wissen! Schon gar nicht bei deinem Spitznamen. Außerdem dachte ich, dass keine mehr in die Falle gehen wird. Ich war fast sicher, dass alle weg sind", rechtfertige ich mich. Aber das macht wenig Eindruck. Ich habe großes Glück, dass sie jetzt auch von der Müdigkeit überwältigt wird. Und so kann ich sie überreden, trotzdem bis zum Morgen zu bleiben. Anderthalb Stunden bleiben uns noch zum Schlafen, was wir nach dieser Aufregung auch tun. Ich muss Lucy nur versichern, dass alle Türen im Haus zu sind.

Der Wecker war schon immer mein persönlicher Feind, aber diesmal würde ich ihn am liebsten durch das geschlossene Fenster schleudern. Auch Lucy zieht sich noch mal die Decke über den Kopf. Doch es nützt nichts, wir müssen raus. Obwohl ich ein super liebevolles Frühstück zubereite und mich wahnsinnig bemühe, die Geschehnisse der Nacht zu übergehen, herrscht eine Spannung zwischen uns, die nichts mehr mit jener beim Chatten zu tun hat. Eiseskälte umspielt Lucys Gesicht. „Schade", unterbreche ich die Stille, „der Abend war so schön und ich hab ihn zerstört. Kann ich das irgendwie wiedergutmachen?" Ich nehme ihre Hand in meine und will sie küssen. Lucy zieht ihre Hand zurück und meint nur: „Der Abend war wirklich gelungen und sehr romantisch. Aber wenn ich daran denke, dass ich mit Mäusen in einem Haus geschlafen habe, wird mir kotzübel. Hierher komme ich erst wieder, wenn du mir versichern kannst, dass die Viecher weg sind!" Mühevoll versuche ich ihr klarzumachen, dass dies ein altes Haus ist. Auch wenn ich es jetzt schaffe, dass alle weg sind, kann sich doch in ein paar Wochen oder Monaten die nächste Mäusefamilie hierher verirren. *,Da haben wir jetzt wohl ein echtes Problem.'*

Lydia

19.

Als ich gegen elf nach Hause komme, sitzen Lisa und Wolfgang wieder in der Küche bei einem Glas Wein und babbeln miteinander. „Wie war dein Date heute?", fragt Lisa. „Ganz nett, aber jetzt bin ich geschafft und geh schlafen. Gute Nacht." Im Bett fühle ich mich doch nicht so müde und schnappe mir noch mal den Laptop. Schaumer amal, ob ich bei „Anno 1800" weiterkomme. Ein paar weitere Arbeiter und eine neue Landschaft erschaffen und dann poppt plötzlich eine Werbung auf: *#gamescom2019 – Eine Woche voller Highlights*. Ich klicke auf das Trailer-Video und denke beim Anschauen, da wollte ich doch immer schon mal hin. Also plane ich das diesmal wirklich. Gesagt, getan. Ich suche mir Zug und Hotel heraus, finde zum Glück sogar noch ein recht günstiges Zimmer in Köln-Deutz, nur ein paar Hundert Meter vom Bahnhof und von der Messe entfernt. Gut, dass ich so früh dran bin, denn bis zu besagtem Ereignis sind es noch vier Monate.

In den nächsten Tagen vermeide ich den Kontakt zu Frank, aber nach etwas mehr als einer Woche ruft er mich nachmittags an. „Lust auf einen Kaffee bei Starbucks am Odeonsplatz?" „Ja, aber bitte etwas später, muss grad dringend etwas fertig machen. Wie wär's zum Feierabend gegen sechs?" „Ja, passt, treffen wir uns dort. Bis dann." Als ich in der Bahn sitze und die Lichter in den Tunneln wie Sterne an mir vorbeihuschen, freue ich mich, ihn zu treffen und ein wenig mit ihm zu plaudern. Nachdem die Fronten geklärt sind, wird es sicher ein nettes Gespräch.

Ich bin etwa 15 Minuten zu spät und Frank ist schon da. Er hat einen großen Latte macchiato vor sich stehen. Ich bestelle mir einen Caramel macchiato und gehe zu ihm an den Tisch. „Wie war dein Tag heute?", fragt er gleich zu Beginn und die ersten Minuten vergehen mit Arbeitsblabla. Dann kommt er zu der Frage, die ich schon erwartet habe: „Hast du noch mal über uns nachgedacht?" „Ja, hab ich. Und ich bin weiter der Meinung, dass wir Freunde sein können, aber mehr nicht. Wenn du das auch willst, freue ich mich. Wenn du aber immer wieder einen Versuch machst, mich doch zu mehr zu überreden, dann geht das mit der Freundschaft nicht und wir werden uns nicht mehr treffen." Er schaut etwas bedeppert und ich sehe ihm die Enttäuschung an. „Okay, hatte schon befürchtet, dass du das sagen würdest. Dann werde ich mich damit abfinden und wir versuchen es, so wie du vorgeschlagen hast. Vielleicht können wir uns ja zuerst mal gelegentlich auf einen Kaffee treffen wie heute." „Ja, wir können auch mal abends in einen Club gehen, wenn es nicht unbedingt Techno sein muss." „Na, da kannst du gern mal was vorschlagen."

Ich erzähle ihm, dass ich im August zur Gamescom nach Köln möchte, und er sagt begeistert, er muss da auch hin. Hat ein paar Termine mit Lieferanten von Medienerzeugnissen. Vielleicht könnten wir zusammen fliegen und dann abends in Köln weggehen. Als ich ihm meine geplante Reisezeit nenne, stellt sich heraus, mein erster Tag ist schon sein letzter. Also können wir nur einen Abend zusammen in Köln etwas unternehmen. „Nun, immerhin, dann buche ich meinen Rückflug erst am nächsten Morgen", sagt er mit einem schelmischen Lächeln. Ich sehe schon wieder die Herzchen in seinen Augen.

Tina

20.

Seit unserem Erlebnis im Parkhaus treffen wir uns fast schon regelmäßig. Allerdings meistens bei mir zu Hause, manchmal unternehmen wir etwas zusammen. Markus wohnt in einer WG mit zwei Mädels und seinem Freund. Da ist es schwierig mit Besuchen. Die Damen mögen das gar nicht.

Andreas habe ich in einer freundlichen Nachricht geschrieben, dass ich jemand anders kennengelernt habe. Es sei sehr nett gewesen, mit ihm zu chatten, aber das gehe jetzt nicht mehr. Ben gegenüber bin ich wirklich freundschaftlich gesinnt und wir schreiben uns manchmal immer noch. Markus wäre gern noch öfter mit mir zusammen, aber meine Arbeit nimmt doch sehr viel Raum in meinem Leben ein. „Von nichts kommt nichts", pflege ich dann immer zu sagen, „ich muss mir meine Brötchen verdienen." Daher bleibt uns hauptsächlich das Wochenende. Einmal die Woche schaffe ich es meist, früher aufzuhören, dann geht auch noch was.

Markus hat wesentlich mehr Freizeit zur Verfügung. Als ich ihn bei unserem ersten Treffen von dem großen Autohaus abholte, dachte ich, er sei dort als Autoverkäufer tätig oder für die IT zuständig. Er machte einen sehr gepflegten Eindruck. Es dauerte einige Zeit, bis er mir erzählte, dass er in der Werkstatt arbeitet und die Autos repariert, Service durchführt und bei Überstellungen hilft. Ehrlich gesagt, hätte ich mir einen Handwerker anders vorgestellt. „Das ist bei uns gar kein Problem. In der Firma haben wir einen großen Umkleideraum mit Duschmöglichkeit. Also kann ich mir locker gleich nach der Arbeit ein Date ausmachen und sehe nicht aus wie ein Schrauber, wenn ich aus der

Werkstatt komme", teilte er mir belustigt mit, als ich ihm meinen Eindruck schilderte.

An einzelnen Tagen wird es bei ihm auch etwas später, aber in der Regel endet seine Arbeitszeit um 18:00 Uhr. Klar, er könnte nach dem regulären Dienst öfter Überstunden machen, hat aber wenig Interesse daran. Seine Freizeit ist ihm wichtiger. Er lässt hier gern den Familienvätern den Vorrang, die auch mehr Geld brauchen, meint er.

Heute ist Samstag und wir überlegen, wo wir den Abend verbringen wollen. „Markus, was hältst du davon, wenn wir einmal richtig fein essen gehen? Immerhin ist heute unser zweiter Monatstag!", versuche ich ihn am Telefon zu motivieren. Seine Denkpause verrät erst einmal keine große Begeisterung, er überlegt. Aber er will mir zur Feier des Tages eine Freude machen und fragt, ob ich denn ein gutes Lokal kenne. Im „Au Quai" an der Elbe war ich schon lange nicht, das wäre doch wieder einmal nett. „Ich reserviere gleich einen Tisch für zwei und hole mein schickes dunkelblaues Cocktailkleid aus dem Schrank", sage ich ihm, damit er gleich weiß, was er anziehen soll. „Ich hol dich um halb sieben ab!"

Pünktlich bin ich bei ihm und staune, wie elegant er in seinem dunklen Anzug aussieht. Eine Augenweide, der Mann! ‚Das wird ein gelungener Abend!' Im Restaurant begleitet uns der Kellner zu unserem Tisch an der langen Glasfront. Der Ausblick auf die Elbe und die riesigen Kräne im Hafen ist beeindruckend, genau wie die edle Einrichtung des großen, lichtdurchfluteten Saales. Besonders originell, die rosa Ledersessel. Ich bin entzückt. Markus ist eigenartig ruhig. Ich vermisse seine Scherze und sein süßes Lachen. Er fühlt sich hier sichtlich nicht annähernd so wohl wie ich. Wir studieren erst mal die Karte. Weil ich merke, wie unsicher Markus ist, bestelle ich für uns beide Sekt als Aperitif und für nachher Wein und Wasser. Als er die Preise in der Speisekarte sieht, wird er richtig verlegen und flüstert mir zu: „Tina, das ist mir jetzt peinlich, aber du hättest mir sagen sollen, WIE fein der Laden ist. Ich fürchte, dafür hab ich nicht genug Geld mit. Kannst du das heute auslegen und ich geb es dir morgen zurück?" Da ist mir bewusst, dass ich Markus überfordert habe. Sieht so aus, als kämen wir aus zwei verschiedenen Welten. Ich versuche zu überspielen, dass mir das unangenehm ist, und antworte: „Na klar, ich hab meine Karte mit. Komm, lass uns den Abend genießen. Magst du Meeresgetier? Hier sind sie Meister in Sachen Fisch."

Das Essen ist himmlisch, der Wein ein Traum und Markus wird dann doch wieder lockerer. Zum Schluss ist er begeistert: „Die Portionen sind hier nicht besonders groß, aber sie sehen toll aus und schmecken ausgezeichnet! Danke für den schönen Abend!"

Ich bringe Markus nach Hause, weil ich weiß, dass er am Sonntag sicher viel länger schlafen möchte als ich. Außerdem will ich noch mit Klara telefonieren. Ich brauche dringend einen Rat. Sie ist noch wach und hat auch um Mitternacht noch ein offenes Ohr für ihre Freundin …

Sven

21.

Das war's dann also mit Manuela. Kehren wir wieder zum Singleleben zurück. Gut, dass ich mit Klaus einen guten Freund habe, mit dem ich mich gleich am Samstagabend treffen und ihm meine Situation erklären kann. In der Kneipe Fritz Bauch können wir die ersten Jever noch draußen reinschütten, bevor es gegen neun zu frisch wird und wir nach drinnen wechseln. Klaus ist mein ältester Kumpel und er ist an dem Abend ein geduldiger Zuhörer.

Gegen Mitternacht, nach dem zehnten Bier oder so, kommen wir beide zu dem Schluss, dass es besser ist, allein zu sein. Klaus übt das schon seit zwei Jahren, nachdem seine Beziehung mit der knallblonden Silvia zu Ende war. Damals hatte ich ihn getröstet und jetzt schwärmt er mir vor, wie schön das Singleleben sein kann. „Du kannst mit mir ein Bier trinken, wann du willst, ohne dass du vorher dafür um Erlaubnis bitten und dir nachher Vorwürfe anhören musst, warum du betrunken nach Hause kommst." Da fällt mir ein Spruch des Kabarettisten Markus Krebs ein: „Meine Freundin fragte mich: *Musst du immer besoffen nach Hause kommen? Nä, ich will.*" Gegen zwei, als unsere Sprache eher zum Lallen geworden ist und der Wirt so langsam schließen will, wackeln wir beide nach Hause. Klaus ist so nett, mich bis zur Haustür zu begleiten, und wankt dann selbst in seine Bude zwei Straßen weiter.

Am Sonntagmittag klingelt mein Handy und als ich die Augen aufschlage, sehe ich, dass Manuela anruft. Darauf hab ich jetzt keine Lust und ignoriere das störende Geräusch. Um vier, nach drei starken Kaffees, schalte ich die Mailbox ein und höre ihre Nachricht: „Du

Sven, es tut mir leid. Ich war ziemlich blöd zu dir. Gibst du mir die Chance, es zu erklären? Bitte!" ‚Na, so was', denke ich, ‚jetzt will sie mir alles gestehen.' Ich beschließe, dass das ein paar Tage Zeit braucht, und sende ihr eine WhatsApp:

Hallo Manuela,
Deine Erklärung muss bis
nächsten Freitag warten, fühle
mich heute nicht in der Lage,
das zu verdauen. Lass uns am
Freitag um 19 Uhr essen gehen.
Da können wir reden. Gruß
Sven.

Kurz darauf schreibt sie zurück:

Lieber Sven,
sehr schade, ich wollte es
Dir gern heute sagen. Aber
ich akzeptiere Deinen
Vorschlag. Freitag um
sieben in der
Schlachterbörse. Ich
reserviere einen Tisch. Bis
dann.

Und schon wieder nimmt sie das Ruder in die Hand, bestimmt das Lokal und reserviert gleich. Ich seh schon, das wird kein langer Abend.

Ich komme bewusst etwas später am Freitag, obwohl das sonst nicht meine Art ist. Sie springt auf und will mich umarmen und küssen. Das blocke ich ab und sage: „Lass uns was bestellen und reden. Dann sehen wir weiter." Ein bisschen bedröppelt setzt sie sich wieder hin und sagt erst mal nichts. Wir bestellen Steak und

Bier und als der Kellner die Getränke bringt, fängt sie an, vom letzten Wochenende zu reden. „Ich war nicht ganz ehrlich zu dir. Bei den Leuten, die ich an der Bar getroffen habe, war ein Mann, den ich nett fand, und er mich auch. Er ist etwas älter und verheiratet, aber sehr charmant. Wir sind dann gegen Mitternacht wirklich noch zu viert weggefahren, aber danach sind wir zu ihm ins Zimmer und ich habe mit ihm geschlafen. Morgens ist mir dann mein Fehler bewusst geworden und es tut mir unendlich leid. Ich hoffe, du kannst mir verzeihen." „Und, hast du ihn danach noch mal wiedergesehen?" „Ja, als du weg warst, haben wir uns noch mal getroffen und am Sonntag sind wir beide nach Hause zurück." „Und seitdem kein Kontakt?" „Er schreibt mir ab und zu Nachrichten, dass er mich wiedersehen will, aber ich will das nicht." „Und jetzt erwartest du von mir, dass ich das einfach so wegstecke?" „Ich weiß, dass das schwer ist, und ich bitte dich noch mal um Verzeihung. Sag mir, was ich tun kann, dass es wieder so wird wie vorher."

Unser Essen wird gebracht und wir schweigen uns an beim Kauen. Ich sehe in ihren Augen, dass sie sich Sorgen macht und offensichtlich auch geweint hat. Aber es hilft nichts, ich bin zu sehr verletzt. Einerseits, weil sie mich betrogen hat. Aber schlimmer finde ich, dass sie es nicht gleich zugegeben hat und dann, nachdem ich weg war, noch mal bei ihm Trost gesucht hat oder was auch immer. Vielleicht hat sie den Schuss Glückshormone gebraucht, weil sie mit mir eh nicht mehr zufrieden ist. Ich entscheide also spontan, dass ich ihre Entschuldigung nicht akzeptiere. Nach dem letzten Bissen sage ich zu ihr: „Tut mir leid, aber ich kann deine Affäre nicht einfach vergessen. Ich glaube, wir waren eh schon auf einem Trip des Auseinanderlebens. Erinnere dich daran, dass wir den Ausflug nach Rügen gemacht haben, um mehr Zeit füreinander zu haben und wieder näher zueinander zu finden. Und dann schmeißt du dich gleich einem anderen Kerl an den Hals. Auch wenn er noch so nett und charmant war, verstehe ich nicht, dass du ihn dann noch mal wiedergesehen und wahrscheinlich auch wieder mit ihm gevögelt hast. Das halt ich nicht aus. Ich denke, wir beenden das hier. Ich gehe jetzt und das Essen geht heute auf dich. Mach's gut."

Ich stehe tatsächlich auf, nehme meine Jacke und lasse sie allein sitzen. Draußen staune ich über meinen Mut und auf dem Heimweg rinnen mir die Tränen herunter. Aber ich weiß, es war richtig. Aus uns wär eh nichts geworden.

In meiner Wohnung warten mein Computer und ein paar Flaschen Jever auf mich. Ich schalte den Laptop ein und sehe eine erfreuliche Mail von meinem Redakteur beim NDR. „Hallo Sven, kannst Du Dir bitte den Zeitraum vom 20. bis 23. August freihalten? Ich möchte, dass Du mit einem Kollegen oder einer Kollegin zusammen von der Gamescom berichtest. Über das Format und das Team sprechen wir noch. Schönes Wochenende."

Leo

22.

Das Erlebnis von letzter Woche musste Lucy erst einmal verdauen. Und wenn man es genau nimmt, ich auch. Wir haben daraufhin die ganze nächste Woche nur Nachrichten geschrieben und ab und zu telefoniert. Ich habe es vermieden, das Thema noch mal anzusprechen, fürchtete ich doch, dass sie sagen könnte: „Das war's mein Lieber! Lassen wir es besser bleiben und jeder geht wieder seiner Wege." Ich mag sie sehr und könnte mir durchaus auch mehr vorstellen. Aber die Tatsache, dass es bei mir manchmal auch eine Maus zu sehen geben könnte, kann ich nicht ändern. Also müsste ich aus dem Haus ausziehen und zu ihr übersiedeln. *Will ich das? ... Will sie das? ... Ist das nicht viel zu schnell?'* Alles Fragen, die wir klären sollten. Aber ich weiß nicht, wie ich das anfangen soll. Lucy hält jedenfalls auch mit dem zurück, was ihr auf den Lippen brennt. Das spüre ich bei unseren Telefonaten. Sie ist manchmal so kurz angebunden, dass ich denke, jetzt platzt es gleich aus ihr heraus. *Wir müssen uns wieder treffen und dann schaffen wir Klarheit.'*

Ich sitze gerade im Teammeeting, bei dem die Aufgaben für den nächsten Sprint verteilt werden, als mein Handy vibriert. Eine Nachricht von Lucy:

Hallo Leo! Du fehlst mir! Wollen wir uns heute Abend treffen? In der Pizzeria vielleicht? Wann bist Du denn heute fertig?

Da ist sie ja, meine Chance, die Situation zu klären! In der nächsten Pause antworte ich ihr und sage zu. Um

18:00 Uhr kann ich die Firma verlassen und mache mich gleich auf den Weg zur Pizzeria, in der wir uns bereits öfter getroffen haben. Sie ist schon da und hat unseren fast schon gewohnten Platz besetzt. Ich begrüße sie mit einem gehauchten Kuss und nehme über Eck Platz, um nicht zu weit weg von ihr zu sitzen. Wir bestellen zwei Gläser Frascati und zweimal Pizza, und nach einer unangenehmen Schweigeminute beginne ich das unausweichliche Gespräch: „Lucy, ich glaube, wir sollten miteinander reden. Ich habe das Gefühl, dir geht es nicht so gut seit deinem letzten Besuch bei mir zu Hause. Stimmt's?" „Da hast du recht", gibt sie zu und senkt bedrückt den Kopf. „Das war eine sehr unangenehme Situation und es tut mir leid, dass ich so hysterisch war. Es ist aber so, dass ich beim nächsten Mal wieder genauso reagieren würde. Das weiß ich. Ich halt diese Viecher nicht aus. Wie gesagt, mich ekelt davor. Was sollen wir nur tun? Oder besser – was können wir tun?" Es ist Gott sei Dank ein friedliches Gespräch, sachlich und fair geführt, also richtig lösungsorientiert, wie mein Chef sagen würde. Ich mache ihr keinen Vorwurf, dass sie überreagiert hätte, und sage ihr sogar, dass ich Verständnis für ihr Unbehagen habe. Beides nicht ganz ehrlich, aber für sie sicher besser zu nehmen. „Mein Problem ist nur", ergänze ich, „ich wohne in einem alten Haus, in dem ich es nicht verhindern kann, dass sich ab und zu kleine Lebewesen verirren. Die einzige Lösung wäre, auszuziehen." „Wäre das so schlimm? Jeder zieht irgendwann von den Eltern weg. Dann ist es halt jetzt bei dir so weit", schlägt sie vor. „Puh ... Lucy, ich sehe das ein bisschen anders. Erstens wohne ich ja nicht mit meinen Eltern zusammen, sondern nur nebenan, und ich mag das Häuschen. Also warum sollte ich mir was Neues suchen? Und zweitens denke ich, dass es zu früh ist, zusammenzuziehen." „Moment!", meldet sie sich zu Wort. „Vom Zusammenziehen hat hier niemand gesprochen! Das geht auch gar nicht. Ich teile meine Wohnung mit meiner Freundin."

Über eine Stunde bequatschen wir das Thema, während wir unsere Pizza so lange martern, bis die letzten Stücke kalt sind. Das Ende vom Lied ist, dass wir uns sehr gernhaben, aber offensichtlich keine gemeinsame Basis finden. Also stoßen wir noch mal auf unsere nette gemeinsame Zeit an und verabschieden uns für immer.

Ein paar Tage beschäftigt mich noch die Frage, ob unsere Entscheidung richtig war. Irgendwie fehlt sie mir. Dann richte ich mich auf, beschließe, meine Besuche im McFit wieder zu forcieren und am Wochenende eine ausgiebige Motorradtour zu machen. So lenke ich mich ab und wecke meine Lebensgeister neu. Diese Gedanken beschließe ich mit einem letzten Blick in den Tinder-Account vor dem Schlafengehen.

Mein Blick fällt auf ein Foto, das mich sofort gefangen nimmt. Kurzes, rotes Haar – garantiert natürlich rot, kess geschnitten. Die große, dunkle Brille betont die spitzbübisch lächelnden Augen. Da lohnt sich bestimmt der Wisch nach rechts! *,Bye-bye, Mickymaus ... Hello Ginger ...*"

Lydia

23.

Am Sonntagmorgen gehe ich wieder ins Clever Fit. Da ich früh dran bin, ist noch nicht viel los und ich kann meine Strecke auf dem Band genüsslich ausdehnen und dabei Musik hören. Plötzlich taucht der Typ vom letzten Mal wieder auf. Der hat sich wohl gemerkt, dass ich gern sonntags herkomme, und er geht auf das Band neben mir. Ich sehe, dass er irgendwas zu mir sagt, aber wegen der Musik auf meinen Ohren verstehe ich ihn nicht. So unhöflich möchte ich nicht sein; ich bleibe stehen und setze die Kopfhörer ab: „Guten Morgen, hab dich leider nicht gehört." „Guten Morgen und ich hab gesagt, dass ich mich freue, dich wiederzutreffen." „Wieso?" „Na, weil du mir gefällst und weil ich hoffe, dass wir diesmal etwas mehr miteinander sprechen können." „Aber jetzt nicht, ich möchte noch ein paar Kilometer laufen und dabei Musik hören." „Gehst du nachher wieder in die Sauna?" „Ja, aber vorher noch ein bisschen an die Geräte." „Dann seh ich dich später in der Sauna."

‚Ganz nett schaut er ja aus, vor allem hat er einen tadellosen Körper. Warum soll ich später also nicht ein bisschen mit ihm babbeln. Aber erst mal weiterrennen.' Ich lasse mich auf den Rhythmus der Musik ein, gerade läuft „Like a Rolling Stone" von Bob Dylan. Ein bisschen langsam zum Laufen, aber nett zu hören. Zwei Stücke später hab ich genug und gehe an die Hantelbank. Die Gewichte kommen mir heute schwerer vor als sonst. *‚Hab ich gestern Abend ein Glas zu viel getrunken? Egal, dann muss ich umso mehr schaffen.'* Nachdem ich hier fast 20 Minuten Gewichte gestemmt habe, gehe ich noch für 15 Minuten auf den Stepper, dann langt's. Vor der Sauna muss ich schnell mal unter die Dusche, so

verschwitzt wie ich bin. Aber jetzt los. Ich komme in die Saunakabine und sehe, dass bereits vier Leute drin sind. Mein Verehrer vom Laufband noch nicht. Aber ein paar Minuten später kommt er dazu. Scheinbar traut er sich nicht, viel zu sagen, solange die anderen noch dabei sind. Nach ein paar Minuten verlassen drei Laute den Raum und jetzt fragt er mich: „Hast du heute ein bisschen mehr Zeit als vor drei Wochen?" „Im Prinzip schon, was hast du denn vor?" „Magst du chinesisches Essen? Ich kenne ein gutes Lokal nicht weit weg, da könnten wir doch nachher was essen gehen." „Dann war ja die ganze Aktion hier umsonst und das Essen landet wieder auf den Hüften." „Auf deinen Hüften ist doch noch viel Platz, wie ich sehen kann", grinst er. Ich denke kurz nach und mir fällt ein, dass ich nicht so viel im Kühlschrank habe, und sage dann spontan: „Also gut, dann machen wir das. Aber vorher möchte ich drei Saunagänge machen." „Ist mir recht."

Beim dritten Gang sind wir allein und er setzt sich näher zu mir. Bin gespannt, was jetzt kommt. „Was machst du denn, wenn du nicht im Fitnessstudio bist?" „Bin im Marketingbereich bei ProSieben – und du?" „Ich bin an der TUM und schreibe gerade an meiner Masterarbeit in Maschinenbau. Muss in drei Wochen abgeben." „Oh, und dann bist du so entspannt in der Sauna und hast Zeit, mit mir essen zu gehen? „Wieso, ist doch Sonntag, da arbeite ich nie. Der Mensch braucht auch eine Pause. Machst du das nicht?" „Doch, aber ich erinnere mich an meinen Master, da war ich am Ende fix und fertig. „Hast du BWL studiert?" „Ja, in Dresden." „Und wieso bist du jetzt in München?" „Na, weil es hier bessere Jobs gibt. In Dresden könnte ich höchstens beim mdr arbeiten und die sind mir zu spießig." „Ich möchte auch nach dem Master in München bleiben. Würde gern zu BMW gehen, da hab ich vor Jahren während des Bachelorstudiums mal ein Praktikum gemacht und das hat mir sehr gut gefallen." „Und wie sind da die Chancen?" „Hab einen Ex-Kommilitonen dort und der kann mir vielleicht helfen, da unterzukommen. Hab mich aber auch bei Mercedes und VW beworben." „Puh, mir reicht's jetzt hier, ich koche schon. Wollen wir uns in 20 Minuten am Eingang treffen?" „Ja, gern. Wie heißt du denn übrigens?" „Lydia, und du?" „Peter." „Okay, dann bis gleich, Peter."

Nach dem Studio sind wir zusammen mit der U-Bahn gefahren und jetzt haben wir einen kleinen Tisch beim Chinesen, den Peter ausgesucht hat. Wir bestellen unser Essen und setzen unseren Small Talk fort. ‚Ein bisschen schüchtern ist er schon‘, denke ich, ‚aber besser als wenn er gleich mit der Tür ins Haus fallen würde.‘ Dann kommt seine Attacke ganz unvermittelt: „Hast du nachher noch was vor oder hast du Lust, noch mit zu mir zu kommen?" „Hast du 'ne Briefmarkensammlung, oder was?" Er läuft knallrot an. Dann antwortet er: „Nein, eine nette kleine Wohnung, wo wir uns ein bisschen näherkommen könnten." „Hey, so plötzlich wirst du mutig?" „Ich hab doch schon gesagt, dass du mir gefällst und dass ich mehr von dir wissen möchte. Inzwischen möchte ich auch mehr an dir erkunden." „Du kennst doch meinen Körper schon aus der Sauna." „Schon, aber ich möchte herausfinden, wie er sich anfühlt." „Klare Ansage, aber das geht mir zu schnell." „Verstehe, darf ich dich denn wiedersehen?" „Nächsten Sonntag im Studio?" „Supi, darauf freue ich mich."

Tina

24.

Es dauert lang, bis Klara rangeht. Ich hoffe sehr, dass sie noch nicht schläft, denn ich bin hellwach und habe so viele Fragen im Kopf. „Hey Tina, findest du nicht ins Bett?", tönt es, als ich schon auflegen will. Klara lacht, damit ich nicht gleich merke, dass sie schon sehr müde ist. „Klara, darf ich dich noch kurz wachhalten oder möchtest du schon schlafen? Ich dachte, weil morgen Sonntag ist, du wärst um Clock elf vielleicht noch nicht im Bett", sage ich und freue mich sehr, als sie meint, sie sei viel zu neugierig, was passiert ist, als dass sie jetzt weiterschlafen könnte. „Du bist die Beste ... wie immer! Also die Sache ist die: Ich hab dir doch von Markus erzählt", beginne ich zu erklären. „Ja, der Macker, den du auf Tinder kennengelernt hast, stimmt's?" „Oh ja, ein Schönling ist er allerdings. Kannst du überall vorzeigen und alle Mädels drehen sich nach ihm um. Und er ist auch sehr nett. Eigentlich sogar mehr als nett. Von seiner Zärtlichkeit ganz zu schweigen. Das passt alles." „Wo ist das Problem?", will Klara wissen. „Wir haben total unterschiedliche Vorstellungen von unserem Leben und ziemlich konträre Bedürfnisse. Und – was mir ein bisschen unangenehm ist – einen komplett anderen Bildungslevel. Ich hätte nicht gedacht, dass das was ausmacht, wenn einer von zwei Partnern studiert hat und der andere mit seinem Handwerk mehr als zufrieden ist. Ich geh gern in schicke Restaurants, er fühlt sich bei Burger King viel wohler. Und während ich im Job alles gebe, um an meiner Karriere zu arbeiten und mein Konto in einem beruhigenden Rahmen zu halten, ist ihm völlig egal, was der nächste Monat bringen wird. Er hat zwar einen guten Job, aber keine Ambitionen, sich weiterzuentwickeln. Zu seinen Finanzen nur so viel: Meistens bezahle ich, wenn wir etwas unternehmen oder ich merke, dass die Rechnung ein Loch in sein Budget reißt. Für sein bescheidenes Leben reicht sicher, was er hat. Aber du weißt, ich liebe es, mir auch mal etwas Luxus zu leisten. Und wenn ich ehrlich bin, lasse ich mich auch gern ein bisschen verwöhnen ... Jetzt bin ich mir völlig im Unklaren, was ich eigentlich will und was ich tun soll. Ich brauch deinen fachlichen Rat als beste Freundin!" Klara hört interessiert zu und meint dann ganz trocken: „Tja, min Deern, das ist ein Schlamassel. Da ist der Mann also zwar gut bestückt, aber minderbemittelt." Klara hat manchmal eine besonders direkte Art, Probleme auf den Punkt zu bringen.

Unser Gespräch dauert wieder einmal recht lang und ich bin sehr dankbar für ihre ehrlichen Kommentare. Als wir alle Für und Wider beklönt haben, gibt sie mir noch in perfektem Arbeitston den alles entscheidenden Hinweis: „Tja, ich denke, diese Option solltest du nicht weiterverfolgen."

Sven

25.

Das Gespräch mit meinem Redakteur Paul beim NDR war kurz. Er erklärte mir und Susanne, die für den Text verantwortlich sein wird, dass wir zusammen einen circa 30-minütigen Beitrag über die Gamescom drehen sollten, in dem vor allem die Spielsucht einiger Jugendlicher, vielleicht auch von Erwachsenen hervorgehoben werden sollte. „Mir geht's darum, auf der einen Seite die Vielfalt der heutigen Spielewelt sowie die riesige Geldmaschinerie dahinter zu zeigen, aber vor allem auch die Gefahren für die User, die darin stecken. Macht euch ein paar Gedanken und dann zeigt mir euer Konzept für den Film, bevor ihr losfahrt", meinte er am Schluss der kurzen Einweisung. Ich verabredete anschließend mit Susanne, dass wir beide ein paar eigene erste Ideen sammeln sollten, die wir dann in einem Treffen in der folgenden Woche besprechen und abstimmen würden.

Wieder zurück in meiner Wohnung muss ich erst mal die gute Nachricht verdauen. Ein Film von 30 Minuten Länge unter meiner Verantwortung, das hatte ich so noch nicht. Von dieser Gelegenheit muss ich meinen Eltern erzählen. Ich schreibe also eine kurze WhatsApp an meine Mutter:

Hallo Mama,
habt Ihr heute Abend schon
was vor? Würde gern
vorbeikommen und Euch etwas
erzählen.
Liebe Grüße
Sven

Einige Minuten später ihre Antwort:

Lieber Sven,
ja sicher, kommst Du zum
Essen gegen 7 h?
Wir freuen uns.
Kuss Mama

Beim Abendessen können meine Eltern es gar nicht erwarten, meine Nachricht zu erfahren. Ich erzähle also voller Enthusiasmus, welche Superchance ich bekommen habe, und mein Vater ist gleich ganz begeistert: „Junge, das freut mich sehr für dich. Ich wusste immer, dass du es weiter bringen wirst als ich. Ich sehe schon, bald gehst du nach Hollywood." Daraufhin meine Mutter: „Nu übertreib mal nicht gleich, Harald. Es ist eine gute Gelegenheit für Sven, zu zeigen, was in ihm steckt. Aber jetzt werd nicht übermütig, Sven. Kennst du diese Susanne denn gut?" „Nein, ich habe bisher zwei kurze Clips für Panorama mit ihr gemacht. Aber wenn wir ein paar Tage in Köln sind, werden wir uns sicher besser kennenlernen." „Was sagt denn Manuela dazu?" „Manuela und ich gehen getrennte Wege. Das passte nicht wirklich. Wir sind zu verschieden." Meine Mutter nimmt mich in den Arm, um mich zu trösten, und sagt: „Das tut mir sehr leid, Sven, aber ich bin sicher, du findest irgendwann die Richtige." „Christine", wirft mein Vater ein, „nu träum nicht schon wieder von Enkelkindern. Der Junge muss sich auf seine Arbeit konzentrieren, oder Sven?" „Jo, beides ist mir wichtig. Der Film ist ein beruflicher Meilenstein für mich und eine Partnerin fürs Leben wär auch schön."

Leo

26.

Als meine Eltern aus dem Auto steigen, bin ich gerade dabei, den Rasen zu mähen. Ich dachte, sie würden erst am Abend vom Urlaub heimkommen, aber sie waren wieder einmal sicherheitshalber früher aufgebrochen. Man weiß ja nie ...

Sie begrüßen mich herzlich, Mama fällt mir um den Hals: „Guter Bub! Möchtest immer, dass alles schön ist, wenn wir heimkommen!" Dass ich diese Arbeit die letzten Tage vor mir hergeschoben und deshalb in letzter Minute gemacht habe, muss sie nicht wissen. Nach dem Büro habe ich mich jeden Tag um meine BMW-Maschine gekümmert, damit sie für die erste Ausfahrt bereit ist. „Ja, ich hab mir gedacht, ihr freut euch, wenn alles frisch gemacht ist", antworte ich und küsse Mama auf die Wange. Papa hat das Motorrad natürlich bemerkt, das blitzeblank in der Garage steht. „Junge, Junge, da hast du dir aber wieder Mühe gegeben!", würdigt er meinen Eifer. „Die glänzt ja wie ein Edelstein, steht da wie neu! Fährst du bald damit aus?" „Ja, ich möchte in nächster Zeit ein paar kleine Touren machen. Hoffentlich spielt das Wetter mit!" Ich helfe noch, die Koffer hineinzutragen, und dann gibt es erst mal eine Jause. Beim Kaffee frage ich meine Eltern, ob in ihrem Teil des Hauses auch ab und zu Mäuse einkehren. „Nein", sagt Mama. „Im neuen Teil ist alles dicht. Wieso, hattest du am Ende Besuch?" „Ja", antworte ich etwas verlegen „Es waren einige Mäuschen da."

Das ist mein Stichwort. Um sieben bin ich auf Tinder mit der absoluten Traumfrau verabredet. Gleich nachdem ich über ihr süßes Foto gestolpert bin, habe ich in ihr Profil geschaut und den Satz mindestens zehnmal gelesen:

Hallo, ich bin Tina! Hast Du
Lust, Deine Freizeit mit mir zu
teilen? Dann kann es losgehen!
Ich freue mich auf Dich!

Erst am nächsten Morgen habe ich geantwortet, weil ich nicht irgendwelchen Käse von mir geben wollte, sondern etwas sagen wollte, was sie vom Hocker reißt. Nach etwa fünfmal Löschen und wieder neu Schreiben schickte ich ihr schließlich folgende Nachricht:

Hallo Tina! Darf ich Dich
Ginger nennen? Wieso? Ich
habe mich sofort in Deine
Haarfarbe verliebt. Freizeit
würde ich gern mit Dir
verbringen. Was machst Du
denn am liebsten?

Ginger ist um Punkt sieben online:

Hi Leo! Hattest Du einen
schönen Tag? Ich bin geschafft.
Im Büro war heute die Hölle los.
Der Chef hat bemerkt, dass er
sich mit einem Termin geirrt
hat, und jetzt hat er uns Druck
gemacht, dass wir schneller
vorankommen sollen. Na ja, wir
haben's dann noch hingekriegt.
Sogar ein paar Längen
schwimmen im Hallenbad
waren noch drin. Und jetzt bin
ich ganz bei Dir.

Da fällt mir die Antwort nicht schwer und wir sind schon mitten im Chat:

> *Da hattest Du ja einen echt aufregenden Tag. Ich habe heute mein Zweirad so richtig auf Vordermann gebracht und den Rasen gemäht. Alles ohne Stress. Übrigens: Wenn mich der Chef nervt, reagier ich mich nachher immer im Fitnesscenter ab.*

Sie ist sehr amüsiert und meint darauf:

Nun, wenn Du so sportlich bist – Fitnesscenter, Fahrrad ... – könnten wir doch mal eine Fahrradtour machen. Wie wär's?"

Oh, da hat aber jemand etwas gründlich falsch verstanden! Das muss gleich geklärt werden:

> *Moment mal, Tina, welches Fahrrad? Ich hab vorhin meine BMW gemeint. Wenn wir Rad fahren wollen, muss ich mal nachsehen, ob ich meinen alten Drahtesel noch hinkriege.*

Ich sehe sie förmlich lachen beim Schreiben der Antwort:

Ui, da hatten wir also unser erstes Missverständnis. Ist aber nicht schlimm. Wir sollten uns ohnehin vorher erst einmal kennenlernen. Was hältst Du von einem ersten Treffen? Hast Du eine Idee, wo?

Ich muss kurz nachdenken und mache einen Vorschlag, den sie kurzerhand annimmt.

Klar, wie wär's am Sonntag um 15:00 Uhr im Hard Rock Café?

Lydia

27.

Ein wenig aufgeregt bin ich schon. Bin sicher, Peter wird mich heute im Studio schon ungeduldig erwarten, und seine Wünsche hat er ja auch schon klar geäußert. Wenn ich also ins Studio gehe, werden wir wohl danach bei ihm landen. Es kribbelt in meinem Bauch, wenn ich dran denke. ‚Ist er wohl ein zärtlicher Liebhaber oder schaut er nur gut aus? Will ich mich drauf einlassen? Soll ich Frank fragen? Nein, das wohl nicht. Der wär ja eher eifersüchtig. Also lass ich's drauf ankommen und dann sehen wir, wie es sich entwickelt.'

Wir fahren also am nächsten Sonntag nach dem Studio direkt in Peters Wohnung. Er hat mir beim Training erzählt, dass er was für uns kochen will und dass er auch noch eine Überraschung für mich hat. Ich staune, als ich in seine kleine Wohnung komme. Sie liegt im vierten Stock eines großen Mietshauses, ist eher ein Apartment mit Kochgelegenheit und einem Bad für drei andere Mitbewohner. „Wohnen hier nur Studenten?", frage ich ihn. „Ja, und ein paar andere, die noch nichts Besseres gefunden haben. Aber du weißt ja selbst, was die Mieten in München kosten. Setz dich doch hier an meinen Schreibtisch oder aufs Bett, ich mach schnell das Essen fertig. Öffnest du bitte schon mal den Wein?" Er drückt mir eine Flasche Riesling in die Hand und verschwindet hinter seinem Schrank, der als Trennwand zwischen Eingang/Kochecke und Wohn/Schlafbereich dient. Ich entkorke also den Wein, schenke etwas in die beiden vorbereiteten Gläser ein und schau mich noch ein wenig um. Alles ist sehr ordentlich, das Bett sieht frisch bezogen aus, in seinem Bücherregal über dem Schreibtisch stehen viele Fachbücher, kein einziger Roman. Seinen Schreibtisch hat er umfunktioniert und sehr nett für zwei Personen eingedeckt, sogar mit Servietten und einer Kerze in der Mitte.

Peter werkelt in der Küche und ruft: „Magst du Spargel?" Ich nehme die beiden Weingläser und besuche ihn in seinem kleinen Kochreich. „Spargel und Riesling sind schon mal prima. Prost." Wir trinken einen Schluck und er gibt mir einen kurzen Kuss. „Was gibt's denn noch zum Spargel?" „Salzkartoffeln und Steak." „Hm, das klingt ja himmlisch. Mir läuft schon das Wasser im Mund zusammen." „Dauert auch nur noch ein paar Minuten."

Das Essen an seinem kleinen Schreibtisch ist vorzüglich und ich sage es ihm auch. Er prostet mir zu und nimmt mich in den Arm. „Freut mich sehr, wenn es dir schmeckt. Das können wir gern öfter machen. Du hast ja gesagt, in deiner WG geht das nicht so gut." „Na ja, kochen können wir da vielleicht sogar besser, aber unsere Zimmer sind sehr klein und die Wände hellhörig. Da fänd ich unser Treffen nicht so gut." „Du bist herzlich willkommen bei mir. Heute und auch in Zukunft." Und dann küsst er mich wieder und diesmal länger. Das fühlt sich sehr gut an und ich träume ein wenig von mehr.

Plötzlich sagt er: „Jetzt hätt ich doch beinahe die Überraschung vergessen. Du hast mich letztens gefragt, ob ich eine Briefmarkensammlung habe. Ich hab grad damit angefangen. Schau mal." Und er zieht aus seiner Schreibtischschublade einen Umschlag heraus und gibt ihn mir. Ich schaue hinein, darin ist eine einzelne Briefmarke im Wert von 1,90 Euro mit einem Blumenmotiv. „Die Marke kam letzte Woche neu heraus und das Motiv hat mir gut gefallen. Jetzt hast du die Wahl, ob du das Löwenmäulchen abschleckst oder …"

Ich entscheide mich für die Alternative und das ist gut so. Als ich später nach Hause gehe, schenkt Peter mir das Löwenmäulchen.

Tina

28.

Ich habe Klaras Rat befolgt und mich wieder in Tinder umgesehen. Sie hat recht, Markus und ich passen nicht wirklich zusammen. Zu verschieden sind unsere Welten, in denen wir leben. Unser Abschied war richtig. Als ich ihm geschrieben habe, dass ich nicht mehr weitermachen möchte, war er nicht im Mindesten beleidigt oder verärgert. Er schrieb mir nur zurück: „Wenn ich jemand auf so einer Paarungs-App kennenlerne, erwarte ich keine Liebesbeziehung, sondern eine Milchschnitte, so für den kleinen Hunger zwischendurch. Das hat doch bei uns gut geklappt. Ich find sicher eine andere Süßigkeit und du wirst irgendwann den Mann fürs Leben treffen. Vielleicht nicht bei Tinder ..."

In den letzten Tagen ist nicht viel los auf der Singlewelle im Net. Es kommen kaum Likes, und wenn, dann eher von uninteressanten Typen. Also konzentriere ich mich wieder mehr auf meine Hobbys. Bei meinen Radausflügen zur Alster nehme ich immer öfter meine Kamera mit. Der fortgeschrittene Frühling bietet ganz besondere Schönheiten, die ich mir nicht entgehen lasse.

Auf Tinder bin ich eigentlich hauptsächlich, um mit Ben kurze Nachrichten auszutauschen. Wir haben noch immer nicht unsere Handynummern herausgerückt. Das habe ich auch so schnell nicht vor. Heute, als ich gerade nach einem Geschäftstermin in München im Hotel bin, ist es wieder so weit: Er schreibt zuerst und teilt mir mit, dass er am Abend ein Date hat. Es ist niemand von Tinder, sondern eine U-Bahn-Bekanntschaft. Man stelle sich das vor! Da sucht man monatelang auf Tinder einen Partner oder eine Partnerin und dann lernt man ganz zufällig – einfach so – in der U-Bahn jemand kennen. Ich freue mich mit Ben und gratuliere ihm. Dafür schreibt er mir die ganze Geschichte, wie es begonnen hat.

Als wir uns verabschieden, klicke ich noch mal durch die neuen Fotos, und da bleibe ich bei einem besonderen Bild hängen. Ich schaue in zwei dunkelbraune, fast schwarze Augen, die unter dunklen Brauen hervorlächeln. Sein dichtes, schwarzes Haar wirkt ungekämmt, aber nicht ungepflegt. Markante Gesichtszüge lassen ihn sehr männlich wirken. Sieht eher südländisch aus, der Typ. Italiener? Spanier? Alles ist möglich. ‚Was für ein Foto!' Ich überlege nicht lange und wische nach rechts. Das war's für heute.

Am nächsten Morgen wache ich ziemlich nervös auf. Ich habe geträumt, dass ich das tolle Foto von gestern Abend nicht mehr finden kann, weil ich mir den Namen nicht gemerkt habe. Hunderte Fotos habe ich durchgesehen, aber er war nicht mehr dabei. Da gibt es nur eins: Ich muss unbedingt gleich nach dem Foto sehen! Ich habe tatsächlich nicht nach seinem Namen geschaut, so fasziniert war ich von dem Bild. Ganz besonders von diesen Wahnsinnsaugen.

Ich schalte den PC ein, öffne mein Profil, und da fällt mir fast die Kaffeetasse aus der Hand. Es ist nicht nur sein Foto da, sondern auch ein Like von ihm – und eine Nachricht … Wir haben ein Match! Ich bin ganz zittrig, so kenne ich mich gar nicht. Ich brauche ein paar Minuten, bis ich mich fasse. Er heißt Leo und möchte mich Ginger nennen … wegen meiner Haarfarbe. Das ist doch mal was ganz anderes als das, was die Jungs bisher auf Lager hatten!

Ganz nebenbei lese ich die Nachricht von Ben, in der er ganz euphorisch von seiner Flamme erzählt. Der Abend war äußerst gelungen. Sie werden sich wiedersehen und denken schon daran, zusammenzubleiben. Wo die Liebe hinfällt …

Die folgenden Tage sind voll mit erquickenden Nachrichten im Chat mit Leo. Er ist humorvoll und freundlich und wir haben beide das Gefühl, dass wir uns schon lange kennen. Die Arbeit geht super voran und die Zeit verfliegt im Eiltempo. Ich war schon lange nicht mehr so fröhlich gewesen. Obwohl wir uns erst kurz schreiben, verspüre ich immer mehr den Wunsch, Leo persönlich kennenzulernen. Ich wage sogar etwas, das ich noch nie gemacht habe: Ich schlage im Chat als Erste ein Treffen vor und lasse ihn den Ort auswählen. Das Hard Rock Café ist eine gute Wahl, denke ich, das kenne ich auch. Mein Herz schlägt höher, es ist anders als sonst. Sonntag um 15:00 Uhr. Drei Tage noch bis dahin!

Sven

29.

Die Vorbereitung für unseren Film von der Gamescom kann beginnen. Ich buche einen Zug und ein Hotel in Abstimmung mit Susanne. Dann mache ich mir Notizen für den Ablauf, bevor ich mit ihr zusammentreffe, um unsere Ideen abzustimmen und zu ergänzen. Wir sind uns einig, dass wir die Organisatoren der Messe im Film haben wollen, Susanne wird dazu die entsprechenden Personen herausfinden und Hintergründe recherchieren über vergangene Zahlen und Erwartungen; außerdem alle Informationen über die Aussteller in den verschiedenen Hallen. Ich grübele mehr darüber nach, welche Fragen wir den Besuchern stellen wollen, welche Kameraeinstellungen ich machen und wie ich die Spieler in das richtige Licht rücken kann. Ich sage Susanne, dass ich es am besten fände, wenn wir so viele Spieler und Spielerinnen wie möglich und auch an verschiedenen Geräten interviewen könnten, um uns ein gutes Bild von deren Wünschen von der Messe bzw. von künftigen Spielen machen zu können. Außerdem wollen wir herausfinden, wie lange die Besucher sich mit den Spielen auf der Messe und sonst im normalen Tagesablauf beschäftigen. Dazu bereite ich eine entsprechende Checkliste vor, in der ich die einzelnen Punkte aufliste und nach der wir bei unseren Interviews vorgehen wollen.

Bei unserem zweiten Treffen können wir schon bei einigen Punkten in die Feinabstimmung gehen und haben nach diesen beiden Gesprächen einen Fahrplan, den wir unserem Redakteur Paul vorstellen und mit ihm abstimmen. Bei diesem Treffen erinnert er uns noch mal daran, dass der Hauptfokus der Sendung auf der möglichen Abhängigkeit der Spieler liegen soll. „Ihr müsst euch auf die Frage konzentrieren, wie viel Zeit die

Spieler pro Tag an den diversen Geräten mit Spielen verbringen, und vor allem, wie wichtig ihnen das ist. Das heißt, ihr müsst auch die Frage diskutieren, wie es jemandem geht, der wegen irgendwelcher Gründe nicht spielen kann. Was passiert dann mit ihm oder ihr? Wie sehr frustriert sie das? Werden sie dadurch aggressiv?" Wir versichern ihm, dass wir das verstanden haben, und überarbeiten unsere Unterlagen noch mal.

Nach dem zweiten Meeting bei Paul gehen Susanne und ich noch was trinken. Bei einem Bier besprechen wir nicht nur unsere Aufgaben, sondern tauschen uns auch ein bisschen über unser Privatleben aus. Ich erfahre, dass sie schon fast zehn Jahre für den NDR arbeitet, dass sie verheiratet ist und eine kleine Tochter hat. „Wie bringst du das denn alles unter einen Hut? Wer kümmert sich um eure Tochter, wenn du unterwegs bist?" „Ach, das klappt ganz gut, denn wir haben einen Ganztageskitaplatz. Ich plane oder bearbeite Filme ja auch viel von zu Hause aus. Außerdem arbeitet mein Mann als freiberuflicher IT-Consultant, wo er ebenfalls viel von zu Hause aus machen kann. Und wenn wir mal beide nicht können, springt meine Mutter ein, holt unsere Tochter von der Kita und hütet sie, bis abends jemand von uns beiden wieder zurück ist."

Als sie mich nach meinem Privatleben fragt, erzähle ich ihr von der Trennung von Manuela kürzlich und dass ich gerade das Singleleben wieder genieße. „Aber sicher wünschst du dir wieder eine neue Beziehung, oder?" „Ja schon, aber es muss halt passen. Manuela und ich waren zu verschieden und daher ist es besser, dass wir uns getrennt haben. Wenn ich jemand kennenlerne, soll es gefühlsmäßig stimmen, aber auch unsere Lebensmodelle müssen ähnlich sein. Wenn eine Frau ein Problem damit hat, dass ich so viel unterwegs bin, werde ich gar nicht erst eine Beziehung mit ihr beginnen, denn dann gibt es nur Stress." „Ja klar, das muss man irgendwie unter einen Hut bringen. Unternimmst du denn irgendwelche Aktivitäten, um wieder jemanden kennenzulernen?" „Nicht aktiv. Ich denke, die Richtige wird schon irgendwann kommen, ich halte nichts von diesen Dating-Plattformen. Ich bin eher altmodisch und möchte eine Frau auf normalem Weg kennenlernen. Meine Mutter sagt immer: ‚Jedes Töpfchen findet sein Deckelchen.' Ich bin sicher, es wird sich irgendwann ergeben."

Leo

30.

Ein paar Minuten noch, dann sehe ich sie! Ich denke, ich werde an der Bar auf Tina warten, sonst findet sie mich hier nie. Dieses Hard Rock Café ist zwar nicht so groß wie manche in anderen Städten, aber sehr verwinkelt und ein wenig schummrig. Und wir wollen doch unser erstes Treffen nicht mit einer Suchaktion beginnen. Wär doch schade um die Zeit ... Ich warte noch mit meiner Bestellung, sie muss ja jeden Moment da sein.

15:00 Uhr, ich fixiere den Eingang mit meinem Blick. Die Frau macht es spannend. Die Tür geht auf ... Da! ... Nein, ein Pärchen betritt das Lokal ... Ein älterer Mann gleich dahinter ... Nach fünf Minuten ermahne ich mich: *,Sei nicht so ungeduldig! Sie wird gleich da sein!'* Weitere zehn Minuten später bestelle ich mir einen Kaffee. Vielleicht beruhigt mich der ein wenig. Ich habe ihre Telefonnummer, eigentlich für den Fall, dass einer von uns absagen muss. Aber anrufen wäre jetzt irgendwie unhöflich. Wenn sie nicht kommen könnte, würde sie doch zum Telefon greifen. Da ertönt auch schon die Melodie „One Kiss" von Calvin Harris in meiner Jackentasche. Tina klingt ganz aufgeregt: „Hi Leo! Tut mir sehr leid, ich verspäte mich etwas. Mit einer U-Bahn-Störung hatte ich nicht gerechnet. Wartest du auf mich?" „Klar!", antworte ich, bemüht positiv klingend. „Das ist doch kein Problem. Ich freu mich auf dich! Nachher genießen wir unser Treffen doppelt. Wo bist du? Wie lang wird es noch dauern?" „Kann ich nicht genau sagen. Bin gerade im Tunnel. Vielleicht noch eine Viertelstunde ... hoffe ich. Bis gleich!" Sie hat eine angenehme Stimme, weich und freundlich. Genau wie ich es mir vorgestellt habe. Ich vertreibe mir die

Wartezeit, indem ich die Videos auf dem großen Bildschirm über der Bar betrachte. Etwa 20 Minuten später klingelt mein Handy erneut. *‚Tina! Oh nein, wird es noch länger dauern? Mann, diese Spannung ist ja kaum auszuhalten!'*

„Hi, also da bin ich. Wo bist du? Wo hast du dich versteckt?", höre ich Tina fragen. Verwirrt schaue ich mich um. Habe ich mich zu sehr auf den Bildschirm konzentriert und sie übersehen? Also teile ich ihr mit: „Ich bin leicht zu finden. Ich sitze an der Bar, direkt beim Bildschirm mit den Videos." Kurze Sprechpause, dann klingt sie etwas überrascht, als sie sagt: „Oh, das bist du?", und legt auf.

Seltsam, sie sieht mich, ich sie aber nicht?! Nach ein oder zwei Minuten rufe ich zurück und versuche, das zu klären: „Tina, bitte schau dich noch mal um! Du musst in einem anderen Raum sein. Ich sehe dich nicht!" Jetzt wirkt sie sehr überrascht und stammelt: „Was? Aber ich hab doch … Also nein … Das bist nicht du?" „Was? … Wer?" „Ach, sag ich dir dann … Also hilf mir bitte noch einmal. Wohin soll ich kommen?"
Da versuche ich es anders und schlage ihr vor: „Sag du, wo ich hinkommen soll. Ich finde mich hier gut zurecht."
„Okay", klingt sie wieder beruhigt. „Dann geh doch bitte zur Bühne. Die kann ich sehen. Also bis gleich!"
Irgendwie steigt ein komisches Gefühl in mir auf, als meine Ginger auch dort nicht erscheint. Mein letzter Versuch, ich bitte sie: „Komm doch am besten direkt zum Eingang. Da kann nichts schiefgehen." „Ja, Leo, das mache ich. Und dann suchen wir uns endlich ein gemütliches Plätzchen auf der Dachterrasse." Sie legt auf und lässt mich grübelnd zurück. *‚Dachterrasse? … Hier gibt es keine Dachterrasse!'*

106

Lydia

31.

Inzwischen habe ich Peter ein paarmal getroffen. Es fühlt sich gut an mit ihm. Was mir ein bisschen zu denken gibt, ist die Tatsache, dass er ein paar Jahre jünger ist als ich und quasi noch keine richtige Berufserfahrung hat, außer ein paar Praktika, die er während des Studiums gemacht hat. Da schreibt er mir eines Abends, dass er eine Stelle bei Mercedes in Stuttgart bekommen hat.

Ich fahre also am Wochenende nach Stuttgart, um mir eine Wohnung zu suchen. Hast Du Lust mitzukommen?

Würde ich gern, aber ich bin am Samstagabend auf einen Geburtstag eingeladen, da wolltest Du doch mitkommen.

Ach so, ja, das hatte ich ganz vergessen. Dann fahre ich am Freitagabend los und versuche am Samstag rechtzeitig zurück zu sein. Dann können wir abends gemeinsam zum Geburtstag gehen und ich erzähl Dir alles.

Ja, so machen wir es. Bis Samstag dann.

Den ganzen Samstag höre ich aber nichts von ihm, frage nachmittags gegen fünf per WhatsApp, wann er kommt. Er schreibt kurz zurück, dass er es noch nicht weiß und ich schon mal vorgehen soll zum Geburtstag. Kurz vor Mitternacht meldet er sich am Telefon und sagt: „Du, ich bin grad erst in meiner Wohnung angekommen und ziemlich kaputt. Willst du morgen Vormittag zu mir kommen?" „Ja, mach ich. Passt es dir um elf?" „Ja fein, gute Nacht."

Am Sonntag erzählt er dann, dass er als Zwischenlösung ein kleines Apartment über Airbnb für zunächst einen Monat gemietet hat, und zeigt mir die Fotos. „In der Zeit finde ich dann vielleicht eine WG oder eine eigene Wohnung. In Stuttgart ist das nicht ganz so stressig wie in München, aber auch nicht einfach. Kommst du mich dann mal besuchen?" „Wenn du mich dort auch noch haben willst, sicher." „Ja, natürlich will ich das. Ich hoffe sehr, dass wir in Kontakt bleiben. Oder meinst du, die Entfernung ist ein Problem?" „Ich bin nicht sicher. Ich hab dir doch erzählt, dass ich damals einen Freund in Dresden hatte. Nachdem ich nach München gezogen bin, hat sich diese Beziehung quasi von selbst aufgelöst, weil wir uns kaum noch gesehen haben. Aber wenn wir beide das wollen und auch dran arbeiten, sollte das klappen."

In der Woche danach fällt mir ein, dass ich ja in vier Wochen nach Köln zur Gamescom fahre. Ich frage Peter, ob ich ihn auf der Fahrt dorthin besuchen soll, und er freut sich. Also buche ich meinen Zug um und plane auf dem Hinweg eine Übernachtung in Stuttgart ein. Auf dem Rückweg am Sonntag geht aber nur ein dreistündiger Aufenthalt. Andere Züge gibt's nicht mehr. Das muss dann reichen.

Tina

32.

Heute ist es endlich so weit! Ich treffe mich mit Leo. Himmel, bin ich aufgeregt. Wenn ich an diese Augen denke, wird mir heiß und kalt und ich kann kaum einen klaren Gedanken fassen. Ich bin etwas spät dran, aber mit ein bisschen Glück sollte ich es schaffen, dass ich halbwegs pünktlich ins Hard Rock Café komme. Ein letzter Kontrollblick in den Spiegel und dann los. Ich beeile mich auf dem Weg zur U-Bahn und erwische zum Glück gerade noch den Zug. Nervös setze ich mich, es ist doch ein längerer Weg mit der Bahn. Etwa auf halber Strecke, mitten im Tunnel zwischen zwei Stationen, bleibt der Zug stehen und es ertönt die Durchsage: „Werte Fahrgäste, wir bitten um Geduld. Wegen eines Zwischenfalls auf der Strecke verzögert sich die Weiterfahrt." ‚Oh nein, das passt ja gerade echt toll!' Als es nach zehn Minuten noch immer nicht weitergeht, rufe ich Leo lieber an. Jetzt komme ich auf jeden Fall zu spät. Zum Glück habe ich seine Nummer für Unvorhergesehenes. Er klingt sehr verständnisvoll und hat kein Problem damit, auf mich zu warten.

Dann geht es endlich weiter und mit etwa einer halben Stunde Verspätung stehe ich vor dem beeindruckenden Gebäude. Es ist sicher größer als die meisten Hard Rock Cafés, außerdem moderner, weil neuer. Ich bin gespannt, wo er auf mich wartet. Ich hoffe doch, irgendwo in der Eingangsebene. Dort ist es nur schlimm, wenn viele Gäste da sind. Ich atme also noch einmal tief durch und marschiere zielsicher durch das große Tor. Wenn ich gleich in diese Wahnsinnsaugen schaue, werde ich weiche Knie bekommen und kann für nichts garantieren.

Wie schön, da sind gar nicht so viele Leute. Ich versuche, sicher zu wirken, als ich in die Runde blicke und nach ihm Ausschau halte. Ich sehe ihn nicht. Kann es sein, dass ich so aufgeregt bin, dass ich ihn nicht erkenne? Dieses markante Gesicht, die wuscheligen Haare? Aufmerksam gehe ich weiter nach hinten, an der Bar vorbei in den großen Raum. Nichts. Er wird doch nicht weiter oben sein? Ich rufe noch einmal an, bevor ich die Treppe hochgehe, und bin sehr überrascht, als er mich zur Bar schickt, wo ich eben war. *,Dass wir uns da nicht erkannt haben … Seltsam …'*

Jetzt trifft es mich doch härter, als ich den Mann an der Bar sehe. Ja, er sitzt genau dort, wo man gut zum Monitor sieht. Nein, er sieht gar nicht so aus wie auf dem Foto. *,Was ist das hier? Hat er mich etwa mit seinem coolen Aussehen zum Narren gehalten?'* Der Mann da ist mindestens 40, wahrscheinlich älter, und hatte vielleicht mal dunkles Haar. Als ich vor ihm stehen bleibe, sieht er mich mit großen Augen an. Ich versuche sachlich zu bleiben und sage schnell: „Hi Leo. Tut mir leid wegen der Verspätung, aber die U-Bahn …" Verdutzt bringt er hervor: „Hallo! Hab schon gehört von dem Unfall im Tunnel. Sie waren da drin?" „Ja, genau. Das hat ganz schön gedauert … Wieso siezt du mich gerade?" „Weil ich Sie gar nicht kenne, junge Frau … Ich heiße übrigens nicht Leo, sondern Ole."

In dem Moment, als ich realisiere, dass ich einen Wildfremden angequatscht habe, klingelt mein Handy. Leo hat auch schon gemerkt, dass etwas nicht stimmt, und so starten wir einen weiteren Versuch. Wir gehen zur großen Bühne. Die kann man ja nun wirklich nicht verfehlen. Aber … noch einmal Fehlanzeige. *,Das gibt's doch nicht!'* Da bleibt uns nur mehr der Haupteingang. Nichts und noch einmal nichts. Wie verhext. Als ich ihn wieder anrufe, fragt Leo in ziemlich hoffnungslosem, resignierendem Ton: „Tina, meine liebe Ginger, du hast gerade gesagt, wir würden uns ein Plätzchen auf der Dachterrasse suchen?" „Ja, es ist schön warm heute, und da oben gibt es eine tolle Aussicht auf den Hafen, bis hinüber zur ELPHI. Darauf freue ich mich schon den ganzen Tag!" „ELPHI? Du meinst ernsthaft die Elbphilharmonie?" „Klar, weißt du doch. Oder warst du noch nie da oben?" „Tina, ich fürchte, wir müssen unser Treffen verschieben. Du bist in Hamburg ... Und ich in München, am Platzl 1."

Sven

33.

Am Samstagabend treffe ich mich noch mal mit Klaus und wir machen einen ordentlichen Zug durch die Gemeinde. Am Sonntag um fünf enden wir mal wieder am Fischmarkt, was sonst nur Touristen tun, aber irgendwie hatten wir da Bock drauf. Und angetüdelt, wie wir beide sind, quatschen wir an einem Stand, wo wir uns ein Fischbrötchen gekauft haben, zwei junge Damen an. „Na Mädels, wo kommt ihr denn her?" Die Blonde der beiden antwortet: „Wir waren auf Sankt Pauli und haben die Nacht durchgetanzt und da hat uns ein Typ gesagt, dass man sonntags früh hierherkommen muss, wenn man in Hamburg gewesen sein will. Der Typ ist uns abhandengekommen, aber nu seid ihr ja da." Klaus sagt: „Ja, Schwestern, das ist ja nett. Seid ihr eigentlich katholisch?" „Ja, wieso?" „Na, dann könnt ihr ja nachher beichten. Wollen wir also noch wohin?" Die Dunkelhaarige babbelt los: „So viel Zeit haben wir nicht mehr, gegen Mittag geht unser Zug zurück." Und ich mutig: „Klaus, da könnten wir doch bei dir frühstücken. Denn mein Kühlschrank ist leer." „Jo, das tät wohl gehen. Und, was sagt ihr Betschwestern dazu?" „Wenn wir vorher noch schnell unsere Taschen aus dem Hotel holen, dann können wir von dort gleich zum Bahnhof."

So ziehen wir also zu viert los und das Frühstück ist ausgiebig und ich meine nicht nur das Essen. Die Dunkelhaarige heißt Tanja und ist ein echter Feger. Als die Mädels weg sind, tauschen Klaus und ich unsere Erfahrungen aus. Danach noch ein paar Bier und der Sonntag ist gerettet.

Am Sonntagabend mache ich mich auf den Weg nach Köln. Susanne treffe ich am Hauptbahnhof und wir machen es uns im Zug gemütlich. Die meiste Zeit bin ich kein guter Gesprächspartner für Susanne, denn ich verschlafe fast die ganze Fahrt. Im Hotel „Maritim" in Köln ist kurz vor Mitternacht die Bar noch offen und wir nehmen noch einen Absacker. „Wann wollen wir denn morgen früh los?", frage ich sie. „Ich habe das erste Meeting mit dem Pressechef der Messe um neun ausgemacht. Also müssen wir wohl spätestens um halb neun hier weg." „Dann lass uns um halb acht frühstücken. Okay?" „Ja, passt, gute Nacht."

Am Montag haben wir zuerst ein paar Gespräche mit Organisatoren und Messeleuten. Dann schlendern wir über das Messegelände, wo noch kräftig gewerkelt wird, damit für die offizielle Eröffnung alles rechtzeitig fertig wird. Viele der Bildschirme und Spielkonsolen sind noch im Ruhezustand und meine Fotos und Filmsequenzen zeigen eine Messe im Halbschlaf. Das wird sicher ab morgen anders sein. Ich schaue noch kurz bei der Entwicklerkonferenz vorbei und wir sprechen mit einem der leitenden Entwickler von Electronic Arts (EA) und einem von Sony. Beide haben für die Messe ein paar neue Spielideen entwickelt, wollen aber heute noch nichts verraten, weil die offiziellen Meldungen dazu erst morgen raussollen. Auch mein Hinweis, dass unser Beitrag erst in der nächsten Woche gesendet werden wird, entlockt ihnen keine Details. „Da müssen sie morgen noch mal herkommen", sagt der Japaner von Sony.

Nach 20:00 Uhr stürzen wir uns noch ein wenig in das Gamescom-Opening-Nightlife. Aber nach einer Stunde machen wir uns auf den Weg zurück zum Hotel.

Leo

34.

Es ist schwer zu sagen, ob in diesem Moment Ärger, Enttäuschung oder einfach nur die Überraschung überwogen hat. Als ich realisiere, dass wir zwar beide in einem Hard Rock Café sind, allerdings nicht in der gleichen Stadt, meldet sich zuerst der Impuls, einen Mordslachanfall zu kriegen. Ich unterdrücke ihn, aber im selben Moment fällt mir ein, dass dies bedeutet, dass wir uns heute nicht sehen können und in den nächsten Tagen auch nicht. Uns trennen knapp 800 Kilometer. Ich höre die Enttäuschung in Tinas Stimme, als sie sagt: „Was? München? Oh nein, wie kann denn das passieren?!" „Ich weiß auch nicht", antworte ich und versuche die Situation zu retten. „Was hältst du davon, wenn wir jetzt trotzdem zusammen Kaffee trinken? Wir suchen uns ein ruhiges Plätzchen, wo wir ungestört mit Bild telefonieren können. Was meinst du?" „Das ist eine geniale Idee! Dann können wir uns trotzdem sehen", meint sie, gleich wieder etwas besser gelaunt.

Ich habe ein ruhiges Nebenzimmer gefunden, in dem nur wenige Leute sitzen, und Tina macht es sich doch noch auf der Dachterrasse gemütlich. Als ich wieder ihre Nummer wähle, bin ich total aufgeregt. Sie meldet sich und wir haben eine gute Bildverbindung. WLAN funktioniert also im Hard Rock Café. Ganz verlegen sehen wir uns an, bestimmt ein paar Sekunden lang. Dann sagen wir beide gleichzeitig: „Hallo ..." Da müssen wir lachen und das Eis ist gebrochen. ‚Wie hübsch Tina ist!' Genau wie auf ihren Fotos. Sie hat strahlende Augen, und das leicht ins Orange gehende rote Haar umspielt ihr Gesicht. Ich glaube, ich habe mich schon verliebt. „Zeig mir doch bitte einmal, wie es da aussieht, wo ich gerade sein sollte", bitte ich sie. „Okay, und dann du", kommt prompt zurück. Tina schwenkt mit dem Handy zuerst über die Terrasse, wo eindeutig mehr Gäste sind als hier, und dann hinüber zur Aussicht auf den Hafen. Und schlussendlich in die Richtung, wo man genau zur Elbphilharmonie hinübersieht. „Wow, was für ein Anblick! Damit kann ich hier nicht dienen", muss ich zugeben und zeige Tina meine Umgebung, einen mittelgroßen Saal mit vielen Tischgruppen. An den Wänden hängen Bilder von Stars und einige Gitarren in großen Schaukästen.

Ich bin doch sehr neugierig, wie uns dieses Missgeschick passieren konnte, und frage Tina: „Warst du in letzter Zeit einmal in München? Tinder macht doch eigentlich *location matching* auf Basis der Handydaten. Das wäre die einzig mögliche Erklärung, wie wir zusammenfinden konnten." „Ja, stimmt!", antwortet sie. „Ich war letztens tatsächlich mal da, dienstlich. Ich musste zu einer Konferenz in unserem Münchener Büro. Das war der Tag, an dem ich dein Bild bemerkte ... Deshalb habe ich es also vorher nicht gesehen! Aber ich muss ehrlich zugeben, ich habe deine Daten auch gar nicht genau durchgelesen. Dein Bild hat mich so gefesselt, dass mir alles andere nicht wichtig schien." Jetzt, wo sie das sagt, wird mir bewusst, dass es bei mir ähnlich war. Und mir hätte beim Telefonieren schon auffallen müssen, dass die Dame nicht aus dem bayerischen Sprachraum stammt. „Apropos", fügt sie dann noch hinzu, „deine Wurzeln sind aber auch nicht in Bayern, oder?" Dabei lacht sie spitzbübisch. „Oh doch, meine liebste Ginger, und wie die da sind! Meine ganze Familie besteht aus waschechten Bayern. Ich weiß schon, du dachtest, ich sei Spanier oder Italiener, stimmt's? Die Frage hab ich schon oft gehört." Sie ist echt verwundert: „Ja, so in die Richtung habe ich gedacht." Ich schaue noch einmal in ihre tiefbraunen Augen und dann muss ich einfach die Frage loswerden: „Wo wir gerade dabei sind, möchtest du mir verraten, ob deine Haare wirklich rot oder gefärbt sind? Sie sehen so natürlich aus, dass ich fast darauf wetten würde, dass sie es sind." „Du hast recht, ich brauche keine Färbemittel. Bin sehr zufrieden mit meiner natürlichen Haarfarbe. Freut mich, wenn sie dir gefällt!"

Wir quatschen noch zwei weitere Kaffees lang und es fällt uns schwer, uns zu trennen. Und weil wir unser richtiges erstes Treffen so bald wie möglich nachholen wollen, mache ich ihr einen Vorschlag: „Wenn du möchtest, könnte ich am nächsten Wochenende nach Hamburg kommen und dann sitzen wir gemeinsam auf der Dachterrasse im Hard Rock Café und genießen Sonne und Kaffee." „Und uns", ergänzt sie. „Oh ja, bitte, mach das. Da freu ich mich jetzt schon drauf!" „Gut, dann musst du mir nur noch sagen, ob es in deiner Nähe Zimmer gibt, damit ich buchen kann." Doch Tina muss gar nicht lang nachdenken und meint: „Buchen wird nicht nötig sein. Wenn du willst, kannst du in meinem Gästezimmer schlafen. Das ist nicht groß, aber gemütlich."

Das ist doch ein Angebot! Also mache ich mich noch am selben Abend daran, den Flug nach Hamburg zu buchen.

116

Lydia

35.

Im Zug am Sonntagmorgen auf dem Weg nach Stuttgart stelle ich mir vor, wie das sein wird, wenn ich Peter wiedertreffe. Wir haben uns jetzt drei Wochen nicht gesehen, nur geschrieben und telefoniert. Zugegeben mit Bild per WhatsApp, aber das ist ja nicht das Gleiche, wie sich live gegenüberzustehen. Ich frage mich, ob ich ihn vermisst habe und wie wichtig mir das Treffen mit ihm ist. Ich werde das Gefühl nicht los, dass unsere Beziehung schon begonnen hat, auseinanderzudriften, denn wenn wir telefoniert haben, ging es mehr darum, wie seine neue Arbeit ist, wen er kennengelernt hat, welche Kneipen er besucht hat und dass er noch keine Wohnung gefunden hat. Kein Wort über Gefühle. *,Ist das nicht so sein oder unser Ding? Können wir nicht über Gefühle sprechen? Oder sind da keine? Bin ich in ihn verliebt oder ist das nur eine Freundschaft (zugegeben mit ganz nettem Sex)? Freue ich mich auf ihn oder mehr auf die Gamescom in Köln?'*

Er kann nicht zum Bahnsteig kommen. *,Wieso eigentlich nicht? Ist doch Sonntag.'* Also nehme ich den Bus zu seiner Wohnung. Nach 20 Minuten stehe ich vor seiner Haustür und als er sie mit der Fernsteuerung öffnet, sagt er über die Sprechanlage: „Komm rein, ich bin grad noch in der Küche." Langsam gehe ich die Treppen hoch bis zum dritten Stock. Da steht eine Wohnungstür offen, da wohnt er also. „Hallo Peter", rufe ich. Und er: „Ja, komm durch, hinten links." Ich setze also meinen Koffer ab, zieh die Jacke aus und gehe durch die Diele in die Küche. Da steht er am Herd und brutzelt irgendwas. Ich gehe zu ihm hin, umarme und küsse ihn. Er wendet sich gleich wieder seinen Töpfen zu und sagt: „Kannst du bitte den Wein öffnen, bin gleich fertig. Dann können wir essen."

Als wir dann am Tisch sitzen und schweigend die Mahlzeit verzehren, die er zubereitet hat, schaut er mich kaum an und erzählt dann wieder von seiner Arbeit. Ich frage plötzlich dazwischen: „Sag mal, freust du dich, dass ich gekommen bin?" „Ja sicher, hätt ich sonst für uns gekocht? Das mach ich doch für andere nicht." Unsere Unterhaltung schleppt sich also irgendwie so dahin und nach dem Essen möchte er mich ins Bett zerren. Da platzt mir der Kragen und ich sage zu ihm: „Peter, so hatte ich mir unser Wiedersehen nicht vorgestellt. Ich glaube, wir haben ein kleines Problem oder vielleicht sogar ein größeres." „Ach komm, lass uns mal ins Bett gehen, darauf hätt ich jetzt echt Lust. Danach wird sich das Problem schon lösen lassen, was immer es ist." „Ich glaube, du verstehst mich nicht: Das Problem sind wir beide. Sind wir befreundet oder sind wir ein Paar, oder was?" „Wieso zweifelst du daran? Natürlich sind wir ein Paar, das waren wir doch auch schon in München, oder?" „Ich habe aber das Gefühl, dass dir nicht so viel an mir liegt. Und das tötet bei mir gerade sämtliche Gefühle ab."

Das scheint ihn aufzuwecken und er schaut ganz bedröppelt drein. „Was erwartest du von mir?" „Ich hab erwartet, dass du zum Bahnhof kommst, dass du sagst, du freust dich, dass ich hier bin, dass du mich küsst und in den Arm nimmst." „Aber das hab ich doch gesagt und auch getan." „Ja, auf meine Frage hin und so im Vorbeigehen an deinen Töpfen. Die waren wichtiger als ich." „Es waren doch nur ein paar Minuten, bis das Essen fertig war. Jetzt sitzen wir hier schon die ganze Zeit und unterhalten uns. Also was fehlt dir?" „Deine Gefühle, Peter, und meine auch. Ich glaub, da sind keine mehr oder vielleicht waren nie welche da. Auch in München haben wir uns nicht wirklich gesagt, dass wir etwas füreinander empfinden. Ich meine ja nicht gleich, ich liebe dich, aber zumindest kleine Gesten, die das Gefühl ausdrücken oder ein ‚Ich mag dich' oder so ähnlich. Ach, ich weiß auch nicht." Er schweigt und denkt nach. Dann sagt er: „Entschuldige bitte, aber ich bin ja hier auch in einer ganz neuen Lebenssituation und muss mich mit vielen Dingen auseinandersetzen und anfreunden. Da ist unsere Beziehung etwas zu kurz gekommen. Aber ich glaube, wir bekommen das wieder hin."

Nach ein paar weiteren wenig wichtigen Sätzen schlage ich vor, dass wir spazieren gehen. Ein bisschen Bewegung ist vielleicht ganz gut in dieser verfahrenen Situation. Beim Spaziergang sprechen wir nicht viel, sondern jeder hängt scheinbar seinen Gedanken nach. Wüsste gern, welche das bei ihm sind, und ich frage ihn: „Was denkst du gerade?" „Ich überlege, wie wir das morgen machen. Ich muss recht früh zur Arbeit und du fährst ja erst am Dienstag weiter. Was möchtest du denn tagsüber gern machen?" „Ach, darum mach dir mal keine Sorgen. Ich kenne Stuttgart überhaupt nicht, ich bummle ein wenig durch die Stadt und kriege den Tag schon rum. Vielleicht gehen wir abends irgendwo schön essen oder ich koche diesmal für uns. Was wär dir denn lieber?" „Ich kenne noch nicht viele gute Restaurants, aber wenn du ein schönes findest, können wir da gern hingehen."

Auch der Montag bringt keine neuen Erkenntnisse und so fahre ich am Dienstagmorgen frustriert weiter nach Köln. Hoffentlich gibt's auf der Gamescom ein paar geile neue Spiele. Sonst war der Trip ein Reinfall.

Tina

36.

München! 800 Kilometer! Und wir dachten, wir sehen uns mal eben auf einen Kaffee! Ich wusste gar nicht, wie schnell man von dem Hochgefühl der freudigen Erwartung in den Abgrund der Enttäuschung fallen kann. Eine Sache von Sekunden. Aber Leo hat mich geschickt aufgefangen mit der Idee, dass wir mit Bild telefonieren und uns gleich neu verabreden. Im Nachhinein habe ich es sogar lustig gefunden, dass ich den grauhaarigen Mittvierziger für Leo gehalten habe. Von diesem Erlebnis werden wir sicher noch unseren Kindern erzählen. ‚Unseren Kindern? Was rede ich denn da? ... Na ja, wer weiß ...'

Um 12:30 Uhr wird der Flieger am „Hamburg Airport Helmut Schmidt" erwartet, ich bin schon um 12:00 Uhr da. Das riesige Bauwerk ist immer wieder beeindruckend. Ich muss unbedingt einmal mit der Kamera herkommen. Heute hätte es keinen Sinn gehabt, das Ding mitzunehmen. Ich bin viel zu zittrig vor Aufregung. Aber diesmal kann nicht viel schiefgehen. Ort und Zeit des Treffpunkts haben wir mehrfach verglichen, um sicherzugehen. Also warte ich wie vereinbart in der Ankunftshalle und mein Herz schlägt höher, als ich an der Anzeigetafel lese: LANDED.

Für den Wochenendaufenthalt hat Leo nur Handgepäck dabei, also dauert es nicht lang, bis er mit den ersten anderen Passagieren aus München durch die Türe kommt. Diesmal ist es so, wie es sein soll. Ich sehe ihn, er sieht mich sofort. Zur Begrüßung gibt es eine lange, herzliche Umarmung und den ersten, sehnlich erwarteten Kuss. Dann schauen wir uns an, lächeln beide glücklich und wandern Richtung Ausgang.

„Es ist jetzt knapp eins", stelle ich fest und schlage vor: „Was hältst du davon, wenn wir gleich das Hard Rock Café besuchen und dort eine Kleinigkeit zu uns nehmen, dann nach Hause fahren, uns frisch machen und so …? Und am Abend könnten wir schön essen gehen." „Nachdem du hier die Ortskundige bist, lasse ich mich gern von dir überraschen. Ich vertraue mich dir an", antwortet Leo und bleibt wie angewurzelt stehen, als er sieht, welches Auto ich aufsperre. „Wow, ein Saab Cabrio! Alle Achtung, junge Frau! Ich bin beeindruckt!", sagt er und begutachtet den Wagen rundherum. Stolz antworte ich: „Ja, das ist mein Allerheiligstes. Schön, dass du es gleich kennenlernen kannst! Einsteigen, junger Mann, los geht's."

Als wir vor dem Hard Rock Café stehen, ist Leo überrascht. Das Lokal in München hat von außen nur das Namensschild mit diesem gemeinsam. Der Größenunterschied ist schon hier zu erkennen. Drinnen meint Leo, dass er jetzt die Verwechslungen verstehen kann. Viele Dinge hier könnte man genau so beschreiben wie in München. Die Bar mit dem Bildschirm, die Gitarren in den Vitrinen, sogar die Bilder von den Stars und prominenten Gästen. „Ich sag's dir, das werde ich in meinem Leben nicht vergessen! Und ich hätte gern mein Gesicht gesehen, als du sagtest, du möchtest auf die Dachterrasse!" Und er lacht aus vollem Herzen. Das ist ansteckend, und so erklimmen wir nicht ganz leise das letzte Geschoss, um endlich gemeinsam diese Terrasse zu betreten. Leo besteht darauf, dass wir denselben Platz nehmen, wo ich gesessen bin. Wir haben Glück, er ist frei, ebenso wie der Blick Richtung ELPHI.

„Möchtest du jetzt meine Wohnung sehen?", frage ich nach dem kleinen Snack und einem kräftigen Kaffee.

„Ja klar, sehr gern", betont er und bezahlt wie selbstverständlich die Rechnung.

Als wir am Nachmittag in meine Wohnung kommen, beobachte ich Leo sehr genau, denn meine Einrichtung ist, wie bereits erwähnt, nicht jedermanns Sache. Und tatsächlich kommt er wieder ins Staunen: „Tina, ich habe schon geahnt, dass du etwas Besonderes bist, aber dein Geschmack überwältigt mich! Bei dir ist alles so ... anders." „Es gefällt dir also?" „Ja, großartig! Das nennt man wohl Vintage-Stil, stimmt's?" „Genau. Und ich hab mir wirklich mit hartem Einsatz alles so machen lassen, wie ich es wollte." Endlich bringe ich mal meine Geschichte mit dem Couchtisch an den Mann. Und Leo ist beeindruckt, sowohl von dem Möbelstück selbst als auch von der Erzählung über den aufwendigen Kauf. „Ja, das ist also mein Wohnzimmer", bekräftige ich, „hier ist das Bad und das WC, da drüben die Küche. Und hier geht es in das kleine Gästezimmer. Da schläfst also du ... und gleich nebenan ich." „Willst du schon schlafen gehen? Bist du müde?", fragt Leo schmunzelnd ... und um 19:00 Uhr machen wir uns fertig zum Essengehen.

Noch im Bett haben wir beschlossen, ins „Au Quai" zu fahren. Ich muss zugeben, dass ich das nicht ganz zufällig vorgeschlagen habe. Leo meint, das sei eine gute Idee, einen schönen Anzug habe er mitgebracht. Der Abend verläuft auch ganz anders als letztens mit Markus. Leo studiert die Speisekarte interessiert und lobt die feine Auswahl. „Wie wär's mit einem guten Champagner?", fragt er mich „Zur Feier des Tages, Lady Ginger!" Dabei nimmt er meine Hand in seine. Ich bin nur mehr hin und weg. „Sehr gern", strahle ich ihn an. „Darf ich dich vorher noch was fragen?" Und ich lächle, weil ich eine scherzhafte Frage auf den Lippen habe. „Ja klar, nur zu." Und er lächelt zurück. Also frage ich: „Leo, hast du auch genug Mäuse?"

Sven

37.

Der Dienstag beginnt mit einer Pressekonferenz und wir nehmen von allen Ausstellern die Pressemitteilungen mit. Da kann Susanne mal nachlesen, was es offiziell an neuen Spielen oder sonstigen Informationen gibt. Danach stürzen wir uns ins Getümmel und versuchen erste Impressionen und Interviews zu bekommen. Was mich stört, ist der Lärm, der erstens durch die vielen Spielgeräusche, aber auch durch die an den Geräten sitzenden oder stehenden Spieler verursacht wird. Susanne empfindet wohl das Gleiche, denn sie sagt zu mir: „Das ist ja ohrenbetäubend, da werden die Tontechniker einiges nachzubearbeiten haben, sonst hört man die Stimmen der Leute nicht, mit denen wir sprechen."

An einer Konsole fragen wir zuerst einen Jungen etwa im Alter von 16 oder 17, wie er die Messe findet: „Geil, hier kann man sich so richtig austoben. Aber ich muss jetzt weitermachen mit meinem Spiel." Ein zweiter Jugendlicher, den wir an einem Bildschirm antreffen, antwortet nur ganz kurz, ohne uns anzuschauen, auf Susannes Frage, was er denn da spiele: „Hab keine Zeit, muss dringend das nächste Level erreichen, sonst fliege ich raus." Susanne versucht nachzuhaken: „Wie lange machst du das denn?" „Ich war der Erste heute Morgen an dem Gerät." „Und wie lange willst du hierbleiben?" „Na, bis heut Abend. Hab keine Zeit zu verplempern und morgen werd ich das auch so machen." „Spielst du zu Hause auch so viel?" „Nö, da muss ich ja in die Schule, aber jetzt haut ab."

Susanne sagt zu mir: „Ist das für diese Generation typisch oder haben wir jetzt zufällig zwei Freaks getroffen? Lass uns mal einen dritten Jugendlichen fragen, bevor wir uns an etwas ältere Spieler heranmachen." Bei einem Mädchen im Alter von 17 haben wir etwas mehr Glück. Sie unterbricht ihr Spiel, beantwortet Susannes Fragen ausführlich und erzählt, dass sie interessiert sei, neue Spiele fürs Handy kennenzulernen. Am PC würde sie nie spielen. Aber am Handy so oft wie möglich, also auf dem Weg zur Schule, in den Pausen und abends im Bett. „Hast du sonst keine Hobbys?", fragt Susanne sie dann. „Na ja, wenn ich Freunde treffe, spielen wir manchmal gegeneinander. Aber wenn schönes Wetter ist, geh ich auch mal ins Freibad." „Und spielst du da auch?" „Ja, zwischendurch. Blöd ist, dass der Akku so schnell leer wird, und im Freibad kann man schlecht aufladen. Deshalb will ich hier mal nach einem guten Power Pack schauen."

Als Nächstes interviewen wir einen Mann etwa im Alter von 40. Er erzählt, dass er meist am Wochenende spielt und sich hier nach einem neuen Kriegsspiel umschauen möchte. Susanne fragt ihn: „Können Sie abschätzen, wie viel Zeit Sie mit Spielen verbringen?" „Weiß nicht genau, schätze so zehn bis zwölf Stunden in der Woche." Eine junge Frau, ich schätze Ende 20, mit leuchtend blauen Augen und weißblonden Haaren ist offensichtlich nicht so sehr ins Spielen vernarrt, sondern sehr aufgeschlossen, als wir ihr sagen, dass wir eine Sendung für den NDR machen. „Ich spiele einige Stunden in der Woche, am liebsten Strategiespiele. Zu Haus hab ich mir vor einiger Zeit das ‚Anno 1800' angeschafft, Das finde ich faszinierend. Hier hoffe ich etwas Ähnliches zu finden, was ich dann vielleicht auch kaufe." Ich frage sie: „Spielst du am PC oder auch am Handy?" „Nur am PC. Am Handy ist mir das Spielgeschehen zu klein." Susanne fragt sie: „Was machst du beruflich?" „Ich bin Mediendesignerin bei ProSieben." Ich kann meinen Blick durch die Kamera nicht von ihren Augen abwenden und zwinkere ihr nach dem Interview noch mal zu. Ich meine zu erkennen, dass sie mir zulächelt, aber dann wendet sie sich wieder ihrem Bildschirm zu.

Leo

38.

„Mäuse? Wie kommst du jetzt darauf? Wieso soll ich Mäuse haben?", frage ich erstaunt und etwas erschrocken zurück. „Oh, sorry!", entschuldigt sich Tina. „Ich meinte Mäuse im Sinne von Geld. Du hast den teuren Champagner bestellt, gleich eine ganze Flasche. Da wollte ich nur sichergehen, dass wir die bezahlen können." Dabei zwinkert sie mir kess zu und hebt ihr Glas: „Trinken wir auf uns, lieber Leo!" „Gute Idee", meine ich und ergänze: „Auf uns und unsere besondere Art der gegenseitigen Information! Wir sollten auf jeden Fall das sprachliche Nord-Süd-Gefälle in unserer Kommunikation optimieren!" Wir lachen beide, stoßen darauf an und genießen den ersten Schluck von dem edlen Dom Pérignon.

Ich überlege kurz, ob ich es wagen sollte, und entschließe mich dazu, die Gunst der Stunde zu nutzen, um ein wichtiges Thema anzuschneiden, natürlich ebenfalls mit einem gut sichtbaren, frechen Lächeln im Gesicht: „Sag mal, wie stehst du eigentlich zu echten Mäusen? Angenommen, du wärst bei mir zu Besuch und es würde sich eine Maus bemerkbar machen. Wie wäre das für dich? Wie würdest du reagieren?" Mit einer dermaßen lockeren Antwort hätte ich allerdings nicht gerechnet: „Also, ich hab nichts gegen Mäuse. Gut, im Haus haben sie aus hygienischen Gründen nichts verloren. Also würde ich dir eine Lebendfalle empfehlen. Und dann ab mit ihr ins Grüne. Sind irgendwie putzig, die Tierchen, ich könnte ihnen nichts antun ... Wieso fragst du? Hast du das Problem tatsächlich?" „Ja, sagen wir mal, ich hatte ein Problem damit ... Ist jetzt Gott sei Dank gelöst, aber in einem alten Haus kann man davon ausgehen, dass das wieder geschieht. Ich wollte nur sicher sein, dass dich das nicht abschreckt! ... Ach, übrigens, ich hatte mich auch für die Lebendfalle entschieden."

So unterhalten wir uns eine Ewigkeit über meine Gewohnheiten und über ihre, über unsere Hobbys und Leidenschaften. Als wir bei dem ausgezeichneten Dessert angekommen sind, verrät sie mir, dass sie unheimlich gern fotografiert: „Morgen kann ich dir ein paar coole Fotobücher zeigen, wenn du möchtest. Naturbilder sind ebenso dabei wie Architekturfotos und Street-Aufnahmen." Das klingt doch sehr verlockend, auch wenn sie jetzt keine Briefmarkensammlung angekündigt hat ...

Es ist schon sehr spät, als ich den Kellner um die Rechnung bitte. Er legt ein kleines Lederbuch auf einem Teller auf den Tisch und verschwindet wieder ganz diskret. Ich werfe einen kurzen Blick auf den Bon und lege meine Karte in das Mäppchen.

Tina hat wirklich Geschmack, muss ich sagen. Ausgefallen und teilweise sehr speziell, aber gediegen. Ihr Auto, ihre Wohnung, die Art, wie sie sich kleidet, und die Wahl dieses hervorragenden Lokals! Also, ich denke, der Name Lady Ginger wird ihr erhalten bleiben.

Eigentlich wollen wir schnell schlafen gehen, weil wir nach diesem ereignisreichen ersten gemeinsamen Tag wirklich hundemüde sind. Allerdings haben wir ja nur diese eine Nacht. Morgen Abend fliege ich schon wieder heim. Deshalb lassen wir das Gästebett letztendlich doch unbenützt und kuscheln uns in Tinas großem Vintage-Doppelbett aneinander. ‚Das muss ich mir morgen genauer ansehen. Interessante Arbeit, dieses Bett.' Es fühlt sich gut an, hier zu liegen, und ich genieße ihre zärtlichen Berührungen. ‚Schlafen? ... Jetzt schon? ... Ich weiß nicht ...'

127

Lydia

39.

Als der Zug am späten Vormittag in Köln-Deutz hält, lasse ich meine Reisetasche im Schließfach am Bahnhof und stürze mich gleich ins Geschehen. Das Messegelände habe ich zu Fuß in wenigen Minuten erreicht. Ein Ticket für die ganze Messe habe ich schon und ich will eh bis Sonntag bleiben. Zum Einchecken kann ich heute Nachmittag ins Hotel wandern. Auf der Gamescom ist schon die Hölle los. Ich verschaffe mir erst mal mit dem Plan einen Überblick und versuche dann in Halle 6 einen Platz an einem Rechner zu ergattern, wo die neuen Spiele von Sony gespielt werden können. Während ich warte, schreibe ich eine kurze Nachricht an Frank und frage ihn, wann und wo wir uns abends treffen wollen. Er schlägt vor, dass wir uns um 20:00 Uhr beim Gaffel-Brauhaus treffen, und ich sage zu.

Nach einer Wartezeit von 45 Minuten macht endlich ein junger Mann seinen Platz frei und ich kann loslegen. Auf dem PC läuft das Spiel „Blood and Truth" und ich versuche gleich mal, ins Geschehen einzusteigen. Nach einiger Zeit merke ich, dass das Spiel nicht so mein Ding ist, hier fließt mir zu viel Blut, denn ein Hauptziel des Spiels ist es, möglichst viele Ganoven zu erschießen.

Plötzlich spricht mich ein Fernsehteam an, ein Mann an der Kamera und eine Frau mit dem Mikro, die zu mir sagt: „Wir drehen einen Beitrag über die Gamescom für den NDR, dürfen wir dich was fragen?" „Sicher, was wollt ihr wissen?" „Wie lange bist du auf der Messe?" „Die ganze Woche." „Und wie gefällt es dir?" „Hab noch nicht so viel gesehen und das Spiel hier gefällt mir nicht so gut. Zu blutig." „Welche Spiele spielst du sonst?" „Am liebsten Strategiespiele und zurzeit das ‚Anno 1800'. Hoffe hier etwas ähnliches Neues zu finden." „Wie lange spielst du etwa pro Tag?" „Ein paar Stunden in der Woche." Plötzlich fragt der Kameramann mich, ob ich auch am Handy spiele, und ich antworte ganz perplex, nur am PC. Die Frau fragt dann noch, was ich beruflich mache. Aber die Frage höre ich nicht mehr richtig, Irgendwie hat mich der Blick des Kameramanns gefesselt. Seine freundlichen Augen drücken so viel Anteilnahme aus, sein Bart umrahmt sein Gesicht und er lächelt mich an. Bin ganz hin und weg. Die Frau bedankt sich bei mir und da zwinkert der Mann mir zu. Ich versuche zurückzulächeln und schon wandern die beiden weiter.

Abends erzähle ich Frank bei Kölsch und Mettbrötchen von der Begegnung und dass mich der Mann nicht mehr loslässt. „Was mach ich denn jetzt? Wie soll ich den finden?" „Ist doch einfach, ruf beim NDR an, melde dich als Interviewte von der Gamescom und dass du mit dem Team etwas Wichtiges besprechen möchtest." „Meinst du, dann bekomm ich die Nummer?" „Ist doch einen Versuch wert. Sonst musst du morgen auf der Messe umherwandern und nach den beiden suchen. Die interviewen sicher noch andere Leute."

Am nächsten Morgen rufe ich noch aus dem Hotel beim NDR in Hamburg an und erkläre mein Anliegen, dass ich gestern interviewt wurde, dass ich aber etwas sehr Wichtiges vergessen habe und der Beitrag mit meiner Aussage so nicht gesendet werden kann. Ich bitte um die Rufnummern des Teams. Die Redakteurin sagt, sie könne mir die Nummern nicht geben, aber sie könne gern meine Handynummer an das Team weitergeben. Also gebe ich ihr meine Ziffern durch und dann gehe ich zur Messe.

Den ganzen Vormittag kann ich mich nicht auf Spiele und Umgebung konzentrieren. Ständig schaue ich auf mein Smartphone. Gegen Mittag ist der Akku schon drei viertel leer vom ständigen Einschalten. Als ich gerade im Restaurant Lindbergh bei Halle 9 etwas esse, klingelt es und eine unbekannte Nummer wird angezeigt.

„Hallo." „Hier ist Sven vom NDR. Mit wem spreche ich denn?" „Lydia, ihr hattet mich gestern interviewt und ich hab was Wichtiges vergessen, das ich gern mit dir besprechen möchte. Können wir uns irgendwo treffen?" „Hat das Zeit bis heut Abend? Denn tagsüber sind wir hier ziemlich busy." „Ja klar. Schlag du was vor." „Am liebsten wär mir, du kommst in mein Hotel, das ist das ‚Maritim'. Dann können wir uns in der Lobby unterhalten oder in einer Kneipe in der Nachbarschaft, denn das Maritim ist nahe an der Altstadt." „Okay, welche Zeit?" „Sagen wir acht?" „Alles klar, ich werde da sein. Und bitte vorher noch nichts von meinem Interview senden." „Da kannst du ganz beruhigt sein, unser Beitrag läuft erst nächste Woche. Ich erklär dir die Details gern heute Abend. Also bis dann."

Tina

40.

„Guten Morgen", hauche ich in sein Ohr, und meine Lippen streichen wie zufällig über sein Ohrläppchen. „Wie wär's mit Kaffee?" Leo räkelt sich mit noch geschlossenen Augen, erwischt ebenso beiläufig meine Hand und zieht mich zärtlich an sich. „Oh ja, eine Tasse Kaffee wäre super ... Aber erst nach dem Gutenmorgenkuss" ... Es war eine kurze Nacht mit wenig Schlaf, aber sehr viel Gefühl. Und wir wollen nicht zu spät aufstehen, damit wir genug vom Tag haben. Also raffen wir uns auf und verlassen das gemütliche Liebeslager.

Während ich den Kaffee herrichte, schüttelt Leo die Decken auf und betrachtet eigenartig lang das Bett. „Was guckst du?", frage ich neugierig. „Ich muss mir das Schmuckstück hier genau ansehen. So ein Bett hab ich noch nie gesehen. Echt der Wahnsinn!", schwärmt er, und das völlig zu Recht. Die einfache Form des Holzgestells wird total aufgewertet durch eine kunstvolle, aber doch bescheidene Gestaltung. Teilweise gedrechselte und sich überlappende Elemente mit der Farbgestaltung, die das Ganze alt wirken lässt, ist einfach nur schön. Es sieht ein bisschen so aus, als wäre das in Braun-, Grün und Gelbtönen gestrichene Holz nachträglich noch abgeschliffen worden. „Es war gar nicht so einfach, die passenden Nachtkästchen dazu zu bekommen", erkläre ich, während wir am Esstisch Platz nehmen.

Es ist noch dunkel, sodass wir lieber drinnen frühstücken. Dass die Vögel so laut zwitschern, verrät, dass es noch sehr früh ist. ‚Fünf Uhr ... da können wir heute einiges schaffen.' Ich verwöhne meinen langsam

131

wach werdenden Liebhaber mit Ham and Eggs, Toast und anschließend einem kleinen Obstteller. Das weckt die Lebensgeister und wir beginnen mit der Planung unseres Tages. Das heißt, ich beginne damit. Leo ist eher der Meinung, es reicht, wenn wir mal schauen, wohin wir als Erstes fahren, alles Weitere wird sich schon ergeben. Ich bevorzuge es, so etwas gut zu überlegen. So kann man sich nach den Interessen abstimmen und den Tag effektiv nutzen. ‚Aber was soll's, es ist nur ein Tag', denke ich. ‚Leben wir halt mal einfach ins Blaue hinein.'

Ich kann Leo aber doch davon überzeugen, dass es Sinn macht, zuerst zum Fischmarkt zu fahren, der ist am Sonntagmorgen einfach sensationell, und anschließend zur ELPHI. Ich war selber auch schon lang nicht mehr da, daher nehme ich mein Goldstück mit – die Nikon P900. Die kommt immer zum Zug, wenn Motive in unterschiedlichen Entfernungen zu erwarten sind. Dann spare ich mir das Wechseln der Objektive. „Hast du was dagegen, wenn ich zwischendurch ein paar Fotos schieße?", frage ich höflichkeitshalber. Leo meint, das sei kein Problem. Schließlich hätten wir gestern Abend ohnehin die versprochenen Fotobücher vergessen. „Dann krieg ich heute wenigstens noch was Schönes zu sehen", meint er schmunzelnd.

Wir kommen gerade zum Sonnenaufgang ans Ziel. Als erstes Motiv bietet sich die ELPHI an, die man von hier aus gut sehen kann. Im Vordergrund ein großes Segelschiff, die Szene beleuchtet von der Morgensonne. Dann bitte ich Leo, ein Stück vorauszugehen, so bekomme ich ihn als schwarze Silhouette vor einem bunten Verkaufsstand mit Fischen. Da kommt seine männliche Figur richtig zur Geltung. Leo bemerkt, dass ich ihn im Visier habe, und stellt sich auch noch in Pose. Das macht richtig Spaß, und augenscheinlich nicht nur mir.

Irgendwann am Vormittag, wir vermeiden es, die Uhr zu beachten, verlassen wir Sankt Pauli und widmen uns ausgiebig der Elbphilharmonie. Leo ist fasziniert von der Architektur, meine Kamera und ich sind das auch. „Schickst du mir nachher ein paar von den Fotos, bitte? Ich bin echt gespannt, wie die werden!", sagt Leo in begeistertem Ton. „Klar, das hatte ich ohnehin vor!", lautet meine Antwort. „Du weißt ja gar nicht, wie fotogen du bist!" „Ach du lieber Himmel, ich meine doch das Konzerthaus, nicht mich!" Wir lachen schon wieder ausgelassen.

Es ist schon früher Nachmittag, als wir in einem kleinen, unscheinbaren Lokal eine Kleinigkeit essen und überlegen, was wir noch anstellen wollen. Wir einigen uns darauf, nur mehr die große Hafenrundfahrt mit dem Schiff zu machen und dann heimzufahren. Vielleicht schauen wir doch noch das eine oder andere Fotobuch an, bevor wir uns zum Flughafen begeben. Um 20:15 Uhr geht Leos Flieger zurück nach München.

So kriegen wir heute die Elbphilharmonie aus allen erdenklichen Perspektiven – aus großer Entfernung, aus unmittelbarer Nähe, vom Wasser aus, mit Innenansichten und Ausblicken vom Gebäude übers Wasser. Das Ganze auch noch in unterschiedlichem Licht, weil wir mehrere Stunden dort verbringen. Die anderen Sehenswürdigkeiten nehmen wir uns für das nächste Mal vor, denn wir stellen beide fest, dass es unbedingt ein nächstes Mal geben müsste. Wir haben so viel Spaß miteinander und genießen das Zusammensein so richtig. „Das schreit förmlich nach Wiederholung." „Genau", bestätigt Leo, „aber erst musst du mich in München besuchen!"

Sven

41.

Ich frage mich, was sie wohl an dem Interview gestört hat. Als wir gegen sechs im Hotel ankommen, sage ich zu Susanne, dass ich heute Abend verabredet bin. Sie schaut verdutzt: „Kennst du hier jemand in Köln oder mit wem triffst du dich?" „Ich treffe eine der Frauen, die wir gestern interviewt haben." „Sicher die Blonde aus München, hab ich recht?" „Ja, wie kommst du darauf?" „Hab eure verliebten Blicke gesehen." „Da hast du mehr gesehen als ich." „Du weißt doch, Frauen sind für so etwas sensibler. Dann viel Spaß mit ihr. Und: Don't do anything, I wouldn't do."

In meinem Zimmer schau ich mir die Passage mit Lydia von gestern noch mal auf dem Laptop an. Mir fällt nichts auf, was nicht drin sein dürfte. Aber in einer Einstellung, als ich sie in Großaufnahme gefilmt habe, sehe ich direkt in ihre strahlend blauen Augen. Ui, ich glaub, Susanne hat recht, sie schaut wirklich ganz verliebt in die Kamera. Meinen Blick kann ich ja nicht sehen, aber ihrer gefällt mir sehr. Beim nächsten Durchlauf schalte ich den Film an der Stelle auf Standbild. Da wird es noch deutlicher. Die Frau schaut nicht nur sehr gut aus, der Blick ist zum Dahinschmelzen. Jetzt freue ich mich noch mehr darauf, sie wiederzutreffen. Bin fast sicher, es geht ihr nicht nur um etwas, das aus der Sequenz entfernt werden muss. Oder hoffe ich das jetzt nur?

Zuerst also mal duschen und fein machen, die Messeklamotten sind nicht das Richtige, wenn ich mit ihr ausgehe. Dann mal schauen, wo wir hingehen können. Denn nur in der Hotellobby oder Bar möchte ich nicht bleiben. Also brauche ich einen konkreten Vorschlag. Herr Google sagt, es gibt die Malzmühlen-Brauerei gleich um die Ecke, ein mediterranes, ein griechisches und ein indisches Restaurant. Darunter lässt sich doch sicher was finden, was ihr zusagt. Mir wäre alles recht. Ich bestelle also erst mal keinen Tisch. Das können wir machen, wenn wir uns treffen.

Ich gehe schon um 19:50 Uhr nach unten und setze mich in die Lobby, denn ich möchte auf alle Fälle dort sein, wenn sie kommt, und ihr zusehen, wie sie nach mir sucht. Genau um eine Minute vor acht betritt sie das Hotel, schaut sich suchend um, sieht mich scheinbar nicht und geht in Richtung Rezeption. Dort muss sie warten, weil ein paar andere Gäste gerade einchecken. Ich stehe auf und gehe zu ihr hin: „Hallo schöne Frau, wollen sie vielleicht zu mir?" Sie dreht sich um: „Oh, äh, ja. Aber wieso so förmlich?" „War nur Spaß. Mir fiel grad nichts Besseres ein. Wie bist du hergekommen?" „Mit der Straßenbahn. Sind nur ein paar Stationen von meinem Hotel auf der anderen Rheinseite." „Ich dachte, wir können irgendwo hingehen. Hier ist es mir zu wuselig zum Reden. Hast du auch Hunger?" „Ja, ich könnt auch eine Kleinigkeit essen." „Hab mal geschaut, hier in der Nähe gibt's ein Brauhaus, einen Griechen, einen Inder und ein mediterranes Restaurant. Was wär dir denn am liebsten?" „Also Brauhaus nicht unbedingt. Da war ich gestern Abend schon. Bei den Restaurants weiß ich auch nicht so recht. Geht eigentlich alles. Möchtest du das entscheiden?" „Ich wär für indisch. Magst du's scharf?" „Ja, das geht auch, ich hätte jetzt eher den Griechen genommen. Aber der Inder ist sicher auch okay." „Dann lass mich schnell anrufen und einen Tisch bestellen." Die Nummern hatte ich mir vorher schon eingespeichert und ich rufe an. Dann höre ich, dass der Inder ausgebucht ist. Dort könnten wir erst gegen 21:30 Uhr einen Tisch haben. Beim Griechen habe ich mehr Glück und bestelle einen Tisch für 20:15 Uhr. Lydia schaut mich an und sagt: „Dann ist ja jetzt zufällig doch der Grieche rausgekommen. Wollen wir losgehen?"

Auf dem Weg zum Restaurant frage ich ein bisschen nach ihrer Motivation, nach Köln zu kommen, bleibe also recht förmlich und berufsbezogen. Sie erklärt mir wieder, dass sie gern Computerspiele macht und dass sie hofft, ein neues interessantes Strategiespiel zu finden und dann auch zu kaufen.

Im Lokal bestellen wir erst eine Flasche Wein und Wasser und unser Essen. Dann frage ich sie: „Jetzt erklär mir doch bitte, was an unserem Gespräch auf dem Film für dich nicht in Ordnung ist. Ich konnte nämlich nichts finden." „Das ist eigentlich nur eine Kleinigkeit. Ihr habt mich nach meinem Beruf gefragt und ich habe gesagt, Mediendesignerin bei ProSieben." „Ja und? Stimmt das nicht?" „Doch, aber ich möchte keine Schwierigkeiten bekommen und möchte dich bitten, meinen Arbeitgeber rauszuschneiden. Geht das?" „Klar geht das, aber ist man bei ProSieben so streng?" „Ich hab keine Ahnung, möchte nur kein Risiko eingehen." „Okay, dann schneide ich bei deiner Antwort nach der Mediendesignerin ab. Kannst dich drauf verlassen." „Prima, danke schön. Wann wird das denn gesendet? Ich will mir das natürlich anschauen." „Nächste Woche Freitag um 21:15 Uhr. Die Sendung heißt: ‚Die Reportage'. Da werden immer interessante Themen oder Menschen vorgestellt. Und diesmal ist es die Gamescom."

Unser Essen wird gebracht und das unterbricht unsere Unterhaltung ein wenig. Aber danach muss ich sie einfach fragen: „Sag mal, war das der einzige Grund, warum du mich treffen wolltest? Das hättest du mir doch auch schon am Telefon sagen können." Sie lächelt mich an und sagt: „Wenn ich ehrlich bin, hast du mir gefallen und ich wollte dich unbedingt wiedersehen. Dann hab ich mir den Grund überlegt und wie ich dich finden könnte." „Das ist interessant. Denn meine Kollegin

Susanne hat schon zu mir gesagt, dass sie unsere verliebten Blicke gesehen hat." Jetzt wird sie rot und sagt: „Echt jetzt? Ist ja krass. Dachte, ich hab mich mehr im Griff. Aber ich habe dein Zwinkern am Ende des Interviews registriert und dachte, der möchte dich auch sicher wiedersehen." „Ja, ich geb's zu. Und ich freue mich, dass du die Initiative ergriffen hast. Ich glaub, ich hätte mich nicht getraut." „Für dich wäre es ja auch schwieriger bis unmöglich gewesen. Bei ProSieben weiß nur ein Kollege, dass ich hier bin. Und der ist auch hier. Ich glaub, du hättest mich nicht gefunden oder wenn, dann höchstens zufällig auf der Messe. Also musste ich ja handeln." „Das hast du gut gemacht. Darauf trinken wir jetzt einen Uso."

Leo

42.

Es ist echt schade, dass Tina so weit weg von hier lebt. Zum ersten Mal habe ich das Gefühl, dass ich einen Menschen immer um mich haben möchte. Deshalb habe ich nach meinem Trip nach Hamburg gleich vorgeschlagen, die Entfernung mit Videotelefonie zu überbrücken. Wenn man sich täglich sieht, sei es auch nur auf einem Bildschirm, kann Nähe sicher gehalten werden. Und nachdem wir wirklich immer etwas zu reden haben, funktioniert das sehr gut. Auch heute mache ich es mir nach dem McFit auf meiner Couch gemütlich und warte schon auf ihren Anruf.

Kaum haben wir uns begrüßt und die ersten Worte gewechselt, höre ich, dass meine Haustür aufgesperrt wird. „Ach nein", protestiere ich leise, „meine Mutter! Um die Zeit noch? Kleinen Moment, ich bin gleich wieder bei dir." Da steht sie auch schon mitten im Zimmer. „Hallo Leo, ich hab heute mehr gekocht und gedacht, ich bring dir noch was rüber", erklärt sie mit einem Glasbehälter in der Hand und neugierig in Richtung meines Handys blickend, „Bayerischen Bierfleischeintopf mit Gemüse hab ich gemacht." „Super, Mama …danke dir! Du, ich telefonier grad. Bist du noch eine Weile auf? Dann komm ich noch rüber nachher", antworte ich höflichkeitshalber, hoffe aber, dass sie meint, das sei nicht notwendig. Tatsächlich winkt sie ab: „Nein, lass nur, dann sehen wir uns morgen. … Mit wem telefonierst du denn da?" ,Ich wusste, dass das kommt!' „Mama, bitte sei nicht so neugierig … Mit einer Bekannten halt … dass a Ruah is." „Hab ich gleich g'wusst … Einen lieben Gruß unbekannterweise!" Dann verschwindet sie wieder und ich kann mich endlich Tina zuwenden, die doch ein bisschen mitgehört hat. „Soso, die Mama", schmunzelt sie, „überrascht sie dich öfter so nett?" „Ja, schon", gebe ich zu, „das ist manchmal ein Vorteil und manchmal ein Nachteil. Ich hab aber auch schon den Schlüssel im Schloss stecken lassen. Dann kann sie nicht herein." Tina weiß sofort, was ich damit meine.

Eine Woche später sitzen wir zusammen auf meiner Couch. Tina hat den Freitagnachmittag freigenommen und kann bis Sonntag bleiben. Am ersten Abend wollen wir beide nicht weggehen, sondern lieber die Zweisamkeit genießen. Wir lassen uns Pizza liefern, trinken Frascati dazu und leeren fast die ganze Flasche beim Fernsehen und Quatschen. Schon leicht angeheitert, fragt Tina: „Und wenn deine Mama wieder was zu essen bringt? ... Hast du den Schlüssel ins Schloss gesteckt?" Ein vielversprechendes Lächeln umspielt ihren Mund. „Klar hab ich das", antworte ich mit eiskalter Miene und mit dem bösesten Blick, den ich aufsetzen kann, „das mache ich immer, wenn ich eine schöne Frau in meiner Gewalt habe und nicht gestört werden möchte!" „Oh, da fürchte ich mich schon sehr", spielt sie mit, „da muss ich mich gleich verstecken, damit du mich nicht kriegst! ... Wo war noch dein Schlafzimmer? ... Ah, da ..." Sie schließt die Tür hinter sich und dann wird es ruhig. Ich nehme unsere Gläser mit dem letzten Rest Frascati mit, öffne die Tür mit dem Ellbogen und schleiche ins dunkle Zimmer. „Hm, gleich hab ich dich, wirst schon sehen", brumme ich leise vor mich hin und stelle die Gläser vorsichtig auf den Nachttisch. Dann werfe ich mich aufs Bett, genau dort, wo ich im Dunkeln die Erhebung ihres Körpers erkennen kann, und bin sofort gefangen. „Denkst du wohl", ruft sie, „jetzt hab ich dich!" Sie umarmt mich ganz fest und ich sie auch. Nach einem zärtlichen „Schön, dass du da bist" ergeben wir einander widerstandslos. Nach dem letzten Schluck Frascati schlafen wir geschafft ein.

Am Samstagmorgen bin ich an der Reihe mit Garten gießen. Meine Eltern wehren sich noch immer erfolgreich gegen eine Beregnungsanlage. Tina schläft noch, und so erwischt mich meine Mutter draußen allein. „Du weißt, ich bin eigentlich nicht neugierig, aber ich hab gestern durchs Fenster gesehen, dass du nicht allein nach Hause gekommen bist. Ist das die Kleine, mit der du immer telefonierst?", will sie wissen. „Ja, das ist sie", sage ich stolz, „sie ist hübsch, nicht?" Mama gibt mir recht und möchte uns gleich für heute Abend zum Essen einladen. „Da muss ich aber erst mit Tina sprechen. Sie ist zum ersten Mal da. Wer weiß, ob ihr das recht ist", gebe ich zu bedenken. „Fragst sie halt, ob sie lieber a g'scheite Brotzeit will oder einen Braten ... Tina heißt sie? ... Die is aber net von da, oder?" „Mama, nein. Sie kommt aus Hamburg. Das ist uns halt passiert, uns macht das nicht viel aus", beruhige ich sie. „Ja, das müsst's eh selber wissen ... Is aber ned leicht, so weit auseinander, gell!" „Heutzutage mit dem Handy geht das schon besser. Weißt, so sehen wir uns jeden Tag", versuche ich das Problem abzuschwächen.

Tina hat nichts dagegen, am Abend nach unserem Ausflug zum Olympiapark mit meinen Eltern zu essen. Sie meint, das ist eine normale mütterliche Reaktion. Damit müsse ich rechnen, solange ich bei meinen Eltern wohne. Beim Frühstück auf der Terrasse will sie wissen, warum ich eigentlich noch immer hier wohne und mir nichts Eigenes suche. Ich bin von mir selbst überrascht, als ich ihr von meinem ersten Auszugsversuch erzähle: „Es ist jetzt knapp drei Jahre her, da bin ich mit meiner Freundin zusammen in eine Wohnung gezogen. Ich hab mich da von ihr überreden lassen. Es war ihr total wichtig, dass wir beide so wenig wie möglich mit unseren Eltern Kontakt haben. Drum sind wir auf die andere Seite von München gezogen. Dann bin ich nach und nach draufgekommen, was dem zugrunde liegt. Ihre eigenen Probleme mit den Eltern. Weil ich mit meiner Familie aber ein gutes Auskommen habe und mir regelmäßige Besuche wichtig waren, gab es immer öfter Streit. Ein Jahr ging das so, dann überließ ich ihr die Wohnung und zog hierher zurück." Tina hört aufmerksam zu und stellt dann fest: „Schön, dass dir Familie wichtig ist. Bei mir ist das genauso!"

Nachdem wir es meiner Mutter selbst überlassen haben, was sie kochen möchte, überrascht sie uns mit Bayerischen Brezenknödeln. Mit einem Kompliment über ihre Kochkünste erobert Tina schnell die Sympathie meiner Mutter: „Sie kochen sicher sehr gern. Das merkt man. Wirklich ausgezeichnet, die Knödel!" Obwohl ich dieses Treffen eigentlich noch gar nicht ins Auge gefasst hatte, ist es ein netter Abend geworden. Auch mein Vater ist von Tina entzückt. Er schwärmt später noch von ihren guten Manieren und ihrer Höflichkeit.

Nach einem wunderschönen Sonntag in der Münchner Altstadt ist es wieder Zeit zum Abschiednehmen. Wie einen Anker zum Festhalten empfinde ich es, als wir darüber reden, was wir als Nächstes gemeinsam machen wollen. „Würdest du mit mir eine Motorradtour machen?", frage ich und zeige ihr mein Schmuckstück in der Garage. Sie ist begeistert und sagt zu: „Tolle Idee! Das ist neu für mich. Man muss alles einmal ausprobieren. Ich muss mir nur einen Helm besorgen ..."

Lydia

43.

Ich fand es total lieb von Sven, dass er mich nach unserem Abend beim Griechen noch mit der Straßenbahn ins Hotel begleitet hat. Vor dem Haus nahm er mich in den Arm, bedankte sich für den wunderschönen Abend und küsste mich vorsichtig. Dann ging er weg und ich dachte: ,*Was ist das denn jetzt? War's das schon?*' Jetzt liege ich hier in meinem Hotelbett und da kommt eine WhatsApp-Nachricht von ihm. Er schickt mir ein Bild von einem roten Vorhängeschloss, auf dem ein Herz eingraviert ist, in dem die Namen Lydia und Sven stehen. Dazu schreibt er:

Liebe Lydia, ich bin über die Eisenbahnbrücke zurück auf die andere Rheinseite gegangen. Dort hängen Tausende von Liebesschlössern und wie zufällig fand ich dieses, nur mit unseren Namen, aber ohne Datum, so als wären wir schon mal hier gewesen. Ich hab's fotografiert und musste Dir das schicken, weil ich das für ein Zeichen halte.

Hab mich eben nicht getraut zu fragen, ob wir uns wiedersehen wollen. Aber jetzt: Hast Du morgen Abend schon was vor?

Lieber Sven, danke für das Schloss. Das ist eine wunderbare Idee. Zeigst Du mir das morgen mal? Hängt das mitten auf der Brücke? Dann könnten wir uns doch dort treffen. Gegen 19 Uhr?

O. K. Treffen wir uns in der Mitte. Ich hoffe, ich finde es wieder. Aber Hauptsache ich finde Dich. Schlaf schön. Bis morgen. Ich freue mich sehr.

Im Traum bin ich in München auf der Isarbrücke, schaue ins Wasser, Sven steht neben mir und hält meine Hand. Da sagt er: „Sollen wir das Schloss jetzt hier ins Wasser werfen? Wir wissen doch, dass wir zusammengehören. Da brauchen wir das Schloss nicht mehr." Ich schaue ihn an und antworte: „Oh Sven, das hast du so noch nie gesagt. Aber es stimmt."

Am nächsten Tag auf der Messe habe ich gar keine große Lust, neue Spiele auszuprobieren. Ich verbringe viel Zeit mit ziellosem Umherwandern und in Cafés. Immer wieder schweifen meine Gedanken ab zu Sven und ich frage mich, was da wohl mit mir oder mit uns geschehen ist. Gestern Abend hatte ich mich sehr wohlgefühlt in seiner Gesellschaft und ich war schon ein bisschen enttäuscht, dass nicht mehr passiert ist. Und was macht er heute? Gehen wir wieder nur essen und dann jeder in sein Hotel? Und dann sehen wir uns nie wieder? Ich muss ihn gleich fragen, wie lange er bleibt. Vielleicht können wir uns ja mal tagsüber treffen.

Auf der Brücke pfeift mir der Wind um die Ohren, aber ich sehe Sven schon von Weitem. Er nimmt mich in die

Arme, küsst mich, und das ist diesmal ein richtig krasses Erlebnis. Der Kuss dauert gefühlte zehn Minuten und ich glaube, ich schwebe mit ihm von der Brücke. Dann zeigt Sven mir das Schloss: „Schau, hier ist es. Tagsüber sieht man die schöne rote Farbe noch besser als auf meinem Handybild von gestern Abend. Ich habe es eben mit meiner Kamera fotografiert und werde es für uns aufheben." „Du bist süß, warum willst du das aufheben?" „Weil ich glaube, dass unsere Begegnung kein Zufall war. Aber ich habe das Gefühl, dass wir zufällig in vielem übereinstimmen. Und das gibt es nicht so oft. Ich möchte das festhalten. Nein, ich möchte dich festhalten." Und schon nimmt er mich wieder in den Arm und küsst mich.

„Hast du schon was gegessen?", fragt er, als wir wieder Richtung Dom von der Brücke gehen. „Vielleicht hat der Inder heute Platz", sage ich zu ihm. „Hat er, denn ich habe heute Mittag einen Tisch reserviert. Noch eine Übereinstimmung. Sehr schön, also los." Das Essen ist scharf, aber sehr schmackhaft, nur der Wein ist nicht so mein Fall. Da hätten wir besser Bier getrunken. Sven fragt nach dem Essen: „Magst du noch was Süßes? Welche Wünsche hast du denn jetzt noch? Sind das vielleicht die gleichen wie meine?" „Könnte sein. Ich würde das gern in deinem Zimmer überprüfen, wenn da Damenbesuch als Nachtisch erlaubt ist." „Klar, das ‚Maritim' ist ein Hotel, kein Internat. Komm, wir schauen mal, ob man uns reinlässt."

So einen zärtlichen Liebhaber hatte ich noch nie. Ganz vorsichtig küsst und streichelt er mich, zieht mir langsam meine Sachen aus und dann treibt es uns davon.

Am nächsten Morgen flüstert er mir ins Ohr: „Ich glaube, wir müssen die Übung von gestern Abend noch mal wiederholen." Und schon umarmen, küssen und streicheln wir uns. An solchen Sport könnte ich mich gewöhnen.

Tina

44.

Leo hat für mich einen Helm ausgeliehen und auch eine Lederjacke. Nach dem letzten Besuch bei mir in Hamburg hat er dann ein paar kleine Ausfahrten alleine gemacht, quasi als Sicherheitstraining. Schließlich trage man ja die doppelte Verantwortung, wenn jemand mitfährt, meint er. Da ist er sehr gewissenhaft. Er hat darauf bestanden, dass ich ordentliche Jeans anziehe und feste Schuhe. Er selber hat ja einen Lederdress und Stiefel als Ausrüstung. Allein wie wir so herausgeputzt dastehen, ist schon sehenswert. Ich komme mir sehr auffällig vor mit der dunkelgrauen Lederjacke und dem großen Helm. Irgendwie außerirdisch ... Meine erste Motorradausfahrt eben.

Leo steigt auf, startet die Maschine und ich schwinge mich hinter ihn auf den Sitz. Der Sound des Motors geht einem durch und durch. Ich umfasse Leos Taille, und als er losfährt, fasse ich noch fester zu. Ich habe keine Angst, aber ein wenig mulmig ist mir schon. Ich muss dem Fahrer ganz vertrauen, bin ihm und dem Straßenverkehr eigentlich ausgeliefert. Aber so dahinzugleiten, den Wind um die Ohren bzw. um den Helm, das hat auch was. Vor der Abfahrt hat mir Leo noch erklärt, wie ich mich in Kurven verhalten muss: „Du musst dich immer mit mir in die Kurven legen, nicht in die Gegenrichtung! Ich hatte mal eine Freundin, die hat sich in der Kurve in die falsche Seite gelegt. Das war's dann. Wir hatten noch Glück, dass bei dem Sturz kein anderes Fahrzeug in der Nähe war!" Für mich wäre es aber ohnehin unlogisch gewesen, das zu tun.

Für unsere erste gemeinsame Fahrt hat Leo ein Ziel ausgesucht, das nicht zu weit weg ist. Der Starnberger

See ist etwas mehr als eine halbe Stunde von München entfernt. Wir fahren also insgesamt etwa eine Dreiviertelstunde. Das ist aber für eine ziemlich verkrampfte Beifahrerin auch wirklich genug. Das letzte Stück nehmen wir die Autobahn, damit mir Leo auch zeigen kann, wie man sich bei Tempo 130 fühlt. Bei Percha fahren wir ab, da ist es nur noch ein kurzes Stück bis Percha Beach, wo gleich rechts die erste Liegewiese auf uns wartet. Nachdem wir früh unterwegs sind, ist auch von Überfüllung noch keine Rede, und wir können uns einen guten Parkplatz sichern. Leo nimmt die Tasche aus dem Motorradkoffer und wir suchen uns ein schönes Plätzchen am Strand. Die Badekleidung haben wir schon drunter angezogen, also können wir jetzt einfach eine Hülle nach der anderen fallen lassen und uns im See abkühlen. Wir schwimmen ein Stück hinaus. Da fragt mich Leo: „Weißt du, dass der See an manchen Stellen 130 Meter tief ist?" „Oh, nein, das wusste ich nicht", antworte ich überrascht. „Ja, der See fasst etwa drei Milliarden Kubikmeter Wasser und ist nach dem Chiemsee der zweitgrößte See Bayerns!" „Danke, Herr Professor! Jetzt kenn ich mich aus! So tolles Wissen muss mit einem dicken Kuss belohnt werden!" Wir umarmen und küssen uns in dem erfrischenden Wasser und kehren langsam zurück zu unserem Liegeplatz.

Nach dem ersten Ausflug ins Wasser genießen wir von unserer Decke aus den Blick fast über den ganzen See. Leo hat wirklich ein tolles Plätzchen für uns ausgesucht. Das Wetter spielt auch herrlich mit. Also nützen wir den heißen Badetag genüsslich aus. Auf der Heimfahrt machen wir noch in einem Strandrestaurant halt, um uns ordentlich zu stärken. Und obwohl wir beide nur Apfelschorle trinken, bin ich auf dem Rückweg locker und entspannt.

So zieht der Sommer ins Land und Leo und ich sind jetzt tatsächlich ein Paar. Obwohl wir zwei total verschiedene Charaktere sind, verstehen wir uns ausgezeichnet und schweben sozusagen auf einer Welle. Auch der große räumliche Abstand zwischen uns ist nach wie vor kein Problem. Allerdings reist Leo lieber als ich, daher ist er öfter in Hamburg als ich in München. Wenn ich mich auf den Weg mache, verbinde ich den Besuch meistens mit der Arbeit. Die Hanse Consulting hat ja auch eine Niederlassung in München. Da finden gelegentlich Sitzungen statt. Dann muss ich auch die Reisekosten nicht selber tragen, was nicht unwesentlich ist. Und zwischendurch sind wir sehr dankbar, dass es fürs Telefonieren eine Flatrate gibt, denn wir kommunizieren sicher mehr als der Durchschnitt der Fernpaare in Deutschland.

Sven

45.

Nach einer weiteren wunderbaren Nacht fahren wir am Freitagmorgen zusammen zur Messe. Lydia will sich noch mal umschauen und ich muss noch ein paar weitere Sequenzen drehen. Wir verabschieden uns am Eingang und ich rufe Susanne an. Sie sagt: „Na, du Langschläfer, bist du auch schon angekommen? Ich habe schon drei Interviews geführt. Schade, dass du nicht dabei warst. Das war echt interessant. Aber so müssen wir die Aussagen der Leute irgendwie in den Film einbauen." Ich beeile mich zu ihr in Halle 4 zu kommen und wir machen uns auf die Suche nach weiteren Kandidaten." Mittags frage ich Susanne, ob es ihr was ausmacht, allein nach Hamburg zurückzufahren. „Oh, ist Lydia so interessant?", schnappt sie zurück. „Dann müssen wir aber nach dem Wochenende richtig reinhauen, um den Film rechtzeitig fertig zu bekommen. Ich hoffe, du hast ab Montag nichts anderes vor."

Abends treffe ich Lydia am Ausgang und wir verbringen die Nacht wieder in meinem Zimmer, das ich nun bis Sonntag gebucht habe. Auch mein Zugticket habe ich umgebucht. An unserem letzten gemeinsamen Tag gehen wir noch in den Dom und sind von der Größe dieses Bauwerks echt beeindruckt. Am Sonntagmorgen verabschieden wir uns am Bahnsteig, sie fährt mit dem ICE nach Süden und ich nach Norden. „Wann sehen wir uns wieder?", fragt sie mich, kurz bevor ihr Zug kommt. „Wenn du magst, komme ich dich in München mal besuchen. Kann ich bei dir wohnen?" „Ja sicher mag ich. Bei mir wohnen ist nicht so gut, in meiner WG wäre ich nicht so unbefangen, wenn wir dort zusammen sind. In der Nachbarschaft gibt es aber ein ganz nettes Hotel. Da übernachtet meine Mutter auch immer, wenn sie mich besucht. Ich schicke dir den Link, dann kannst du dir das ansehen." „Okay, ich denke, in drei Wochen kann ich das einrichten. Da würde ich freitags kommen und sonntags zurückfahren oder wahrscheinlich eher fliegen. Passt dir das?" „Lieber wär's mir früher, ehrlich. Aber in drei Wochen ist ja auch schon bald. Ich freue mich sehr." Dann steigt sie ein und ich schaue dem Zug traurig hinterher.

Auf der Rückfahrt schlafe ich ein, unsere Turnübungen der letzten Tage fordern ihren Tribut. Im Traum erscheint Lydia und sagt zu mir: „Du Sven, ich hab eine gute Nachricht. Ich bin schwanger." Ganz verstört wache ich auf. Das wär's jetzt. Aber verdammt, wir haben auch gar nicht an Verhütung gedacht. Ich schreibe ihr gleich eine kurze Nachricht und frage, wie es ihr geht. „Du fehlst mir, aber sonst geht's mir prima, wieso?" Ich erzähle ihr von meinem Traum und sie schreibt: „Und wär das so schlimm?" „Na ja, es wär ein bisschen zu schnell, finde ich." „Sven, du bist süß. Aber du musst dir keine Sorgen machen. Ich nehm die Pille." Mir fällt ein Stein vom Herzen und ich frage mich: *Was wäre denn, wenn es wirklich so wäre? Würde ich das wollen? Wo würden wir wohnen? Ginge das überhaupt?* Die Gedanken beschäftigen mich den Rest der Zugfahrt und ich komme zu keiner Lösung. Abends schreibt Lydia mir: „Sven, willst du denn eigentlich Kinder?" Ich überlege lange, bis ich antworte: „Ja, schon. Aber wir sollten uns erst noch ein bisschen besser kennenlernen. Gute Nacht, schlaf schön."

Die nächsten Tage habe ich kaum Zeit, an Lydia zu denken, denn die Arbeit mit Susanne und unserer Cutterin Svenja nimmt uns voll in Anspruch. Susanne hat am Wochenende schon gute Vorarbeit geleistet und zusammen mit einem Synchronsprecher einige Szenen vorbereitet. Am Donnerstag gegen 16:00 Uhr ist die Rohfassung fertig und wir zeigen sie Paul und einigen Kollegen. Danach diskutieren wir gemeinsam und bekommen noch Tipps für ein paar Änderungen. Paul sagt: „Ihr beiden, das habt ihr sehr gut gemacht. Viele der Gamer leben in diesem Spieleuniversum und kaum noch in der realen Welt. Ich sehe darin wirklich eine Gefahr und diese Botschaft kommt echt gut rüber. Danke. Bin gespannt auf die Zuschauerreaktionen."

Am Freitag nach der Sendung rufe ich Lydia an und frage sie, wie sie den Film gefunden hat. „Echt krass, dass so viele von den jungen Menschen offensichtlich in diesen Spielen leben und scheinbar kaum etwas anderes denken können. Ich war ja abgesehen von dem älteren Mann die Einzige, die offensichtlich nur manchmal zum Zeitvertreib spielt. Denkst du, das ist wirklich so?" „Zumindest gibt der Film diesen Eindruck wieder und wir haben tatsächlich sehr viele Menschen gefunden, die meines Erachtens süchtig nach den Spielen sind." „Ich bin eher süchtig nach dir, Sven. Kannst du nicht früher nach München kommen?" „Das würde ich sehr gern, aber nächste Woche habe ich einen anderen Auftrag und der wird mich auch am Wochenende beschäftigen. Aber es sind ja heute nur noch zwei Wochen, dann bin ich bei dir. Flug und Hotel habe ich schon gebucht und im Sender gesagt, dass ich da nicht kann. Susanne hat geschmunzelt und gesagt: ‚Scheint dir ernst zu sein mit Lydia, oder?'"

Marie

46.

Die Einladungen waren raus und Marie hatte schon mehr als 20 Zusagen. Sie fand ihr Motto: „Wall of Shame im Walk of Fame" jetzt doch so richtig gut. Schließlich hatten ihre Eltern ihr als Kind immer wieder erklärt, dass sie schon Anfang November hätte geboren werden sollen, aber erst knapp eine Woche nach dem Fall der Mauer auf die Welt gekommen war. Dies hatte sie in ihrer Einladung auch erwähnt und einige der Gäste gingen in ihrer Zusage direkt darauf ein. Eine Kollegin von der Schule hatte gefragt: „Muss man sich bei deiner Party als Mauer verkleiden?"

Was ihr nicht so gut gefiel, war die Tatsache, dass Sven geantwortet hatte, er komme mit Begleitung und habe bereits ein Zimmer im „Factory Hotel" reserviert. Da musste sie sich was Besonderes überlegen, um ihm wieder näherzukommen. *,Was das wohl für eine Begleitung ist? Kenn ich die vielleicht? Egal, einen Versuch muss ich machen. Ich verstehe immer noch nicht, warum wir damals nicht zusammengeblieben sind.'*

Inzwischen waren 28 Zusagen eingetroffen und Marie dachte darüber nach, wen sie noch einladen könnte, denn sie wollte unbedingt genau 30 Gäste haben. Sie hatte sich nämlich überlegt, dass sie ein Spiel mit 30 Losen machen wollte. In den Losen sollten jeweils kurze Anweisungen enthalten sein, was der Losgewinner tun sollte. Zum Beispiel: „Für alles, was du heute trinkst, benutzt du einen Strohhalm" oder „Klatsche immer erst dann, wenn alle anderen damit fertig sind" oder „Ziehe um 22:00 Uhr deine Schuhe aus und laufe 15 Minuten sockig." Eine Idee fand sie auch besonders witzig und die würde sie ihrem Direktor der Schule zuspielen: „Komme um 22:00 Uhr von der Toilette, wobei du einen Streifen Klopapier aus Hose/Rock hängen hast."

Manche der Anweisungen sollten mehrfach vorkommen, aber ein Los sollte nur ein Mal dabei sein und sie wollte dafür sorgen, dass Sven das bekam: „Umarme das Geburtstagskind um 23:00 Uhr und gib ihm einen Kuss." Das wäre dann ihre Chance, sich länger mit Sven zu unterhalten, zu tanzen und wer weiß was noch ...

Sie hatte kaum andere Bekannte in Hamburg, denn das mit dem Studium dort war damals ein spontaner Entschluss gewesen. Wer wohnt schon in Münster und studiert Lehramt in Hamburg? Aber das hatte sie nach einer kurzen heftigen Episode mit ihrem damaligen Schulfreund beschlossen. Alle ihre Freundinnen hatten sie für verrückt erklärt. Aber so war sie nun mal. Wenn sie etwas unbedingt wollte, machte sie das auch. Und so entschied sie sich jetzt, noch zwei weitere Kolleginnen von ihrer Schule einzuladen, nämlich Charlotte, die Englisch und Sport gibt, und Christa, deren Fächer Mathe und Physik sind. Sie fand beide sehr nett und wollte sie gleich am Montag fragen, ob sie Zeit und Lust hätten, am 16. November dabei zu sein. Dann hätte sie die gewünschte Anzahl beieinander und ihr Spiel könnte anfangen.

Ihre beste Freundin Babsi hatte sie gebeten, eine witzige Laudatio auf sie vorzubereiten, und ihr ein paar Fakten verraten, die sie bisher nicht wusste. Die Rede sollte beginnen mit: „Unsere lieb gewonnene, alte, rostige Schraube Marie ..." Dazu hatte sie ihr erklärt, dass Schraube auf Italienisch „vite" heißt, was sie sicher mit ihrer Vita verknüpfen konnte. Babsi hatte schon begonnen, am Text zu feilen.

Fürs Essen hatte sie sich für den Catering Service „Kochkunst Partyservice" entschieden. Bei einem Besuch dort vor einigen Tagen zusammen mit Bernd waren sie sehr beeindruckt von deren Qualität und der freundlichen Art. Das würde bestimmt ein großer Erfolg werden. Ihre Mutter hatte angeboten, zusammen mit ein paar Freundinnen Kuchen zu backen und für andere kleine süße Kostbarkeiten als Nachtisch zu sorgen. Im Walk of Fame war alles so weit vorbereitet, also Luftballons, Luftschlangen und andere Deko abgesprochen. Bei den Getränken hatte sie entschieden, keine Einschränkung zu machen. Am Anfang würde es eine Runde Prosecco geben und danach sollte jeder bestellen können, was er wollte. Die Rechnung würde sie auch nicht umhauen. Also konnte die Party beginnen.

Leo

47.

Die Sightseeingtouren in Hamburg werden immer weniger. Mittlerweile finde ich mich gut zurecht. Ich bin dort natürlich noch nicht ganz zu Hause, aber ich fühle mich wohl und freue mich, meine Freizeit mit Tina zu verbringen. So wie ich es auf Tinder versprochen habe. In ihrem Keller steht mittlerweile mein Fahrrad, mit dem ich sie manchmal zur Alster begleite, und auch am Schwimmengehen finde ich schon Gefallen. Dafür macht Tina mit mir kleine Motorradtouren, wenn sie nach München kommt. Und sie hat noch nie ein Wort der Unzufriedenheit verloren, weil ich so nah bei meinen Eltern wohne. Das rechne ich ihr hoch an. Bisher hat sich jede meiner Freundinnen daran gestoßen. Sie aber meint, das ist ganz allein meine Entscheidung. Ich werde sicher erkennen, wann der rechte Zeitpunkt gekommen ist. Vielleicht ist das der Grund, dass ich in letzter Zeit selber öfter darüber nachdenke. Ich habe mich schon dabei erwischt, in der Zeitung Annoncen mit Wohnungsangeboten zu lesen, nur um mal zu sehen, was so angeboten wird. Es gibt halt einiges zu bedenken. Der Weg zu meinen Eltern sollte nicht allzu weit sein. Sie könnten ja einmal Hilfe brauchen, dann ist eine Stunde Anfahrtsweg zu viel. Es sollte aber in einer leistbaren Gegend sein. *,Na ja, kommt Zeit, kommt Rat ...'*

Tina hat ein wunderbares Abendessen vorbereitet, wir sitzen auf ihrer Terrasse. Die Sonne ist am Untergehen und es ist noch immer angenehm warm. Im Hintergrund läuft leise Musik. Tina hat ein Klavierkonzert ausgewählt. Ab und zu hört sie so was gern, und mich stört es auch nicht, solange es nicht zu laut ist. Zuerst erzählen wir einander von unserer Arbeitswoche und sind ganz stolz auf uns, was wir alles geschafft haben.

Darauf meint Tina: „Wir hätten uns doch mal einen feinen Urlaub verdient, oder? Was meinst du? Wollen wir eine gemeinsame Reise wagen?" „Oh ja, tolle Idee! Da bin ich dabei! Hast du was Bestimmtes im Sinn? Italien? Spanien? Oder weiter weg? Und wann?" Meine Begeisterung erwacht. Tinas Vorschlag dämpft sie wieder ein wenig: „Ich habe da an die Nordsee gedacht. Da gibt es wunderschöne Orte. Ich kann erst im September oder Anfang Oktober weg. Da stell ich mir das nett vor." Ich versuche sie umzustimmen: „Meinst du nicht, zu dieser Zeit wäre es im Süden angenehmer, wärmer? Und da könnten wir noch mit dem Motorrad fahren!" Jetzt wird es spannend: „So weit mit dem Bike? Ich weiß nicht. Wo gebe ich denn da meine Sachen hin? Für eine oder zwei Wochen brauche ich doch einiges, das geht sicher niemals in die kleinen Koffer! Und so weit sind wir auch noch nie gefahren." „Ach, so viel brauchst du doch gar nicht. Wir verbringen die meiste Zeit am Strand oder auf dem Motorrad." „O nee, Leo! Der Urlaub sollte doch auch erholsam sein. 2000 Kilometer auf zwei Rädern – oder sind es noch mehr? – haben mit Erholung nichts zu tun, findest du nicht?", sagt sie ernüchtert. „Die Reise wäre viel entspannter mit meinem Cabrio. Ich finde es erholsamer, am warmen Strand zu liegen, als an der kalten Nordsee spazieren zu gehen. Und Cruisen mit der BMW finde ich erst recht entspannend."

Wir diskutieren das noch eine Weile und ich spüre, dass es besser ist, nachzugeben. Ich möchte ihr den Wunsch erfüllen. Wir räumen gemeinsam den Tisch ab, und in der Küche nehme ich Tina in den Arm und flüstere in ihr Ohr: „Meine Lady Ginger ... Planen wir diesen Urlaub so, wie du ihn möchtest. In den Süden fahren wir dann ein anderes Mal ... Das muss wohl Liebe sein ... Ja, Tina, ich liebe dich."

Lydia

48.

Die Rückfahrt von Köln nach Stuttgart zieht sich in die Länge. Im Kopf habe ich Peter, dem ich sagen muss, dass es vorbei ist, und im Herzen habe ich Sven, in den ich mich tatsächlich Knall auf Fall verliebt habe. Ich überlege, wie ich es Peter beibringen kann, ohne ihm zu sehr wehzutun. In Frankfurt schreibe ich ihm eine Nachricht:

Hallo Peter,
ich komme gegen 12.30 h am
Hbf. an. Kommst Du mich
abholen?

Ja, ich habe in der Firma
angekündigt, dass ich meine
Mittagspause verlängern
werde, und werde Dich am
Bahnsteig erwarten.

Wollen wir dann irgendwo was
essen gehen?

Ja gern, ich überleg schon
mal wo. Bis gleich. Ich freue
mich.

Er steht tatsächlich am Bahnsteig, aber unsere Begrüßung fällt etwas frostig aus. Irgendwie ist die Situation grotesk nach unserem letzten Wochenende und der Veränderung, die das Leben mir inzwischen beschert hat. Peter hat ein chinesisches Restaurant ausgesucht und nachdem wir bestellt haben, fasse ich mir ein Herz: „Ich denke, es ist besser, wenn wir uns trennen. Das letzte Wochenende hat mir gezeigt, dass wir nicht zueinander passen." Ich sehe sein erschrockenes Gesicht, ich sehe ein Glitzern in seinen Augen und denke: ‚O Gott, was habe ich jetzt getan! Der Arme hat sich doch mehr Hoffnungen gemacht, als ich erwartet habe.' Er schweigt einige Minuten und sagt dann: „Aber wir können doch noch einen Versuch machen, das hatten wir doch am Sonntag schon gesagt, oder?" „Ja, das haben wir gesagt, aber ich mag es nicht noch weiter versuchen." „Wir können uns doch jedes Wochenende sehen, hier oder in München, das ist doch kein großes Problem, in zwei Stunden ist man hin und her gefahren." „Ich sage dir jetzt einen Spruch, den ich letztens gelesen habe: ‚Entfernungen sind ohne Bedeutung. Sich nahe zu sein, ist eine Sache des Herzens.' Und bei uns ist der Abstand zwischen den Herzen zu groß, nicht die räumliche Entfernung." „Wieso sagst du das? Ich habe dich sehr gern und möchte dich nicht verlieren." „Das mag sein, aber du zeigst es mir nicht wirklich oder ich empfinde es nicht. Außerdem habe ich nicht den Wunsch, mit dir zusammen zu sein, nicht mehr." „Wenn es nicht die räumliche Entfernung ist, was hat sich geändert?" „Ich habe jemanden kennengelernt und habe mich Hals über Kopf verliebt. Ich denke, das ist der Grund, warum ich jetzt für dich nichts mehr empfinden kann." „Wann ist das passiert?" „Am Mittwoch in Köln." „Und du bist dir sicher, dass das richtig für dich ist?" „Ja, sehr sicher. Es tut mir leid. Aber nach unserem Wochenende war ich so traurig. Das hat vielleicht mein Herz für Sven geöffnet. Ich glaube, vor einigen Wochen wäre mir das noch nicht passiert." Er schaut mich noch trauriger an als vorher und sagt dann: „Dann habe ich keine Chance mehr bei dir und das tut mir echt weh. Ich hatte gehofft, wir könnten länger zusammenbleiben. Ich wünsche dir viel Glück und werde jetzt gehen." Er bezahlt die Rechnung und verlässt das Lokal.

Am Freitag kommt Sven mich zum ersten Mal besuchen. Wir haben uns inzwischen täglich geschrieben und telefoniert, auch mit Video. Ich fühle eine sehr große Nähe zu ihm. Für das Wochenende hat er ein Zimmer im „Hotel New Orly" gebucht, aber meine WG-Nachbarn möchten ihn auch kennenlernen. Also checkt Sven nachmittags im Hotel ein und wir begrüßen uns dort stürmisch und ausgiebig. Abends gehen wir dann in meine Wohnung, wo Lisa und Wolfgang schon gespannt in der Küche auf uns warten. Sie haben Spaghetti gekocht und eine Flasche Rotwein geöffnet. Lisa fragt Sven beim Essen: „Sag mal, machst du öfter solche Filme wie den, in dem Lydia vorkam?" „Ehrlich gesagt", antwortet er, „das war erst das zweite Mal, dass ich so eine große Sendung zusammen mit einer Kollegin gemacht habe. Letztes Jahr hatte ich die Aufgabe, einen 45-Minuten-Beitrag über einen Fotografen aus Südtirol zu drehen, der seine Bilder auf großen Glasplatten macht. Das war spannend." Wolfgang fragt: „Was machst du dann sonst?" „Ich arbeite oft an Beiträgen für Panorama mit, fotografiere für DIE ZEIT und schicke manchmal Bilder an Reuters und dpa, aber solche Filme sind natürlich lukrativer. Wäre schön, ich könnte mehr davon machen."

Nach dem Essen verabschieden Sven und ich uns von den anderen und gehen in mein Zimmer, denn das möchte ich ihm natürlich auch gern zeigen. Er schaut sich alles genau an und lobt meinen Geschmack. „Das ist wirklich sehr schön hier, Lydia, aber hast du schon mal daran gedacht, in einer eigenen Wohnung zu leben?" „Daran denke ich oft, aber bei den Preisen in München ist das nicht so einfach. Eine Wohnung wie diese kann ich mir allein nicht leisten." „Muss ja nicht so groß sein. Mein Apartment in Hamburg ist in einem Altbau und circa 35 Quadratmeter groß. Das reicht und ist bezahlbar. Du wirst es ja hoffentlich bald mal anschauen kommen." „Mach ich gern. Sollen wir heute Abend noch wohin gehen?" „Wenn ich ehrlich bin, würde ich jetzt lieber mit dir wieder in mein Hotelzimmer gehen. Wir können ja morgen Abend irgendeinen Club anschauen und ein bisschen tanzen, wenn du magst." „Einverstanden. Dann los. Sollen wir auch in deinem Hotel frühstücken oder wollen wir das hier machen?" „Lass uns morgen mal das Hotelfrühstück testen. Wenn es nicht gut ist, können wir immer noch am Sonntag hierherkommen." „Ist mir auch recht."

Im Hotel erzählt Sven mir dann von der geplanten Geburtstagsfeier einer Kommilitonin aus Münster, die am 16. November sattfinden soll, und fragt mich, ob ich mit hinkommen möchte. Ich frage ihn, wie wichtig ihm das ist, und er sagt: „Du weißt doch schon, dass du sehr wichtig für mich bist. Und wenn ich dahin fahre, möchte ich gern, dass du mitkommst. Ich hab Marie seit fünf Jahren nicht mehr gesehen. Sicher wird sie zu ihrem 30. auch noch andere Leute aus Hamburg und natürlich aus Münster einladen. Das wird bestimmt lustig." „Wie komme ich denn dahin?" „Ich würde am Freitag von Hamburg mit der Bahn hinfahren und du kannst fliegen oder auch den Zug nehmen. Ich würde ein Zimmer für uns in einem schönen Hotel buchen und wir könnten bis Sonntag bleiben." „Okay, dann komme ich gern mit."

Am Samstag machen wir einen Stadtbummel durch München und Sven kauft mir einen kleinen silbernen Ring in einem Schmuckladen. „Damit du was hast, was dich an mich erinnert, wenn ich nicht hier bin", schmunzelt er. Abends gehen wir zum Inder essen und danach ins Pimpernel. Sven tanzt sehr gut und wir verbringen einen netten Abend und eine noch schönere Nacht im Hotelbett. Ich freue mich schon sehr, ihn in drei Wochen in Hamburg wiederzusehen. Bin gespannt auf seine Wohnung und auf die Stadt. Und einige Wochen später treffen wir uns dann auf der Geburtstagsfeier in Münster.

Tina

49.

Die Anreise nach Sylt war doch anstrengender, als ich gedacht hatte. Etwa zweieinhalb Stunden Autofahrt bis Niebüll und dann die verzögerte Abfahrt mit dem Autoreisezug. Er hat nichts gesagt, aber ich habe Leo angesehen, dass er von urlaubsmäßiger Zufriedenheit und Entspanntheit weit entfernt ist. Ich hatte ehrlich gehofft, dass ihm Cabrio fahren mehr Spaß macht!

Endlich sind wir auf der Insel gelandet und lassen uns vom Navi zum „Hotel Roth am Strande" führen. Das ist ein großer Bau im Stil der 60er/70er-Jahre und von außen wenig ansprechend. Auf Sylt wäre es vielleicht passender, in einer Pension oder einem Apartment zu wohnen. Aber ein bisschen Luxus wollen wir im Urlaub schon haben. Das Hotel ist, wie es der Name schon verspricht, direkt am Strand. Es gibt einen herrlichen Meerblick vom Zimmer aus und der Service ist echt fein. Unser Zimmer ist im fünften Stock. Während wir unsere Koffer auspacken, meint Leo plötzlich: „Wenigstens ein bisschen Sonnenschein hätte es doch geben können zu unserer Ankunft. Das hätte einladender gewirkt als der grau bedeckte Himmel hier." Ich versuche ihn aufzumuntern – und gleichzeitig mich selber –, und sage in bewusst fröhlichem Ton: „Ach, das kommt noch, du wirst schon sehen! Es ist schon Viertel vor fünf, da haben wir eh nichts mehr von der Sonne. Für einen kleinen Spaziergang zum Gegend erkunden reicht es aber allemal. Was meinst du?" Leo fügt sich in sein Schicksal, und so wandern wir noch ein wenig durch den Ort. Den ersten Strandbesuch verschieben wir auf morgen, weil es doch recht windig geworden ist.

An den nächsten beiden Tagen regnet es viel. Auch die Luft ist ein wenig abgekühlt, und ohne Jacke wäre es ziemlich ungemütlich. Meine Kamera habe ich bisher immer im Zimmer gelassen. Gutes Fotolicht ist wirklich anders. Und ausgelassene Urlaubsstimmung auch. „Tina, ich hab mal am Handy nachgesehen. In Süditalien liegt die Durchschnittstemperatur jetzt etwa bei 27 Grad und auch in Spanien gibt es lauschige Plätzchen mit rund 25 Grad. Nichts gegen deine Wahl, aber ich muss zugeben, DAS klingt nach Urlaub", jammert Leo, und ich denke mir, dass er recht hat. Zugeben kann ich das aber nicht. Wie würde denn das aussehen? „Okay, mit so viel Regen habe ich jetzt auch nicht gerechnet, aber was erwartest du im hohen Norden?", muss ich nachhaken. „Also 27 Grad habe ich hier jedenfalls nicht erwartet." Mit dem Vorschlag, doch das Hallenbad und das Spa ausgiebig zu nützen, beende ich die Diskussion.

Endlich! Am vierten Tag kommt tatsächlich für ein paar Stunden die Sonne heraus und das Thermometer klettert auf sagenhafte 16 Grad. Grund genug für uns, den Strand zu besuchen. Zwar ohne Badesachen, dafür aber mit der Kamera. Die tollen Fotos, die ich von einem Basstölpel und einem Austernfischer mache, beeindrucken Leo mittlerweile auch nicht mehr. ‚Ich hätte besser seinem Wunsch nach einem warmen Urlaubsland nachgeben sollen!' Ein kleines Lächeln kann ich ihm dann aber doch entlocken, als wir zusammen in einem Strandkorb sitzen und die Sonnenstrahlen genießen: „Machen wir uns heute einen netten Abend auf dem Zimmer? Mit Sekt und so? Und im Koffer habe ich noch eine kleine Überraschung. Gib mir nur fünf Minuten im Bad …"

Zurück im Hotel überprüfe ich kurz meine Mails am Handy, nur um sicherzugehen, dass ich dienstlich nichts Wichtiges verpasse. Da entdecke ich die Nachricht von meiner alten Schulfreundin. „Hey Leo", rufe ich. „Das glaubst du nicht! Marie schreibt mir. Die hab ich ja schon ewig nicht mehr gesehen. Sie wird 30 und lädt mich zu ihrer Feier ein ... am 16. November!" „Das ist ja großartig ...", sagt Leo, mehr in dem Ton, als würde er meinen: Ja – und? „Du klingst ja nicht sehr begeistert. Dabei dachte ich, wir könnten da zusammen hingehen. Mary Lu war immer gut für tolle Partys. Da haben wir sicher viel Spaß. Hey, was meinst du? Gehen wir dahin?" Ich studiere die Einladung genauer und spüre, wie meine Laune steigt. Sofort bin ich am Überlegen, was für ein Geschenk passend wäre. „Wall of Shame im Walk of Fame" – interessantes Motto. Irgendwie typisch Marie!

Leo bemerkt mein Strahlen und meine Euphorie und sagt zu: „Meinetwegen, wenn es dir Freude macht. Gehen wir auf die Party! ... Und jetzt? Du sagtest heute etwas von fünf Minuten im Bad ..." Und er hat die Sektgläser schon in der Hand.

Sven

50.

Wieder in Hamburg stürze ich mich in das nächste Projekt. Diesmal geht's wieder um eine Reportage für DIE ZEIT. Ich muss für ein paar Tage nach England und zusammen mit Martin eine Reportage über die Briten und ihre Meinung zum Brexit machen. Ich ertappe mich, dass ich im Flieger auf dem Weg dorthin mit meinen Gedanken bei Lydia bin. Wenn ich zurück bin, kommt sie übers Wochenende zu mir. Ich überlege, was wir zusammen machen könnten. Ende September ist es sicher noch warm und wir könnten an der Alster oder an der Elbe spazieren gehen. Wir könnten auch an die Nordsee fahren und eine Wattwanderung machen. Bin sicher, das kennt sie noch nicht. Ich werde sie mal fragen, worauf sie Lust hat. Jetzt erst mal auf den Job konzentrieren. Martin hat gerade was gesagt und ich musste nachfragen, weil ich nicht hingehört habe.

In der Woche, bevor sie kommt, buche ich einen Zug nach Büsum, ein Hotelzimmer und eine Wattwanderung am Samstagmorgen. Lydia kommt am Freitagabend an und ich hole sie am Flughafen ab. Die S1 bringt uns in 20 Minuten in die City, dann noch ein kurzes Stück mit der U3 und wir sind im Schanzenviertel. Lydia schaut sich interessiert um, denn hier sieht es doch ein wenig anders aus als in München, überall Graffiti an den Häusern und kleine, alternative Shops mit vielen Kuriositäten.

Bevor wir zu mir gehen, wollen wir noch was essen und entscheiden uns für die „Taverna Plaka" in der Schanzenstraße. Bei Gyros und Retsina planen wir unser Wochenende an der Nordsee. Lydia freut sich sehr darauf: „Ich war noch nie an der Nordsee. Hab gelesen, dass da zwischen Ebbe und Flut sehr große

Unterschiede sind. Bei der Wattwanderung werden wir das sicher merken. „Ja genau, deshalb müssen die ja auch zu festgelegten Zeiten stattfinden, sonst könnte man ertrinken." „Aber ich muss keine Angst haben, oder?" „Nein, wenn die Witterung zu unsicher ist, findet das Ganze nicht statt." Nachher, bei mir zu Hause, beschließen wir, es uns im Bett gemütlich zu machen. Ich habe uns schon vorher ein paar Gläser hingestellt und wir genehmigen uns zuerst einen Schluck Weißwein. Keinen Retsina, sondern einen Grauburgunder, aber der bringt uns auch in Stimmung. Lydia ist eine sehr anschmiegsame Geliebte und wir fliegen schnell zusammen in den siebten Himmel. Dort bleiben wir auch eine ganze Zeit, sodass wir beide noch ziemlich müde sind, als um sechs der Wecker klingelt.

Die Zugfahrt nach Büsum dauert etwa zwei Stunden und wir nehmen uns vom Bäcker etwas mit, um unterwegs zu frühstücken. Die Wattwanderung beginnt um 11:30 Uhr mit ablaufendem Wasser. Wir lernen eine Menge über die Priele und haben das Glück, auch ein paar Seehunde zu treffen. Ich habe die Kamera mitgenommen und mache eine Menge Bilder. Lydia ist begeistert und ihre blonde Mähne weht im Nordseewind. Auch das sind sehr schöne Motive. Abends im Hotel zeige ich sie ihr. Eines ist besonders gelungen und ich sage ihr, dass ich mir das ins Schlafzimmer hängen werde. „Krieg ich denn auch eins von dir?", fragt sie. „Klar, wir sind ja morgen noch hier, dann kannst du selbst eins schießen."

Am Sonntag gehen wir gleich nach dem Frühstück ans Meer und Lydia ist erstaunt, wie nah das Wasser jetzt gekommen ist. Beim Spaziergang erkläre ich ihr, wie sie meine Kamera bedienen muss, und stelle ihr die wichtigsten Werte ein. Sie macht auch von mir im Wind und mit Meer im Hintergrund ein paar Bilder. Dann machen wir noch ein paar Selfies mit ihrem Handy, damit sie gleich was als Erinnerung dabeihat. Viel zu schnell ist das Wochenende vergangen, als ich sie gegen 17:00 Uhr wieder zum Flughafen bringe.

Beim Abschied verabreden wir, dass ich noch einmal nach München komme, bevor wir uns am 16. November in Münster treffen. „Das Oktoberfest verpasst du dann aber, wenn du erst am 18. Oktober kommst." „Das macht nichts, wir haben hier den Dom, der ist zwar viel kleiner als das Oktoberfest, aber das Prinzip ist doch das gleiche: Viel Bier und wenig Hirn, oder?" „Da ist was dran. Ich habe das auch nur gesagt, weil du mir fehlen wirst, und ich gehofft habe, du könntest früher kommen." „Ich werde dich auch vermissen, aber wegen der Reportagen in den nächsten Wochen kann ich leider nicht früher. Rufst du mich nachher an, wenn du zu Hause bist?" „Klar, ein Gutenachtkuss muss noch sein."

Leo

51.

Unser erster gemeinsamer Urlaub mag wohl in die Kategorie „Total missglückt" fallen, aber die Idee mit dem roten Dessous finde ich genial. Die macht vieles wieder gut. Tina hat zwar im Bad mehr als die angekündigten fünf Minuten gebraucht, aber das Warten hat sich gelohnt. Feuerrot, das Ding, und mit ganz vielen kleinen Verschlüssen, die es aufzumachen gilt, möchte man ans Ziel kommen. Es passt super zu ihrem roten Haar und ist wahnsinnig aufregend. Der Sekt ist schon vorbereitet. Wir stoßen auf unsere Liebe und auf unser Zusammensein an. Und dann ist es nur noch eine Frage der Zeit, bis alle Verschlüsse offen sind ...

Zu Hause erwartet mich meine Mutter, die bis ins Detail wissen möchte, wie es uns auf Sylt ergangen ist. Wie das Wetter war, interessiert sie, wie unser Essen geschmeckt hat und ob das Bett auch bequem war. *„Manchmal frage ich mich, ob alle Mütter so neugierig sind.'* Als Draufgabe erzähle ich ihr, dass ich zu einer Geburtstagsfeier eingeladen wurde, bei der ich keine Menschenseele außer Tina kenne. „Das kann ja was werden", sinniere ich „Tina wird sich köstlich amüsieren und ich schau zu. Sie wird ja wohl kaum die ganze Zeit bei mir sitzen. Aber das Lokal dürfte interessant sein. Na, mal sehen." Meine Mutter kennt mich und ist davon überzeugt, dass ich dort leicht Anschluss finden werde. Als sie auch wissen möchte, ob ich denn noch immer dieses „Tinder-Zeugs" anschaue, denke ich, es ist an der Zeit, den Eltern zu berichten, was ich in naher Zukunft vorhabe.

Wir sitzen beim Essen, und da ergibt es sich ganz gut. Ich bin sehr gespannt auf ihre Reaktionen und beginne:

„Nein, Mama, Tinder ist Geschichte. Das brauch ich nimmer. Aber ich brauch was anderes, nämlich ...", und ich mache eine lange Spannungspause und schaue beide an. Mama kriegt ganz große Augen und Papa verfällt gänzlich in Schreckstarre. ‚Mein Gott, so schlimm ist es ja auch wieder nicht.' Dann vollende ich den Satz: „... eine eigene Wohnung." „Ach so!", ruft mein Vater und entspannt sich wieder. „Ich dachte schon an einen Hochzeitstermin oder gar Babywäsche oder so." Mama versteht das wieder ganz anders: „Will Tina nicht hierher ziehen zu dir? Sie hat doch nichts gegen uns, oder?" „Nein, nein!", beruhige ich sie. „ICH möchte mir was Eigenes suchen, etwas, wo wir gemeinsam neu anfangen. Versteht ihr? Und für zwei ist mein Refugium doch etwas zu klein, finde ich." „Dann ist es ja gut ... Und hast du schon was gefunden? Ziehst du weit weg? Ist es teuer?" Da ist sie wieder, Mutters Neugier. Sie ist zufrieden, als ich versichere, dass es noch eine Weile dauern würde. Ich bin einfach auf der Suche nach etwas Passendem. „Vielleicht schaffen wir es bis zum Jahresende. Dann könnte ich im neuen Jahr dort meine Einweihungsparty feiern. Wenn es klappt, seid ihr natürlich herzlich eingeladen!" Noch ein Küsschen auf Mamas Wange und der Hinweis, dass ich mich morgen um den Rasen kümmern werde, und dann ab mit mir in meine eigenen Gefilde. Tina wartet auf meine virtuellen Gutenabend- und Gutenachtküsse.

Lydia

52.

Das Wochenende in Hamburg und in Büsum war wirklich sehr schön. Ich fühle noch das kalte Wasser an meinen Beinen und sehe die Weite der Strände und der Nordsee. Die Wattwanderung war ein echtes Erlebnis. Irgendwie stellt sich dabei ein großes Gefühl der Freiheit ein. Dort zu leben, hätte auch was. Aber wo soll ich dann arbeiten? Beim NDR so wie Sven? Ich weiß nicht, ob mir das gefallen würde. Aber es gibt ja dort sicher noch andere Gelegenheiten.

Jetzt habe ich genug geträumt und ich muss mich leider wieder in die Arbeit hier stürzen und da Sven wegen seiner Reportagen viel unterwegs ist, können wir auch nicht so oft telefonieren. Aber in drei Wochen kommt er wieder zu mir. Ich muss mal googeln, was wir dann machen können. Auf alle Fälle sollte ich ihm einen Spaziergang im Englischen Garten oder im Nymphenburger Schlosspark vorschlagen. Da wird sein Fotografenherz bei den herbstlichen Farben sicher höherschlagen. Vielleicht finde ich auch eine Fotoausstellung, die ihn interessieren könnte. Irgendwas gibt's doch hier immer.

Die Zeit tritt auf der Stelle, wenn ich so gar nichts von ihm höre. Eine kleine Nachricht zwischendurch müsste doch drin sein. Ich schreib ihm mal und hoffe auf eine Antwort. Es dauert aber tatsächlich fast den halben Tag, bis er kurz zurückschreibt, dass die Arbeit stressig ist und er kaum Zeit zum Luftholen hat. Hm, das gibt mir sehr zu denken. Gibt's da vielleicht eine andere Frau? Ich hatte bisher nicht den Eindruck, aber wenn er so wenig Zeit für mich hat ...

In der Mittagspause treffe ich mich mit Frank und erzähle ihm von meinen Zweifeln. Er hört interessiert zu und schlägt vor, dass wir uns mal wieder abends treffen und darüber sprechen. „Allerdings ist das nach meiner Meinung eine typische Schwierigkeit bei Fernbeziehungen", meint er, „dadurch, dass man sich nicht so oft sieht und Pausen zwischen den Treffen liegen, fehlt einem der persönliche Eindruck und die Nähe und man fängt an, sich seine eigenen Gedanken zu machen, was der andere gerade macht." Er sagt noch, dass er das auch aus einer früheren Beziehung kennt, und dann verabreden wir uns für den nächsten Abend zum Essen und wollen dabei weitersprechen.

Ich habe inzwischen doch mal länger mit Sven telefonieren können und meine Zweifel sind schon wieder kleiner. Dennoch ist das Gespräch mit Frank am nächsten Abend wichtig. Ich erzähle ihm davon, dass meine Beziehung, die in Dresden angefangen hatte, auch aus dem Ruder lief, nachdem ich nach München gegangen war. Er hat ähnliche Erfahrungen gemacht, als er von Würzburg nach München kam, allerdings war er da noch sehr jung. „Ich glaube", sagt er, „es gehört ein großes Maß an Vertrauen zu einer Fernbeziehung, aber auch die Möglichkeit, sich viel miteinander auszutauschen, telefonisch oder besser noch per Video-Call und durch Chat-Botschaften. Beide müssen immer das Gefühl haben, mein Partner ist mir nahe, ich interessiere mich dafür, was er macht, was er denkt, was er fühlt. Ich glaube, in guten Fernbeziehungen sprechen die Partner mehr miteinander als in realen. Aber das müssen beide natürlich auch wollen." „Ich glaube, dass Sven das schon auch will, dass er aber manchmal durch seine Reisen davon abgehalten wird." „Das glaube ich nicht, Lydia. Wenn wir beide eine Beziehung hätten und ich würde ab morgen in Hamburg arbeiten, würde ich trotzdem täglich mit dir sprechen und dich sehen wollen. Die Arbeit kann mich davon nicht abhalten. Es gibt immer die Chance, das vor oder nach der Arbeit zu machen, wenn es zwischendurch gar nicht geht." „Glaubst du, dass Sven kein so großes Interesse an mir hat, wenn er das nicht macht?" „Ich kenne ihn ja nicht, aber wie ich dir sagte, ich würde das anders machen."

Da steh ich also jetzt und meine Zweifel sind wieder da. Ich muss das dringend mit Sven besprechen, am besten, wenn er in zwei Wochen kommt. Am Telefon ist das sicher nicht gut. Aber ich werde mir die richtige Gesprächsstrategie überlegen. Ich glaube nämlich, dass ich ihn liebe, aber gesagt habe ich es natürlich noch nicht und er auch nicht. Das hat sicher auch seinen Grund. Wir müssen das herausfinden und schauen, wie wir die Beziehung am Leben erhalten und interessant gestalten können.

Tina

53.

Ich war sehr erfreut über Leos Entschluss, sich nach einer neuen Wohnung umzusehen. Es sei ihm bewusst geworden, meinte er, dass es an der Zeit wäre, sich echt Gedanken über die Zukunft zu machen, vielleicht eine gemeinsame Zukunft für uns beide. Bisher hat er sich schon drei Angebote angesehen, bei denen immer irgendetwas nicht ganz optimal schien. Einmal war es der Ausblick direkt auf eine stark befahrene Straße, das andere Mal war der Preis viel zu hoch. Die Adresse, wo die U-Bahn viel zu weit weg ist, hat er gleich aussortiert, obwohl sich alles andere gut anhörte. Dann meinte er, wir könnten uns doch gemeinsam umsehen, wenn ich wieder nach München komme. Leo möchte, dass ich mitentscheide, für den Fall, dass ich doch einmal zu ihm ziehen würde.

Es ist schon ein komisches Gefühl, als ich mit ihm zusammen die Wohnung in der Nähe des Europaparks ansehe. Für den Makler, der uns die Räumlichkeiten zeigt, scheint es ganz klar zu sein, dass wir ein junges Ehepaar auf der Suche nach einem Familiennest sind. „Das Kinderzimmer ist ganz hinten", erklärt er, „da muss man abends im Wohnzimmer nicht ganz leise sein, um den kleinen Liebling nicht beim Schlafen zu stören." Dabei schmunzelt er wissend und ich bilde mir ein, er wirft einen unauffälligen Blick in Richtung meines Bauches.

Nach der Besichtigung gehen wir eine Runde um den Häuserblock, um ein wenig die Gegend zu checken. In einem kleinen Café tauschen wir uns dann über unsere Eindrücke aus. „Was meinst du?", fragt Leo und nimmt meine Hand in seine. Ich überlege kurz und verrate ihm dann meine Gedanken: „Also ich glaube, ich könnte mich da wohlfühlen. Drei Zimmer, das passt von der Größe. Die riesige Terrasse in den begrünten Hof ist der Hammer. Die Räume sind hell und groß. Und die offene Küche spricht mich auch sehr an. Ein bisschen schade finde ich, dass der Abstellraum sehr klein ist. Das heißt, du brauchst in den Möbeln viel Stauraum, sonst hast du ein Problem." „Da hast du recht, das ist mir auch aufgefallen", bestätigt Leo, „aber sonst passt irgendwie alles zusammen. Auch der Preis ist für diese Gegend angemessen, finde ich. Die ruhige Lage ist sehr angenehm. Die U-Bahn ist auch nicht weit weg. Da wäre ich im Notfall einigermaßen flott bei meinen Eltern. Sieht doch gut aus." Leo will trotzdem nicht gleich zusagen. Ein paar Angebote möchte er noch prüfen.

Am Ende dieses aktiven Tages, wir sind anschließend noch durch den Europapark gewandert, kuscheln wir uns auf Leos gemütlicher Couch zusammen, gönnen uns ein Glas lieblichen Wein und studieren noch mal Maries Einladung. Es wird höchste Zeit, sich um ein Geschenk zu kümmern. Das ist nicht trivial, wenn man die Jubilarin ein paar Jahre nicht gesehen hat. Und das ausgefallene Thema mit dem Mauerfall dazu ... schwierig. Ich hoffe auf Unterstützung von Leo, dessen witzige Ideen immer gut ankommen. Wir wissen sehr schnell, was wir alles nicht schenken wollen. Geld ... auf keinem Fall ... zu unpersönlich. Blumen ... höchstens zusätzlich. Was Süßes? ... wie einfallslos! Einen Gutschein vielleicht ... aber wofür? Nach dem dritten Glas Wein finden wir es lustig, etwas Gemeines zu schenken, das hohe Alter so richtig schön bewusst zu machen. Leo schlägt einen Überlebenskoffer für die Frau ab 30 vor. Man hat schließlich schon einiges durchgemacht, wenn man den Fall des Eisernen Vorhangs erlebt hat. In den Koffer kann man alles Mögliche hineintun. Brillenputztücher, Thermoeinlagen für Schuhe, Hautcreme, warme Socken, Haftcreme fürs Gebiss und ähnliche scharfsinnige Dinge. Ich kann mich gut erinnern, dass Marie selber bei solchen Anlässen wenig Mitleid mit den Betroffenen zeigte, also sollte sie so etwas gut aushalten können. „Leo, du bist genial! Das machen wir! Hilf mir bitte, die Einkaufsliste zu erstellen! Sobald ich wieder zu Hause bin, lege ich los!" „Okay", erwidert er, „und ich habe den geeigneten Koffer dafür. Den stelle ich dir gern zur Verfügung." Er verschwindet für ein paar Minuten und kommt mit einem kleinen, staubigen Köfferchen zurück. Es war sicher einmal dunkelbraun. Jetzt ist es ganz fleckig, überwiegend mit rötlichem Stich. Kleine Risse übersäen die Oberfläche und das uralte Schloss sieht schon ein wenig rostig aus. Alles in allem erinnert das Ding ein bisschen an meine Vintage-Möbel. „Herrlich!", rufe ich. „Genau das ist es!"

Sven

54.

Das Wochenende in München mit Lydia steht kurz bevor. Ich suche vorher schon mal unsere Verbindungen für Münster zu Maries Geburtstag heraus, dann können wir das gleich buchen, sodass unsere Ankunfts- und Rückkehrzeiten zueinander passen. Dann fahre ich zum Flughafen und etwa zwei Stunden später erwartet Lydia mich in München. Auf dem Weg in die Stadt erzählt sie mir von ihren Zweifeln, weil ich mich so wenig gemeldet habe. Und in meinem Hotelzimmer setzen wir die Diskussion darüber fort. „Kannst du denn nicht ab und zu mal eine kleine Nachricht senden oder dir ein Mal am Tag vornehmen, mit mir zu telefonieren?", fragt sie mich. „Ich fände das für uns beide besser, wenn wir mehr voneinander wissen als bisher." „Liebste Lydia", antworte ich, „wir können sicher einen Weg finden. Aber zunächst mal möchte ich dir versichern, dass ich keine Geheimnisse vor dir habe. Einmal täglich telefonieren geht vielleicht am besten abends. Die Zeit kann ich nicht immer so genau bestimmen, denn manchmal bin ich auch abends noch beschäftigt." „Wir können doch vielleicht immer am Tag vorher ausmachen, wann wir am nächsten Tag telefonieren, oder?" „Ja, das müsste gehen, versuchen wir es einfach. Aber können wir jetzt mal die Diskussion beenden, ich möchte dich jetzt erst mal richtig begrüßen, in den Arm nehme, küssen und ..."

Sie versteht meinen Hinweis und kurz darauf finden wir uns in meinem Hotelbett wieder. Einige Zeit später frage ich sie: „Bleibst du heut Nacht hier?" „Sehr gern. Dann bestellen wir uns gleich was zu essen aufs Zimmer und gehen gar nicht mehr aus dem Haus. Es ist eh so blödes Wetter." So machen wir's und es wird ein gemütlicher

Abend und auch die Nacht ist sehr anregend. Am Samstagmorgen strahlt die Sonne ins Zimmer und Lydia schlägt vor, dass wir einen langen Spaziergang im Englischen Garten machen. „Da kann ich ein paar Bilder von dir mit Herbstlaub bei diesem fantastischen Licht machen. Da leuchtest du sicher mit dem Laub um die Wette, wirst sehen. Komm, lass uns gehen. Frühstücken können wir irgendwo unterwegs."

Es wird ein sehr schöner Spaziergang und ich schieße sicher 200 Bilder von ihr. Als wir uns gegen elf in einem Café zum Frühstück hinsetzen, schauen wir die Fotos auf dem Kameradisplay an. Eins schöner als das andere. „Warte, bis ich sie noch ein bisschen nachbearbeitet habe. Dann wirst du noch begeisterter sein. Ich glaube, ich mache mir ein Album mit den Bildern von Büsum und von hier. Das sind schöne Gegensätze von dir und sie zeigen dich in unterschiedlichen Situationen." „Nachher kannst du in meinem Zimmer sehen, wo dein Bild hängt. Das hat mich immer getröstet, wenn du dich nicht gemeldet hast", antwortet Lydia.

Später besprechen wir unsere Reise nach Münster. Lydia möchte auch mit dem Zug fahren, weil das bequemer ist und wir beide zu ähnlichen Zeiten am gleichen Ort ankommen und abfahren. Abends wollte ich gern in ein edles französisches Restaurant gehen. Lydia hat das „Chez Fritz" ausgesucht und schon vor ein paar Tagen einen Tisch reserviert. Das Essen ist hervorragend und auch der Weißwein passt sehr gut zum Fisch. Nach dem Essen frage ich: „Bist du eigentlich glücklich mit mir?" „Ja, im Prinzip schon, aber der Abstand zwischen uns ist schon manchmal nervig. Ich habe mal vor einiger Zeit zu einem Freund gesagt: Entfernungen sind nicht wichtig. Sich nahe zu sein, ist eine Sache des Herzens. Und eigentlich glaube ich auch daran. Dennoch habe ich manchmal Zweifel, weil wir uns eben nicht dauernd austauschen. Aber ich will nicht jammern. Wir haben gestern Abend etwas beschlossen und das wollen wir jetzt auch machen. Und dann kann ich deine Frage voll mit Ja beantworten. Und wie ist das mit dir?" „Ich bin sehr glücklich mit dir und ich mag dich sehr gern. Ich fühle mich sehr wohl mit dir, wenn wir zusammen sind, und ich dachte, dass du mir vertraust, wenn wir nicht zusammen sind. Daran werden wir jetzt arbeiten." Dann nehme ich sie in den Arm, küsse sie und flüstere ihr ins Ohr: „Ich habe mich eben nicht getraut, es laut auszusprechen in diesem piekfeinen Ambiente. Aber leise kann ich es dir sagen: ich liebe dich." Das hat sie wohl nicht erwartet, denn bisher war ich immer sehr zurückhaltend mit meinen Äußerungen in dieser Richtung. Aber dann sagt sie: „Sven, ich liebe dich auch und ich vertraue dir auch." Darauf trinken wir noch einen Cocktail und die Nacht im Hotel wird berauschend.

Am nächsten Tag am Flughafen verabschieden wir uns anders als bisher. Für uns beide ist es ein komisches Gefühl, den Geliebten bzw. die Geliebte loszulassen und zu wissen, dass wir uns erst in vier Wochen wiedersehen werden. „Ich rufe dich heute Abend an, meine Liebe", sage ich zu ihr als Letztes, bevor ich durch den Security Check zum Abfluggate gehe. Dann winken wir noch einmal und werfen uns gegenseitig Luftküsse zu.

Marie

55.

Gleich geht's los. Die ersten Gäste sind schon da. Alles Bekannte, Kollegen und Freunde aus Münster. *,Wo Sven nur bleibt? Er wird es sich doch nicht anders überlegt haben? Nein, da kommt er. Oh, die Braut an seiner Seite sieht sehr gut aus. Da muss ich mich anstrengen'*, denkt sie. Sie umarmt ihn fest, küsst ihn aber nur auf die Wangen. Seine Schnepfe soll nicht gleich eifersüchtig werden. Sie drückt Sven sein Los in die Hand und lässt Lydia eines aus dem Eimerchen ziehen. *,Hoffentlich bekommt sie eine blöde Aufgabe'*, denkt sie sich. Sven übergibt ihr sein Geschenk und sagt: „Das ist eine kleine Erinnerung an unseren Trip nach Sylt. Ich war kürzlich noch mal dort und hab noch viel mehr Vögel fotografiert. Das wird dir sicher gefallen."

Die nächsten Gäste kommen herein und sie ruft Sven noch schnell hinterher: „Wir sehen uns später." Er und Lydia gehen an die Theke und bestellen was zu trinken. Marie begrüßt die eintreffenden Gäste, nimmt Glückwünsche und Geschenke entgegen und ist voll in ihrem Element als charmante Gastgeberin. Als fast alle eingetroffen sind, nimmt sie sich das Mikrofon und begrüßt alle noch einmal ganz förmlich, wünscht viel Spaß und erklärt das Büfett für eröffnet.

Etwas später hält Babsi die verabredete Ansprache. Sie hat sich sogar ein paar Sätze in Italienisch zurechtgelegt, die mit deutschen Worten als Übersetzung gemischt ganz witzig klingen. So sagt sie, dass auf dem Büfett unter anderem auch Funghi al Tonno seien, was sie als Pils vom Fass übersetzt. Und als sie aus Maries Leben erzählt mit zwei unglücklichen Lieben, einer in Hamburg und einer in Münster, wissen nur Eingeweihte, wer gemeint ist.

Der Discjockey legt anschließend gute Musik auf und die ersten Gäste beginnen zu tanzen. Plötzlich kommt ein Kollege von der Marienschule auf Socken auf die Tanzfläche. Marie fragt ihn: „Läufst du schon auf heißen Sohlen?" „Nein, das ist die Aufgabe aus meinem Los. Ich soll jetzt eine Stunde auf Socken herumlaufen. Gut, dass ich saubere angezogen habe."

Gegen zehn kommt der Schulleiter aus der Toilette und hat ein Stück Toilettenpapier aus dem offenen Hosenschlitz heraushängen. Eine Kollegin fragt: „Herr Direktor, was fällt Ihnen denn da aus der Hose?" Er schaut ganz verdutzt und sagt, das müsse jetzt gerade so sein. „Man muss ja seine Hausaufgaben machen. Das sagen wir den Schülern doch auch immer."

Pünktlich um elf kommt Sven zu Marie, umarmt und küsst sie und gratuliert ihr noch mal zum Geburtstag. Sie zieht ihn auf die Tanzfläche und der Discjockey wechselt mit der Musik zu einem Tango. Marie macht dem Tanz alle Ehre und hängt sich an Sven, umschlingt ihn mit den Armen und manchmal auch bei der einen oder anderen Tanzpose mit ihrem Bein. Sie bewegt ihren Kopf rhythmisch, mal Sven zugewandt, dann wieder ins Publikum schauend. Dann küsst sie ihn wild. Die beiden geben ein tolles Paar ab und bekommen viel Applaus.

Um Mitternacht gibt es dann eine von Marie und Sven angeführte Polonaise, die damit endet, dass alle Mittänzer auf der Tanzfläche sitzen und hintereinander herrutschen. Die Stimmung ist inzwischen sehr ausgelassen und aus den Boxen kommen nur noch

Lieder, die alle mitgrölen können. Also eine Party ganz nach Maries Geschmack.

Tina

56.

Das kultige „Walk of Fame" wirkt schon durch seinen roten Teppich vor dem Eingang sehr einladend. Wir fühlen uns wie die Filmstars, als wir darüberschreiten, und das nicht nur, weil wir so gestylt sind. Hand in Hand, erhobenen Hauptes treten wir ein. Es dauert nicht lang, bis wir die Garderobe gefunden haben, und unserer Jacken entledigt, folgen wir dem Stimmengewirr, das ein Stockwerk höher zu hören ist. Wir sind also nicht die Ersten, obwohl es noch früh ist. Ich bin gespannt, wie Marie aussieht. *,Ob sie sich stark verändert hat?'* Ich trage das Geschenk, Leo den Blumenstrauß, der für eine Herbstmischung ganz schön stark riecht. Fast muss ich niesen, als ich ihm zu nahe komme. Es ist auch ein wenig eng hier, daran werde ich mich gewöhnen müssen. Ich mag es lieber offen und weit. Aber es ist ja Maries Geburtstag.

Gleich neben der nostalgisch weinrot dekorierten Bar steht sie und empfängt die Gäste. Sie sieht toll aus in dem engen Cocktailkleid. Der Raum ist in gedämpftes Licht getaucht. „Tina!", ruft Marie freudig, als sie mich erspäht. „Hi, schön, dass du kommen konntest!" Küsschen links und Küsschen rechts. „Hi, ja! Danke für die Einladung. Tolle Idee mit dem Laden hier! ... Darf ich dir Leo vorstellen?" Ich gehe einen Schritt zur Seite, damit mein gut aussehender Begleiter vortreten kann. Höflich begrüßt Leo das Geburtstagskind, das ihn von oben bis unten mustert, und er überreicht ihr gleich den Strauß. „Oh, danke dir! Der ist aber wunderbar!", schwärmt Marie und gibt ihn gleich an eine Freundin weiter, welche die Aufgabe hat, Blumen und Geschenke auf einem großen Tisch mit einer roten Samtdecke zu parken. Auch der edle Vintage-Koffer landet vorerst dort. „Bitte, macht es euch bequem, bedient euch an der

Bar. Heute gibt's hier all-inclusive." Dann dürfen wir noch je ein Los aus einem kleinen Eimer ziehen und Marie erklärt: „Das ist eure Aufgabe für heute. Ich wünsche mir, dass wirklich alle mitmachen. Und ganz wichtig: Niemand darf mit den anderen über seine Aufgabe reden, bevor er sie ausgeführt hat!" Marie schaut immer wieder zur Tür, auch während sie mit uns spricht. ‚Wartet sie am Ende auf jemand Bestimmten?'

Leo ist zu Beginn recht ruhig, er schaut sich nach einem guten Platz für uns um. Als er fündig wird, fragt er mich, ob ich was dagegen habe, wenn wir da sitzen, wo man einen guten Überblick über das Geschehen hat. Er mag es, Leute zu beobachten. Es ist eine runde Nische mit rot gepolsterten Bänken, leicht erhöht gegenüber den anderen Plätzen. „Kein Problem", antworte ich, „ich weiß, du kennst hier niemand. Aber das ist eine lockere Runde. Du wirst sehen, hier geht bald die Post ab!" Während er den Begrüßungssekt für uns in Empfang nimmt, überfallen mich schon die ersten alten Studienfreunde und wir sind gleich mitten im Gespräch. Es sind auch gefühlt 100 Jahre zu besprechen und es ist so wahnsinnig viel passiert. Der Satzanfang „Kannst du dich erinnern ..." klingt hier aus allen Ecken wie ein Echo. Wunderbar, ich bin wie in die Zeit zurückversetzt. Der DJ beginnt mit seiner Arbeit. Die Musik der 80er-Jahre hat er wohl nicht ganz zufällig gewählt.

Nach der Einstiegsrede von Maries bester Freundin Babsi – das war sie übrigens schon damals – machen sich die ersten Getränke bemerkbar und ich bahne mir den Weg zur Toilette. ‚Na toll! Da steht ja mindestens die Hälfte aller weiblichen Gäste an!', denke ich. ‚Nö, das geht gar nicht. So lang halt ich jetzt nicht durch!' Verstohlen blicke ich einmal nach links und einmal nach rechts ... und schwups, verschwinde ich auf der Herrentoilette. ‚Typisch, hier steht keiner ...' Der Raum ist sehr eng. Es ist gerade Platz für ein WC, ein Urinal und ein Waschbecken und, sagen wir mal, für zwei Personen. Als ich wieder angezogen bin und die WC-Tür öffne, steht da plötzlich einer und macht gerade seinen Hosenschlitz auf. Mir war noch so, als hätte ich vorhin die Tür gehört. Wir erschrecken beide ein wenig. Blitzschnell ist sein Zipp wieder zu und er bringt hervor: „Aber hallo! Wo hast du dich denn verirrt? Das hier ist die Herrentoilette. Siehst du das Urinal? Das gibt's bei euch drüben sicher nicht." Ich erstarre. Nicht, weil ich mich schäme oder ertappt fühle, sondern weil ich dieses Gesicht kenne! ‚Das kann doch nicht wahr sein!' Schnell fasse ich mich wieder und stelle klar: „Oh nein, ich kann die Symbole und auch sonst Männlein und Weiblein schon unterscheiden. Keine Sorge! Es war nur gerade sehr dringend und die übliche Mädels-Warteschlange wäre mir zum Verhängnis geworden." Und bevor er antworten kann, setze ich nach: „Sag, kennen wir uns nicht?" Er dürfte das für einen plumpen Annäherungsversuch halten, höre ich aus seiner Antwort: „Also ich sag's gleich, ich bin nicht allein hier. Meine Freundin ist irgendwo da draußen in der dunkelroten Höhle und die wäre sicher leicht irritiert, wenn ich eine Dame von der Herrentoilette mitbrächte." Das Lächeln, das mir bei unserer ersten Begegnung schon so vertraut vorkam, ist wieder da. „Nein, wirklich! Weißt du nicht mehr? Im Flieger nach München! Die Stewardess hat uns für ein Paar gehalten ..." Ich versuche, in seinen Augen zu lesen, dass er es auch noch weiß. Da erinnert er sich. „Du meine Güte, ja! Gibt's das? Ist ja irre! ... Dann bist du aber auch nicht allein da, stimmt's?" „Ja, stimmt", gebe ich zu, „Leo ist auch hier ..." Er schaut mir eine Ewigkeit in die Augen und sagt dann: „Falls wir uns nachher noch mal sehen und Zeit zum Plaudern finden, wie war noch mal dein Name? Äh ... Tina? Kann das sein?" Ich versuche die Freude darüber zu verbergen, dass er sich meinen Namen gemerkt hat, und will antworten. Da geht erneut die Tür auf. „Hey, was macht ihr beiden da?", will der große, vollbärtige Typ wissen und drängt sich zwischen uns durch zum WC. „Das hier ist das Herrenklo! Habt ihr keinen Platz zum Knutschen gefunden?" Jetzt werde ich doch noch verlegen, aber mein Gesprächspartner gibt schlagfertig zurück: „Beruhig dich, Alter! Keine Chance, hier gibt's nichts zu sehen!" Lachend verlassen wir das Klo und ich frage noch im letzten Moment: „Sven? Stimmt's? Du heißt doch Sven?" „Ja genau." Da fällt ihm ein, warum er eigentlich in diesem Raum war, lächelt mich noch einmal an und geht wieder zur Toilette.

Noch etwas verwirrt von dem Erlebnis, suche ich unseren Platz auf und stelle fest, dass Leo nicht da ist. Die Musik ist mittlerweile ziemlich laut und auf der Tanzfläche dürfte gerade etwas los sein. Es bildet sich dort eine große Menschentraube, hauptsächlich weiblich. Ich schiebe mich zwischen die Leute und glaube meinen Augen nicht zu trauen. Da ist Leo, der zu „Hungry Like the Wolf" von Duran Duran wie ein Roboter tanzt. Ich wusste noch gar nicht, dass er sich so gut bewegen kann. Echt bühnenreif, würde ich sagen. Ich frage mich, was ihn wohl dazu bewogen hat. Jedenfalls wird ihm jetzt sicher nicht mehr langweilig. Wenn ich so sehe, wie ihm die Damen am Rand der Tanzfläche zujubeln und ihn anfeuern, werde ich nachher ein wenig aufpassen müssen. Aber die Hauptsache ist, er hat Spaß.

Mein Glas ist leer und ich beschließe, Nachschub zu holen. Da sehe ich plötzlich Sven an der Bar sitzen, der gedankenversunken in sein Glas starrt. „Hallo, du bist ja ganz allein. Wo hast du denn deine Begleiterin gelassen?", necke ich ihn. „Oh, schön, dass wir uns so schnell wiedersehen!", antwortet er und ist wieder hellwach. „Lydia ist zur Toilette gegangen. Du weißt ja, da ist der Andrang groß. Das kann dauern." „Dann überstehen wir die Wartezeit eben gemeinsam. Leo ist auch gerade beschäftigt", sage ich und deute mit der

Hand Richtung Tanzfläche. Nach ein paar Minuten kommt seine Freundin zurück. Sie macht einen etwas angespannten Eindruck, als sie mich entdeckt. Deshalb schnappe ich mein Glas und lasse die beiden allein. „Viel Spaß noch!", rufe ich Sven zu und er winkt zurück.

Als das Lied zu Ende ist und Leo ziemlich geschafft zu unserer Nische kommt, kann ich nicht anders, als zu fragen: „Leo, was war das eben? Wie um Himmels willen bist du denn auf die Idee gekommen? So fast als Erster auf der Tanzfläche ... mutig." „Das war nicht meine, sondern die Idee deiner lieben Freundin Marie! Hast du schon nachgeschaut, was für eine Aufgabe auf deinem Los steht? Ich sollte mit dem ersten Gast, der zu tanzen beginnt, mittanzen ... aber wie ein Roboter. Zuerst war es ein komisches Gefühl, aber dann ... Ich glaub, ich hab die Party in Schwung gebracht!" Vorsichtig falte ich mein Los auseinander und lese mit Entsetzen, was Marie von mir verlangt. Mit großen Augen schaue ich Leo an und sage nur: „Ich glaube, du wirst heute auch noch sehr erstaunt sein über mich."

Die Stimmung hier ist inzwischen großartig. Klasse Musik, der DJ macht seine Sache gut. Die Cocktails sind bombig und die Aufgaben, die Marie unter den Gästen verteilt hat, führen laufend zu irrwitzigen Situationen. Sie hat wirklich keine Kosten und Mühen gescheut für ein einzigartiges Fest. Ich genieße es sehr, mit den anderen in Erinnerungen zu schwelgen, und bin froh, dass Leo sich auch amüsiert. Zugegeben, es wäre mir ganz recht, wenn ihn nicht so viele Frauen umschwärmen würden, aber erstens wundert es mich nicht – er sieht ja wirklich zum Anbeißen aus –, zweitens sehe ich, dass er sich dabei nur gut unterhält, und drittens tanzt jetzt schon der Alkohol mit. Außerdem habe ich ja auch mit den Jungs viel Spaß.

Wie schnell die Zeit vergeht, wenn man sich wohlfühlt! Es ist schon fast elf, als Leo und ich uns noch eine Nachspeise holen wollen und im Nebenraum, wo das Büfett aufgebaut ist, mit einem Pärchen ins Quatschen kommen, das uns anspricht, weil wir ihnen als besonders harmonisches, glücklich wirkendes Paar aufgefallen sind. Wir verspeisen unsere Mousse au Chocolat im Stehen und setzen uns dann mit den beiden an die Bar.

Nach der Mitternachtseinlage, der Wahnsinnspolonaise, spüre ich, wie langsam Müdigkeit von mir Besitz ergreift, und ich frage Leo: „Wie lang möchtest du denn noch bleiben? Denkst du, die Damen kommen den Rest der Nacht ohne dich zurecht?" Er registriert mein Zwinkern, nimmt mich in den Arm, ganz ohne Rücksicht auf die Schwarzhaarige, die ihm gerade einen Cocktail gebracht hat, und antwortet: „Hältst du noch durch, bis der letzte Tequila Sunrise vernichtet ist? Ich bring dir auch noch einen Abschiedstrunk, wenn du möchtest." „Lass nur, ich hol mir selber was", winke ich ab, und die freundliche schwarze Schönheit muss dann auch mit meiner Gesellschaft leben, bevor wir die Verabschiedungsrunde beginnen.

Im Hotelzimmer schwärmt Leo noch immer von der gelungenen Party. Er habe sich lange nicht so amüsiert. Am besten fand er die Reaktionen auf die zweite Aufgabe, die ihm eine junge Dame zukommen ließ, weil sie sich das selbst nicht getraut hat. Das Gesicht des Mannes, als ich ihn mit „Lutz" ansprach, war schon genial. Und dann erst, als ich einer wildfremden Dame anvertraute, dass Lutz total auf sie steht. „Wunderbar!", lacht er laut. „Na, hoffentlich ist das für den Mann nicht böse ausgegangen!", schmunzle ich „... Ich habe es auch genossen. Ich muss Marie morgen noch mal danken, wenn wir zusammen frühstücken", beschließe ich. „Frühstücken?", fragt Leo. „Wann?" „So gegen zehn. Sie hat uns eingeladen, mit ihr das große Fest ausklingen zu lassen. Hast du Lust?" Er wirkt fast ein bisschen enttäuscht, als er antwortet: „Schade, das geht leider nicht. Du weißt ja, mein Flieger geht um halb zehn."

Sven

57.

Die Zugfahrt nach Münster dauert nur etwa zweieinhalb Stunden und ich erwarte Lydia am Bahnsteig. Sie war fast sieben Stunden unterwegs, sieht aber dennoch blendend aus. Wir begrüßen uns herzlich am Bahnhof und nehmen ein Taxi ins Hotel. Dort haben wir noch zwei Stündchen Zeit, die wir auch gebührend nutzen. Nach dem Duschen fahren wir ins Walk of Fame und kommen kurz nach sieben zeitgleich mit einigen anderen Gästen an. Marie umarmt mich besonders lange, sodass Lydia schon ganz konsterniert schaut, bevor ich es schaffe, die beiden einander vorzustellen. Ich übergebe Marie mein Geschenk, das sie gleich weglegt. Ich sage ihr, dass es ein Fotobuch ist, das ihr sicher gefallen wird. Wir bekommen beide ein Los, auf dem Aufgaben stehen, die wir während der Party ausführen sollen. „Jeder erhält so ein Los und ich hoffe, ihr macht auch mit. Und bitte sprecht mit niemand vorab über eure Aufgaben. Das wird sehr lustig."

Lydia und ich nehmen an der Bar Platz, bekommen zuerst einen Welcome-Prosecco, aber dann wechsle ich zu Bier. Damit kann ich länger durchhalten. Die harten Drinks können die anderen sich reinpfeifen. Lydia nimmt einen Cocktail und wir beobachten zunächst das Geschehen. Ich lese meine Aufgabe und denke, na, das ist ja nicht so schwierig.

Da kommt eine gut aussehende Frau mittleren Alters auf uns zu und sagt: „Guten Abend. Sie beide sehen toll aus. Ich bin die Marianne, Mutter der Gastgeberin, und ich bin heute Abend unsichtbar." „Aber wir sehen Sie doch", sagt Lydia. „Pst, das darf keiner wissen. Das ist meine Aufgabe aus dem Los. Ich soll heute Abend unsichtbar sein." Das ist typisch Marie, sicher hat sie ihrer Mutter dieses Los bewusst zugespielt, damit sie sich nicht zu sehr in die Party einmischt. Dafür geht die jetzt reihum und erzählt jedem, dass sie unsichtbar ist.

Nach dem vierten Bier muss ich schon zum Pullern und gehe zur Toilette. Gerade als ich am Urinal stehe und meine Hose aufmache, kommt eine junge Frau aus der Kabine und versucht, sich an mir vorbeizudrängen. So schnell mache ich selten meine Hose wieder zu, beinah hätte ich mir meinen Schniedel eingeklemmt. Ich quatsche sie an und weise sie darauf hin, dass sie hier im falschen Film ist. Sie erklärt mir, dass es bei den Mädels zu voll war und sie kurzerhand zu den Boys gewechselt ist. Dann macht sie mich an und fragt: „Hey, kennen wir uns nicht?" Ich erkläre ihr, dass ich in Begleitung hier bin und keine Lust auf solche Späße habe, da erinnert sie mich daran, dass wir uns im Flieger nach München schon mal getroffen haben. Da fällt es mir ein und plötzlich weiß ich sogar wieder ihren Namen. Als wir noch ein wenig plaudern, kommt ein Mann herein und sabbelt uns von der Seite an, was wir hier machen würden. Nun wird's wirklich eng und wir gehen. „Bis später mal", bringe ich noch raus, da fällt mir ein, weshalb ich da drin war. Ich schlage mir mit der Hand vor den Kopf und gehe zurück, um meine Biere loszuwerden.

Als ich zu Lydia zurückkomme, fragt sie sauertöpfisch: „Wer war denn die Frau auf der Herrentoilette?" Ich erkläre ihr die Geschichte, auch dass wir uns im Flieger schon mal getroffen haben, und sie schaut noch beleidigter als vorher. „Komm, wir trinken einen Schnaps darauf. „Welchen Schnaps trinkt ihr denn hier?", frage ich den Barkeeper. „Blöde Frage, Steinhäger natürlich. Willst du einen Löffel voll?" ,Löffel?', denke ich und antworte: „Zwei bitte." Da bietet er uns tatsächlich zwei Esslöffel an, schenkt jedem den

Löffel voll mit Korn und sagt: „Prost, so trinkt man den im Münsterland." Wir staunen und schlürfen ihn weg. Dann kriegt Lydia noch einen dicken Kuss und ich sage: „Nu beruhige dich wieder, sonst verlang ich noch zwei Löffel." „Okay, aber wenn ich merke, dass deine Geschichte nicht stimmt, kriegst du ein paar hinter dieselben." „Alles klar, aber da muss ich mir keine Gedanken machen."

Kurz danach sagt Lydia, sie müsse jetzt ihre Aufgabe erfüllen, und spricht mit dem Discjockey. Sie stellt sich neben ihn und ich wundere mich, was sie wohl machen wird. Es dauert nicht lange, dann hat sie ein Mikro in der Hand und ein neues Musikstück fängt an. Lydia singt aus vollem Hals mit, das heißt, sie singt allein, bei der Musik ist der Gesang ausgeblendet. Sie muss also Karaoke singen und das Publikum singt den Refrain begeistert mit. Das Lied passt auch ganz ausgezeichnet zu ihr und ich schieße ein paar Fotos von meinem Star. Ganz außer Puste kommt sie zurück und stürzt ihren Cocktail hinunter. „Das hast du toll gemacht", sage ich zu ihr. „Na ja, ich weiß nicht", antwortet sie. „Hab mich ziemlich blöd dabei gefühlt." „Aber die ganze Gesellschaft hat dir doch applaudiert." „Ja, aber eher aus Schadenfreude denn als Lohn für eine gelungene Darbietung." „Ich glaube, du unterschätzt dich. Warte nur, bis ich dir die Fotos zeige, dann wirst du begeistert sein. Wenn ich es gewusst hätte, hätte ich ein Video gedreht, dann könntest du dich auch selbst bewundern und hören."

Inzwischen ist die Stimmung ganz ausgelassen und es wird Zeit, meine Aufgabe zu erfüllen. Sie lautet: „Umarme das Geburtstagskind um 23:00 Uhr und gib ihm einen Kuss." Ich gehe also noch mal schnell für kleine Jungs und dann zur Tanzfläche, wo Marie gerade tanzt, umarme und küsse sie. Sie hält mich ganz fest und küsst mich wie wild. Die Musik wechselt zu einem

Tango und Marie flüstert mir zu: „Komm, diesen Tanz bist du mir schuldig. Wir haben doch damals super miteinander harmoniert. Jetzt haben wir uns so lange nicht gesehen und ich kann dich einfach nicht vergessen. Ich bin so froh, dass du heute hier bist." Und schon schwingt sie ihr Bein um mich herum, wirbelt mit mir über die Tanzfläche, schwenkt ihren Kopf ruckartig nach links und rechts, zwischendurch deutet sie Küsse zu mir an und küsst mich sogar noch ein paar Mal.

Die Gäste sind begeistert und halten das für eine Showeinlage. Sie stellen sich um die Tanzfläche auf, klatschen laut im Takt und das stachelt Marie noch mehr an. Der Tanz will gar nicht enden und danach folgt ein zweiter, wo sie mich immer noch nicht aus ihren Fängen lässt. Ich suche verzweifelt nach Lydia und kann sie nirgends entdecken, Marie wirbelt weiter mit mir über den glatten Boden. Andere Paare kommen dazu und machen uns Konkurrenz, es sieht fast aus wie ein Tanzwettbewerb. Dann fängt Marie eine Polonaise an und animiert die anderen, sich anzuhängen. Wir ziehen grölend durch den ganzen Club und am Ende setzt sich Marie auf die Tanzfläche, alle müssen das auch tun, und dann rutschen wir auf dem Hosenboden rhythmisch zur Musik über das Parkett. Als die Musik zu langsamem Walzer wechselt, steht Marie auf und will mich wieder in ihre Arme nehmen. Ich hab genug, verkupple sie mit einem anderen Mann und mache mich auf die Suche nach Lydia. Ich kann sie nirgends finden und frage den Barkeeper. Er sagt: „Die ist eben rausgegangen." Ich versuche sie anzurufen, aber hier drin ist kein Empfang. Also gehe ich nach draußen, aber ihr Handy ist aus. Also schicke ich ihr eine WhatsApp und gehe wieder rein.

An der Bar treffe ich auf Babsi, die Freundin von Marie. Sie fragt: „Ist die Blonde deine Freundin?" „Ja, hast du sie gesehen?" „Ja, ich hab hier sogar mit ihr gesprochen, als du mit Marie beim Schwofen warst. Jetzt verstehe ich, dass sie sauer reagiert hat, als sie euch gesehen hat. Sie ist dann rausgerannt und kam seitdem nicht mehr zurück."

,Ach, wie blöd', denke ich, ,sie war ja vorher schon sauer wegen der Geschichte mit Tina auf der Toilette. Dann ist sie jetzt sicher ganz durchgeknallt. Da werde ich wohl nachher einiges zu tun haben, sie wieder einzufangen.' Ich gehe noch mal raus und versuche sie anzurufen, aber keine Antwort bzw. es kommt ihre Mailbox. Ich hinterlasse eine Nachricht, dass ich sie vermisse und sie solle doch wieder reinkommen, weil ich denke, sie spaziert hier wütend in der Gegend herum. Dann gehe ich wieder rein und bestelle mir einen weiteren Löffel Korn. Die Party ist jetzt in vollem Gange und Marie will mich noch mal auf die Tanzfläche holen, aber ich lehne ab. „Dann tu mir den Gefallen und kommt morgen zu mir zum Frühstück. Sagen wir um zehn", lallt sie mir ins Ohr." „Okay, das machen wir."

Gegen fünf, als Lydia immer noch nicht wieder aufgetaucht ist, rufe ich mir ein Taxi und fahre ins Hotel zurück. Im Zimmer ist sie auch nicht, aber ihre Sachen sind ebenfalls weg. Zum zehnten Mal versuche ich sie anzurufen. Keine Antwort. Also schicke ich noch eine WhatsApp, dass ich gern wüsste, wo sie ist. Dann sinke ich ins Bett und schlafe in voller Montur ein.

Leo

58.

Ich muss zugeben, ich habe so meine Bedenken, ob der Abend für mich aufregend werden könnte. Fremde Stadt, fremde Bar und fremde Leute rundherum. Tina zuliebe lasse ich mich darauf ein. Ich bin ja zu Hause auch kein Langweiler auf Partys, also machen wir das Beste daraus.

Als wir das schummrige Lokal betreten, habe ich zuerst das Gefühl, es ist schon halb voll, obwohl erst die ersten Gäste eintrudeln. *‚Ziemlich eng, die Location, für die vielen Personen‘,* denke ich und lasse erst mal die förmliche Begrüßung durch die Gastgeberin über mich ergehen. Sie ist eine interessante Frau, der man die 30 zwar glauben kann, aber nicht sofort ansieht. Sie hat sich auch schick zurechtgemacht für ihren Abend. Tina sieht meines Erachtens viel jünger aus als Marie. Kaum zu glauben, dass sie nur drei Jahre jünger ist.

Es sind noch genug Plätze frei, die übrigens interessant verteilt sind. Meist sind es kleine Tischgruppen. Manche sind mitten im Raum, andere am Rand und etwas versteckt. Alles ist ziemlich eng und viel Körperkontakt ist vorprogrammiert. Ich bevorzuge einen Platz mit Übersicht und Tina ist damit einverstanden. Anfangs sehe ich mich ein wenig um und beobachte die Ankömmlinge. Marie küsst anscheinend gern. Sie lässt niemand aus und bei einem Typen freut sie sich anscheinend besonders. Seine blonde Freundin findet das scheinbar nicht so toll. So richtig beginnt die Party für mich, als ich den Zettel mit der Aufgabe für den Abend lese. Da wird mir klar, wenn alle Aufgaben so viel persönliches Engagement verlangen, wird es Lacher ohne Ende geben. Und mich erwischt es als einen der

Ersten. Der Discjockey spielt sich schon warm. Es ist nur eine Frage der Zeit, bis sich die erste Person auf die Tanzfläche wagt.

Als Maries Freundin mit der Geburtstagsrede beginnt, schaue ich in die Runde und denke mir, die 30 Personen verteilen sich hier doch problemlos. Es gefällt mir immer besser hier. Babsi ist eine geschickte Rednerin, die ihrer besten Freundin viele Lorbeeren zukommen lässt und nebenbei viel Applaus erntet. Zum Abschluss der Rede bedankt sich Marie überschwänglich und eröffnet das Büfett. Das ist für Tina das Startsignal für einen dringenden Weg und für den DJ das Okay zum Loslegen. Beim dritten oder vierten Stück geschieht das Unvermeidliche. Die ersten Tänzer betreten das Parkett. Zeit, meinen Teil zur allgemeinen Erheiterung beizutragen. Noch einen Schluck von meinem Bier und rein ins Vergnügen. Schade, dass Tina gerade nicht zusieht. Ich glaube, das würde ihr gefallen.

Duran Duran geben einen tollen Rhythmus her. Anfangs sind meine Roboter-Bewegungen noch etwas eckig. Doch bald kommt Schwung in die Sache und die Post geht ab. Immer mehr Zuschauer, vor allem Zuschauerinnen, kommen zur Tanzfläche und feuern mich an. Auch die Blonde von eben klatscht mir begeistert zu. Sie singt mit, scheint den Text des Stücks auswendig zu kennen und berührt mich kurz am Arm. „Hey", rufe ich ihr zu, „willst du nicht auch mal wie ein Roboter tanzen?" Sie kommt tatsächlich näher zu mir heran und fängt auch an, sich eckig zu bewegen. Ihre blonden Haare schüttelt sie dabei wie ein hungriger Wolf. Als „Hungry Like a Wolf" zu Ende ist, plaudere ich noch ein bisschen mit ihr und erfahre, dass sie Lydia heißt und auch aus München kommt und bei ProSieben arbeitet. Da fällt mein Blick zufällig Richtung Bar, wo Tina sich intensiv mit einem Mann unterhält. ‚Oh, sie ist schon zurück an unserem Platz!' „Lydia, bis später! Ich muss mal weg!" Wir treffen uns bei unserer Nische und sie ist sehr überrascht über meinen Einsatz auf der Tanzfläche, aber zufrieden, als ich ihr den Grund meiner Aktivität mitteile. Auf meine Frage, wer denn der nette Boy an der Bar war, hat sie auch eine lustige Geschichte parat. Den hat sie auf der Herrentoilette wiedererkannt. Angeblich hat sie den auf einem Flug nach München schon mal gesehen. Ich gebe ihr die Rückmeldung, dass das von Weitem schon sehr intim ausgesehen habe. „Das war sicher nichts gegen deinen Haremstanz vorhin", gibt sie zurück und wir sind quitt.

Beim Büfett ist der größte Andrang mittlerweile vorbei, also begeben wir uns in den Nebenraum. Es sind auch noch zwei Plätze an der Tafel frei. Die Auswahl ist gar nicht einfach. Im Angebot sind feinste Münsterländer Spezialitäten wie zum Beispiel Pfefferpotthast, Münsterländer Linsensuppe, Münsterländer Töttchen, aber auch Sauerbraten und ein Fischgericht. Wir beschließen, kleine Portionen zu nehmen und dafür Verschiedenes zu kosten.

Als Tina ihre letzte Kostprobe verspeist hat, fällt mir wieder ein, was sie vorhin gesagt hat: „Ich glaube, du wirst dich heute noch über mich wundern!" oder so ähnlich. Denn plötzlich nimmt sie ihren leeren Teller hoch und schleckt ihn, gut sichtbar für alle, ab. Einer nach dem anderen wendet ihr den Blick zu und schaut gebannt, was da passiert. Tina sagt dann gut hörbar in die Runde: „Wenn es geschmeckt hat, soll man nachher den Teller sauber machen. Wem hat es noch geschmeckt?" Ein Grinsen macht sich in der Runde breit, alle blicken unsicher umher. Da kann ich nicht anders, ich nehme ebenfalls meinen Teller in die Hand und schlecke ihn langsam und genüsslich ab. „Hm, lecker!", unterstreiche ich die Handlung. Gerade als noch ein Mann und zwei Frauen das Gleiche tun, betritt Marie den Raum und sieht das. „Oh, es schmeckt euch, wie ich sehe! So ist's recht!", ruft sie und bedient sich bei den Nachspeisen.

Eigentlich haben wir jetzt beide unsere Aufgaben reichlich erfüllt, da nimmt mich plötzlich eine aufgeregte junge Dame zur Seite, die eben beim Essen mit uns am Tisch saß, und fleht mich an: „Bitte, ich brauch unbedingt deine Hilfe! Du hast keine Schwierigkeiten, die lustigen Aufgaben zu lösen. Ich hab eine bekommen, das geht gar nicht! Würdest du das für mich machen?" „Gib mal her, den Zettel. Dann schaumer amal! ... Hui, das ist echt haarig. Wenn du da was falsch machst, kannst du eine Ehe zerstören", bestätige ich ihre Sorge und nehme ihr die Last ab. Es dauert dann ein bisschen, bis ich einen Mann und eine Frau gefunden habe, die einigermaßen sicher allein auf der Party sind, denn die Aufgabe lautet:

Sprich einen dir fremden Mann an, nenne ihn Lutz und rede eine Weile mit ihm. Dann wähle eine Frau aus, der du sagst, dass Lutz unheimlich auf sie steht.

Die Reaktionen sind einfach köstlich, sogar Tina lacht sich kaputt. Da es ja eine außertourliche Aufgabe war, habe ich sie diesmal eingeweiht. Das Beste an diesem Gag ist, dass ich die beiden später sehr ins Gespräch vertieft an der Bar sitzen sehe ...

Die Stimmung ist jetzt schon sehr ausgelassen hier und der DJ unterbricht sein Programm für die Ansage, dass nun die Geschenke präsentiert würden. Alle sind aufmerksam, weil sie natürlich mit noch mehr witzigen Acts rechnen. Und sie werden nicht enttäuscht. Von lustigen Gedichten über selbst gebastelte Klorollen-Torten und Reisegutscheinen bis zu unserem Vintage-Koffer. Tina und ich stellen dem werten Publikum den Koffer vor mit den Worten: „Dies ist der Über-lebenskoffer für die Frau ab 30. Der Inhalt kann Leben retten und die Lebensqualität steigern. Bei Nebenwirkungen fragen Sie bitte Ihre Freunde, welche die Altersgrenze bereits überschritten haben!" Gelächter und Applaus begleiten unseren weiteren Auftritt. Wir bitten das Geburtstagskind auf die Bühne. Dann öffnet Tina den Koffer und nimmt einen Beutel heraus. Als sie diesen öffnet, kommen Verkleidungsutensilien zum Vorschein. Tina reicht mir diese einzeln und ich verkleide Marie als alte Schachtel. Zum Schluss steht sie da mit einer Schürze mit Blumenmuster, einem Kopftuch, das farblich gar nicht dazu passt, einer großen runden Brille, natürlich mit Fensterglas, einer Handtasche von meiner Oma und dem Schild, auf dem steht: „Ich bin eine alte Schachtel." Als das Publikum so richtig am Toben ist, bemerke ich in Maries Gesicht leicht verzwickte Züge. ‚Da schau her‘, denke ich, ‚sie ist beim Austeilen besser als beim Einstecken.‘ Letztendlich steigt sie aber doch auf den Gag ein und überprüft noch den lebensrettenden Inhalt des Köfferchens.

Zu später Stunde, nachdem schon viel Alkohol geflossen ist und die Musik auf Partyknüller umgestellt hat, kommt die unvermeidliche Polonaise. Sie dauert ungewöhnlich lang und alle machen ausgelassen mit. Ich bin schon bei den Ersten dabei und hole mir Tina dazu und gemeinsam singen wir, oder besser: wir grölen: „Jetzt fliegen gleich die Löcher aus dem Käse …!" Völlig matt fallen wir danach auf unsere gepolsterten Sitze und verschnaufen ein wenig. Nach ein paar Minuten komme ich wieder zu Kräften und kann wieder ruhig atmen, da steht plötzlich eine Schwarzhaarige mit sagenhaft kurzem Minirock vor mir und drückt mir einen Tequila Sunrise in die Hand. ‚Hat die beobachtet, was ich trinke?‘ Ich bedanke mich, ich glaube schon mit etwas weicher Sprache, und biete ihr einen Platz an. Ich denke, das ist wohl der Grund dafür, dass Tina vorschlägt, die Party zu verlassen.

Wirklich böse ist sie mir aber nicht. Sie weiß, es war nicht mehr als ein fröhlicher Abend ... für uns beide. Ich trage ihr die Unterhaltung mit dem coolen Typ von der Herrentoilette auch nicht nach. Im Hotel lachen wir noch immer zusammen über die lustigen Aufgaben, die alle so brav ausgeführt haben, und genehmigen uns einen Gutenachtschluck Sekt aus der Minibar zum Abschluss eines ereignisreichen Tages. Ich bin zwar todmüde, aber ich würde Tina jetzt gern spüren. „Du bist alles, was ich will!", flüstere ich ihr ins Ohr und nehme sie zärtlich in den Arm. ,Was für eine Nacht!'

Am nächsten Morgen bringt sie mich mit dem Auto zum Flughafen. Es beschäftigt mich noch eine Weile, dass sie allein zu diesem Frühstück bei Marie fährt. Da wäre ich doch gern dabei.

Lydia

59.

Der Club, in dem die Party stattfindet, ist ziemlich schwülstig, rot und klein. Marie begrüßt mich sichtlich reserviert und Sven umso inniger. Als er ihr das Geschenk übergibt (muss eine Menge gekostet haben, dieses Fotobuch), strahlt Marie und bedankt sich überschwänglich. Sven und ich gehen erst mal an die Bar und ich bestelle mir eine Piña Colada. Der Barkeeper zwinkert mir zu: „Eine süße Piña für eine süße Frau", und ich werde ganz rot. Sven hat das aber scheinbar nicht mitbekommen, denn er sagt nichts dazu. Ich mach das Los auf, das ich beim Eingang gezogen habe, und lese: *„Geh um 21:00 Uhr zum Discjockey und sag ihm, dass du Karaoke singen willst. Er wird dir ein Musikstück vorschlagen und dann sing es für uns alle."* Blöde Aufgabe, ich kann gar nicht singen. Da brauch ich noch eine Piña Colada vorher, sonst schaff ich das nicht.

Sven geht zur Toilette und der Barkeeper baggert mich schon wieder an, will wissen, woher ich komme und ob ich mit dem Hamburger zusammen bin. „Du siehst nicht sehr glücklich aus und ich glaube, mit mir wärst du besser dran." Ich werde schon wieder rot und sage nichts. Da sehe ich, dass Sven mit einer Rothaarigen aus der Toilette kommt. Jo, der Barkeeper sieht das auch und sagt: „Ah, der Hamburger macht's gleich mit einer auf dem Klo, und das schon so früh am Abend. Das hatten wir auch noch nicht. Mit dem kannst du nicht zusammenbleiben." Kaum hat er das gesagt, geht Sven zurück auf die Toilette, nicht ohne der Roten noch mal zuzuwinken, und ich bin vollends verwirrt. Als er kurz danach zu mir zurückkommt, frage ich ihn gleich und er erzählt mir eine Geschichte von Zufällen, dass er die rote Schnepfe schon mal im Flieger getroffen hat und sie sich zufällig hier wiedergesehen haben. Das bringt mich erst recht auf die Palme und ich sage: „Zufällig im Flieger und dann genauso zufällig auf dem Herrenklo, hattet ihr wenigstens Spaß dabei?" Sven wiegelt ab, da sei nichts dabei, Tina wäre nur aufs Herrenklo gegangen, weil es bei den Mädels so voll war, und sie hätten nur kurz miteinander geplaudert. „Dafür warst du ganz schön lang weg. Für 'ne schnelle Nummer hätte es schon gelangt." Er versucht mich zu beruhigen und sagt zu Jo, dass wir einen Schnaps brauchen. Der grinst und antwortet: „Denkst du, das hilft?" Wir löffeln den Korn weg und so langsam beruhige ich mich wieder.

Inzwischen bin ich leicht beschwipst und traue mich zum Discjockey. Der schaut mich an und sagt: „Bei deinem Aussehen weiß ich genau, was du singen musst. Schau mal hier: ‚I'm a Barbie Girl.' Der Text ist einfach und ich finde, du als Blondine kannst das sehr gut singen." ‚Des is mir jetz dodaal ladde', denke ich und sage: „Also los, mach hinne." Ich steh also neben ihm, das Mikro in der Hand und die Musik fängt an. Der Wechsel von Queen: „A Kind of Magic" zu „Barbie Girl" verwirrt die Leute auf der Tanzfläche und alle schauen zu mir und dem Discjockey, da ruft er: „Und jetzt singt für euch die superblonde Barbie." Schon fängt mein Text an und ich versuche mit der Anzeige auf dem Bildschirm Schritt zu halten. Die Gäste schauen inzwischen alle zu mir her, Marie grinst, Sven feuert mich durch Klatschen an und beim Refrain singen alle mit. Endlich ist es geschafft und ich kriege tatsächlich tosenden Applaus.

Wieder an der Bar, lobt Sven meinen Gesang und Jo stellt mir eine weitere Piña Colada hin: „Geht aufs Haus für unsere Barbie." Ich denke noch, dass ich jetzt mal etwas langsamer trinken sollte, und kurz darauf sagt Sven, er muss jetzt seine Aufgabe erfüllen. Er geht schon wieder aufs Klo und ich beginne zu grübeln, ob er dort Tina wieder trifft. Nein, kurz darauf kommt er raus, geht zur Tanzfläche und umarmt und küsst Marie. Sie nimmt das Geschenk nur zu gern an und die Musik wechselt zu einem Tango. Sven und Marie tanzen dazu, als hätten sie nie etwas anderes gemacht. Das müssen sie geübt haben. Dann dreht Marie ihren Kopf von links nach rechts und immer in der Mitte der Drehung küsst sie Sven, der dabei ganz sinnlich die Augen schließt. Die Tanzfläche ist leer bis auf dieses Paar und drum herum wird wie wild geklatscht und die beiden werden noch mehr angefeuert.

Ich trau meinen Augen nicht und denke: *,Was ist das hier?'* Da ändert sich die Musik und Marie hält Sven fest, um mit ihm den nächsten Tanz zu machen. Neben mir steht eine andere Frau und sagt zu mir: „Na schau, hat Marie ihren Sven wieder in ihren Fängen." Ich frage: „Wieder?" „Ja weißt du das nicht? Die beiden waren in Hamburg ein Paar und sie hat das nie verwunden, dass er sie verlassen hat. Hat mir in den letzten Wochen ständig vorgeheult, dass die Party die Chance ist, ihn zurückzugewinnen." Das ist zu viel für mich, ich drehe mich auf dem Absatz um und gehe erst mal raus. An der frischen Luft versuche ich meine Gedanken zu ordnen, aber ich kann es nicht fassen. Sven schleppt mich auf diese Party, wo ich niemand kenne außer ihm, und dann macht er gleich mit zwei anderen Frauen rum. Heute Nachmittag flüstert er mir noch ins Ohr, dass er mich liebt, und jetzt diese Show. Ich merke, dass ich friere, gehe zurück in den Club und hole meinen Mantel. Ich überlege, wie unser Hotel heißt, rufe mir ein Taxi und lasse mich zurückfahren.

Im Zimmer schalte ich mein Handy aus, werfe mich aufs Bett und versuche zu schlafen. Die Tränen rinnen mir nur so runter und ich kann es nicht glauben. Das kommt mir alles wie ein schlechter Film vor und ich bin die Blöde darin. Meine Achterbahn im Gehirn wird immer schlimmer. Ich schaue in die Minibar und finde zwei kleine Faschen Steinhäger. Löffel hab ich keinen, also trinke ich das Gesöff aus der Flasche. Danach wird mir übel und ich muss mich übergeben.

Zwei Stunden später, schlafen konnte ich immer noch nicht, denke ich wieder etwas klarer und beschließe, dass ich hier keinen Moment länger bleiben will. Ich schau nach einem früheren Zug und finde den ersten um 4:15 Uhr. Es ist jetzt kurz nach drei. Das passt also. Ich packe meine Sachen und rufe mir ein Taxi. Am Bahnhof durchstreifen weitere blöde Gedanken mein Hirn und ich merke gar nicht, wie kalt mir ist. Erst als ich in den warmen Zug steige, fühle ich meine erfrorenen Ohren und Füße. Ich wundere mich noch, dass der Zug nach Hamburg fährt, und schlafe ein. Von einer Durchsage kurz vor Hamburg-Harburg werde ich geweckt und stelle fest, dass ich gleich umsteigen muss. Dann denke ich: Wieso bin ich jetzt nach Hamburg gefahren? Ich frage den Schaffner, der grade vorbeikommt. Er erklärt mir, dass dies um die Zeit die schnellste Verbindung ist, weil der ICE von Hamburg nach München nur fünfeinhalb Stunden braucht. Ich denke darüber nach, hier auszusteigen und auf Sven zu warten. *Blöde Idee, es ist erst kurz vor sieben, der kommt nicht vor Mittag zurück. Und außerdem, was soll ich mit dem noch reden? Scheinbar sind die anderen Weiber wichtiger als ich.'* Ich trinke also einen starken Kaffee im Bahnhof und eine halbe Stunde später sitze ich im Abteil nach München und bin kurz danach wieder eingeschlafen.

Marie

60.

Was für eine Party! Alles hat super gepasst, nur Sven hab ich noch nicht wieder zurück. Der Tanz mit ihm war ja schon ganz gut, die Küsse hat er zumindest am Anfang erwidert und scheinbar habe ich damit ja sein weißblondes Barbie Girl auch vertrieben. Aber er ist schon vor fünf gegangen. Wollte sie vielleicht beruhigen. Na ja, hoffentlich wird er zum Frühstück kommen, da hab ich eine weitere Chance. Muss nur sehen, was wir dann mit Barbie machen.

Wenn ich so drüber nachdenke, die Verkleidung als alte Schachtel hätte es eigentlich nicht gebraucht. Und dann steckt mir Babsi um zwei Uhr auch noch ein Los zu und sagt: „Du musst auch eine Aufgabe erfüllen und jetzt bekommst du gleich deine Steine dafür." Kurz darauf kommen Bernd und Wolfgang herein und haben große Taschen mit Styroporblocks dabei. Dreimal gehen sie raus und schleppen immer mehr von dem Zeugs an. Frank, der Discjockey, startet „Another Brick in the Wall" von Pink Floyd. Ich muss eine Mauer um mich herum bauen. So stand es in meinem Los. Als der Turm um mich fast zwei Meter hoch ist, wechselt die Musik zu dem Stück „Is There Anybody Out There?", und während Roger Waters und David Gilmour ihr Gitarrensolo spielen, rufen mir die Gäste im Chor über meine Mauer zu: „Hey Marie, are you in there?" Als ich antworte: „Ja, ich bin hier, aber ich würde gern wieder rauskommen", ruft Babsi: „Noch einen kleinen Moment." Dann schüttet jemand von oben Wasser über die Mauer und ich werde richtig nass. Ich schmeiße die Mauer um und da steht die grölende Meute und freut sich. Frank spielt jetzt „Run Like Hell" und ich verschwinde auf der Toilette. Zum Glück war das Kopftuch, das ich als alte

Schachtel aufhatte, aus Kunstfasern und der Kittel hat auch viel Wasser von meinem Cocktailkleid abgehalten. Nach ein paar Handgriffen und etwas neuer Schminke sehe ich wieder ganz präsentabel aus. Ich traue mich wieder zurück in den Club und werde mit Applaus empfangen. Das ist doch ein geiles Gefühl, wenn morgens um drei alle deine Freunde für dich klatschen.

Die Party wird jetzt langsam etwas ruhiger und die Gespräche der Gäste werden eher zu einem Lallen. Sven lässt sich nicht mehr auf die Tanzfläche locken und umarmen will er mich auch nicht. „Ach Sven", sage ich zu ihm, „war es denn mit uns beiden nicht schön damals?" „Hör mal", spricht er betont deutlich, „das war ein längeres Wochenende mit Fotos von Vögeln auf Sylt. Zur Erinnerung hab ich dir das Album geschenkt, da sind ganz viele Viecher drin, denn ich war letztens noch mal dort. Aber du hast doch nicht wirklich geglaubt, dass aus uns ein Paar wird, oder?" „Doch, mein Lieber. Ich hab sehr viel an dich gedacht und hab mir immer vorgestellt, dass wir wieder zusammenkommen." „Und dann denkst du, nach fünf Jahren kannst du das einfach so einfädeln. Was soll ich denn jetzt Lydia sagen?" „Ach, vergiss doch die blonde Sächsin. Ihr seid zwar optisch ein ganz nettes Paar, aber das war's auch schon. Ich glaub nicht, dass ihr zusammenbleibt." „Nach deinem Auftritt mit mir heute hab ich jetzt auch so meine Zweifel. Vor allem, weil sie verschwunden ist und ihr Telefon ausgeschaltet ist. Ich hoffe, ihr ist nichts passiert. Werde mal gleich ins Hotel fahren und nachsehen." „Aber bitte, dann kommt doch um zehn zu mir zum Frühstück. Da können wir noch mal drüber sprechen."

Um sieben sind die letzten Gäste weg, Babsi und ich nehmen noch einen Absackerlöffel. „Hast du Sven rumgekriegt?" „Nicht wirklich, er ist seine Barbie suchen, aber zum Frühstück will er kommen. Du doch auch, oder?" „Nee du, ich brauch jetzt erst mal ein Bett und bin sicher nicht um zehn wieder fit." „Mir scheint, du wirst alt, Süße. Ich geh jetzt heim, dusche und bereite das Frühstück vor. Also schau mal, vielleicht kommst du ja etwas später dazu." „Eher nicht, aber vielleicht gegen Mittag, wenn du einen Prosecco dahast." „Gebongt. Schlaf schön."

Zu Hause schmeiße ich mein Kleid in die Ecke und versuche unter der Dusche wieder nüchtern zu werden. Aber auch der Wechsel von warm zu kalt schafft das nicht und ich geh danach in die Küche, um einen starken Kaffee zu trinken. Auf dem Hocker an meiner Küchentheke nicke ich ein und wache kurz nach neun auf. Ups, jetzt muss ich aber Gas geben und den Tisch decken. In letzter Minute werde ich fertig und um fünf nach zehn steht Sven vor der Tür. Allein. „Guten Morgen, mein Lieber, wo ist Lydia?" „Ich hab keine Ahnung, das Zimmer war leer, ich hab ihr tausendmal auf die Box gesabbelt und Nachrichten geschickt, aber ihr Telefon ist immer noch aus. Meinst du, ich soll die Polizei rufen?" „Quatsch, komm erst mal rein und lass uns in Ruhe überlegen."

Als Tina eine halbe Stunde später dazukommt, haben wir schon zwei Kaffee getrunken und ich habe Sven überzeugt, dass Lydia nach Hause gefahren ist und sich sicher irgendwann melden wird. Tina nimmt sich auch einen Kaffee und wir lachen bald wieder über die vielen lustigen Ereignisse der Party. Auch Sven taut auf und wir frühstücken in ausgelassener Stimmung. Sven fragt sogar, ob es hier nur Kaffee gibt. „An deinem 30. Geburtstag wäre doch eigentlich Champagner richtiger." „Hab sogar gestern eine Flasche Veuve Clicquot geschenkt bekommen. Die steht im Kühlschrank. Sollen wir die köpfen?" „Für mich nicht", sagt Tina, „ich bin mit dem Auto da und muss ja gleich zurückfahren." Und Sven lacht: „Aber die kleine Witwe schaffen wir doch auch allein, Marie, oder?"

Um zwölf kommt Babsi dazu und kriegt das letzte Glas von dem edlen Getränk ab. „Wo sind denn eure Partner?", fragt Barbara Tina und Sven. „Leo musste schon den frühen Flieger nehmen", antwortet Tina. Und ich füge beschwipst hinzu: „Und Barbie ist ausgeflogen." „Oh Gott", sagt Babsi zu mir und Sven, „ist sie noch nicht aufgetaucht? Hab mir schon Vorwürfe gemacht, weil ich ihr erzählt habe, dass ihr beiden in Hamburg ein Paar wart." „Du spinnst auch schon", sagt Sven. „Wir hatten ein gemeinsames Wochenende und das war's. Marie hat mir heut Nacht auch schon so 'n Scheiß von unserer Beziehung in Hamburg vorgefaselt." „Ich glaub, ich muss jetzt wirklich los", wirft Tina ein, die sich sichtlich unwohl in der Situation fühlt. „Sven, soll ich dich zum Bahnhof bringen oder hast du Lust, mit mir im Auto nach Hamburg zu fahren?"

Sven druckst ein bisschen herum, er müsse doch nach Lydia suchen, und wir alle reden auf ihn ein, dass er sich nicht unnötig sorgen soll, sie wird schon wieder auftauchen. Dann gehen die beiden zu Tinas Auto und Sven ist ganz begeistert von dem Cabrio. „Da würde ich gern mit dir nach Hamburg fahren. Das ist viel angenehmer als im Zug." Und so steigen sie ein, Tina bindet sich ein Kopftuch um, macht das Dach auf und sie düsen ab. Tina winkt noch mal, Sven schaut nur traurig nach vorn. „Ich glaub, den bist du endgültig los", sagt Babsi zu mir. „Wo du recht hast, hast du recht."

Teil 2

Ich will Dich nicht!

Tina

61.

Es ist ein ganz spontaner Einfall, dass ich Sven frage, ob er mit mir nach Hamburg fahren möchte, schließlich haben wir beide den gleichen Weg, es ist aber auch ein Versuch, die sich anbahnende Unruhe im Keim zu ersticken. Sven regt sich ziemlich darüber auf, dass Marie die Reise damals nach Sylt ganz anders schildert als er. Wenn er das gewusst hätte, wäre er wohl nicht unter den Partygästen gewesen. Er macht sich ernsthaft Sorgen um Lydia und um ihre Beziehung. Deshalb scheint er auch etwas Bedenken zu haben, einfach so mit mir mitzufahren. Bis er mein Auto sieht ... „Mann, Tina! Das ist deins? Wer würde da die Einladung ablehnen?", schwärmt er. „Dann kann es ja losgehen", freue ich mich, öffne genüsslich das Verdeck, setze mein Kopftuch auf und verabschiede mich noch flüchtig von Marie und Babsi. Sven ist so sauer, er dreht sich gar nicht mehr um. *Eigentlich traurig, dieses Ende, nach der wunderbaren Feier gestern.'*

Es liegen etwa drei Stunden Fahrt vor uns, wenn wir die Autobahn nehmen. „Möchtest du die schnelle Route oder bei dem Wetter lieber das Cabrio ein bisschen genießen? Ich hab Zeit", frage ich gleich nach der Abfahrt. „Wenn wir übers Alte Land fahren, haben wir so richtig was davon. Die Herbstfarben sind dort bestimmt überwältigend. Schade, dass meine Kamera nicht da ist!" Jetzt habe ich scheinbar seinen Überlebensnerv getroffen und er taut auf. „Sag bloß, du fotografierst!" „Ja, schon ein paar Jahre ... hobbymäßig, aber unheimlich gern. Du am Ende auch?" „Ja, aber für mich ist es auch der Job. Die Kamera ist mein ständiger Begleiter, mein Hund heißt Nikon. Hab sie auch dabei!"

Und er erzählt mir von seinen Aufträgen fürs Fernsehen und dass er deswegen viel unterwegs ist. Ich höre ihm irgendwie gern zu, es ist kurzweilig. Natürlich nehmen wir auch den längeren Weg über die Bundesstraße, damit Sven im Alten Land ein paar gute Aufnahmen machen kann.

Zwischendurch wird er wieder mal ganz still, ich kann richtig sehen, dass ihm etwas durch den Kopf geht. „Denkst du an Lydia?", frage ich. „Du machst dir noch immer Sorgen, stimmt's?" „Klar", gibt er zu. „Kein Zeichen von ihr seit gestern auf der Party. Ich hoffe wirklich, sie schmollt nur und hat sich nach Hause zurückgezogen. Anrufen habe ich aufgegeben. Das nützt nichts. Sie ignoriert mich. Dabei war das alles so unnötig ... Je mehr ich darüber nachdenke, umso klarer wird mir, dass Marie das alles eingefädelt hat. Oder denkst du wirklich noch, dass ausgerechnet ich ganz ZUFÄLLIG das Los mit der Aufforderung bekomme, sie zu küssen und mit ihr zu tanzen?" „Nein, jetzt wo du es sagst. Das klingt wirklich nicht nach Zufall. Noch dazu, wenn sie so sehr davon überzeugt ist, dass damals auf Sylt mehr zwischen euch war." „Genau! Ich weiß aber wirklich nicht, wie sie darauf kommt. Zugegeben, es war eine nette Zeit. Wir hatten Spaß zusammen, und das – auch zugegeben – nicht nur beim Vögel fotografieren, aber dann sind wir nach Hause gefahren und das war's." Darauf muss ich ihm schon sagen: „Ja, für dich. Marie hast du da scheinbar große Hoffnungen gemacht, ohne es zu wollen. Wenn da doch irgendeine Art Zärtlichkeit im Spiel war, dann hat sie diese ernster genommen als du. Aber irgendwann hätte sie erkennen müssen, dass du nicht so fühlst wie sie."

Durch die bunten Fachwerkhäuser im Alten Land werden wir aus unseren Gesprächen gerissen. Wir beschließen, eine Pause einzulegen. Sven packt seine Kamera aus und fotografiert einige besonders auffällige

Häuser aus spektakulären Perspektiven, bis wir ein Café finden, in dem wir uns ein wenig stärken. „Ist es unverschämt von mir", frage ich, „wenn ich die Fotos von den Häusern gern mal sehen würde? Als du da vor dem Brunnen auf dem Boden gelegen bist und schräg nach oben zu dem bunten Haus fotografiert hast, das muss toll aussehen!" „Kein Problem", freut Sven mein Interesse, „ich kann sie dir gern per Mail schicken. Aber du kannst schon mal auf der Kamera schauen, wenn du willst." Das Bild sieht tatsächlich schon auf dem Display gewaltig aus. ‚Ich schätze, da könnt ich noch was lernen.'

Als wir weiterfahren, möchte Sven auch einiges von mir wissen. Am meisten interessiert ihn, wie Leo und ich mit der Entfernung zurechtkommen. „Ist schon lustig", meint er, „dass es bei uns genau umgekehrt ist. Also ich Hamburg, sie München." „Ja, echt. Das ist aber wirklich ein Zufall!" Und wir lachen herzhaft darüber. „Bei uns ist es halt so", erzähle ich ihm dann, „dass Leo öfter zu mir kommt als ich zu ihm. Er reist lieber als ich. Das Hin und Her stört ihn gar nicht. Und irgendwie ist ein bisschen Abstand doch manchmal gar nicht schlecht, oder?" Sven wirkt etwas nachdenklich, als er sagt: „Ja, da ist schon was dran. Aber wenn man jemand wirklich liebt, will man doch öfter zusammen sein. Oder sogar immer. Mir ist es manchmal zu wenig … Aber das habe ich Lydia noch nicht gesagt."

Nach einer weiteren kurzen Fotosession bei einer riesigen Apfelplantage, die wie erwartet mit einer herbstlichen Farbenpracht aufwartet, fahren wir zügig durch bis Hamburg. Da es um einiges später geworden ist, als wir bei der Abfahrt dachten, setze ich Sven bei seiner Adresse ab und freue mich dann auch schon sehr auf mein eigenes Reich. „Wenn du Lust hast, können wir ja mal zusammen fotografieren gehen oder auf einen Kaffee! Du bist ja nicht so weit weg!", ruft er mir beim

Abschied zu und beeilt sich dann sichtlich, heim-zukommen. Ich glaube, bei einem kurzen Telefonat während der Fahrt verstanden zu haben, dass Lydia und Sven heute noch telefonieren werden.

Ich hoffe sehr für Sven, dass mit Lydia alles gut ausgeht und dass sie ihn alles erklären lässt. Er ist, so scheint es mir, ein gefühlvoller Mensch und er wollte sie sicher nicht verletzen.

Lydia

62.

Kurz nach 13:00 Uhr komme ich in meiner WG an und treffe Wolfgang in der Küche. „Wolltest du nicht erst abends zurückkommen?", fragt er. „Lass mich in Ruhe, ich bin hundemüde und möchte erst mal schlafen." In meinem Zimmer schalte ich das Handy ein und höre und lese die diversen Nachrichten von Sven. ‚Okay', denke ich, ‚vielleicht ist ja alles ein Missverständnis. Ich kann ihn ja mal anrufen.' Also tippe ich auf seine Nummer und es klingelt bei ihm. Als er abhebt, höre ich furchtbare Geräusche und dann ganz verzerrt seine Stimme. „Hallo Lyd..., wo ... du?", sagt er, aber ich verstehe es kaum. „Ich bin eben nach Hause gekommen, und wo bist du?" „Ich ... mit Tina ... Auto. Sie ... Cabrio ... offen. Verstehe ... kaum." ‚Hab ich richtig gehört? Er ist mit Tina im Cabrio zurückgefahren? Ich frage noch mal. Und er antwortet: „Ich ... Tina ... Auto zurück ... ich ... schlecht verstehen ... ruf ... später an. Okay?" „Du brauchst gar nicht mehr anzurufen, nu habsch abor de faxn digge." Und dann lege ich auf. Es klingelt noch mal, aber ich will nichts mehr hören und schalte das Telefon wieder ab.

‚Der Kerl ist doch meschugge. Macht gestern Abend zuerst mit der Roten im Klo rum, erzählt mir 'n Scheiß von im Flieger kennengelernt. Dann knutscht und fummelt er auf der Tanzfläche mit der Geburtstagsstussi und ich erfahre von deren Freundin, dass sie schon in Hamburg zusammen waren. Ich glaub, der hat neben mir zwei weitere Frauen. Eine in Hamburg und eine in Münster. Da passt es ihm sicher ganz gut, dass ich so weit weg bin und er nur alle paar Wochen zu mir kommt oder ich zu ihm. Bloß, warum hat er mich dann mit nach Münster genommen? Wissen die anderen beiden *voneinander und sollte ich dort eingeweiht werden in die Quadriga aus einem Hengst und drei Stuten? Das kann er mit den anderen Huren ja machen. Für mich ist der Ofen aus.'* Und dann ziehe ich seinen Ring von meinem Finger, gehe wütend in die Küche und schmeiße ihn in den Abfalleimer. Wolfgang, der dort gerade isst, fragt: „Was machst du da?" „Ach, lass mich in Frieden, ihr Männer seid alle gleich." Ich will nur noch schlafen. In meinem Bett heule ich los und in meinem Kopf wirbelt alles Mögliche herum. Ich komme auf keinen grünen Zweig. *‚Hat er mich so geblendet und hab ich mich so in ihm getäuscht?'* Mit diesem Gedanken falle ich in einen unruhigen Schlaf.

Um sechs wache ich auf und merke, dass ich ziemlichen Hunger habe. Was kochen mag ich nicht und es ist auch nichts Gescheites im Kühlschrank. Ich frage Lisa, ob sie Lust hat, mit mir zum Italiener zu gehen. Sie sieht mir meine roten Augen an und sagt verständnisvoll: „Ja klar, ich hab eh nix zu essen hier. Komm, lass uns gleich losziehen." „Gib mir zehn Minuten oder besser zwanzig, dann spring ich unter die Dusche und mach mich fertig."

Gegen sieben gehen wir und beim Italiener werden wir von Mario in seiner üblichen warmen Art begrüßt: „Ciao belle ragazze", und ich antworte schnippisch: „Lass stecken deine belle ragazze, ihr Gigolos seid auch nicht besser." Mario schaut ganz bedröppelt und sagt: „Oh bella Lydia, cosa posso fare per lei?" Lisa sagt: „Lass mal Mario, du musst entschuldigen, Lydia hat Liebeskummer. Nimm's ihr nicht übel." „Ah capisco. Poi ti porterò prima due grappe." Nachdem wir den Grappa und ein Glas Wein getrunken haben, schau ich scheinbar wieder etwas weniger blass aus und Lisa sagt: „Komm, lass uns was zu essen bestellen und dann erzählst du mir alles." Bevor das Essen gebracht wird, habe ich sie in die gröbsten Einzelheiten eingeweiht und sie schaut ganz konsterniert. „Das ist ja furchtbar. Sven hat auf mich einen sehr netten Eindruck gemacht", sagt Lisa. „Da sieht man mal wieder, wie man sich täuschen kann."

Das Essen schmeckt mir dann ganz passabel und der Bardolino tut ein Übriges. Nach den Spaghetti bringt uns Mario noch eine Panna Cotta aufs Haus. Auf den Espresso verzichte ich lieber, damit ich nachher schlafen kann. Auf dem Heimweg sagt Lisa: „Vielleicht musst du doch mal in Tinder schauen, ob du jemand findest, der zu dir passt und der nicht so weit weg wohnt." „Ich schau erst mal nach gar nichts und niemand. Single sein ist auch nicht so schlecht." Zu Hause schalte ich mein Telefon ein und finde eine weitere Nachricht von Sven. Ich schreibe ihm zurück: „Lass mich in Frieden. Ich will nichts mehr hören."

Gegen halb zehn am nächsten Abend klingelt das Telefon und er ruft an. ‚Soll ich rangehen?'

Leo

63.

Ich komme schon am späten Vormittag nach Hause, schicke Tina eine Nachricht, dass ich gut angekommen bin, und sehe gleich nach meinen Eltern. Sie machen gerade eine kleine Pause von der Gartenarbeit und sitzen mit ihren Kaffeetassen auf der Terrasse. Im Herbst ist immer besonders viel zu tun, wenn man den Garten voller Blumen hat, wie wir. Die beiden machen das immer gemeinsam. Schließlich sind sie auch noch voll im Beruf und es war ihnen schon immer wichtig, dass die Arbeit gerecht geteilt wird.

Ich hole mir eine Tasse Kaffee und setze mich dazu. „Hallo meine Lieben! Ich bin wieder da", rufe ich. „Das war vielleicht ein Wochenende, kann ich euch sagen!" Mamas Neugier ist wieder grenzenlos, aber ich erzähle nur von den nicht peinlichen Teilen der Party. Tina müsste sich auch bald auf den Heimweg machen. Ich denke, das Frühstück bei Marie wird nicht bis Mittag dauern. Erwartungsvoll schaue ich auf mein Handy ... Nichts ... ,Dauert aber doch lang', denke ich mir.

Im Flieger habe ich die letzten Mails durchgeschaut. Da war ein tolles Wohnungsangebot dabei. Davon berichte ich meinen Eltern noch, bevor sie wieder an die Arbeit gehen: „Ich finde, das hört sich gut an. Milbertshofen wäre jetzt auch nicht allzu weit weg von hier, weil die Keferloherstraße auch gleich an der U-Bahn-Station liegt. Morgen werde ich sie anschauen. Habt ihr nicht Lust, mitzukommen? Ich würde gern eure Meinung hören." Mama freut sich natürlich sehr, und so verabreden wir uns für die gemeinsame Besichtigung.

Kurz nach eins schaue ich noch mal nach einer Nachricht von Tina und bin beruhigt, als ich lese, dass sie gerade losgefahren sind. ,WIR sind jetzt unterwegs ...' Könnte heißen, dass jetzt alle aufgebrochen sind. Dann ist sie in etwa drei Stunden zu Hause und ich kann ihr dann auch von der Wohnung berichten. Die Fotos sind so vielversprechend, dass meine Vorfreude stündlich wächst. Bis jetzt passt einfach alles.

Die drei Stunden sind längst vorbei. ,Tina meldet sich doch immer, wenn sie zu Hause ist ...' Ich möchte dann endlich wissen, ob sie schon da ist, und rufe an. Doch die Mailbox ertönt: „Hi, ich bin's, Tina. Ich bin derzeit nicht erreichbar ..." Das ist der Moment, wo ich mir nicht sicher bin, ob ich mir Sorgen machen soll, dass etwas mit dem Auto passiert ist ... oder ob etwas anderes der Grund sein könnte. Eigentlich gibt es ja keinen Anlass zur Eifersucht, aber ich habe ein komisches Gefühl im Bauch, das ich nicht beschreiben und zuordnen kann. Bleibt mir also nur, mich zu beschäftigen und abzuwarten.

Weitere zweieinhalb Stunden später, die mir viel länger vorkommen, ruft sie endlich an und entschuldigt sich ganz aufgeregt: „Hi Leo! Tut mir leid, dass du mich nicht erreichen konntest! Mein Akku war ausgefallen und ich habe den Adapter für den Zigarettenanzünder im Cabrio nicht mitgenommen. Ich hatte nicht damit gerechnet, dass ich das Navi brauchen würde und dass mir der Strom ausgehen würde. Hoffentlich hast du dir nicht zu viele Sorgen gemacht, weil es später geworden ist!" „Na ja, ein bisschen schon, muss ich zugeben. Hätte ja ein Unfall sein können oder so", gebe ich zurück. „Nein, kein Grund zur Sorge. Ich habe nur Sven mitgenommen. Und wir sind einen Umweg übers Alte Land gefahren, weil es so schön ist mit dem Cabrio. Da hat die Fahrt einfach länger gedauert. Wir waren auch noch eine

Kleinigkeit essen und Sven hat unterwegs ein paar tolle Fotos gemacht", sagt sie, als sei es die normalste Sache der Welt, mit einem fremden Mann eine Cabrio-Tour zu machen.

Sven

64.

Die Rückfahrt mit Tina war wirklich wunderschön. Erst am Abend bin ich wieder zu Hause und mache mir immer noch Sorgen um Lydia. Ich habe nach dem unterbrochenen Gespräch im Auto heute Nachmittag schon mehrfach versucht, sie zu erreichen, aber sie geht nicht ran bzw. hat das Handy ausgeschaltet. Scheinbar ist sie total sauer auf mich und dabei bin ich mir keiner Schuld bewusst. Im Bett abends schreibe ich ihr noch eine freundliche Nachricht:

Liebe Lydia,
ich kann Dich nicht erreichen
und möchte so gern mit Dir
sprechen. Melde Dich doch
bitte bald bei mir. Was auch
immer Dich sauer gemacht hat,
lässt sich doch in einem
Gespräch klären. Morgen bin
ich wegen einer Reportage
unterwegs, aber abends bin ich
gut erreichbar. Ich freue mich
auf Dich.

Danach versuche ich zu schlafen, aber es gelingt mir nicht. Meine Gedanken fliegen zwischen Lydia und Tina hin und her. Den Tag heute hab ich wirklich genossen und ich glaube, Tina fand es auch schön. Dass sie auch fotografiert, ist ein zusätzlicher Aspekt, der sie interessant macht. Wir haben drüber gesprochen, dass wir uns mal zum Fotoanschauen und vielleicht auch zum Fotografieren treffen wollen. Ob ich schon mal einen Vorschlag mache? Da ist doch nichts dabei. Sie kann ja ablehnen. Also schreibe ich an Tina:

Liebe Tina,
ich danke Dir für die super
angenehme Rückfahrt und den
insgesamt sehr schönen Tag.
Hab eben überlegt, wann wir
uns mal zum Fotoanschauen
oder Fotografieren treffen
wollen. Am Mittwoch bin ich
wahrscheinlich am frühen
Nachmittag von meiner
Reportage zurück. Hast Du da
auch Zeit? Sollen wir uns bei
mir oder bei Dir ein paar Bilder
anschauen? Dann können wir
vielleicht auch einen Termin
machen für eine gemeinsame
Fotorunde. Was meinst Du?

Es ist schon nach 23:00 Uhr, als sie antwortet:

Lieber Sven,
auch mir hat unsere
kurzweilige Fahrt gut
gefallen und die Gespräche
mit Dir waren sehr
interessant. Dass Du
angeboten hast, als Profi
mal meine Bilder
anzuschauen, macht mich
zusätzlich froh und ich
würde das sehr gern am
Mittwoch machen.
Dass Deine Bilder gut sind,
glaub ich sofort, aber meine
habe ich hier in Alben und
auf dem Laptop. Da ist es

*einfacher, wenn Du zu mir
kommst. Sollen wir sagen
gegen sechs? Ich hab dann
vorher keine Zeit, was zu
kochen, aber wir können uns
ja was bestellen. Passt Dir
das?*

Obwohl ich mich über ihre Antwort freue, beschließe ich, heute erst mal nicht mehr zu reagieren. Ich möchte nichts zusagen, bevor ich noch mal mit Lydia gesprochen habe. Ich hab ja nur eine vage Ahnung, warum sie so sauer ist. Wenn ich jetzt mit Tina was verabrede, könnte sie das zusätzlich madig machen. Also schauen wir mal, was morgen kommt.

Auf der Reportage-Reise in die Lüneburger Heide bin ich den ganzen Tag beschäftigt und sehe abends, dass Lydia nicht geantwortet und auch nicht angerufen hat. Also versuche ich es gegen 21:30 Uhr bei ihr. Nach dem fünften Klingeln drückt sie mich weg, ohne den Anruf entgegenzunehmen. Jetzt bin ich vollends platt. Und schreibe ihr eine weitere Nachricht:

*Liebe Lydia,
ich möchte sehr gern mit Dir
sprechen und erfahren, was los
ist. Melde Dich doch bitte bei
mir. Ich vermisse Dich sehr.*

Es dauert bis 23:41 Uhr, bis sie mir folgende Antwort schickt:

*Sven,
ich habe auf der Party
genug gesehen und dann
fährst Du auch noch mit*

*Tina im Cabrio zurück nach
Hamburg. Inzwischen liegst
Du wahrscheinlich bei ihr im
Bett. Was auch immer Du
von mir noch willst, vergiss
es einfach. Besser gesagt:
Vergiss mich und werd
glücklich mit Tina oder
Marie oder beiden. Mich
siehst Du nie wieder und ich
will Dich auch nicht mehr
sehen, hören oder lesen.
Wenn Du mir weiter
schreibst, wechsle ich die
Nummer. Das war's jetzt.
Ciao.*

Das haut mich endgültig aus den Pantinen. Ich verstehe
nichts mehr. Das blöde Tanzen mit Marie und die
Rückfahrt mit Tina bringen sie so auf die Palme, dass
sie mit mir Schluss macht, ohne noch mal mit mir zu
sprechen und mir die Gelegenheit zu geben, die
Situation aus meiner Sicht zu erklären. Krass!!! Darauf
muss ich mir einen Schnaps genehmigen und plündere
die Minibar in meinem Hotelzimmer.

In der Nacht verfolgen mich die wildesten Träume und
ich wache am nächsten Morgen ganz gerädert auf.
Nach einem kernigen Frühstück wird der Arbeitstag
ganz passabel und abends im Hotel schreibe ich dann
Tina, dass wir uns am Mittwoch bei ihr treffen können.
Ich frage sie noch, ob ich von unterwegs was zu essen
mitbringen soll und was sie gern mag. Sie schreibt nur
kurz, ich solle mir keine Mühe machen, das könne der
Lieferdienst erledigen, wenn ich dort bin. Insgeheim
hoffe ich darauf, von ihr zu hören, was sie über Lydias

Reaktion denkt. Aber andererseits freue ich mich auch darauf, sie zu sehen, ihre Bilder anzuschauen und mit ihr darüber zu fachsimpeln.

Tina

65.

Mitten in der Nacht wache ich auf und es gelingt mir nicht mehr einzuschlafen. Etwas geistert in meinem Kopf herum und lässt mir keine Ruhe. Eigentlich sollte ich Leo vermissen und neben mir nach seiner Hand suchen. Stattdessen sehe ich dieses Bild vor mir, wo Sven mit seiner Kamera auf dem Boden liegt und mit Feuereifer diesen Brunnen fotografiert. Ich weiß nicht mehr, was mich mehr fasziniert hat, seine sportliche Figur, die da so richtig zur Geltung kam, oder die Art, wie er sich in etwas hineinsteigert. Und später, als er mir das Foto auf der Kamera zeigte ... Er beugte sich ganz nah zu mir und als er auf das Haus zeigte, das mit seinen bunten Farben hinter der Fontäne gerade noch zu erkennen ist, berührten sich unsere Hände zufällig. Das war irgendwie ein knisternder Moment. So etwas hatte ich noch nie gespürt. Auch nicht bei Leo. Ich bin verwirrt, kann keinen klaren Gedanken fassen. Leo klang nicht begeistert, als ich ihm von dem Cabrio-Ausflug mit Sven erzählte. Das kann ich ja einerseits verstehen. Ich würde mich auch wundern, würde er erzählen, dass er heute mit einer anderen unterwegs war. Andererseits hatten wir nur denselben Heimweg und ganz sicher keine heimlichen Absichten. Trotzdem, dieses Kribbeln heute kann ich nicht ganz vergessen. Irgendwann hat mich dann der Kampf zwischen Engelchen und Teufelchen in meinem Kopf doch wieder in einen festen Schlaf geleitet.

Am nächsten Tag fragen mich gleich drei Kolleginnen unabhängig voneinander, was denn mit mir los sei, ob alles in Ordnung wäre. Ich beteuere, dass ich nur zu wenig geschlafen habe, und versuche, selber zu glauben, dass es so ist. Ein bisschen holt mich die Tatsache in die Wirklichkeit zurück, dass wir eben erfahren haben, dass am nächsten Wochenende eine Schulung stattfinden wird, zu der meine gesamte Abteilung eingeladen ist. ,Das ist gut', denke ich. ,Da komme ich auf andere Gedanken.'

Heute Nachmittag möchte Leo mit mir telefonieren. Er habe eine Überraschung. Ich hoffe nur, dass das nicht mit einer Wohnung zu tun hat. Dafür habe ich jetzt wirklich nicht den Kopf ... Aber das ist tatsächlich der Grund seines Anrufes: „Hi Tina, schön, dich zu hören! Weißt du, dass du mir sehr fehlst? Hast du nicht Lust, am Wochenende herzukommen? Dann könnten wir gemeinsam eine Wohnung anschauen! DIE Wohnung! Sie ist einfach super, und ich würde so gern deine Meinung dazu hören!" Ich brauche eine kurze Denkpause und antworte dann: „Hi Leo, ich freu mich auch, dich zu hören! Aber es tut mir leid, am Wochenende kann ich nicht. Ich muss nach Düsseldorf zu einer Schulungsveranstaltung. Wird ganz groß aufgezogen, mit Interviews, Vorträgen, gruppen-dynamischen Spielen und so. Da kann ich nicht absagen." Ich spüre seine Enttäuschung förmlich, bin aber insgeheim froh, keine Lüge als Ausrede zu brauchen. Wie die Wohnung aussieht, interessiert mich aber doch, und so bitte ich ihn, mir Fotos zu schicken, und verspreche, mich zu bemühen, am darauffolgenden Wochenende zu ihm zu kommen.

Als Svens WhatsApp-Nachricht mit seiner Zusage für Mittwoch kommt, erfasst mich eine Aufregung, die ich nicht erwartet habe. Schnell schreibe ich zurück, dass er sich nicht ums Essen kümmern muss. Wozu gibt es einen Lieferservice? Ich gebe ihm noch meine Adresse und schicke die Antwort ab. Dann atme ich einmal durch und denke ein paar Sekunden nach, was ich hier gerade mache. ,Ich lade einen Mann zu mir nach Hause ein, den ich, genau genommen, erst ein Mal gesehen habe. Wie komme ich denn auf diese Idee? Ich muss da mal *mit Klara drüber sprechen. Wie sieht sie das? Betrüge ich da schon meinen Freund? Ich glaube nicht. Wir werden Fotos ansehen, essen, schnacken ... wahrscheinlich über Lydias übereilte Abreise. Na ja, ein Glas Wein werden wir uns auch gönnen, denk ich. Nein, das fällt auf keinen Fall unter den Begriff Untreue! Da fällt mir ein, ich habe nur heute und morgen Abend, um alles herzurichten. Reicht das? Wo ist die Telefonnummer von dem Lieferdienst? ... Aja, im Handy gespeichert ...'*

Für das Vorhaben, eben mal schnell die Fotos herzurichten, die ich Sven zeigen möchte, brauche ich fast zwei Stunden. Das Ergebnis wird ihm, glaube ich, gefallen. Es ist etwas von meinen Anfängen dabei, als ich noch mit der P900 zu üben begann. Das waren hauptsächlich Pflanzen und die Bilder sind noch in einem alten Steckalbum. Dann habe ich versucht, meine Entwicklung zu zeigen. Es folgten Tiere, also meist Insekten, dann erste Architekturversuche und natürlich der Mond. In den Fotobüchern sind letztendlich die Ergebnisse des letzten Jahres, wo ich es auch schon mit Street-Fotografie versuchte. Jetzt habe ich alles zusammen und der Besuch kann kommen.

Lydia

66.

Hab ich jetzt tatsächlich mit ihm per WhatsApp Schluss gemacht? Heulend liege ich im Bett und kann mein Unglück nicht fassen. ‚Hätte ich ihm noch eine Chance geben sollen, sich zu erklären? Aber was gibt's da zu erklären? Für mich sieht das so aus, als ob er sowohl mit Marie als auch mit Tina was am Laufen hat. Was will er da erklären? Dass ich die Flamme Nummer drei am Adventskranz sein soll? Und dann schleppt er demnächst noch eine vierte an? Ist der vielleicht Moslem? Die dürfen ja mit vier Frauen gleichzeitig ...'

Am Morgen beschließe ich, mich mal mit Frank zu treffen und mit ihm darüber zu sprechen. Im Büro schicke ich ihm eine kurze Nachricht, ob er Lust hat auf einen Drink am Abend. „Klar", antwortet er sofort. „Wo willst du hin?" Wir entscheiden uns für eine kleine Bar in der Nähe der Firma und treffen uns dort gegen 18:30 Uhr. Nachdem wir unsere Getränke haben, fragt er mich gleich: „Was ist los, meine Kleine? Ich seh dir an, dass du Sorgen hast." Ich erzähle ihm die ganze Story. Er hört geduldig zu und stellt keine Zwischenfragen. Nachdem ich ihm Svens letzte WhatsApp und meine Antwort gezeigt habe, ist er erst mal ganz ruhig und schaut mich lange an. Dann fragt er: „Bist du sicher, dass du nichts missverstanden hast?" „Was soll ich da missverstehen? Die Freundin von Marie hat mir gesagt, dass Sven und Marie in Hamburg während des Studiums ein Paar waren. Warum soll sie das sagen, wenn's nicht stimmt? Und dann hättest du die beiden auf der Tanzfläche sehen sollen. Ich dachte, die knutschen den ganzen Abend weiter. Und am nächsten Tag frühstückt er mit Tina bei Marie, vielleicht vögeln die da auch noch zu dritt. Danach fährt er den

227

ganzen Tag mit ihr im Cabrio nach Hause. Unterwegs machen sie noch Fotos, gehen was essen und der Typ meldet sich erst nach neun bei mir per WhatsApp. Was weiß ich, wo er die schreibt. Nachdem ich mit ihm Schluss gemacht habe, kam kein Versuch mehr von ihm, sich zu entschuldigen. Da kann er doch kein so großes Interesse an mir haben." „Na ja, du hast aber auch sehr deutliche Worte benutzt, die ihm sagten, lass mich in Frieden."

Nach einer kurzen Überlegung fügt Frank dann hinzu: „Ich hatte gleich kein so gutes Gefühl mit eurer Fernbeziehung. Mit jemand wie mir, der in der Nähe ist, würde dir das nicht passieren." „Ach Frank, das Thema hatten wir schon, ich wollte dich als Freund nach deiner Meinung fragen und dich nicht gegen Sven eintauschen." „Ich mein ja nur ..."

Das Gespräch hilft mir also auch nicht wirklich weiter. Allerdings hat er nicht gesagt, dass ich spinne und mir das alles einbilde. Also muss ich Sven wohl vergessen. Ich frage mich, ob Leo etwas davon mitbekommen hat, was auf der Party passiert ist, und wie er das sieht, dass Tina mit Sven den ganzen Sonntag verbringt. Ob ich ihn mal anrufe? Ach nein, besser nicht. Wenn bei den beiden alles in Ordnung ist, bringe ich da nur was durcheinander. Also stürze ich mich in die Arbeit und gehe zwei- oder dreimal die Woche ins Fitnessstudio. Dabei kann ich auch meinem Körper was Gutes tun. Außerdem bleib ich abends lieber mal mehr zu Hause und koche mit den anderen beiden etwas. Wolfgang macht zwar ab und zu einen plumpen Annäherungsversuch, aber den kann ich leicht in Schach halten. Vielleicht sollte ich doch mal versuchen, über Tinder oder Parship jemand kennenzulernen?

228

Leo

67.

Es wäre ja auch zu schön gewesen. Bei dem Wohnungsangebot passt einfach alles. Wie gern hätte ich Tina bei der Besichtigung dabeigehabt! Aber Job ist nun mal eben Job. Sogar meine Mutter war enttäuscht, dass sie nicht da war. „Es ist also doch nicht ganz so leicht, etwas Gemeinsames zu planen, bei der Entfernung!", meint sie. „Das gehört dazu, Mama", erkläre ich, „sie sieht die Wohnung halt nächste Woche. Das ist ja nicht so schlimm." Sie wirkt nicht überzeugt. Dass Mama da ein gutes Gespür hat, erweist sich ein paar Tage später, als ich mit Tina das Treffen für das kommende Wochenende fixieren will.

Wir telefonieren wie immer am Abend und ich frage sie, wie ihr die Bilder von der Wohnung gefallen haben, die ich ihr geschickt habe. „Die sind großartig!", findet sie. „Die Wohnung hat wirklich alles, was du wolltest. Die drei Zimmer sind geräumig und hell. Es gibt jede Menge Stauraum. Von der großen Dachterrasse aus sieht man ins Grüne. Die Küche ist auch ein Traum. Ich kann dir nur gratulieren!" „Du meinst, du kannst UNS gratulieren", verbessere ich sie. „Das wird doch UNSER Zuhause, nicht nur MEINES." „Ja, stimmt!", gibt Tina zu. Unsere Wohnung ... Entschuldige! Das habe ich wahrscheinlich so gesagt, weil ich sie noch nicht in Wirklichkeit gesehen habe." „Na, dann freue ich mich aufs Wochenende. Kommst du schon am Freitag? Dann können wir gleich am Samstag in der Früh hin!" Die Antwort ist ernüchternd: „Oh Leo, bitte nicht böse sein. Ich kann nicht kommen. Ich muss am Samstag zu meinen Eltern nach Glückstadt. Meine Mutter hat Geburtstag und macht eine kleine Feier." Also verschieben wir noch mal. Dabei soll ich diese Woche den Mietvertrag unterschreiben. Wieder ohne Tina, das ist echt schade.

Enttäuscht, beschließe ich noch ins McFit zu gehen, obwohl es spät geworden ist. Beim Hinausgehen werfe ich einen Blick in die Garage und überlege, ob ich am Wochenende zur Ablenkung eine Motorradtour mache. ‚Das wird mir guttun. Außerdem werde ich in nächster Zeit ohnehin nicht dazu kommen, wenn ich mit dem Umzug beschäftigt bin.'

Sven

68.

Wieso bin ich eigentlich so aufgeregt? Ich fahre doch nicht zu einem Date. Ich treffe mich mit Tina, um etwas zu essen und ihre Fotos anzuschauen. Bin gespannt, was sie mir zeigen wird. Auf dem Weg von Münster haben wir uns auch übers Fotografieren unterhalten und ich hatte den Eindruck, dass sie sehr daran interessiert ist. Ambitionierte Amateurin nennt man das. Ob ihre Bilder das auch wiedergeben? Welche Motive sie wohl meistens ablichtet? Sie hat erwähnt, dass sie mit Pflanzen begonnen hat. Das machen wir wohl alle, denn ich erinnere mich, dass ich in meiner Jugend auch dauernd im Garten meiner Eltern fotografiert habe. Meine Mutter hatte damals gemeint: „Sven, kannst du auch mal ein Bild von uns machen oder müssen es immer nur Blumen sein?" Damals hatten mich die Farben der Pflanzen sehr fasziniert, inzwischen fotografiere ich auch sehr viel in Schwarz-Weiß, weil man sich da noch mehr auf das Motiv konzentriert. Worüber denke ich denn eigentlich nach? Ist das doch eine Art Rendezvous, zu dem ich fahre? Aber Tina ist doch mit Leo zusammen. Die will doch nichts von mir. Also nur Bilder schauen. Und jetzt mal los, sonst komme ich noch zu spät.

Als ich an der U-Bahn-Station Kellinghusenstraße aussteige, staune ich über das denkmalgeschützte Gebäude. Unterwegs durch den Schrammsweg zu Tinas Wohnung bin ich noch mehr überrascht von den vielen prunkvollen Häusern in diesem Stadtteil. In ihrer Wohnung im dritten Stock haut es mich dann aus den Socken. „Wow", sage ich zu ihr, „ich dachte, du arbeitest bei einer Beratung. Hier sieht es so aus wie in einer Möbelausstellung." „Gefällt es dir nicht?" „Doch, es ist mega, aber ich trau mich kaum, mich hinzusetzen." „Ach komm, so schlimm ist es doch nicht. Wir können uns hier an den Esstisch setzen. Was willst du trinken? Ich hab Wein oder Bier." „Hast du einen Rotwein? Den würde ich gern nehmen." Tina holt zwei Gläser aus der beleuchteten Vitrine und geht in die Küche. „Kann ich dir helfen mit dem Öffnen der Weinflasche?", frage ich, als ich sie in der Küche rumoren höre. Schon kommt sie zurück. „Nicht nötig, der Spanier hat einen Schraubverschluss." Schon schenkt sie uns ein und prostet mir zu: „Auf dein qualifiziertes Urteil meiner Bilder." „Ups, so förmlich? Ich trinke lieber auf einen schönen Abend." „Auch das", sagt sie und lächelt mich an. „Was möchtest du denn gern essen? Wir haben einen Italiener, einen Griechen, einen Inder und einen Türken in der Nähe." „Ist mir gleich, such du etwas für uns beide aus und ich zahle." „Kommt gar nicht infrage. Du bist mein Gast. Aber aussuchen tu ich gern. Dann rufe ich schnell beim Griechen an. Magst du Moussaka?" „Ja gern, der spanische Rotwein wird auch dazu passen."

Während wir auf das Essen warten, erzähle ich ihr von Lydias Reaktion und dass sie mit mir per WhatsApp Schluss gemacht hat. „Das ist ja schlimm. Vor allem, dass sie gar nicht mehr mit dir gesprochen hat. Ich habe ja nicht gesehen, was du mit Marie auf der Tanzfläche aufgeführt hast, aber dass das von Marie ausging, kann ich mir schon denken. Marie ist da sicher strategisch vorgegangen und hat dir das Los mit dem Küssen absichtlich zugesteckt. Oder?" „Jetzt wo du es sagst, fällt es mir wieder ein. Mir hat sie das Los gegeben und Lydia hat sie eins aus dem Eimerchen ziehen lassen." „Da hast du's. Sie wollte dich in ihre Fänge kriegen, das Luder." „Das Kapitel ist doch längst abgehakt, wir hatten damals nur ein verlängertes Wochenende auf Sylt. Aber ich Depp hab ihr dann davon und von meinem letzten Trip dorthin ein Buch mit Vögeln geschenkt." „Mit

Vögeln, wie sinnig ..." Und sie grinst mich an. Dann klingelt es und Lieferando bringt unser Essen.

„Das war echt lecker, machst du das öfter?" „Ja, vor allem in der Woche, wenn ich lange arbeiten muss. Dann habe ich keine Lust, was zu kochen, und allein essen gehen will ich auch nicht. Im Büro lädt mich der eine oder andere Kollege schon mal zum Essen ein. Aber das lehne ich meist ab, denn die wollen mich als Assistentin des Chefs nur aushorchen. Darauf hab ich keinen Bock. Wie machst du das denn mit Kochen?" „Ich koche mir auch nur am Wochenende was und wegen meiner Reisen oft nicht mal das. Unterwegs geh ich fast immer irgendwo essen und für zu Hause gibt's dann unter der Woche eher abends ein Brot oder Ähnliches. Manchmal auch einen Salat aus dem Supermarkt, damit ich nicht viel Arbeit hab. Da bin ich dir wohl ähnlich." „Darf ich dir jetzt mal meine Bilder zeigen?" „Ja, bitte. Ich bin schon ganz gespannt."

Wir setzen uns aufs Sofa und als sie die ersten Alben zur Hand nimmt, bin ich gerührt. Die Pflanzenbilder sind tatsächlich so ähnlich wie meine und ich sage ihr das auch. Sie wechselt zu Tieren und am Schluss halten wir gemeinsam ein großes Fotobuch mit Architektur und Street-Fotografien in der Hand. Dabei berührt sie meine Hand und ich bin wie elektrisiert. Was ist das denn? So was hab ich noch nie gespürt. Und ich versuche es kurz danach zu wiederholen, indem ich auf ein Bild zeige und wie zufällig mit meinem Zeigefinger an ihre Hand komme. Das knistert richtig bei mir im ganzen Körper. Ich schaue sie kurz an und sie wird rot. „Oh, entschuldige", stammele ich. Sie grinst und mir scheint, sie weiß, dass die Berührung nicht unabsichtlich war.

„Die Bilder hier in diesem Album sind wirklich klasse. Du solltest mehr davon machen. Schau mal zum Beispiel das hier. Du hast das Licht ganz toll eingefangen, die angestrahlte Frau vor der dunklen Fassade, die Diagonale im Bild durch das Gebäude, der Hell-Dunkel-Kontrast, ich hätte es nicht besser machen können." „Aber das ist ja eher ein Zufallstreffer", antwortet sie. „Das sind Street-Fotos oft, auch bei mir. Aber es geht ja auch darum, solche Situationen zu erkennen und geduldig zu warten, bis so ein Moment entsteht. Und den hast du hier perfekt getroffen."

Wir sprechen noch ein bisschen weiter über ihre Bilder, ich ertappe mich jedoch dabei, dass ich dank des Rotweins und der Berührungen vorher ganz andere Gedanken im Kopf habe. Aber das darf ja nicht sein, denn schließlich gibt's da noch Leo. Also verabschiede ich mich kurz vor Mitternacht. Wir umarmen uns an ihrer Tür kurz und ich laufe zurück zur U-Bahn. Als ich zu Hause ankomme, schau ich noch mal auf mein Smartphone und finde ihre Nachricht:

Lieber Sven,
das war sehr nett mit Dir
und Du warst gnädig mit
meinen Fotos. Darf ich
Deine auch mal bald
anschauen?

Ich überlege nur ganz kurz und schreibe zurück:

Sehr, sehr gern Tina,
wann immer Du willst.
Möchtest Du vielleicht am
nächsten Samstag
vorbeikommen?

Ja, das passt mir auch.
Ich freu mich.
Gute Nacht.

Gute Nacht, schlaf schön.

Tina

69.

Mein Mitteilungsbedürfnis ist groß, daher rufe ich wieder einmal Klara an. Bei mir überschlagen sich die Ereignisse ja förmlich. Seit Maries Party ist nichts mehr, wie es war, und mein Leben bewegt sich in eine ganz neue Richtung. Wie weit Leo da noch mitkommt, weiß ich ehrlich gesagt nicht. Klara weiß noch nichts über all das und ich bin gespannt, was sie über mein Treffen mit Sven denkt. Das Gespräch würde sicher die halbe Nacht dauern, wenn Klara Zeit hätte. Aber sie entschuldigt sich: „Süße, das tut mir jetzt leid, ich bin noch einige Zeit unterwegs. Können wir morgen telefonieren?" „Das wird nicht gehen. Ich bin auf dem Geburtstag meiner Mutter", sage ich wahrheitsgemäß. „Bist du morgen am späten Nachmittag zu Hause? Dann könnte ich dich nach der Feier kurz besuchen." Doch das sieht diesmal nicht gut für uns aus. Sie ist morgen gar nicht in Glückstadt. Also verabreden wir uns für Sonntagabend am Telefon.

Die Geburtstagsfeier ist eine willkommene Abwechslung. Ich war seit mehreren Wochen nicht mehr hier und heute treffe ich auch noch meine Tante Gitte und Onkel Gunnar. Die habe ich das letzte Mal bei Papas Geburtstag im Vorjahr gesehen. Meine Cousine Hella ist genauso alt wie ich, aber wir haben uns wenig zu sagen. Auch heute. Ich denke, das liegt an unseren völlig unterschiedlichen Charakteren. Nur beim Geburtstagsgeschenk für Mama sind wir uns einig. Wir haben ihr dasselbe Buch gekauft, nämlich „Der Bücherdrache" von Walter Moers. Es gibt Tausende Neuerscheinungen jährlich, und wir greifen genau zum selben Werk. Ich konnte ja nicht wissen, dass Hella auch den Lieblingsautor ihrer Tante kennt. Beim Verabschieden verspreche ich Mama, das Buch umzutauschen: „Vielleicht möchtest du einen anderen Moers." „Ja, gut! Mach das", sagt sie lächelnd. „Und wenn wir nächstes Mal allein sind, erzählst du mir, was dich beschäftigt. Ich sehe doch, dass da was ist!"

Mütter sind unglaubliche Wesen. Wieso wissen die immer alles? Nichts, aber auch rein gar nichts kann man vor ihnen wirklich verbergen! Ich gebe Svens Adresse ins Handy-Navi ein, schreibe ihm noch, dass ich auf dem Weg bin, und schwebe förmlich Richtung Hamburg-Schanzenviertel. Woher dieses Hochgefühl kommt, wenn ich an Sven denke, weiß ich immer noch nicht. Aber es ist angenehm und aufregend zugleich. Ich bin gespannt auf seine Fotos und neugierig, wie seine Wohnung aussieht. Ich tippe mal ganz anders als bei Leo. *,Oh Leo … Soll ich ihm noch eine Nachricht schreiben? … Ich schick ihm später einen Gutenachtkuss …'* Etwas wie ein schlechtes Gewissen befällt mich in diesem Moment. Aber warum? Es gibt doch gar keinen Grund. Oder doch? Was will ich denn bei Sven? Möchte ich vielleicht dieses Kribbeln noch einmal spüren, wie bei Svens erstem Besuch bei mir zu Hause? Er war so süß verlegen, als er scheinbar zufällig meine Hand berührte. So verlegen, dass mir klar war, dass er das gewollt hat. *,Wann war mir das letzte Mal Nähe so angenehm gewesen? Wann habe ich je den Duft eines Rasierwassers so bewusst wahrgenommen? …'*

Plötzlich reißt mich ein lautes Hupen aus meinen Gedanken. Um ein Haar hätte mein Cabrio auch mehr Nähe gespürt, als es bisher kennt. Ich muss mich auf den Verkehr konzentrieren. Bin ja ohnehin bald da.

Sven öffnet mir die Tür und im ersten Moment wissen wir beide nicht, was wir sagen sollen. Wir sehen uns nur an. Wahrscheinlich sind es nicht mehr als ein paar Sekunden, aber mir kommt es ewig vor. Schließlich umarmt mich Sven und begrüßt mich herzlich: „Hi! Toll, dass sich alles so gut ausging. War es nett beim Geburtstag?" „Ja, doch. Es war schön, mal wieder die Familie zu treffen. Aber jetzt freue ich mich, dass ich hier bin. Schön hast du es hier. Coole Gegend", merke ich an. Sven lebt gern hier und schwärmt gleich: „Oh ja, das kannst du laut sagen. Einer der schönsten Stadtteile Hamburgs, das Schanzenviertel. Ich bin hierhergezogen, um zu bleiben."

Es ist, wie ich gedacht habe. Svens Wohnung ist nicht nur anders als Leos, sondern auch das komplette Gegenteil von meiner. Sie wirkt modern und elegant, sehr frei und geräumig. Fast alle Möbel sind weiß. Zum Kontrast gibt es ein paar schwarze Türen an den Schränken. Die kleine schwarze Ledercouch passt gut dazu. Interessant, dass es sonst keine Sitzmöbel hier gibt. Vielleicht könnte man noch den kleinen Hocker dazuzählen, der vor dem weißen Couchtisch steht. Es gibt kaum Ziergegenstände, nur eine rote Vase auf der Anrichte und eine Obstschüssel auf dem Esstisch. Der große schwarz-weiße Teppich mit zwei roten Diagonalstreifen rundet das Bild ab. „Sehr geschmackvoll eingerichtet!", sage ich anerkennend nickend. „Und die Bilder? Hast die alle du gemacht?" Überall an den durchgehend weißen Wänden hängen Schwarz-Weiß-Fotos in allen Größen. Sie sind nicht in Rahmen gefasst, sondern lose aufgehängt. Dadurch kommen sie auf eine ganz eigene Art zur Geltung. „Ja klar!", antwortet Sven. „Meine besten Werke sehe ich mir gern immer wieder an. Also hänge ich sie einfach auf. Ich tausche sie auch öfters aus, wenn ich was Neues mache. Wie findest du sie?" Ganz ehrlich überwältigt sage ich: „Sie sind einfach großartig! Von so einer Qualität kann ich nur träumen!" Da hängen einige Fotos von modernen Gebäuden – er ist offenbar Fan von Zaha Hadid – und wundervolle Porträts von Leuten, die mir bekannt vorkommen. „Ist das hier Céline Dion, oder irre ich mich? Und da drüben – Elton John!" „Stimmt! Die gehören zu den Schmuckstücken, die ich schon länger nicht ausgetauscht habe. Da bin ich besonders stolz drauf. Es hat manchmal Vorteile, wenn man beim Fernsehen tätig ist, sag ich dir!" Es ist schon dunkel und Sven schaltet ein paar gut platzierte Lampen an, sodass die Fotos noch besser zur Geltung kommen. Höflich fragt er mich, ob ich etwas essen möchte, bevor wir seine Fotobücher studieren. Nachdem ich viel zu aufgeregt bin zum Essen, bedanke ich mich: „Das ist nett von dir, aber ich bin noch satt vom Geburtstagskuchen. Es stört mich aber nicht, wenn du noch was essen möchtest." Auch Sven ist nicht hungrig, also holt er nur zwei Gläser und eine Flasche Wein und wir machen es uns auf dem kleinen Sofa bequem.

Ich genieße es sehr, wie er mir ein Foto nach dem anderen erklärt und mir einen Einblick in sein abwechslungsreiches Schaffen gibt. Ich werde mir nicht merken, welche Einstellung er bei welchem Licht genommen hat oder welche Entfernung er bei seinem Weitwinkel eingestellt hat, als er den Bahnhof Oriente in Lissabon fotografiert hat, aber ich werde nie mehr vergessen, wie Sven plötzlich alle Bücher zur Seite legt und flüstert: „Tina, ich muss dir was sagen. Ich verstehe es auch, wenn du mich für verrückt erklärst, aber … Wahrscheinlich bin ich das … aber …" Nachdem wir ein paar Minuten vorher wieder dieses Kribbeln gespürt haben, als wir zusammen eines der Bücher gehalten haben, muss er nicht mehr weiterreden. Ich lege meinen Zeigefinger auf seinen Mund und sehe in seine Augen. Ich versinke darin und es zieht mich zu ihm hin. Dann schließt er sie … und ich meine. Wie magnetisch angezogen, kommen sich unsere Lippen näher und sie berühren sich sanft. Mein Herz spüre ich bis in den Hals klopfen. Sven legt seine Arme um mich und dann gibt es kein Halten mehr. Wir küssen uns so lange, bis uns ganz schwindlig wird. Der Platz auf der kleinen Couch wird uns zu eng und es dauert nicht lange, bis wir auf dem großen Teppich liegen.

Dass dieser weich und richtig bequem ist, merke ich erst, als wir wieder zu uns kommen. Eng umschlungen, ziemlich schwer atmend, inmitten unserer Kleider, die überall herumliegen. ‚Was war das eben? Ich war weggetreten. Dass es so was wirklich gibt!‘ „Sven ... mein lieber Sven ...", flüstere ich. „Wir sind beide verrückt!"

Lydia

70.

Alle elf Minuten ... Die Parship-Werbung lässt mich nicht mehr los und so fange ich an, mich dort zu registrieren. Oh Gott, was die alles wissen wollen: Aussehen, Hobbys usw. kann ich ja noch nachvollziehen. Dann kommt: *„Welche Werte sind dir wichtig? Bist du Frühaufsteher oder Morgenmuffel? Wie gehst du mit schwierigen Situationen um?"* Das kommt mir vor wie bei einem Vorstellungsgespräch. Aber letztlich ist es ja auch so etwas Ähnliches. Die Frage, wie wichtig ist mir Sexualität, finde ich auch notwendig, und bei der Vorstellung von Treue kreuze ich an: *„absolut ohne Ausnahme"*. Eine Erfahrung der anderen Art reicht mir.

Am Ende soll ich nicht nur ein Foto einfügen, sondern kann ein ganzes Fotoalbum gestalten. Wie leicht wär das jetzt, wenn ich Sven nach den Bildern fragen könnte, die er von mir gemacht hat. Er hat sie mir an seinem Laptop gezeigt, aber ich hab nur eine einzige Aufnahme, die er mir mal geschickt hat. Allerdings gefällt mir dieses Bild auch sehr gut. Das nehme ich jetzt. Dann fällt mir ein, dass ich bis vor Kurzem ein Bild von ihm hier hängen hatte, und schon heule ich wieder los. Ich mache das Parship-Portal erst mal wieder zu und weine noch mal darüber, dass ich jetzt so etwas nutzen muss. Muss ich? Ich sehe doch ganz gut aus und ich glaube, mein Charakter ist auch nicht so falsch. Wieso kann ich niemand Passenden auf normalem Weg kennenlernen? Hatte ich ja. Dachte ich zumindest, bis zu der verhängnisvollen Party in Münster. Was für ein Desaster. Wie kann Sven mir das antun? Ich hole mir einen Cognac aus der Küche und stürze ihn in einem Zug hinunter. Jetzt geht's mir zwar nicht besser, aber es fühlt sich nicht mehr so schlimm an. Morgen mache ich das Profil bei Parship komplett. Auf ein Album müssen die potenziellen Verehrer dann eben erst mal verzichten. Schließlich hat Sven mir das versprochene Fotoalbum von mir nie geschickt. Ein Bild muss also reichen. Und jetzt erst mal schlafen. Morgen Abend schaumer amal.

Der Tag war lang und anstrengend, aber nach einem kleinen Salat am Abend mache ich mit dem Parship-Profil weiter. Jetzt sind die Essgewohnheiten dran. Dann kommt wieder eine blöde Frage: *„Wie gehen Sie mit Liebeskummer um? Essen Sie dann mehr? Verlieren Sie den Appetit oder keins von beiden?"* Ich kreuze an *„keins von beiden",* obwohl ich eigentlich kaum noch Lust zu essen habe. *„Wie verbringen Sie Ihren Urlaub?"* Sven und ich hatten nicht einmal einen richtigen Urlaub. Nur das Wochenende an der Nordsee. Eine gemeinsame Reise wollten wir demnächst erst planen. Also, was will ich: geplanten oder spontanen Urlaub, am Strand, in den Bergen, Städtereise, oder, oder, oder ...? Ich kreuze wieder ein paar Möglichkeiten an. Dann besinne ich mich und schaue noch mal gewissenhaft alle Punkte an. Das alles macht ja schon irgendwie Sinn; wenn man ehrlich ist, ist sicher auch die Chance größer, einen passenden Partner zu finden.

Nun noch ein paar Profilangaben: Größe, Alter, Beruf, usw. So, jetzt hab ich alles. Also absenden. Prompt kommt die Kontrollmail zur Prüfung meiner E-Mail-Adresse und danach gleich Werbung für eine Premiummitgliedschaft. 29,95 Euro statt 59,95 Euro. Ups, pro Monat. Da ist ja mein Fitnessstudio deutlich billiger. Ich mach erst mal nix. Und warte.

Schon nach drei Minuten macht's zum ersten Mal *pling* und ein Werkstudent, 33, macht mir ein Kompliment. Nach zwei weiteren Minuten ein Arzt, 35, findet mich sehr interessant ... Wenn ich Näheres sehen will, muss ich eine Mitgliedschaft abschließen. Innerhalb der nächsten 15 Minuten kommen drei weitere Anfragen. Will ich die wirklich sehen? Ich überlege noch mal und gehe erst mal schlafen.

Am nächsten Morgen bin ich platt: Es gibt 38 Anfragen. Haben die Frauenmangel bei Parship? Oder manipulieren die das so, damit ich ein Abo abschließe? Denn so kann ich nur die Grunddaten sehen: Student, 28, Offizier, 35, Arzt, 36, Unternehmer, 41, usw. Ich beschließe, noch weiter darüber nachzudenken, und fahre zur Arbeit. In der Mittagspause treffe ich Frank auf einen Kaffee und erzähle ihm davon. Er erklärt mir, dass das Geschäftsmodell von Parship offensichtlich so aufgebaut ist, dass man die Kunden zuerst mit Anfragen (reale oder falsche) anteasert. Wenn der Kunde dann Näheres wissen will, braucht er ein Abo, und dann kann man Leute sehen und, falls man will, natürlich auch treffen. „Glaubst du wirklich, dass ich da einen passenden Partner finden kann?" „Ich kenne niemand, der sich darüber kennengelernt hat und noch zusammen ist. Habe nur einen Freund, der hat mal eine Frau darüber kennengelernt und auch getroffen. Es schien zunächst auch zu passen, aber nach drei Monaten stellte sich heraus, dass beide bei den Angaben zu ihren Interessen nicht ganz wahrheitsgetreu geantwortet hatten. Sie waren zum Beispiel total unterschiedlicher Ansicht, wie man Urlaub machen sollte. Daher haben sie sich wieder getrennt." „Was empfiehlst du mir also?" „Lass es doch auf einen Versuch ankommen. Ein Dreimonatsabo für knapp 100 Euro bringt dich doch nicht um." „Na gut, dann probier ich es mal. Danke für deine Zeit und deinen Tipp."

Leo

71.

Die Vorfreude auf die Wohnung lässt mich positiv in die Zukunft blicken, auch wenn ich sie wahrscheinlich doch für mich allein mieten werde. Tina war von Anfang an mit halbem Herzen dabei. Das spüre ich ganz deutlich. Ich fürchte, es wird tatsächlich MEIN neues Reich werden, nicht UNSERES. Das, was da gerade läuft, wirkt für mich schon fast wie eine Bestätigung.

Das Letzte, was ich von Tina gehört habe, ist, dass sie zum Geburtstag ihrer Mutter fahren will. Am Samstag, also heute. Seither gab es keinen Gruß, kein liebes Wort, keinen virtuellen Kuss. Es ist 23:00 Uhr und ich hänge allein zu Hause rum. Sogar das Bier schmeckt mir nicht. *‚Kommt sie wirklich so spät von der Familienfeier heim? Oder feiert sie noch woanders?'* Es lässt mir keine Ruhe. Ich ruf jetzt an, wenn auf meine Nachrichten ja doch keine Antworten kommen. Es klingelt bei ihr … Aber sie geht nicht ran. Zweimal … dreimal … immer dasselbe. Selbst der Naivste muss doch spätestens jetzt annehmen, dass hier etwas nicht stimmt.

Erst am Sonntag gegen zehn, kommt endlich eine Nachricht von der Verschollenen. Ich mache gerade die erste Rast auf meiner Motorradtour nach Murnau am Staffelsee.

Hallo Leo!
Sorry, dass ich mich gestern
nicht gemeldet habe! Meine
Mutter wollte unbedingt,
dass ich über Nacht

dableibe, weil es sehr spät
geworden ist. Ich rufe Dich
heute Abend an! Küsse, Tina

Also wirklich nur der Geburtstag? Ich weiß nicht recht, ob ich das glauben soll. Normalerweise hätte sie zwischendurch mal was geschrieben. Das macht sie doch sonst auch immer. Und so viel Alkohol, dass sie mich ganz vergisst, wird dort kaum geflossen sein. Noch unsicher, ob ich sauer oder traurig bin, schreibe ich zurück:

Ich sitze hier am Starnberger
See, wo wir zusammen waren,
und mache eine Pause. Ich bin
wieder mit dem Bike unterwegs
und mache mir so meine
Gedanken über uns. Möchte
jetzt gar nicht viel dazu sagen.
Reden wir am Abend.

Ich will auch gar keine Antwort mehr lesen und packe das Handy weg. Weiter geht's, die B2 entlang, Richtung Murnau.

Die Fahrt hat mir sehr gutgetan. Ich habe meinen Kopf wieder ein bisschen frei bekommen von den drückenden Gedanken und kann mit klaren Überlegungen in unser Telefonat gehen. Und es wird wieder fast elf, bis sie sich meldet: „Hi, Leo! Wie war deine Tour? War ja tolles Herbstwetter heute!" Sie klingt sehr fröhlich. „Ja, war von dem her echt klasse. Und eure Feier?", will ich wissen. „Warst du wirklich über Nacht in Glückstadt?" „Natürlich! Wo soll ich sonst gewesen sein?", kommt etwas zögerlich zurück. Als ich von meinen Sorgen zu berichten beginne, unterbricht mich Tina und meint: „Nächste Woche muss ich einen

Tag nach München zu einer Sitzung. Wenn du magst, treffen wir uns und dann sprechen wir uns aus. Da kannst du mir auch deine Wohnung zeigen." Natürlich sage ich zu, und mich beschleicht die Hoffnung, dass ich mir alles nur einbilde. ‚Wenn sie sich jetzt doch für die Wohnung interessiert, ist doch alles gut!'

Sven

72.

Nach der Erholung von der ersten Runde auf dem Teppich wurde es uns doch zu frisch und wir sind ins Bett umgezogen. An Schlafen war aber noch nicht zu denken. Nicht nur dass unsere Gedanken aufgewühlt waren, wir waren einfach von unseren Gefühlen überrumpelt. Ich sagte Tina, dass ich so einen Rausch wie eben auf dem Teppich vorher noch nie erlebt hätte, und sie legte mir wieder den Finger auf die Lippen. „Sei bitte still und lass uns ein bisschen weiterträumen." „Meinst du, es bleibt ein Traum, oder gibt es für uns ein Morgen?" „Küss mich und lass uns jetzt nicht weiter drüber sprechen." Also mach ich das und es dauert nicht lange, bis wir wieder eng umschlungen miteinander verschmelzen. Es ist der Wahnsinn, Tina, Tina, Tina, was machst du mit mir?

Am Sonntagmorgen wachen wir fast gleichzeitig auf und ich frage sie: „Magst du lieber Kaffee oder Tee zum Frühstück?" „Am liebsten Kaffee, wie wär's, wenn wir den ersten im Bett trinken?" „Gute Idee, ich mach uns welchen." Als Tina dann eine Stunde später unter die Dusche geht, springe ich schnell zum Bäcker, denn zum Frühstück hab ich nichts im Haus. Zu überraschend war dieser verlängerte Besuch. Mit Brötchen, Butter und Käse beladen komme ich zurück, gerade als Tina nur mit sich selbst bekleidet aus der Dusche steigt. „An den Anblick könnt ich mich gewöhnen", schmunzele ich ihr zu. Sie wird rot und greift zu einem Handtuch. Ich nehme sie in die Arme und flüstere: „Egal was du trägst, du bist wunderschön und ich möchte dich öfter genießen, wenn du das auch magst." „Ich mag das auch, aber jetzt hab ich einen Riesenhunger. Können wir bitte zuerst frühstücken? Dann sehen wir weiter, welchen Genuss wir uns noch gönnen."

Gegen Mittag und nachdem wir noch mal zusammen geduscht haben, überlegen wir, was wir mit dem Rest des Sonntags machen können. „In den Deichtorhallen ist eine Ausstellung, die ich noch nicht gesehen habe. Magst du dahin gehen?", frage ich sie. „Sehr gern, aber danach muss ich nach Hause fahren, bin zum Telefonieren mit meiner Freundin Klara verabredet." „Na dann los." Wir gehen zu Fuß zu den Deichtorhallen und die frische Luft tut uns gut. Die Ausstellung der Sammlung Falckenberg ist sehr interessant und wir schauen sie zusammen Arm in Arm lange Zeit an. Ich merke, dass Tina sich sehr für die Details der breitbandigen Ausstellung interessiert, und wir bleiben bei vielen Objekten stehen und lesen die dazugehörenden Erklärungen. Irgendwie hab ich das Gefühl, dass Tina nicht so schnell wegwill, wie ich mittags noch dachte, und ich bin sehr froh darüber. Es fühlt sich so gut an, mit ihr hier zu sein, und ich werde durch ihren Anblick sehr oft von der Ausstellung abgelenkt.

Gegen vier machen wir uns auf den Rückweg zum Parkhaus, wo Tinas Auto steht, und ich gebe ihr einen letzten Kuss, bevor sie davonfährt. Wir haben nicht darüber gesprochen, wann wir uns wiedertreffen wollen. Ob es doch für sie nur ein kurzfristiges Abenteuer war? Was macht Leo bzw. was erzählt sie ihm? Ich denke auf dem Fußweg nach Hause darüber nach. Irgendwie kann ich mir nicht vorstellen, dass es bei diesem einen Mal bleiben soll. Oder wünsche ich mir das nur …?

Zu Hause kommt dann abends eine Nachricht von Tina:

Lieber Sven,
ich habe unsere Zeit sehr
genossen. Wenn Du willst,

können wir uns am nächsten
Wochenende wieder treffen.
Bin unter der Woche leider
sehr beschäftigt, sodass ich
da lieber nichts ausmachen
möchte. Wäre nächsten
Freitag O. K.? Vielleicht zum
gemeinsamen Abendessen
irgendwo?

Ich lese ihre Zeilen ein paarmal und denke einige Minuten nach. Dann schreibe ich zurück:

Liebe Tina,
Ich hab noch nie etwas so
Schönes empfunden wie die
letzten Stunden mit Dir. Bis
nächsten Freitag ist lang, aber
ich werd's aushalten. Schlag Du
Zeit und Ort vor, ich werde dort
sein. Gute Nacht, meine Liebe.

Tina

73.

„Hi Klara! Endlich! War ja viel los in letzter Zeit, nicht wahr?" Wir freuen uns beide sehr auf unser Gespräch. Sie, weil sie vor Neugier schon fast platzt, und ich, weil ich endlich mit jemandem über meine aktuelle Lebenssituation reden muss. Hocherfreut antwortet sie: „Aber echt, Süße! Du bist viel unterwegs in letzter Zeit. Was geht da bei dir ab? Erzähl doch mal, bevor ich noch vor Neugier verrückt werde!"

Ich beginne also bei Maries Party, denn dass ich da eingeladen war, hatte ich Klara ja bereits angekündigt. Sie kennt Marie nur von meinen Erzählungen, meint aber trotzdem, die ganze Geschichte passt zu ihr. „Ja, aber dass sie wirklich so weit geht, einer anderen Frau den Freund auszuspannen, noch dazu auf so plumpe Art und Weise ... Wer hätte das geahnt?", fragt sie bestürzt. „Kein Mensch!", gebe ich zurück. „Eine harmlose Geburtstagsparty haben wir alle erwartet ... Aber die Story mit Sven, dem armen Opfer der Circe, geht noch viel weiter. Man könnte ein Buch darüber schreiben!" Wir lachen laut und beschließen, meine weitere Erzählung mit etwas Flüssigkeit in Form von Gin Tonic zu versüßen. Den haben wir ganz zufällig beide vorrätig.

Als ich von Lydias überzogener Reaktion erzähle, kann Klara das kaum fassen. „Ich sag dir, diese Liebe kann keine große gewesen sein. Wenn ihr irgendwas an ihm gelegen wäre, hätte sie ihm wenigstens eine Chance gegeben, sich zu erklären." „Siehst du, Klara, das ist genau der Punkt", beginne ich meine Überleitung zum Hauptteil des Dramas. „Oh, oh ... Was ist das für ein Unterton, den ich da höre?", meldet sich Klaras scharfsinnige Auffassungsgabe. Ich bemühe mich, locker zu bleiben, nicht verlegen zu wirken, und erzähle die Geschichte von der Heimfahrt im Cabrio. Ich höre, wie Klara einen Schluck vom Gin nimmt und dann sagt: „So wie du das erzählst, hört es sich so an, als würdet ihr euch noch mal treffen, und wer weiß, was daraus werden könnte!" „Haben wir schon!", platzt es aus mir heraus und Klara erstarrt kurzfristig am anderen Ende der Leitung. „Was! Also jetzt bin ich platt. Wann? ... Wie? ... Sag schon, mach es nicht so spannend!", verlangt sie.

Die nächste Stunde erzähle ich von unserem ersten zaghaften Treffen vorige Woche und von gestern und heute. „Hast du schon einmal mit einem Mann zusammen geduscht?", frage ich. „Das ist einfach der Wahnsinn! Die nassen, eingeseiften Hände auf der nackten, nassen Haut ... Sich gegenseitig von oben bis unten sauber streicheln ... Durch und durch geht das, sag ich dir!" „Klingt geil! Muss mal mit Kurt reden. Obwohl ... in unserer Dusche ist nicht so viel Platz ..." „Ach Klara, was ich dir sagen will, ist, dass ich noch nie solche Gefühle hatte wie bei Sven. Alles, was bisher war, verblasst in seinem Schatten und zählt nicht mehr. Wir haben so viel gemeinsam. Stell dir vor, er ist Profifotograf! Seine Bilder sind großartig! Heute waren wir bei einer Ausstellung in den Deichtorhallen. Das war echt interessant. Kannte ich auch noch nicht." „Und was ist mit Leo? Weiß der schon von euch?", weckt sie mich aus meinem Schwärmen. Jetzt werde ich doch verlegen und muss zugeben: „Nein, noch nicht. Ich weiß es ja selbst erst seit gestern ... so richtig, meine ich. Ich hab Leo wirklich gern. Es war schön mit ihm. Eigentlich hat es gut gepasst. Unter der Entfernung leide ich halt schon ein wenig. Und sein Motorrad-Spleen ... ich weiß nicht ... das ist in Wirklichkeit nicht meins. Vielleicht hätte ich ihm das mal sagen sollen." „Du musst unbedingt mit ihm reden! Bald!" „Ja, das werde ich wohl tun. Am Mittwoch bin ich dienstlich in München und wir haben uns schon verabredet. Das wird aber nicht leicht. Hast du schon mal mit jemand Schluss gemacht, den du sehr gern hast?"

Es ist nach Mitternacht, als wir endlich müde die Handys beiseitelegen und schlafen gehen. Unruhige Träume bereiten mich auf eine schwierige Woche vor.

Lydia

74.

Es ist schon irre, wie viele Männer sich für mich interessieren. Allerdings sind auch sehr viele uninteressante Kandidaten dabei, die ich gleich lösche. Mit zwei Kandidaten fange ich einen Chat an, der sich ganz interessant anhört. Nach einigen Tagen beschließe ich, mich ein wenig mehr zu öffnen, und verabrede mich mit einem. Es ist jetzt Freitagnachmittag, ich bin etwas früher aus dem Büro weg und werde gleich Christian im Stadtcafé treffen. Bin schon ein bisschen aufgeregt, denn schließlich ist es mein erstes Online-Blind-Date. Wie wird das sein? Eigentlich kann ich doch dabei ganz locker sein, denn ich weiß ja viel mehr von ihm, als wenn wir uns zufällig in einem Club oder sonst wo begegnen würden. Er ist 1,85 m groß, blond und sieht sehr gut aus, ist von Beruf Journalist und hat in den Chats immer sehr nett geschrieben. Wir sind für sechs Uhr verabredet und ich werde zwei Minuten zu spät kommen, denn ich möchte, dass er schon dort ist, wenn er denn pünktlich ist.

Als ich ins Café komme, ist es ziemlich voll und ich muss suchen. Auch nach mehrmaligem Umschauen, durchs Café gehen und an diversen Tischen einzelne Männer näher anschauen kann ich ihn nicht entdecken. Also setze ich mich an einen freien Tisch und warte. Beim Ober bestelle ich einen Latte Macchiato und schaue mich um. Da steht an einem Tisch in der hinteren Ecke ein Mann auf und kommt zu mir. „Hallo, du bist doch Lydia, oder?", fragt er. Und ich nicke. Wer ist das?! Vor mir steht ein circa 1,75 m kleiner, mittelblonder Kerl mit Bauch von etwa 40 Jahren und er spricht weiter: „Ich bin Christian, erkennst du mich nicht?" Ich bin so perplex, dass ich erst mal nichts antworten kann. Ich zücke mein

Smartphone und schlage die Parship-Seite mit seinem Profil auf. Der Vergleich ist niederschmetternd und ich sage zu ihm: „Der Mann hier hat nicht im Entferntesten Ähnlichkeit mit dir." Er grinst mich an und sagt: „Das Bild ist schon etwas älter." Das war's. Ich stehe auf und gehe. Der Ober kommt mit meinem Macchiato an und ich sage zu ihm: „Ich muss leider weg, die Getränke zahlt der Herr."

Zu Hause bin ich immer noch ganz durcheinander. Wie hatte Frank gesagt: „Das kann klappen, wenn die Leute echte Daten eingeben." Christian war wohl nicht von der ehrlichen Fraktion. Also haken wir ihn ab und ich lösche den Chat mit ihm. Morgen werde ich noch mal mit Tom Kontakt aufnehmen, vielleicht ist der ja die bessere Wahl.

Hallo, liebe Lydia,
ich würde Dich sehr gern näher
kennenlernen. Schlag doch Du
einen Treffpunkt vor. Mir ist
alles recht. Wie wär's am
Sonntagnachmittag?

Das schreibt Tom nach ein paar weiteren Botschaften. Ich überlege, was ich antworten soll. Irgendwie steckt mir der Reinfall mit Christian noch in den Gehirnwindungen. Aber da hatte er den Treffpunkt vorgeschlagen, weil das Stadtcafé sein Lieblingslokal ist. Jetzt bin ich unsicher, wo ich Tom treffen soll. Das Stadtcafé kommt nicht infrage. In meiner Nähe will ich ihn auch nicht gleich treffen, wer weiß schon, wie's ausgeht. Also auch eher eins in der Innenstadt. Das „Café Glockenspiel" wär ganz gut. Vielleicht können wir am Nachmittag sogar in der Sonne sitzen, die Heizpilze werden uns schon wärmen. Während ich das denke, frage ich mich, ob Tom denn mein Herz erwärmen kann.

Ach, nicht zu viel denken, jetzt einfach mal machen. Sonst erfahr ich es nicht.

Diesmal möchte ich zuerst dort sein und bin schon um 15:30 Uhr im Café, such mir einen Tisch an der Hauswand, da zieht's nicht so und ich kann den Aufgang zur Dachterrasse gut im Auge behalten. Sollte Tom auch so ein Blender sein wie Christian, habe ich mir vorgenommen, ihn einfach zu ignorieren und nichts von einem Treffen zu wissen.

Kurz vor vier kommt Tom an, schaut sich kurz um und findet mich schon von der Tür aus. Also beim Aussehen hat er nicht geschummelt. Das verschmitzte Lächeln vom Foto sieht in der Realität genauso aus. Seine Kleidung ist geschmackvoll und er schlendert zu meinem Tisch. Er begrüßt mich mit Handschlag, aber ich bleibe sitzen und gebe ihm keine Chance auf Küsschen-Küsschen. Tom setzt sich hin und fragt: „Was trinkst du?" „Ich hatte keine Lust mehr auf Kaffee, hab heute Mittag zu Hause schon ein paar getrunken, also hab ich einen Hugo bestellt." „Dann nehm i a Helles", sagt er zur Kellnerin.

Wir beginnen zu plaudern und das ist ganz nett mit ihm. Bis ich bemerke, dass er nach etwa einer Stunde schon das vierte Bier bestellt. Mit leichtem Lallen fragt er mich: „Was magst denn du no?" „Ich nehm jetzt doch noch einen Kaffee." „I net, etz hab i mit Bier o'gfangt, da mach i domit weider. Aber es is kalt do, da brauch i a no 'n Schnaps." Als er kurz danach noch mal ein Bier bestellt, reicht es mir. Einen Alki kann ich nicht gebrauchen. Ich sage ihm, dass ich noch eine andere Verabredung habe, und verabschiede mich schnell. Seine Frage: „Wann seh' mer uns wieder?", die er mir hinterherruft, lasse ich unbeantwortet.

Leo

75.

Eigentlich wollte ich Tina heute unsere Wohnung zeigen. Mit dem frisch unterschriebenen Mietvertrag in der Tasche würden wir beide die schöne Aussicht von der Terrasse genießen und die letzten Details über die Einrichtung doch noch gemeinsam besprechen. Aber der Eigentümer hat mir mitgeteilt, dass er in der Woche mit der Renovierung vorankommen möchte, um rechtzeitig bis Ende Januar fertig zu werden. Es sei doch noch einiges zu erledigen.

Als ich Tina von der Firma abhole und ihr ganz vorsichtig sage, dass wir das Haus nur von außen sehen und die Gegend ein bisschen erkunden können, wirkt sie fast ein wenig erleichtert: „Ach, das ist nicht so schlimm. Dann sehen wir gleich, ob es in der Nähe ein nettes Lokal gibt. Da können wir dann zu Abend essen und in Ruhe reden." „Wenn ich jetzt ganz ehrlich bin, hätte ich ein wenig Enttäuschung von dir erwartet. Woher kommt es nur, dass ich das Gefühl nicht loswerde, dass dir gar nichts daran liegt?", beklage ich mich, worauf Tina verlegen zu Boden schaut. Die eigenartig gedrückte Stimmung setzt sich bei unserem Spaziergang fort. Die Gegend gefällt ihr sehr gut, sagt Tina, und die Lage der Wohnanlage sei ideal. Aber wenn ich sie frage, wie sie sich etwas Bestimmtes vorstellt, gibt sie nur ausweichende Antworten, wie: „Das musst du doch jetzt noch nicht entscheiden. Hat doch Zeit bis zum Einziehen." Nicht ein einziges Mal fällt das Wörtchen WIR.

Ein paar Gassen weiter stehen wir plötzlich vor einer kleinen Pizzeria. Da scheint ihre Laune kurzfristig besser zu werden und sie fragt, ob wir denn hier essen wollen. Es sei mittlerweile dunkel und man sehe ohnehin nicht mehr viel. Die Wahl haut mich jetzt nicht vom Hocker, aber wenn sie das gern möchte, dann soll's mir halt recht sein.

Wir finden gleich ein ruhiges Plätzchen in einer Ecke. Unter gewissen Umständen könnte es richtig romantisch wirken, mit der brennenden Kerze und dem kleinen Weihnachtsstern auf dem Tisch. In mir kommt jedoch gerade kein bisschen Romantik auf und wie es scheint, bei Tina auch nicht. Um die Spannung ein wenig zu nehmen, zeige ich ihr noch, bevor der Kellner kommt, den Mietvertrag. „Schau mal, alles unter Dach und Fach. Am ersten Februar wird eingezogen." „Ach Leo, das ist so schön für dich …", beginnt sie, als uns die Bedienung unterbricht. Wir bestellen zwei Gläser Frascati und erbitten noch Bedenkzeit für die Karte. Da wir beide keinen großen Hunger haben, bestellen wir etwas später nur zwei Salate mit Pizzabrot.

Ich schaue in Tinas Augen. Sie glänzen. So, als wollten jeden Moment Tränen hervortreten. Und dann beginnt sie mit dem Unausweichlichen: „Leo, ich muss dir was sagen. Ich trag das schon eine Weile mit mir herum und weiß nicht, wie. Aber wenn ich dich noch lange so im Ungewissen lasse, macht uns das beide fertig. Du weißt, dass ich dich sehr gern habe und dir nicht wehtun möchte." „So … gern hast du mich! Du weißt, dass ich dich liebe?", frage ich, und jetzt unterdrücke ich meine Tränen, denn es ist nun offensichtlich, worauf das hier hinausläuft. „Ja, Leo, das weiß ich. Aber geht es dir nicht auch so, dass du spürst, dass wir in einigen Punkten irgendwie nicht zusammenpassen?" „Nein, überhaupt nicht! Man muss doch nicht in allem übereinstimmen. Wir sind zwei unterschiedliche Menschen, die einander gut ergänzen, wie ich das sehe. Und wenn wir erst zusammenwohnen, löst sich doch einiges von selber." „Ich weiß, das Problem mit der Entfernung wäre vom Tisch, wenn ich bei dir einziehe. Aber was ist mit gemeinsamen Interessen? Ich habe meine Fotografie, mein Fahrrad, du dein Fitnessstudio und dein Motorrad ... Ich muss dir gestehen, dass ich damit gar nichts am Hut habe. Ich fürchte mich auf dem Gerät und will auch gar nicht so lange Strecken auf zwei Rädern fahren. Und willst du wirklich deine Touren alleine machen und ich warte brav zu Hause auf dich?" „Tina, ich verstehe schon, dass der Schritt, von Hamburg nach München zu ziehen, ein großer ist. Du hast einfach Angst davor. Aber das musst du nicht. Ich trage dich hier auf Händen und wir werden es gut miteinander haben!", verspreche ich ihr und bemühe mich, zuversichtlich zu erscheinen. Dann verrät mir ihr Blick, dass das noch nicht alles ist. Zum Glück ist der Salat nicht warm. Wir essen so langsam, dass er mittlerweile kalt wäre. Tina legt ihr Besteck ab und ich erkenne, wie sie alle Kraft zusammennimmt, um mir dann den Rest zu gestehen, an den ich schon gelegentlich gedacht, den ich jedoch wieder verdrängt hatte: „Es ist da noch etwas anderes, was du wissen musst. Ich hab dir doch von Sven erzählt." „Ja", sage ich, leicht angewidert. „Der Typ von Maries Geburtstag. Der vom Herrenklo, mit dem du dann im Cabrio nach Hause gefahren bist." „Ja, genau der. Also, wie soll ich sagen ... Wir haben – wirklich ganz harmlos – ein paarmal etwas miteinander unternommen. Fotografieren, eine Ausstellung besuchen und so was ... Dabei haben wir gemerkt, wie viel wir gemeinsam haben ... und dass wir uns wohlfühlen miteinander. Und dann haben wir ... dann ist es ... Ach, du weißt schon!"

Jetzt ist es so weit. Ihr laufen die Tränen übers Gesicht und ich finde zuerst keine Worte. Ich sehe sie nur an. Ihr schönes rotes Haar, das vertraute Gesicht. ‚Meine Lady Ginger.' Dann fasse ich mich und frage: „Und wie geht es jetzt weiter mit euch? ... Mit uns?" Tina nimmt den letzten Schluck Wein und antwortet dann, ins Taschentuch schniefend: „Wenn ich das wüsste! Ich bin sehr gern mit dir zusammen und es war echt schön mit uns. Aber Sven ist in meiner Nähe und, wie gesagt, diese gemeinsamen Interessen haben schon was Verlockendes. Leo, ich fürchte, ich bin gerade dabei, mich für Hamburg zu entscheiden. Kannst du das verstehen?" „Irgendwie verstehe ich gerade gar nichts. Vor ein paar Stunden wollten wir noch ... nein, wollte ICH noch mit dir zusammenziehen. Und jetzt muss ich dich heimfahren lassen, in dem Wissen, du gehst zu einem anderen und ich werde dich vielleicht nie wiedersehen." Leider ist mein Glas auch schon leer und Tina schaut erschrocken auf die Uhr: „Ach du lieber Gott! Heimfahren ist das Stichwort. Ich muss los, sonst verpass ich noch den Flieger!"

Ich begleite Tina noch zum Flughafen. Wir schaffen es gerade noch so, bevor das Gate schließt. Ein letztes Mal umarmen wir uns ganz fest, aber den Abschiedskuss gibt sie mir auf die Wange. „Telefonieren wir wenigstens mal?", rufe ich ihr noch nach. „Klar! Ich muss ja wissen, wie es dir geht!", antwortet sie, bevor sie in der Menschenmenge verschwindet.

Sven

76.

Was ist los mit mir? Ich kann kaum etwas tun oder denken, ohne dass mir Tina in den Sinn kommt. Ich frage mich ständig, wo sie ist, was sie macht, sende ihr kleine Botschaften oder Emojis per WhatsApp. Mein ganzes Leben scheint sich nur noch um sie zu drehen. Dabei weiß ich gar nicht, ob das für sie auch so ist. Schließlich gibt's da noch Leo. Gut, er ist in München, aber gestern hat sie angedeutet, dass sie zu einem Firmenereignis dahin muss. Da wird sie ihn sicher treffen. Aber sie hat gesagt, dass sie abends zurückkommt. Das gibt mir noch Hoffnung und so sitze ich hier um zehn mit dem Handy in der Hand, erwarte, dass eine Nachricht von ihr kommt. Aber es kommt keine, seit heute Mittag. Ich sehe, dass sie vor einer Viertelstunde zum letzten Mal online war. Ist sie jetzt im Flieger? Ich checke den Flugplan der Lufthansa und finde einen Flug um 21:15 Uhr. Der landet um 22:30 Uhr hier. Was mach ich so lange? Ich überlege, zur S-Bahn zu laufen, um sie zu überraschen. Als ich dort ankomme, sehe ich, dass die nächste Bahn erst in zwölf Minuten kommt. Das klappt nicht mehr. Also wieder raus und schnell ein Taxi rufen. Wenn kein Stau ist, schaffe ich es sicher noch.

Am Gate komme ich gerade an, als auf der Anzeigetafel bei der LH 2078 das Zeichen erscheint: GELANDET. Jetzt kann es nicht mehr lange dauern, denn sie hat sicher kein Gepäck. Da sehe ich sie und bin erschrocken. Sie hat Ränder unter den Augen, sieht aus, als hätte sie geweint. Sie schaut nicht in meine Richtung und ich lasse sie vorbeigehen. Dann rufe ich ihr nach: „Tina?" Sie dreht sich um und eine solche Verwandlung eines Gesichtes habe ich noch nicht gesehen. Hätte ich doch bloß meine Kamera

259

mitgenommen, ich Blödmann. Die Augen strahlen und glänzen, der Mund lacht und sie stürmt zu mir her. Sie küsst mich wild, umarmt mich ganz fest und sagt: „Ach Sven, das ist super, dass du mich abholst. Es ging mir gar nicht gut eben, ich erzähl dir später warum. Aber ich hab so gehofft, dass wir uns heute noch sehen. Hab dir eben aus dem Flieger eine Nachricht geschickt." „Was hast du geschrieben? Hab das gar nicht mitbekommen." „Hab gefragt, ob ich zu dir kommen kann." „Ja sicher kannst du. Any time, aber am liebsten sofort. Weißt du das noch nicht? Ich hab sowieso nichts anderes im Kopf als dich. Und ich glaub, es ist nicht nur der Kopf, der sagt: Ich will dich. Es ist der ganze Sven, mit Kopf und Herz. Also komm, lass uns schnell heimfahren. Bist du mit dem Auto hier?"

Fünf Minuten später sitzen wir in ihrem Cabrio, diesmal mit geschlossenem Dach, weil es kalt ist und regnet, aber das macht uns nichts aus. Wir sind beide voller Vorfreude auf den Rest der Nacht. Ich glaube, wir werden nicht viel schlafen. Tina lacht wieder und noch im Auto erzählt sie mir, dass sie mit Leo Schluss gemacht hat. „Weißt du, Sven, es war unheimlich schwer, denn ich mochte ihn sehr. Und dann ist es doppelt schwer, jemandem zu erklären, dass die Entfernung und die unterschiedlichen Interessen und ein neuer Mann der Grund sind für die Trennung. Ich hatte so eine Situation noch nie, aber ich bin froh, dass ich das gemacht habe. Denn obwohl wir uns noch nicht so lange kennen: Ich weiß, dass ich immer mit dir zusammen sein will. Und deshalb ist es doppelt schön zu hören, dass du das auch willst. Ich war, glaube ich, noch nie so glücklich."

Mir fällt ein, dass es bei mir zu Hause ziemlich unordentlich ist, denn mit ihrem Besuch habe ich nicht gerechnet. Aber wir verschlimmern diese Unordnung noch, weil wir schon unten an der Haustür anfangen, uns zu küssen und auszuziehen. Bis zur Wohnungstür haben wir schon die Mäntel offen, kaum drinnen, schmeißen wir sie einfach auf den Boden. Pullover, Hemd, ihr Kleid, meine Hose und unsere Unterwäsche folgen und bis zum Schlafzimmer haben wir alles verloren. Aber wir haben uns gewonnen und das genießen wir die ganze Nacht.

Lydia

77.

Nach dem zweiten Reinfall habe ich beschlossen, dass ich mich bei Parship wieder abmelde. Muss zwar für drei Monate bezahlen, aber solche Idioten brauch ich nicht noch mal. Dann gibt's eben erst mal keine neue Beziehung. Single sein ist doch auch nicht schlecht. Und dann könnte ich ja noch mal versuchen, ob ich vielleicht doch eine eigene Wohnung finde. Das will ich ja auch schon länger und habe es immer wieder vor mir hergeschoben. Also kaufe ich mir eine Wochenendausgabe der Süddeutschen und des Münchener Merkurs. Die Angebote darin sind nicht sehr zahlreich und vor allem teuer. Da werde ich wohl noch länger suchen müssen. Und auf „WG gesucht" will ich nicht mehr gehen. Da kann ich gleich hierbleiben.

Beim nächsten Kaffee mit Frank erzähle ich ihm von den Fehlversuchen mit Parship und dem mangelnden Wohnungsangebot. Zuerst bedauert er mich wieder mal und weist darauf hin, dass es mir mit ihm besser ginge. „Wir beide könnten ja auch eine Wohnung zusammen suchen." „Schon wieder. Du hattest versprochen, ein Freund sein zu wollen, also gib bitte diese Versuche endlich auf, mich zu mehr zu überreden", sage ich zu ihm.

Er schmollt kurz und meint dann aber: „Letztens hat mir eine alte Freundin aus Würzburg erzählt, dass sie ihren Mann über eine Anzeige kennengelernt hat. Die beiden sind seit acht Jahren offensichtlich glücklich, haben vor drei Jahren geheiratet und vor einem Jahr einen Sohn bekommen. Vielleicht wär das ja eine Methode auch für dich." „Eine Anzeige? In der Tageszeitung oder wo?" Sie hat die Anzeige in DIE ZEIT aufgegeben, meinte aber, in der Süddeutschen würde auch gehen. Und die wird doch hier viel gelesen."

Zu Hause denke ich darüber nach, finde Gefallen an der Idee und setze mich am Wochenende hin, um einen pfiffigen Anzeigentext zu entwerfen. Meinen ersten Entwurf zeige ich Lisa und Wolfgang:

Küssen kann man nicht allein
Drum such ich einen Partner, mit dem Küssen und Streicheln, Schwätzen und Schweigen, Tanzen und Träumen gemeinsam geht. Ich bin blond, aber nicht blöd, 28 Jahre jung, auch im Kopf, schlank und sportlich und vielseitig interessiert. Welcher männliche Kusspartner um die 30 traut sich, mit ehrlicher Bildzuschrift zu antworten an: zu2tkuessen@gmx.de. Wirklich ehrliche Zuschriften beantworte ich sicher, die anderen schmeiß ich weg.

Den beiden gefällt der Text. Wolfgang meint: „Die Zeilen sind super, fallen auf und beschreiben dich gut. Da kriegst du sicher viele Zuschriften. Wenn ich nicht mit Lisa zusammen wäre, würde ich mich auch bewerben." Worauf Lisa ihm einen zornigen Blick zuwirft.

Anschließend schicke ich den Text noch per Mail an Frank, mit der Frage: „Würdest Du darauf antworten?" Er schreibt am Montag dazu: „Ich muss nicht darauf antworten, denn ich darf ja nur Dein Freund sein. Aber ich finde die Anzeige witzig und sie zeigt ein gutes Bild von Dir und Deinen Wünschen. Also raus damit."

So geht also der Text an die Süddeutsche Zeitung mit dem Erscheinungswunsch am nächsten Samstag. Und dann heißt es warten.

Tina

78.

Zum Glück kann ich heute später zur Arbeit fahren. Ich hatte geschickt vereinbart, nach dem München-Termin erst nach zehn im Büro zu sein. Vielleicht habe ich schon geahnt, dass es eine kurze Nacht werden würde. Ich schwebe wie auf Wolken und die Arbeit geht leicht von der Hand. Um fünf fahre ich heim, auf dem Weg kaufe ich noch ein paar Kleinigkeiten ein. Ich habe Sven versprochen, heute fürs Abendessen zu sorgen.

Er muss aber länger schaffen, daher erwarte ich ihn erst gegen acht. Für den Fisch und die Tuffels brauch ich nicht allzu viel Zeit, also rufe ich schnell noch Klara an, um ihr zu erzählen, dass ich den schweren Gang hinter mich gebracht habe: „Weißt du, Klara, als ich Leos trauriges Gesicht gesehen und die Enttäuschung in seiner Stimme gespürt habe, war mir zum Weinen zumute. Ich weiß, dass er mich liebt und dass er alles für mich tun würde, aber nach dem Zusammensein mit Sven fühlte sich das alles nicht mehr richtig an. Ich fürchte, er wird die nächste Zeit sehr traurig sein. Bis Weihnachten ist es auch nicht mehr lang hin. Doofe Zeit zum Schlussmachen!" Klara hört aufmerksam zu und meint dann verständnisvoll: „Ich find es toll, dass du ehrlich zu ihm warst und dass du nicht gekniffen hast. Was hätte es gebracht, bis nach den Feiertagen zu warten? Nichts! Leo wird ein neues Glück finden. So alt ist er ja auch noch nicht ... Und du kannst mit deinem Sven jetzt mit ruhigem Gewissen das Leben genießen!" Wie recht sie doch hat! „Ja, und das genieße ich wirklich. Weißt du, wie schön das gestern war, als er mich vom Flughafen abgeholt hat? Ich habe ihm gar nicht gesagt, mit welchem Flieger ich komme. Er war trotzdem da und als er meinen Namen rief und ich realisierte, dass er das ist, ging mir das Herz auf. Weißt du, ich habe das Gefühl, ich bin ihm wichtig. Ich spüre, er ist so gern bei mir wie ich bei ihm ... Wenn ich an die letzte Nacht denke, wird mir jetzt noch heiß. Selbst dabei spüren wir eine Harmonie, die ist nicht von dieser Welt", schwärme ich vor mich hin. „Klara, ich danke dir sehr dafür, dass du mir immer so geduldig zuhörst. Du weißt hoffentlich, dass ich auch für dich da bin, wenn mal was ist!" Klara lächelt und sagt: „Klar weiß ich das! Du hast mir damals ja auch geholfen, als Kurt und ich unsere erste Krise hatten. Ohne dich hätte ich das nicht durchgestanden! ... Übrigens habe ich gestern mit ihm über die Idee mit dem gemeinsamen Duschen gesprochen, die mir sehr gefallen hat." „Und?", frage ich neugierig. „Schon probiert?" „Nee, noch nicht. Aber wir denken drüber nach, wo wir mehr Platz haben als in unserer Dusche. Und immerhin, er hat mich nicht für verrückt erklärt. Kurt war etwas überrascht über meine Initiative, meinte aber, etwas Abwechslung könnte uns bestimmt guttun." „Na, da bin ich aber gespannt! ... Klara, ich muss langsam Schluss machen. Ich möchte mit Kochen fertig sein, wenn Sven kommt. Ich meld mich bald wieder. Lass es dir gut gehen!"

Den Fisch gebe ich erst in die Pfanne, als ich von Sven die Nachricht bekomme, dass er auf dem Weg ist. Tolles Timing, denke ich und decke nebenbei den Tisch. Kurz vor acht läutet er an meiner Tür. Als ich öffne, hält er mir einen Strauß roter Rosen entgegen und sagt mit strahlender Miene: „Hi, Tina! Ich dachte, da dies unser erster Abend ist, an dem wir offiziell als Paar zusammen sind, sollten wir das würdigen. Ich liebe dich!" Ich bin ganz gerührt und nehme ihm strahlend die Blumen ab. Während ich sie in eine große Vase stelle, antworte ich ihm: „Sven, das ist echt verrückt. Den Gedanken hatte ich heute auch und daher habe ich für uns Scholle nach Hamburger Art mit Bratkartoffeln zubereitet und ein Fläschchen Wein gekühlt. Darf ich bitten?" Und ich führe ihn zum festlich gedeckten Tisch.

Als ich beim Einschlafen müde in seinen Armen liege, wünsche ich mir, dass dieses Glücksgefühl nie vorbeigehen soll. Ich bin angekommen und möchte bleiben. Immer diese starken Arme spüren und das Gefühl haben, aus tiefstem Herzen verstanden zu werden.

Leo

79.

‚*Wie gewonnen, so zerronnen!*' „Ich war mir so sicher gewesen, dass wir füreinander geschaffen sind. Und sie hat doch selbst gesagt, dass es schön war. Sie hat sich nie beklagt. Wir hatten so viel Spaß zusammen und genossen den Augenblick. Was war falsch, Mama? Wie konnte das passieren?", frage ich meine Mutter beim Abendessen, zu dem sie mich eingeladen hat, nachdem ich mich tagelang nicht blicken ließ. „Das wär praktisch, wenn man des so leicht sagen könnt", meint sie. „Abgesehen davon, dass a Münchner Bua und a Hamburger Dirndl sowieso wie Feuer und Wasser sind, kann in einer Beziehung schnell was passieren, wenn man nicht aufpasst. Ich kann nicht viel dazu sagen, weil die Tina ja nicht so oft da war. Ich kenn sie ja kaum … Sicher ist auf jeden Fall, dass sie für den anderen nur offen gewesen sein kann, wenn irgendwas nicht gepasst hat. Wo alles stimmt, hat ein Dritter keine Chance, sagt man." „Dann muss ich was übersehen haben. Für mich hat immer alles gestimmt", platzt es aus mir heraus. „Wir hätten einfach nie zu der blöden Party fahren dürfen …" Darauf antwortet meine Mutter nicht. Aber ihr Blick sagt: *Dann wäre es halt ein paar Wochen oder Monate später passiert.* Sie bringt mir noch ein Bier und versucht mich zu beruhigen: „Schau, Leo, in zwei Wochen ist Weihnachten. Da machen wir es uns richtig schön zu Hause. Und bis Jahresende hast du noch viel zu tun in deiner neuen Wohnung. Da kommst du bald auf andere Gedanken. Wirst schon sehen!" Mein Vater hält sich bei solchen Gesprächen gern raus, versucht aber, durch Themenwechsel die Stimmung zu heben: „Sag einmal, wenn du dann drüben wohnst, wirst du uns trotzdem noch ab und zu im Garten helfen?" „Na klar, Papa! Kannst mit mir rechnen. Im Frühjahr schauen wir dann, wie wir uns die Arbeit aufteilen", beruhige ich ihn. „Aja!", fällt ihm noch ein. „Die Mama und ich haben besprochen, dass wir deinen Teil des Hauses nicht vermieten werden. Er wird wieder für Gäste zur Verfügung stehen und, solltest du einmal Bedarf haben, kannst du auch gern selber wieder einziehen."

Nachts liege ich jetzt oft wach. Ich denke immer noch darüber nach, was ich falsch gemacht haben könnte. Tina hat von meinem Motorrad-Spleen gesprochen. Sie wusste von Anfang an, dass das meine Leidenschaft ist. Warum hat sie mir nie gesagt, dass sie Angst hat? Was hätte ich dann gemacht? Wie viel Egoismus ist in einer Beziehung tragbar? Was ist gesunder Egoismus? Wo ist die Grenze zwischen „auf den anderen eingehen" und „sich selbst aufgeben"? Könnte es sein, wenn es wirklich passt zwischen zwei Menschen, dass sich das alles von selber ergibt? Gibt es diese Harmonie, die so viele Menschen suchen und nie finden? Wenn ja, wie schafft man es dann, dass sie bleibt? …

Tausend Gedanken machen mich dann doch müde. In meinem Kopf wird es ruhiger und ich schweife mental wieder zu der alles verändernden Geburtstagsfeier ab. Da fällt mir ein, dass dieser Kerl doch auch eine Freundin hat. Lydia, glaub ich. Was ist jetzt mit ihr? Hat er die auch abserviert? Wenn ich mich recht erinnere, lebt die doch in München. *,Wo arbeitete sie gleich? … Ich glaube, sie sagte, bei ProSieben. Müsste man doch ausfindig machen können. Dann werde ich sie fragen, wie die Party für sie ausgegangen ist.'*

Sven

80.

Das Leben kann so brutal und auch so schön sein. Noch vor ein paar Wochen dachte ich, meine Welt bricht zusammen, nachdem Lydia einfach so sang- und klanglos aus meinem Leben verschwunden ist. Inzwischen habe ich verstanden, dass dadurch die Tür zu Tina überhaupt erst aufging. Tina! Was ist das mit uns? Das fühlt sich an wie für immer. Kann man das nach so kurzer Zeit schon sagen? Muss mal meine Eltern fragen. Meine Mutter weiß doch immer Rat und mein Vater als Realist wird sicher die entgegengesetzte Meinung haben. So rufe ich sie also an und verabrede, dass ich mal abends vorbeikomme, da ich was mit ihnen besprechen möchte.

Nachdem ich ihnen meine Situation in den schönsten Farben geschildert habe, sagt meine Mutter: „Oh Sven, das ist ja wunderbar! Dürfen wir Tina bald mal kennenlernen? Du könntest sie doch Weihnachten mitbringen, oder was meinst du, Harald?" „Nu drängel doch nicht schon wieder gleich. Du klingst schon so, als wolltest du die Hochzeit vorbereiten. Denk dran, die beiden kennen sich erst ein paar Wochen", entgegnet mein Vater. „Aber Harald, erinner dich mal dran, ich wusste damals an dem Tag, als du die Wohnung meiner Eltern ausgemalt hast, sofort: Das ist der Mann, den ich heiraten will." „Ich aber nicht, wie du sicher noch weißt." „Ja, ich musste dich erst sanft überzeugen ..." „Also, um es kurz zu machen", werfe ich ein, „ich würde euch sehr gern Tina bald vorstellen, aber ich muss sie erst mal fragen, ob sie Weihnachten überhaupt Zeit hat und ob sie das möchte. Denn wenn ich aus meinen bisherigen Beziehungen eines gelernt habe, ist es die Notwendigkeit, dass man eine offene und ehrliche Kommunikation pflegt. Damit man immer weiß, wie es dem anderen geht, und auch sagt, wie es um einen selbst bestellt ist. Mit Tina ist das so, dass ich ständig mit ihr reden und immer meine Gefühle mit ihr teilen möchte. Das hatte ich so bisher noch nie." „Ist doch toll", sagt meine Mutter. „Dann frag sie bitte, damit wir Weihnachten planen können. Ich möchte da natürlich was Tolles auf den Tisch zaubern, wenn ich meine Schwiegertochter in spe kennenlerne." „Christine, nu übertreib nicht schon wieder. Als Nächstes kommst du noch auf die Idee, Tina beim Kennenlernen gleich zu fragen, wann die ersten Lütten zu erwarten sind." „Na und, wär das schlimm? Sven, ihr wollt doch Kinder, oder?" „Mama, darüber haben wir uns noch keine Gedanken gemacht. Und das hat auch noch Zeit." „Ich wusste das auch damals gleich, schließlich bist du knapp zehn Monate nach unserer Hochzeit geboren."

Mein jüngerer Bruder Lars kommt herein und fragt: „Was hör ich da? Du willst heiraten, Sven?" „He Alter, spinn nich' rum. Schau erst mal, dass du selbst eine Freundin findest. Heiraten ist jedenfalls bei mir noch kein Thema, auch wenn ich mit Tina sehr glücklich bin." „Erzähl mal mehr von ihr. Woher kennst du sie? Was macht sie? Hast du ein Foto?"

Und so erzähle ich unsere Geschichte gleich noch mal und Lars stellt immer noch mehr Fragen. Dann wieder meine Mutter. Nur mein Vater ist, wie so oft, sehr ruhig und wirft nur ab und zu eine Bemerkung ein. Am Ende verständigen wir uns darauf, dass ich Tina fragen werde, ob sie Weihnachten an einem Tag mit zu uns kommen möchte. Wenn das nicht geht, dann vielleicht zwischen den Jahren. „Aber bitte, Sven, sag's mir bald, damit ich das Essen planen und einkaufen kann."

Wieder zu Hause schreib ich an Tina, dass meine Eltern sie an Weihnachten gern kennenlernen möchten, und sie antwortet:

Gute Nacht, meine Süße.
Bis morgen.

Stell Dir vor, ich hatte den
gleichen Gedanken, dass Du
an einem Tag mit nach
Glücksburg kommst. Das
müssen wir morgen
ausführlich besprechen.
Jetzt bin ich zu müde. War
ein harter Tag heute. Gute
Nacht, liebster Sven, schlaf
schön.

Lydia

81.

‚Ist ja irre', denke ich, *‚28 Mails auf meine Anzeige.'* Die ohne Foto lösch ich gleich. Dann lese ich die übrig gebliebenen 18 Mails und schmunzle bei der einen oder anderen. Einige Kerle sind schon kreativ. Ich frag mich allerdings, wie oft sie schon solche Mails geschrieben haben und ob sie ehrlich sind. Am besten gefällt mir ein Hans aus Rosenheim. Der hat Folgendes geschrieben:

Küssen kann man nicht allein ...
Da hast Du vollkommen recht. Ich frag mich auch oft, wo ich eine Kusspartnerin und eine Frau für viele andere gemeinsame Dinge finde. Ich bin 32, Landwirt und führe meinen Hof in der dritten Generation. Aha, denkst Du jetzt, warum bewirbt sich der dann nicht bei „Bauer sucht Frau"? Das macht keinen Sinn, denn ich möchte den Hof aufgeben und lieber in der Stadt leben. Mein Vater würde die Hände über dem Kopf zusammenschlagen, aber ich halte diesen Spagat zwischen den vielen Vorschriften für Tier- und Pflanzenschutz und den EU-Regeln für die Milchproduktion einfach nicht mehr aus. Bin auch schon in Verhandlungen mit einem Nachbarn, der sich gern vergrößern möchte. Sobald wir uns auf einen Preis geeinigt haben, werde ich für meine Mutter eine Wohnung hier in Rosenheim suchen und für mich einen Job und eine Bleibe in München. Da ich BWL studiert habe, sollte das irgendwo möglich sein.

Nun zurück zum Küssen: Auf Dauer ist das Küssen von Milchkühen zwar abwechslungsreich, aber nicht so prickelnd, und ich würde gern wieder mal ein paar Frauenlippen berühren, ihre Haut spüren und mit der Frau zusammen lachen. Könnte mir vorstellen, dass das mit Dir geht. Schreib mal bitte, wie Du das siehst, und erzähl a bisserl mehr von Dir.

Winterliche, aber sonnige Grüße aus Rosenheim
Hans

Sein Schnappschuss zeigt einen braungebrannten, sommersprossigen Lausbub mit wuscheligen Haaren, der in der oberbayrischen Landschaft mit beiden Beinen auf dem Boden steht. Das zweite Bild ist ein Porträt, das offensichtlich ein Profi gemacht hat. Da sieht er aus wie ein verträumter, sinnlicher junger Mann, den man gern in den Arm nehmen möchte. Wie ein Schwiegermutter-Traum. Da mir seine Antwort am besten gefällt, antworte ich ihm:

Lieber Hans,
Deine Zeilen haben mich sehr berührt. Scheinbar suchst Du nicht nur eine Lösung, sondern gleich mehrere zugleich. Mit dem Verkauf Deines Bauernhofes und dem Suchen nach einer Wohnung für Deine Mutter kann ich Dir nicht helfen. Auch beim Finden einer Wohnung in München kann ich Dir keine großen Hoffnungen machen. Ich wohne selbst seit Jahren in einer WG mit zwei Mitbewohnern und würde sehr gern in eine eigene Wohnung umziehen. Aber alles, was ich finde, ist entweder zu teuer, zu weit draußen oder zu klein. Dafür habe ich einen interessanten Job als Mediendesignerin bei ProSieben.

Aber über Deinen Wunsch, statt Milchkühen wieder mal eine Frau zu küssen, können wir vielleicht etwas mehr hirnen. Du drückst in Deiner Mail Deine Wünsche so gefühlvoll aus, dass ich noch mehr von Dir erfahren möchte, und vielleicht treffen wir uns mal. Rosenheim kenn ich gar nicht, und schon gar keinen Bauernhof dort.

Du müsstest mich allerdings mit dem Traktor abholen, denn ich hab kein Auto.

Viele Grüße
Lydia

Es dauert nur bis zum nächsten Morgen um vier, bis er zurückschreibt, und seine Zeilen überzeugen mich, dass ich ihn kennenlernen möchte:

Liebe Lydia,
was willst Du noch wissen? Ich bin 185 cm groß und bin mit knapp
90 Kilo kein Leichtgewicht. Ich trinke gern a Weißbier, aber das
nicht dauernd, sondern meist freitagabends mit meinen Freunden
(oder wenn die ned kenne bei meinen Kühen ...).

Für Hobbys hab ich kaum Zeit, aber wenn ich welche hätt, würde
ich liebend gern mal was anderes von der Welt sehen. Denn weiter
als 100 km bin ich von hier noch net weggekommen. („Das ist bei
uns scho immer so gwen", sagt meine Mutter. „Mir ham doch do
alls, was mer bracht."

Wenn ich mir vorstelle, mit Dir an einem Strand irgendwo am
Mittelmeer zu träumen, dann kommen mir die Tränen. Schick mir
doch bitte bald ein Bild von Dir, denn bisher kenn ich ja noch wenig
von Dir. Und wenn Du herkommen möchtest, komm ich Dich sehr
gern abholen. Wenn Du nicht drauf bestehst, muss es auch nicht
der Traktor sein. Hab auch einen autobahntauglichen Diesel. Mit
dem wär ich sicher in einer Stunde bei Dir. Freu mich schon drauf.

Viele liebe Grüße (und Träume von Küssen)
Hans

In meiner Antwort an ihn hänge ich das Foto an, das
Sven von mir geschossen hat, weil es einfach so schön
ist. Ein paar Tränen kullern wieder über meine Wangen,
und gerade als ich den PC ausschalten will, kommt eine
Mail von Leo.

Hallo Lydia,
wir haben uns in Münster auf dem Geburtstag von Marie kurz
kennengelernt. Hab erfahren, dass Du Dich von Sven getrennt
hast. Mir ging es auch so, denn meine Freundin Tina hat sich von
mir getrennt und ist jetzt mit Sven zusammen. Wir haben also
durch Maries Zutun beide ein ähnliches Schicksal erlitten. Hätte
große Lust, mit Dir darüber ein bisschen zu reden. Magst Du auch?

Viele Grüße
Leo

Tina

82.

Die Weihnachtstage fallen in diesem Jahr so, dass der 23. Dezember ein Montag ist. Viele Firmen haben da bereits geschlossen und auch Sven und ich werden schon freihaben. Das trifft sich gut, denke ich, denn das ist ein gewonnener Tag in der Feiertagsplanung. Die anderen Tage sind doch bei den meisten Leuten schon voll mit Terminen. Auch meine Eltern wissen gern ein bis zwei Monate vorher, wie alles ablaufen wird. Sven hat bereits angedeutet, dass seine Mutter Weihnachten immer zelebriert. Sein Vater muss im November schon mit der Montage der Weihnachtsbeleuchtung fertig sein, damit seine Mutter in besinnliche Stimmung kommt.

Heute Abend nehmen wir uns Zeit, unsere gegenseitigen Weihnachtsbesuche zu organisieren. Ursprünglich wollten wir nur telefonieren. Aber dann kamen wir zu dem Schluss, dass wir das lieber im persönlichen Gespräch klären wollen. Und so machen wir es uns vor meinem Kamin gemütlich und vergleichen zuerst einmal, was die Familien so geplant haben.

„Also, wir sind am 24. Dezember meistens eine überschaubare Runde, meine Eltern, die Großeltern und ich, und zwar immer bei uns zu Hause in Glücksstadt. Seit meine Tante allein lebt, kommt es manchmal vor, dass auch sie dabei ist. Ich helfe immer beim Kochen. Das Menü ist jedes Jahr ein anderes, aber meistens gibt es Fisch. Wenn du an dem Tag mit uns feiern möchtest, steht dem nichts im Weg", beginne ich unsere Überlegungen. Bei Sven ist das ein bisschen anders, wie er erzählt: „Bei uns wird am 24. immer groß gefeiert. Wie gesagt, meine Mutter stimmt sich schon lange vorher auf das Ereignis ein. Mein Bruder Lars ist in der Adventzeit gern viel unterwegs, damit er nicht zu viele Aufgaben abbekommt. Aber zum Fest traut er sich dann doch nicht zu fehlen. Und meine Tanten, Onkel und die Großeltern kommen immer gern dazu und genießen es sehr, verwöhnt zu werden. Meine Mutter kocht immer groß auf. Ihre Weihnachtspute ist unschlagbar. Und unsere Bescherung dauert eine gefühlte Ewigkeit. Ich denke, dass dieser Tag bei uns nicht besonders gut zum Kennenlernen der Familie geeignet ist." „Ich sehe, unterschiedlicher könnte es gar nicht laufen", gebe ich zu, und wir müssen wieder einmal herzlich lachen. „Na gut", sage ich. „Der 24. gehört also unseren Familien. Das habe ich fast erwartet. Was hältst du denn davon, wenn du am 23. ein bisschen mit uns feierst? Dann zeige ich dir Glückstadt und wir sehen auch noch den wunderschönen Adventsmarkt." Sven stimmt begeistert zu und bietet mir den 25. oder 26. Dezember für einen Besuch bei seinen Eltern an. „Ist mir beides recht", antworte ich. „Frag doch deine Eltern, wann es ihnen lieber ist."

Es ist wunderbar, wie problemlos wir unser erstes Weihnachtsfest gemeinsam geplant haben. Wir haben eine ähnliche Art, an die Dinge heranzugehen, und können uns beide gut in Situationen hineindenken. „Bei mir liegt das sicherlich am Sternzeichen", betone ich. „Ein Steinbock liebt es, Abläufe zu planen und sich dann auch daran zu halten." „Ach nee! Was du nicht sagst!", antwortet Sven und schmunzelt, als er weiterredet: „Wann hast du denn Geburtstag? Ich am 19.01." „Das gibt's ja nicht! Das erklärt natürlich einiges. Ich bin am 2. Januar geboren." Mit dieser neuen Erkenntnis erwarten wir den 23. Dezember und unser erstes gemeinsames Weihnachten.

Der Adventsmarkt ist wie jedes Jahr wunderschön. Es ist schon dunkel, als wir ankommen, und wir bleiben erst mal vor dem riesigen Weihnachtsbaum stehen, der hier alles überstrahlt. Sven nimmt mich in den Arm und flüstert mir ins Ohr: „Es ist schön, das hier mit dir zu sehen. Ich will in Zukunft alles Schöne mit dir zusammen erleben!" Ich drücke ihn dafür fest an mich und strahle ihn nur an. Dann bummeln wir über den Markt, an den bunten, beleuchteten Ständen mit Kunsthandwerk und kulinarischen Köstlichkeiten vorbei. Essen wollen wir nichts, sonst ist meine Mutter enttäuscht, wenn wir nicht ordentlich zulangen. Aber ein Punsch darf schon sein.

Gleich bei der Begrüßung, wir sind kaum alle im Haus, sagt meine Mutter zu Sven: „Wie schön, dass du da bist! Was für eine gute Idee, Weihnachten mit Kennenlernen zu verbinden. Tina hat mir schon erzählt, dass ihr dasselbe Sternzeichen habt und dass ihr euch gut ergänzt. Ihr müsst mir unbedingt nachher noch einmal genau erklären, wie ihr euch kennengelernt habt. Das hat mir doch ein wenig kompliziert geklungen. Aber jetzt kommt einmal weiter." Mein Vater schüttelt Sven die Hand und geht dann vor ins Wohnzimmer. Auch unser Weihnachtsbaum ist heuer größer ausgefallen als sonst, bemerke ich gleich und freue mich sehr, dass sich meine Eltern so viel Mühe geben für Sven und mich. Da fällt Sven ein, dass er etwas im Auto vergessen hat. Ich gebe ihm den Schlüssel des Cabrios und er geht noch mal hinaus. Mama nützt die Gelegenheit, um mir mitzuteilen, dass sie begeistert ist, wie gut Sven aussieht: „Aber da musst du aufpassen. Wenn einer so gut aussieht, gefällt der auch anderen!" „Mama, vergiss das sofort! Sven hat nur Augen für mich. Er braucht keine anderen mehr", versichere ich ihr. Da ist der Traummann auch schon zurück, mit einem großen Weihnachtsstern in einer Hand und einer Tasche in der anderen. Die Pflanze überreicht er meiner Mutter und bedankt sich für die Einladung. Das Eis ist also schon gebrochen und beim gemütlichen Abendessen plaudern wir über die ersten Monate unserer Beziehung. Die Geschichte von der Party haben wir etwas gekürzt. Nicht alles ist für die Eltern wichtig zu wissen. Als mein

Vater zur Bar geht und einen feinen Tropfen serviert, nimmt Sven ein Geschenkpaket aus der Tasche. Es ist in rotes Papier gepackt, mit einer weißen Schleife. „Wer möchte es auspacken? Es ist für euch beide", sagt Sven und die überraschten Blicke sind mit nichts zu überbieten, als sie gemeinsam das Geschenkpapier vom Inhalt lösen. „Ein Fotobuch!", ruft Mama freudig und schaut sofort hinein. Sven hatte ganz viele Fotos von mir gemacht, teilweise, ohne dass ich es gemerkt habe. In den verschiedensten Situationen, alle ganz natürlich, nicht gestellt. Es sind durchweg Schwarz-Weiß-Aufnahmen, die er da als Sammlung zusammengestellt hat. Sogar meinem Vater steht die Rührung ins Gesicht geschrieben. Was für eine schöne Idee!

Leo

83.

Hi Leo!
Ich weiß nicht recht, ob ich mich über Deine Nachricht freuen
kann. Denn was Du da schreibst, macht mich sehr betroffen. Ich
wusste nicht, dass Sven jetzt mit Tina zusammen ist. Ich habe
ganz etwas anderes vermutet. Vielleicht sollten wir wirklich
einmal reden. Du bist ja auch in München, oder? Da wird das nicht
so schwer sein. Mach einfach einen Vorschlag, wann und wo wir
uns treffen. Ich habe jedenfalls ab 23. Dezember
Weihnachtsurlaub und bin flexibel. Würde mich freuen.
Vorweihnachtliche Grüße
Lydia

Als ich Lydias Antwort lese, denke ich: *,Na, da hast du*
jetzt was angerichtet! Sie wusste das gar nicht! Was ist
auf dieser Party eigentlich abgegangen? Hab ich
gepennt?' Vielleicht bringt ein Gespräch mit ihr wirklich
mal Licht in mein ewiges Dunkel. Mein Urlaub beginnt
zufällig auch schon am Montag. Der 23. fällt ja diesmal
besonders günstig. Also schlage ich ihr kurzerhand das
Rischart vor, um 15:00 Uhr. Ich werde dort sicher nicht
gleich an den Reinfall mit – wie hieß sie noch ...
Ariane? – denken. Lydia kennt das bestimmt auch. Und
warum soll man etwas kompliziert machen, wenn's
einfach auch geht.

Der Marienplatz hat auch im Winter seinen Reiz. Der
Christkindlmarkt lässt mich beinahe in die Kindheit
zurückkehren und für einen Moment all das Traurige
vergessen, das mich in letzter Zeit so beschäftigt. Ich
habe wieder einen Tisch am großen Schaufenster
ergattert. Gerade einer war für uns noch frei. Schon
nach wenigen Minuten sehe ich Lydia zur Tür
hereinkommen. Ich winke ihr zu, und sie kommt mit
schnellem Schritt auf mich zu. „Hi, kalt ist es heute

draußen!", sagt sie und legt ihren warmen Mantel ab. Wir bestellen gleich zwei heiße Früchtetees zum Aufwärmen und dann fragt sie mich ganz aufgeregt: „Sag mal, was war das denn auf dieser Geburtstagsparty? Ich hab nicht wirklich viel mitgekriegt. Als Sven mit Marie auf der Tanzfläche rumgemacht hat wie wild, bin ich einfach abgehauen. Das war mir zu viel. Er lässt mich da einfach an der Bar sitzen und dieses Miststück verführt ihn regelrecht vor den Augen aller auf der Tanzfläche. Ich war so verletzt, dass ich gar nichts mehr hören und sehen wollte." „Na ja", muss ich zugeben. „Wirklich viel mitgekriegt habe ich scheinbar auch nicht. Für mich war das eine superunterhaltsame Action. Svens Geschmuse mit Marie hab ich gar nicht gesehen. Tina sagt, da waren wir gerade im Nebenraum mit dem zweiten Nachtisch beschäftigt." Dann legt sich noch mehr Trauer in ihr Gesicht und sie redet weiter: „Kannst du dir vorstellen, dann ist noch Maries Freundin Babsi gekommen und hat mir erzählt, dass Sven und Marie vor ein paar Jahren eine Beziehung miteinander hatten!" „Ich glaub, da wäre ich auch ausgetickt! Kann dich gut verstehen", bestätige ich und dann fällt mir wieder ein, wie ich mit Lydia den Robotertanz durchgezogen habe. „Und genau da habe ich Tina und Sven zum ersten Mal zusammen gesehen. Ist mir gleich komisch vorgekommen, die Geschichte mit dem Flieger und dem Herrenklo." „Ja, allerdings!", sagt sie, fast schon wütend. „Die Story war schon ätzend. Und als die beiden dann nach dem Frühstück zusammen nach Hause gefahren sind. Daraufhin habe ich Sven schon unterstellt, dass er mehrere Weiber am Laufen hat. Ich wollte nicht die Nummer soundso in seinem Harem sein." „Hm, nicht dass ich den Kerl jetzt in Schutz nehmen möchte", werfe ich ein. „Aber die Sache mit dem – zugegeben übertriebenen – Geburtstagskuss war die Aufgabe, die er zu Beginn der Feier gezogen hat, oder?" „Ha! Von wegen gezogen… Die Circe hat ihm das Los in die Hand gegeben. Ich habe mein ‚Barbie-Girl‘ ehrlich bekommen." Jetzt müssen wir beide herzlich lachen. „Weißt du was!", versuche ich die Situation aufzulockern. „Jetzt haben wir so lange geschwätzt, dass die Sonne schon untergeht. Was hältst du davon, wenn wir noch ein wenig über den Markt spazieren. Ich lade dich gern ein auf einen leckeren Punsch deiner Wahl." Lydia nimmt die Einladung an.

Als wir mit dem Beerenpunsch fertig sind, frage ich sie: „Meinst du auch, dass wir uns gegenseitig noch viele Fragen beantworten könnten? Möchtest du mich nach Weihnachten einmal zu Hause besuchen, bevor ich in meine neue Wohnung ziehe?" „Hey, neue Wohnung? Das hört sich gut an! Brauchst du noch Tipps für Einrichtung und so? Da helf ich dir jederzeit! Ich liebe es, zu planen und zu experimentieren." Die Aufregung über unser Beziehungsleben ist kurzfristig wie weggeblasen. „Also rufen wir uns nach den Feiertagen zsam?", frage ich. „Abgemacht! Ich freue mich darauf!"

Sven

84.

Weihnachten mit meinen Eltern und meinem Bruder, welch schöne Aussicht, dass diesmal Tina am zweiten Weihnachtstag dabei sein wird. Heiligabend und den ersten Weihnachtstag muss ich irgendwie ohne sie aushalten, aber Telefonieren geht immer, und das auch mit Bild, denke ich am 23. spätabends, nachdem ich von Glückstadt wieder zurück in meiner Wohnung bin.

Am Morgen des 24. bin ich überrascht, eine WhatsApp von Marie aus Münster zu bekommen:

> *Lieber Sven,*
> *ich wünsche Dir ein tolles*
> *Weihnachtsfest und alles*
> *Gute zum neuen Jahr. Hoffe,*
> *2020 wird ein Superjahr für*
> *Dich.*
>
> *Hast Du übrigens Lydia*
> *wieder einfangen können?*
> *Es täte mir sehr leid, wenn*
> *ich da etwas kaputtgemacht*
> *hätte.*
>
> *Viele liebe Grüße*
> *Marie*

Ist die bescheuert? Da muss ich ihr gleich mal zurückschreiben.

Hallo Marie,
danke für Deine guten Wünsche.
Sie werden allerdings dadurch
getrübt, dass Lydia mich
tatsächlich verlassen hat. Die
Feder kannst Du dir an den Hut
stecken. Und es ist keine schöne.
Mach es in 2020 besser!

Als ich Tina am Telefon davon erzähle, ist sie ganz erbost über die Nachricht von Marie. Aber auch, darüber dass ich nur geschrieben habe, dass Lydia mich verlassen hat, ist sie nicht begeistert. „Du hättest doch auch schreiben können, dass wir beide jetzt zusammen sind." „Wieso, sie hat nach Lydia gefragt, und das habe ich beantwortet. Wenn ich von uns geschrieben hätte, wäre sie sicher gleich umgeschwenkt und hätte sich eine goldene Feder statt einer schwarzen an den Hut gesteckt, weil sie uns zusammengebracht hat." „Das kann schon sein, aber wär das so schlimm?" „Nein, aber ich gönne ihr den Triumph nicht." „Versprich mir, wenn sie noch mal schreibt, dass wir deine Antwort miteinander abstimmen und gemeinsam verfassen." „Okay, meine Liebste, so machen wir das, versprochen."

Nach dem gelungenen Weihnachtsfeiertag bei meinen Eltern planen Tina und ich zu Silvester in die Elphi zu gehen. Dort gibt es zunächst eine Aufführung von „My Fair Lady" und danach Partymusik bis zum frühen Morgen. Zum Glück hatte ein Kollege beim NDR zwei Karten übrig gehabt, die ich ihm gern abgekauft hatte. Bei der Nachfrage für die Elphi hätten wir diese Karten vielleicht für 2021 kaufen können, aber nicht für 2019. Wir freuen uns beide schon sehr darauf und haben vereinbart, dass wir uns dort gegen 19:00 Uhr treffen werden. Gegen 18:00Uhr bekomme ich wieder eine WhatsApp von Marie:

Lieber Sven,
das mit Lydia tut mir sehr leid. Das war natürlich nicht meine Absicht und ich möchte das sehr gern wiedergutmachen.

Daher wünsche ich Dir aus der Ferne einen tollen Start ins neue Jahr und schlage Dir vor, dass wir uns im Januar mal treffen.

Ich hab von meinem Vater zu Weihnachten eine tolle Kamera bekommen und würde sehr gern mit Dir zusammen lernen, damit umzugehen. Dazu möchte ich gern mit Dir in Hamburg einen Fotowalk machen. Hast du Lust, Deiner alten Freundin mit der Kamera ein bisschen auf die Sprünge zu helfen?
Alles Liebe
Marie

Ich schreibe keine Antwort, sondern warte, bis Tina kommt, und zeige ihr die Nachricht. „Oh, diese Schlange. Lass uns über die Antwort bei einem Glas Sekt nachdenken. Vielleicht fällt uns bis zum Beginn der

Vorstellung eine schöne und böse Erwiderung ein und wir fügen ein Bild von uns bei."

Lydia

85.

Gleich kommt er zu mir. Nach seiner letzten Nachricht hatte ich mit Hans verabredet, dass er mich nach Weihnachten abholen und mir seinen Hof zeigen kann. Dann kenne ich seine Wurzeln und wir kommen uns sicher auch ein wenig näher. Wenn er also pünktlich ist, müsste er in ein paar Minuten klingeln.

Die Weihnachtstage bei meiner Mutter in Dresden waren wieder mal stressig. Sie und meine Schwestern Nicole und Chantal kann ich irgendwie nicht länger als zwei Tage ertragen, dazu sind wir wohl alle zu verschieden. Chantal, die Jüngste, hatte diesmal ihre Haare in ein leuchtend grünes Wuschelmeer verwandelt und kokettierte damit herum. Mit solchen Haaren und langen knallgrünen Fingernägeln kann man wohl auch im Haushalt nicht helfen. Vor allem, wenn man auch noch ständig am Handy herumdaddelt. Das regte nicht nur meine Mutter auf, auch Nicole und ihr Mann Markus nörgelten ständig rum, dass Chantal wenigstens mal den Tisch abräumen könne. Meine kleine Nichte Gina wirbelte wie ein Frettchen durch die Wohnung und räumte zusätzlich am liebsten Omas Schränke aus. Da kam irgendwie keine festliche Stimmung auf, aber das ist für mich auch kein Wunder, denn religiös war meine Familie noch nie, Das wurde irgendwie in der DDR-Zeit abgeschafft. Ich habe in München auch erst langsam wieder so ein bisschen zu Gott gefunden und bin an Heiligabend als Einzige in der Frauenkirche zur Christmette gegangen. Als ich von dort zurückkam, hatten alle anderen schon genügend Wein, Sekt oder was auch immer getrunken, sodass ein vernünftiges Gespräch nicht mehr möglich war. Den ersten Weihnachtstag mit Gänsebraten und Rotkohl hab ich grad noch durchgestanden, aber am Abend bin ich mit dem Zug wieder nach München geflohen. Das brauche ich so bald nicht wieder. Der zweite Weihnachtstag allein zu Hause (Wolfgang und Lisa waren zu ihren Eltern gefahren) hat mich dann wieder ein bisschen ruhiger werden lassen. Und heute werde ich also mit Hans nach Rosenheim fahren.

In seinem großen schwarzen Mercedes Kombi fährt es sich sehr angenehm, aber irgendwie kommt während der Fahrt noch kein richtiges Gespräch zwischen uns zustande. Kurz vor der Autobahnabfahrt sagt Hans dann: „Du lernst nachher auch meine Mutter kennen, sie hat drauf bestanden, für uns was zu kochen. Ich hoffe, das ist in Ordnung für dich." „Na ja, ich hätte mir beim ersten Date eher vorgestellt, dass wir beide uns kennenlernen. Wenn ich dazu auch gleich deine Mutter treffe, ist das mal was Neues, und wer weiß, wozu es gut ist."

Frau Schmidt ist dann tatsächlich eine sehr nette ältere Dame, ich schätze sie auf Mitte bis Ende sechzig und sie nimmt mich auch gleich in Beschlag. „Hast dich scho a bisserl umg'schaut auf'm Hof?", fragt sie mich in der Küche, als Hans im Keller Getränke holt. „Noch nicht wirklich, aber ich denke, Hans wird mir nachher alles zeigen." „Schau nur gut hin, damitst woast, was di erwart, wennst herziagst." Ich bin überrascht, aber ich sage erst mal nichts.

Das Essen ist allerdings köstlich, hab schon lange keinen so guten Schweinebraten gegessen, und das sag ich ihr auch. Frau Schmidt fragt mich dann: „Kannst du so an Schweinsbraten a mache?" „Wenn Sie mir das Rezept verraten, würde ich es schon schaffen." „Dann kommst halt 's nächste Mol a bissel früher und mir mache des zsam. Ohne en gscheiten Schweinsbraten kann der Hans net leben. Der is des gwohnt." „Aber in

München kann man im Restaurant auch schon einen guten Schweinsbraten bekommen." „Des kannst ja etz no essen, aber wennst erst amal da wohnst, kochst halt selber. I helf dir scho." Nach dem Essen führt Hans mich über den Hof und wir gehen gleich noch ein wenig durch die Wiesen und Felder. „Sag mal, weiß deine Mutter, dass du den Hof verkaufen willst?" „Na ja, so richtig no net." „Und wann willst du ihr das sagen?" „Sobald ich einen Käufer g'funden hab." Mir fehlen die Worte. Das klang in seinen Nachrichten irgendwie anders.

Die Aussicht, auf einem Bauernhof leben zu müssen, schockt mich dermaßen, dass ich ihn bitte, mich zum Bahnhof zu fahren, und ich nehme den nächsten Zug zurück nach München. Schon auf der Fahrt denke ich darüber nach, warum ich ständig einen Mann suche. Wozu brauch ich solche Pfeifen? Nur um ab und zu ins Bett zu steigen? Wenn sonst nichts stimmt, dann kann ich es auch lassen. Bei Sven hatte ich wenigstens das Gefühl, dass wir uns lieben und dass auch die Interessen nicht so sehr verschieden sind. Und vielleicht war ich ja bei meinem Urteil in Münster auch zu hart und vorschnell. Aber dem brauch ich jetzt keine Träne mehr hinterherzuweinen. Der ist woanders untergekommen. Tina wohnt auch in Hamburg, da können die beiden sich öfter sehen. Ist sicher auch ein wichtiger Faktor für eine funktionierende Beziehung.

Meine Gedanken gehen im Zug noch ein bisschen weiter. Ich werde zu Hause die ganzen Antworten auf meine Anzeige wegschmeißen. Das bringt alles nix. Meine Oma hat schon immer gesagt, dass jedes Töpfchen sein Deckelchen bekommt. Das findet sich schon, hat sie immer gemeint. Und wieso such ich dann auf allen möglichen Wegen danach? Ich sollte vielleicht erst mal lernen, mit mir selbst und meinem Leben zufrieden und glücklich zu sein. Einsamkeit ist ja nicht unbedingt etwas Schlechtes. Man muss sie nur entsprechend nutzen. Ich kann mich mit meinen Spielen beschäftigen oder wieder mal ein gutes Buch lesen. Vielleicht sogar ein Buch zum Thema: Allein leben, aber wie?.

Zu Hause fange ich gleich mal damit an und suche im Internet nach solchen Büchern. Ich entscheide mich für die Kindle-Ausgabe von „Die Kunst allein zu leben" von Jane Mathews und nach dem Runterladen beginne ich gleich zu lesen. Auf den ersten Seiten heißt es: *„Nur wenige entscheiden sich bewusst dafür, allein zu leben. Für die meisten ist es Schicksal. Warum wir allein leben, spielt keine Rolle. Im Prinzip wollen wir alle das Gleiche: Nicht nur das Beste daraus machen, sondern ein abwechslungsreiches, erfülltes, freudvolles Leben führen."*

Die Lektüre bringt mich durch den Rest des Tages, und abends im Bett denke ich weiter darüber nach. Was wollte ich denn schon länger mal machen? Eine eigene Wohnung oder zumindest diese WG verlassen. Denn ich passe hier nicht mehr hin, seit Lisa und Wolfgang zusammen sind. Sie sagen das zwar nicht, aber ich komme mir oft deplatziert vor. Außerdem war ich schon länger nicht mehr in Urlaub. Mit Sven hatte ich darüber gesprochen und wir wollten im Winter auf die Kanaren fliegen und ein bisschen Sonne tanken.

Motorrad fahren steht auch schon länger auf meinem Wunschzettel. Seit ich mit 18 gleich auch dafür den Führerschein gemacht habe, bin ich nicht mehr gefahren. Auto fahr ich allerdings auch seit meinem Umzug von Dresden kaum, denn hier in München braucht man kein Auto. Man kommt überall mit den Öffis hin.

Frau Schmidt hat mich dran erinnert, dass ich mal einen Kochkurs machen sollte. Denn immer nur die

Schnellgerichte oder irgendwas Fertiges holen ist doch keine dauerhafte Lösung. Ein leckeres Gericht für sich selbst zu kochen, ist eine wunderschöne Aufgabe, und man kann dabei auch viel mehr auf gesunde Ernährung achten. Morgen suche ich mir einen Kurs, fange auch an, selbst Gerichte im Netz zu suchen und für mich zu kochen. Außerdem muss ich Leo anrufen. Vielleicht zeigt er mir seine neue Wohnung und ich kann für ihn dort mal was kochen? Die Idee gefällt mir sehr und mit dem Gedanken schlafe ich ein.

Tina

86.

Silvesterabend in der Elbphilharmonie mit Sven! Schöner geht's eigentlich nicht. Aber manche Leute schaffen es sogar, besondere Momente wie diesen in ein anderes Licht zu tauchen. Marie zum Beispiel. Es war mir klar, dass sie sich noch mal bei Sven melden würde, nachdem er ihr zwar von der Trennung von Lydia, aber nichts von uns erzählt hat. Sie MUSS ja in diesem Fall denken, dass er jetzt frei ist. Aber dass sie am Silvestertag noch einmal nachhakt, obwohl er ihr geschrieben hat, dass er sauer ist, finde ich extrem unsensibel und ... ja ... unverschämt! Gleich, als wir uns um 18:00 Uhr treffen, zeigt mir Sven, wie vereinbart, ihre Nachricht. Ich kann meine Bestürzung nicht verbergen: „Jetzt ist sie ganz übergeschnappt! Was heißt hier, sie will fotografieren lernen? Das ist doch wieder nur ein billiger Trick, um ein Treffen zu arrangieren. ‚Zeig mir die Handhabung der Kamera', würde sie dann sagen und, wie ganz natürlich, körperliche Nähe suchen. Miststück! Soll sie doch einen Fotokurs besuchen, wenn sie das wirklich will! Oh, diese Schlange! Lass uns über die Antwort bei einem Glas Sekt nachdenken. Vielleicht fällt uns bis zum Beginn der Vorstellung eine schöne und böse Erwiderung ein und wir fügen ein Bild von uns bei." Sven ist einverstanden und bestellt schon mal zwei Gläser Sekt.

Eine kurze und aussagekräftige Antwort ist in diesem Fall gar nicht so einfach. Sie soll so sitzen, dass sie endlich kapiert, was sie angerichtet hat. Gleichzeitig soll sie schon ein wenig der Neid fressen, weil wir jetzt zusammen sind ... und auch ganz allein durch ihre Aktionen. Es soll klar sein, dass wir mit ihr nichts mehr zu tun haben wollen und dass Sven schlicht und einfach von ihr nichts will. Wir experimentieren eine Weile mit unseren Textvorschlägen, bis Sven kurz vor Konzertbeginn die WhatsApp abschicken kann:

Marie,
bitte hör endlich auf mit Deinen
Annäherungsversuchen! Ich
hätte Dir letztens sagen
müssen, dass ich jetzt mit Tina
zusammen bin. Du weißt schon,
die Ex von Leo. Ist Dir eigentlich
klar, dass Du zwei Paare
auseinandergebracht hast?
Aber etwas Gutes hat es auch:
Durch Deine selbstsüchtigen
Aktionen hast Du mir die
Partnerin fürs Leben praktisch
zugespielt. Dafür muss ich Dir
sogar dankbar sein.
Zum Abschluss noch ein paar
Worte von Tina:
Hallo Marie! Es ist jetzt wirklich
genug! Deine Party war eine
der bestgeplanten, die ich je
besucht habe. Deine Intrigen
haben mir die Liebe meines
Lebens beschert! Aber jetzt
trennen sich unsere Wege für
immer.
Wir wünschen Dir ein
wundervolles neues Jahr und
hoffen, Du hast gute Vorsätze.

Sven + Tina
PS: Ein Fotokurs könnte Dich
auf andere Gedanken
bringen …

Kurz ist die Nachricht zwar nicht ausgefallen, aber die Aussagekraft passt garantiert. Ein Selfie in der Elphi ist auch noch schnell gemacht, und dann ab die Post.

Mit dem Drücken auf „Senden" schicken wir auch alle negativen Gedanken auf Reisen. Marie hat es nicht geschafft, unseren ersten gemeinsamen Jahreswechsel zu trüben. Die Aufführung von „My Fair Lady" ist beeindruckend. Die Akustik in dem Saal ist gewaltig. Und mit diesen Eindrücken gehen wir in eine Silvesterparty der besonderen Art. Gute Laune, Tanzmusik bis zum Abwinken und um Mitternacht ein riesiges Feuerwerk über der Elbe. Wir sind nicht nur vom Sekt berauscht, sondern auch von dem Glücksgefühl, das wir beide empfinden. Sven nimmt mich in den Arm, nachdem wir angestoßen und „Prosit Neujahr!" gewünscht haben, und sagt: „Liebste Tina, das wird unser Jahr! Unser erstes, auf das noch ganz viele folgen mögen! Ich liebe dich unendlich!" Ein paar Freudentränen lassen sich nicht mehr vermeiden und ich antworte: „Ja, so soll es sein. Mit dir zusammen in eine neue Ewigkeit!" Daraufhin tanzen wir mit wenigen Pausen durch bis halb drei.

Wir hatten vorher schon vereinbart, nachher zu mir zu fahren und den kleinen Rest der Nacht gemeinsam zu verbringen. Auf dem Rückweg, in der U-Bahn, nimmt Sven meine Hand in seine und beginnt sie zu streicheln. Als er mich dann auch noch ganz unverhohlen küsst, gebe ich scherzend zu bedenken: „Aber hallo, junger Mann! Hier in aller Öffentlichkeit?" „Wieso? Sind doch kaum Leute hier …", lautet seine freche Antwort. Darauf ich: „Aber es sind doch höchstens noch drei Minuten, bis wir da sind!" Seine Augen glänzen und er lächelt mich vielversprechend an und sagt: „Drei Minuten sind drei Minuten! Ich wärme mich schon mal ein wenig auf." Daraufhin ahne ich schon, dass wir noch ein Weilchen wach sein werden. Und ich behalte recht …

Marie

87.

O Gott, was für eine blöde Nachricht am letzten Tag des Jahres. Eigentlich hatte ich doch die Idee gehabt, mir Sven zurückzuholen. Er ist einfach mein Traummann und ich hätte es ja auch fast geschafft. Zumindest war es am Geburtstag sehr nett mit ihm und Lydia habe ich vertreiben können. Wenn das so leicht geht, kann es ja keine sehr enge Verbindung gewesen sein. Aber dass jetzt Tina und Sven zusammen sind, ist doch eine himmelschreiende Ungerechtigkeit. Tina hat den besseren Job, sieht besser aus als ich und jetzt angelt sie mir auch noch meinen Mann weg. Ich glaub, ich muss mich heut besaufen. Jetzt sitz ich hier allein zu Hause, hab meinen Sohn Bosse bei seinem Vater geparkt und blase Trübsal. Was für ein Jahresende!

Kurz vor Mitternacht, als der Wein schon seine Spuren bei mir hinterlassen hat, bin ich in Versuchung, Sven anzurufen und ihm zu sagen, wie blöd er ist, dass er auf Tina abfährt. Mit mir ginge es ihm sicher besser. Ich würde ihm jeden Wunsch von den Augen ablesen. Und ich glaube auch, dass er ein guter Ersatzvater für Bosse wäre. „Ideale Voraussetzungen für einen Beziehung zwischen uns", sage ich laut, oder besser, lalle ich vor mich hin. Als draußen das Feuerwerk ertönt, mache ich mir eine Flasche Sekt auf und leere das erste Glas in einem Zug. Das zweite erlebt kaum das Ende des Feuerwerks und jetzt möchte ich Tina anrufen und beschimpfen. Blöde Kuh, blöde. Mir einfach meinen Sven auszuspannen. Ich krame das Fotobuch heraus, das er mir zum Geburtstag geschenkt hat, und blättere gedankenverloren darin. Bei einigen Aufnahmen kann ich mich genau erinnern, wo er das gemacht hat. Und am Abend danach hatten wir ein wunderbares Abendessen in Wenningstedt bei Gosch am Kliff.

Exzellente Scholle und einen traumhaften Riesling. Und die Nacht danach mit Sekt am Bett und im Bett auf Svens und meinem Körper ... Ich möchte ihn jetzt hier haben und spüren. Sven, Sven, Sven. Warum bist du bei Tina und nicht hier? Wir könnten noch so eine verrückte Nacht erleben und damit das neue Jahr einläuten. ‚Ein Jahr, das uns ein Remake von Sylt bescheren würde, und wir könnten eine losige rrrosige Zu... Zu... Zukunft haben.'

Gegen eins ist die Sektflasche auch leer und ich voll, schaffe es grad noch bis zur Toilette und gebe Sekt, Wein und Abendessen an die Keramikschüssel ab. Nach einer kalten Gesichtswäsche fühle ich mich etwas besser und versuche meine Gedanken zu ordnen. Morgen muss ich mir einen Plan machen, wie ich Sven in meine Fänge kriegen kann. Das mit der Kamera war wohl der falsche Weg. Und ein Cabrio wie Tina hab ich auch nicht. Was kann ich ihm bieten? Als teilzeitbeschäftigte Lehrerin gibt's nicht so viel Luxus bei mir. Worauf steht der Kerl? Meine Brüste haben ihm damals gefallen. Ob ich ihm ein Foto davon per WhatsApp schicke? Aber er hat ja die von Tina jeden Tag zu Verfügung. Keine gute Idee. Wie wär's mit einem Hilferuf? Bosse krank oder ich? Brauche dringend jemand, der mich unterstützt. Ob er darauf anspringt? Hilfsbereit war er damals auch schon. Ich erinnere mich, dass er mich mal mitten in der Nacht bei einer Party abgeholt hat, von wo ich per Bus oder Bahn nicht mehr wegkommen konnte. Hab ihn um 4:00 Uhr früh angerufen und kaum 30 Minuten später war er da und hat mich nach Hause gebracht. Damals hatte er noch ein Auto. Da er jetzt keins mehr hat, muss die Hilfe ohne Auto möglich sein. Ich hab's: Ich muss ins Krankenhaus und Bernd und auch sonst niemand kann sich um Bosse kümmern. „Lieber Sven, du bist meine Rettung, kannst du dir ein paar Tage freinehmen und auf Bosse aufpassen?" Das wäre doch eine gute Botschaft. Und wenn er erst mal hier ist, wurde die OP verschoben und ich versuche, ihn ein paar Tage hierzubehalten.

Morgen, wenn ich nüchtern bin, muss ich das noch genauer durchdenken und dann, in ein paar Tagen, schreib ich ihm. Vielleicht sollte ich vorher Tina kontaktieren und ihr Glück wünschen mit Sven. Dabei könnte ich herausfinden, wann sie noch mal ein paar Tage beruflich wegmuss. Das ist dann meine Chance.

Teil 3

Ich will Dich doch!

Leo

88.

Die Weihnachtsfeiertage sind schnell vorübergegangen. Bei uns zu Hause hat sich die Familie versammelt, und so kam keine Langeweile auf. Und ich hatte weder Zeit noch Ruhe, mich in mein Loch der Traurigkeit zurückzuziehen.

Am Silvestertag bereite ich mich mit einem ausgedehnten Mittagsschlaf auf die bevorstehende Party bei Freunden vor. So ausgeschlafen wie schon lange nicht, schaue ich auf meinem Handy nach Nachrichten und sehe, dass Lydia angerufen hat. *,Verdammt, das war schon vor einer Stunde. Da ruf ich mal zurück. Was kann sie wollen?'* Ich wähle ihre Nummer, und es läutet mehrere Male, bis sie rangeht: „Hi Leo! Wie nett, dass du zurückrufst", sagt sie erfreut. Entschuldigend gebe ich zurück: „Das hätte ich auch schon früher gemacht, wenn ich wach gewesen wäre. Ich habe gerade meinen Schönheitsschlaf gehalten, weißt du!" „Ach, gehst du feiern heute?", durchschaut sie mich sofort. „Erwischt! ... Ja, ich hab eine Einladung. Mein Kumpel Felix schmeißt eine Party bei sich zu Hause. Das wird cool, mit Feuerwerk und so. Ich wollte zuerst gar nicht zusagen, aber dann hab ich mir gedacht, Trübsal blasen allein zu Hause bringt auch nix. Also warum nicht ordentlich abfeiern?" Lydia will mich necken und sagt: „Ah, so richtig mit Mädels und so weiter!" Da winke ich gleich ab: „Na, na ... kein Bedarf. Eine gute Portion Alk vielleicht, aber Mädels ... Fix nicht! Außerdem kommen die meisten eh mit Freund, also keine Gefahr ... Was machst du heute Abend?" „Ich hab diesmal nichts vor. Ich bleib zu Hause, lese vielleicht ein bisschen. Fernsehen geht auch. Zu Silvester gibt's immer gutes Programm", erklärt sie mir und redet gleich weiter: „Ich rufe eigentlich an, weil ich mich gefragt habe, wie weit du mit deiner Wohnung bist. Gibt es da noch was, wobei ich helfen kann? Ich hab noch ein paar Tage frei, da ginge was." Ich freue mich sehr über Lydias Interesse. Wäre schön gewesen, hätte Tina nur halb so viel gezeigt. „Das ist sehr nett von dir. Mittlerweile sind die Wände und die Installationen fertig. Die Küche war ja schon vorhanden. Die ist übrigens ein echter Hingucker. Rote, glänzende Fronten, die Arbeitsblatte aus dunklem Marmor ... Die ersten Möbel habe ich auch schon geordert. Hast du Lust, einmal mit hinzukommen? Ich zeige sie dir gern." „Nichts lieber als das. Wann?", fragt sie spontan. Da habe ich eine Idee: „Lydia, hast du nicht Lust, mich zu der Party zu begleiten? Ich verspreche dir, es wird keine Actions wie in Münster geben. Nur Spaß und gute Unterhaltung. Und dann können wir besprechen, wann ich dir die Wohnung zeige."

Gesagt, getan. Ich nehme ein Taxi und hole Lydia ab. Als wir ankommen und Mantel und Jacke ablegen, sind wir beide überrascht, weil wir merken, dass wir farblich wie abgesprochen zusammenpassen. „Super Outfit!", stellt sie anerkennend fest. „Ein schönes Kobaltblau ist das." Und mein Hemd hat tatsächlich fast die gleiche Farbe wie ihr Kleid, vielleicht eine Nuance heller, wie bewusst abgestimmt. „Na, da haben die aber gleich was zum Tratschen ... Die denken wahrscheinlich gleich, wir sind zusammen", macht sie sich lustig. „Dann machen wir uns doch den Spaß!", biete ich lachend an und halte ihr meinen Arm hin, auf dass sie sich einhängen möge. Es sind auch schon die meisten Gäste da und es herrscht bereits ausgelassene Stimmung. Felix begrüßt uns erfreut: „Hey, Alter! Du hast gar nicht gesagt, dass du so eine hübsche Freundin hast! Super Idee, sie mitzubringen. Lasst es euch gut gehen!" Und weg ist er.

Es ist schon irgendwie seltsam, dass wir fast den ganzen Abend zusammen sind. Mal zieht es uns auf die Tanzfläche, dann sitzen wir einfach da und quatschen. Nur einmal schleppt sie ein Typ ab zu einer Rumba, oder besser zu einem Tanz, der eine Rumba hätte sein sollen. „Mann, das war aber auch genug für heute", schnauft sie, als sie sich wieder zu mir setzt. Wir merken, dass wir gerade noch nüchtern genug sind, um die Sache mit der Wohnungsbesichtigung zu fixieren, und vereinbaren, uns am 4. Januar dort zu treffen. „Du hast es gut", meint Lydia plötzlich, „du kannst in eine eigene Wohnung ziehen. Ich würde das auch gern tun. In meiner WG fühle ich mich nicht mehr so wohl." „Ach was! Wieso denn?", interessiere ich mich. „Weißt du, mein Mitbewohner und meine Mitbewohnerin sind seit einiger Zeit ein Paar, und jetzt fühle ich mich wie das fünfte Rad am Wagen. ... Und wenn du hören würdest, was sich da manchmal nachts abspielt ..." Das verstehe ich natürlich und ich frage nach: „Und warum ziehst du nicht aus?" „Na ja, das ist so", antwortet sie. „Ich bin schon auf der Suche, aber du weißt, wie schwer es ist, in München etwas Leistbares zu finden!" „Schau mer amal", versuche ich sie aufzumuntern. „Das wäre doch gelacht, wenn wir nichts für dich finden!" Und in meinem alkoholisierten Hinterkopf habe ich auch schon eine Idee, denn in meiner neuen Wohnung war vorher auch eine WG. Die Zimmer sind dafür sehr günstig angelegt. Aber die Idee muss noch reifen.

Kurz vor Mitternacht teilen Felix und seine Freundin Bärbel Sekt an alle aus. „Alle Mann ... und alle Frauen ... mögen sich bitte in den Garten begeben!", rufen sie und alle Gäste folgen brav. Während des Countdowns sind wir beide sehr still. Einen Moment kehrt die Traurigkeit zurück. Ich glaube, Lydia denkt auch gerade, dass sie sich den Jahreswechsel anders vorgestellt hat. Ich lese es in ihren Augen ... Beim Zwölfschlagen prosten wir uns zu, wünschen einander ein wunderschönes neues Jahr und bewundern das große Feuerwerk.

Wir bleiben noch etwa eine Stunde, aber die Müdigkeit bewegt uns dann doch zum Aufbruch. Im Taxi frage ich Lydia, ob sie denn was dagegen hätte, mit zu mir zu kommen. Ich überlasse ihr mein großes Bett und schlafe auf der Couch. Und morgen nach dem Frühstück sehen wir weiter. „Ja, warum nicht?", sagt Lydia. „Du hast dein Versprechen gehalten, dass es eine schöne Party wird, also glaub ich dir auch, wenn du sagst, du schläfst auf der Couch!" Jetzt merke ich auch, dass sie beschwipst ist. Sie lächelt verschmitzt, lehnt den Kopf etwas zurück und macht die Augen zu. *‚Gut, dass wir nicht so weit fahren, dass sie in eine Tiefschlafphase kommen könnte.'*

Als wir zu Hause vorfahren, fällt mir sofort auf, dass bei meinen Eltern schon alles dunkel ist. Sehr gut … Kein Wunder um zwei Uhr nachts! Wir gehen ins Haus und ich bereite unsere Schlafgelegenheiten vor. Und diesmal wird die Bettwäsche für die Couch auch tatsächlich verwendet. „Gute Nacht, Lydia", sage ich leise und mache das Licht aus. „Gute Nacht, Leo", kommt noch zurück … Dann höre ich nur mehr das leise Rascheln, das aus der Speisekammer kommt. *‚Oh mein Gott! Nicht schon wieder! Nicht jetzt …'* Ich schaue noch nach, aber in der Falle ist nichts. *‚Na dann, gute Nacht, meine Mäuschen!'*

Sven

89.

Am Neujahrsmorgen, oder besser Mittag, wache ich auf, die Sonne strahlt von draußen grell ins Zimmer und wirft ein sehr schönes Licht auf Tina. Sie ist nur zum Teil zugedeckt, ein Arm und ein Fuß schauen unter der Decke hervor. Ihr Haar ist ziemlich zerzaust und bildet eine Wildnis auf dem Kopfkissen. Hätte ich doch bloß meine Kamera dabei, das wären tolle Motive. Statt zu fotografieren, bewege ich mich vorsichtig ans untere Bettende und küsse ganz sanft ihren Fuß, streichle zart mit der Zunge über ihre Zehen. Ich sehe ein Lächeln auf ihren Lippen. Ist das im Schlaf oder lässt sie mich im halb wachen Zustand weitermachen und genießt das? Ich nehme die große Zehe in den Mund und sauge ein bisschen daran, gehe mit der Zunge zwischen die Zehen und streichle vorsichtig und ganz langsam darüber. Sie kann plötzlich nicht mehr und schaut mich mit großen Augen an. Ihr Lächeln ist zu einem Grinsen geworden und sie sagt: „Weißt du, dass das kitzelt?" „Ja, ich weiß, dachte, das ist doch eine schöne Methode, dich zu wecken." „Wieso bist du so früh wach? Es war doch sehr spät gestern." „Früh? Es ist gleich 12:30 Uhr. Das ist zum Frühstück zu spät und eher schon die richtige Zeit zum Mittagessen. Ich glaub, ich versuche, was ich noch an dir anknabbern kann." „Du hungriger Wolf, willst du mich auffressen?" „Du bist doch keine Großmutter, nein, ich will dich nur probieren, und das nicht nur heute. Ich möchte das ganze Jahr etwas von dir haben." Tina lacht und sagt: „Da könnt ich mich dran gewöhnen und ich würde auch gern was von dir versuchen. Komm mal etwas höher und halt dich nicht die ganze Zeit bei den Füßen auf." Ich wandere also mit meiner Zunge ganz langsam aufwärts und werde aber am Ende ihrer Beine plötzlich aufgehalten …

303

Nach einer gemeinsamen Dusche sind wir beide hungrig und überlegen, wo wir denn jetzt was zu essen bekommen. Tina erinnert sich, dass das Café Brooks in der Hasselbrookstraße sonntags Brunch anbietet. Sie checkt im Handy, dass das auch an Neujahr gilt, und schon sind wir dorthin unterwegs. Das Büfett bietet alles, was man sich an so einem verkaterten Tag wünschen kann, und wir langen kräftig zu. „Ist der Wolf jetzt satt?" „Sagen wir so: Der Bauch ist gefüllt und ich habe gerade keinen Hunger mehr. Das heißt aber nicht, dass ich mir nicht noch einen kleinen Nachtisch vorstellen könnte." Was Tina mir später dazu anbietet, fesselt mich für einige Zeit, und so fahre ich erst abends nach Hause. Im Weggehen fragt sie: „Sehen wir uns morgen? Ich arbeite den ganzen Tag von zu Hause."

„Nein, Liebste, morgen kann ich gar nicht, hab eine lange Sitzung im NDR und danach gibt's traditionell immer noch ein paar Drinks zum Jahresbeginn. Aber vielleicht übermorgen." Ich sehe ihre Enttäuschung, gebe ihr noch einen letzten Kuss und bin schon auf dem Weg zur U-Bahn. Was sie nicht weiß, ist die Tatsache, dass ich gar keine Sitzung habe und sie zu ihrem Geburtstag morgen überraschen möchte. Schauen wir mal, was sie dann für Augen machen wird.

Am nächsten Morgen um neun stehe ich mit einem großen Strauß Rosen vor ihrer Tür und habe auch ein kleines Päckchen dabei. Darin ist eine Halskette mit zwei ineinander verschlungenen Herzen. Ich drücke die Klingel. Es rührt sich nichts und ich versuche es ein zweites Mal. Keine Reaktion. *Hm, ob sie noch schläft?* Also probiere ich, sie anzurufen. Das Handy ist aus, gleich kommt die Mailbox. *Das ist aber jetzt blöd. Wo kann sie sein?* Ob sie was einkaufen ist? Ich beschließe erst mal zu warten. Vielleicht kommt sie ja bald zurück. Nach ein paar Minuten rufe ich noch mal an und hinterlasse eine Nachricht: „Hallo Liebste, wo bist du?

Ich muss dir was ganz Wichtiges sagen. Melde dich doch bitte bald." Da geht die Tür auf und ein anderer Bewohner kommt aus dem Haus. Ich schlüpfe hinein. Draußen ist es mir inzwischen ziemlich kalt geworden.

Vor ihrer Tür angekommen, drücke ich noch mal auf die Klingel, denn das macht einen anderen Klingelton bei ihr, als wenn man unten klingelt. Einmal, zweimal, dreimal. Ich klopfe laut gegen die schwere Holztür. Da kommt von gegenüber jemand heraus und sagt: „Was soll das Gehämmer? Wenn sie nicht aufmacht, wird sie wohl nicht da sein. Also hör auf mit dem Krach."

Da steh ich also und weiß mir keinen Rat. Setz mich auf die Treppe und warte. Da kommt mir die Idee, sie könnte doch ins Büro gefahren sein. Also rufe ich dort an. Nach zehnmal Klingeln meldet sich die Firmenzentrale: „Hanse Consulting, guten Morgen, was kann ich für Sie tun?" Ich frage nach Tina und die Dame der Zentrale verbindet mich. Nach weiteren zehn Freizeichen bin ich wieder bei ihr. „Tut mir leid, sie scheint nicht am Platz zu sein. Versuchen Sie es doch auf ihrer Mobilnummer."

Das war also auch nix. Plötzlich geht ihre Tür auf und sie kommt heraus mit einem traurigen Blick, der sich erhellt, als sie mich sieht. „Wartest du schon lange hier?" „Eine Ewigkeit. Was war denn los?" Ich war in einer Videokonferenz am PC und hatte das Handy aus. Hab zwar das Klingeln gehört, aber nicht mit dir gerechnet. Tut mir sehr leid." „Dann gratulier ich dir jetzt erst mal ganz herzlich zum Geburtstag und sag dir, dass die Rosen dringend Wasser brauchen. Und wenn ich reinkommen darf, hab ich noch eine Überraschung." „Oh, du Schuft, hast gestern gesagt, dass du nicht kommen kannst. Da war ich schon sehr enttäuscht. Und nun kommst du schon morgens um zehn." „Um neun."

Als sie das Päckchen aufmacht und die Kette sieht, strahlen ihre Augen: „Oh Sven, die Kette ist wunderschön. Die beiden Herzen sind so nah wie unsere. Ich liebe dich." Die anschließende Umarmung und der Kuss dauern ewig, gut, dass ihr Handy ausgeschaltet ist.

Lydia

90.

Kurz vor elf wache ich auf. Leo schläft noch. Ich schleiche mich an ihm vorbei zur Toilette, um ihn nicht zu wecken. Als ich aus dem Bad komme, höre ich aus der Küche ein seltsames Geräusch. Vorsichtig öffne ich die Tür, das Geräusch wird lauter, aber in der Küche kann ich nichts entdecken. Am Ende ist eine weitere Tür, wahrscheinlich eine Speisekammer oder ein Abstellraum. Dort scheint es herzukommen. Langsam drücke ich die Klinke dieser Tür herunter, da sehe ich es. Auf dem Boden liegt eine Mausefalle, in der sich ein Exemplar dieser Gattung befindet. Ich stoße einen kleinen Schrei aus und hebe die Falle mit dem putzigen Tierchen auf. Schon steht auch Leo neben mir und versucht mir zu erklären, dass er seit einiger Zeit immer wieder mal eine Maus fängt.

„Und was machst du dann mit den Tierchen?", frage ich. „Ich bringe sie in den Wald in der nächsten Straße." „Na dann los, lass uns das machen. Obwohl ich sie eigentlich gern behalten würde, aber in meiner WG wäre man davon sicher nicht begeistert." Wir ziehen uns also beide etwas an, denn es ist ziemlich kalt draußen, und dann trage ich die Falle mit dem lebenden Inhalt in die nächste Querstraße. Leo zeigt mir, wo er sonst die Viecher laufen lässt. Dort setze ich die Falle auf den Boden und öffne vorsichtig die Tür. Zuerst tut sich nichts, denn die Maus ist wohl zu sehr erschrocken, aber plötzlich macht's *schwups* und sie rennt schnell in den Wald davon. „Schade eigentlich, sie war so niedlich", sage ich zu Leo. Er schaut mich an, als ob ich von einem anderen Stern käme, und meint: „Würdest du tatsächlich Mäuse halten wollen?" „Ja, wieso nicht? Die sind doch süß." „Aber dann müsstest du sie doch in einem Käfig unterbringen." „Ja, aber ich denke, die würden sich an mich gewöhnen, und dann könnte ich sie ab und zu herausnehmen und streicheln. Ihr Fell fühlt sich so schön weich an."

Als wir in Leos Wohnung zurück sind, fragt er mich, was ich zum Frühstück möchte. „Nix Besonderes, ich nehme gern das, was du auch sonst isst." „Dann schlage ich vor, ich gehe schnell zum Bäcker um die Ecke und bereite das Frühstück vor, inzwischen kannst du unter die Dusche." „Wunderbar, aber ich helf dir gern beim Frühstückmachen, musst mir nur sagen, was ich tun soll." „Okay, aber geh erst mal unter die Dusche; wenn du keine Ewigkeit brauchst, bin ich inzwischen schon fertig."

Eine halbe Stunde später sitzen wir in Leos Küche bei Kaffee, Semmeln, Käse und Marmelade und er fragt mich: „Sag, hast du Lust, heute meine neue Wohnung anzuschauen? Jetzt, wo du schon hier bist, könnten wir das doch auch gleich machen. Oder hast du was anderes vor?" „Gute Idee. Bin schon richtig gespannt, wie die aussieht. Und vielleicht kann ich dir noch mit einem Tipp zur Einrichtung helfen. Auf alle Fälle biete ich dir an, beim Umzug mit anzupacken. Ich kann zwar nicht so gut schwere Möbel tragen, aber Schränke aus- und einräumen mache ich sehr gern."

Es klopft an die Tür und kurz darauf kommt eine ältere Dame herein. „Hallo Mama, darf ich dir Lydia vorstellen? Wir haben zusammen Silvester gefeiert und heute schon zusammen eine Maus gefangen." „Guten Morgen und frohes Neues. Na, das nenn ich einen netten Jahresanfang. Ich hatte euch aus dem Fenster zurückkommen sehen und will auch gar nicht lange stören. Ich habe heut früh einen Neujahrszopf gebacken und hab euch ein Stück mitgebracht. Lasst es euch schmecken." „Vielen Dank, Mama, bis später."

Als sie wieder gegangen ist, sagt Leo zu mir: „Jetzt weißt du, warum ich hier raus muss. Ich liebe meine Eltern und die Wohnung reicht eigentlich, aber das mit der Privatsphäre hat meine Mutter bis heute nicht begriffen. Bin sicher, mein Vater schimpft jetzt wieder mit ihr, aber ihre Neugierde ist in der Regel stärker als alle guten Vorsätze." „Ja, das kann ich gut nachvollziehen. Wie ich dir schon sagte, möchte ich ja auch meine WG am liebsten verlassen. Auch wenn die Situation anders ist als bei dir hier, aber inzwischen eben auch nicht mehr ideal."

Eine Stunde später hat uns die U-Bahn zu Leos neuem Domizil gebracht. Eine tolle Dachgeschosswohnung mit schrägen Wänden in einigen Zimmern. Die Küche gefällt mir ausgesprochen gut und der Schnitt insgesamt auch. „Mensch Leo, da hast du aber eine tolle Bleibe gefunden. Hier in der Diele könntest du eine Garderobe einbauen und in dem großzügigen Wohn-Essraum mit der offenen Küche wirst du dich sicher wohlfühlen und mögliche Gäste auch. Hast du schon überlegt, welche Möbel du hier hineinstellst?" „Ja, dort drüben soll der Esstisch hin, so ein großer mit sechs Stühlen, und hier rechts ein Sofa zum Fernsehen und Kuscheln, das man auch ausziehen kann. Hab schon mal im Möbelhaus geschaut und die haben mir gesagt, dass im Januar meist die Preise gesenkt werden von ihren Ausstellungsstücken. Ich denke, da werde ich was Passendes finden. Magst du mich begleiten beim Aussuchen?" „Ja gern, vielleicht am nächsten Wochenende. Was machst du mit dem dritten Zimmer?"

Das wird mein Büro, ich arbeite ja oft von zu Hause und da kann ich dann einen schönen Arbeitsplatz einrichten." „Hast du dafür schön Möbel?" „Nein, die sind auch zu Beginn nicht so wichtig, ich kann ja auch wie bisher am Esszimmertisch arbeiten." „Also der Schnitt der Wohnung ist echt toll, das Schlafzimmer und das dritte Zimmer sind ja fast gleich groß. Supi. Da hast du echt viel Platz." „Hier hat vorher fünf Jahre lang eine WG aus zwei Studenten gewohnt. Aber die hatten nach dem Studium keine Lust mehr, weiter zusammenzubleiben, und wollten sich jeder was Eigenes suchen. Der eine ging zu einer neuen Stelle nach Augsburg, der andere arbeitet jetzt in Erding, und daher wurde die Wohnung frei." „Also ich freue mich wirklich sehr für dich und helf dir sehr gern beim Möbelaussuchen und beim Umzug. Sag mir nur Bescheid, wann du umziehst, damit ich an dem Tag auch nichts anderes vorhabe." „Der Tag steht schon fest, das ist der 25. Januar und ich hab auch schon einen Umzugswagen reserviert." „Prima, das ist ein Samstag, das schreib ich mir gleich auf und werde da sein." „Toll. Am besten wird sein, du kommst gleich kurz vor Mittag hierher, dann kannst du beim Einrichten und Einräumen helfen. Fürs Schleppen hab ich zwei Freunde engagiert." „Soll ich vielleicht auch was kochen?" „Das wär toll, auch wenn meine Mutter dann sauer sein wird, denn das würde sie natürlich auch machen. Aber du kannst das vielleicht gleich hier in der Küche vorbereiten, oder?" „Ja klar. Ich denke ein Eintopf oder Chili con Carne wäre vielleicht das Beste. Oder?" „Wunderbar, das wär wirklich toll. Also abgemacht. Und am Samstag fahren wir ins Möbelhaus"

Tina

91.

Ich traue meinen Augen nicht, als ich auf dem Display ihren Namen lese: Marie ... Sie wagt es tatsächlich, noch mal, hier anzurufen. Hat die eindeutige Nachricht noch immer nicht genützt! Ich beschließe, ruhig zu bleiben, mich nicht aufzuregen, und sage schließlich seelenruhig zu ihr: „Hallo Marie! Was gibt's?" Ich hätte ja mit vielem gerechnet, aber niemals mit dem, was jetzt kommt: „Hallo Tina! Ich weiß, du bist sauer auf mich. Hast ja auch allen Grund dazu. Den habt ihr alle ... Aber ich möchte mich ganz ehrlich entschuldigen. In meiner Geburtstagseuphorie habe ich mir eingebildet, ich kann Sven wiederkriegen. Und ich weiß, dass ich dabei nicht zimperlich war." „Allerdings warst du das nicht!", bestätige ich. „Um hier mal nicht zu untertreiben, das war so was von fies. Fieser geht gar nicht!" „Das weiß ich jetzt auch", erwidert sie, und ich glaube fast, ehrliches Bedauern in ihrem Ton zu hören. „Dann habe ich Sven noch zu Silvester diese Nachricht geschickt ... Aber wenn ich gewusst hätte, dass ihr jetzt ein Paar seid, hätte ich das gelassen. Das musst du mir glauben." „Das fällt mir echt schwer, muss ich sagen!" „Sven hat doch nur gesagt, dass mit Lydia Schluss ist. Also war er für mich wieder frei. Außerdem möchte ich tatsächlich das Fotografieren lernen, auch wenn mir das wahrscheinlich niemand mehr glaubt. Und Sven hat wirklich Ahnung davon, er könnte mir viel beibringen. Aber es ist völlig klar, dass ich das abhaken kann. Ich will euch sicher nicht mehr im Weg sein. Bitte, glaub mir doch, Tina!"

Es arbeitet in meinem Kopf. *‚Was kann sie jetzt wieder vorhaben? ... Nach so einer Entschuldigung eigentlich gar nichts ... oder? In jedem Menschen steckt doch auch was Gutes ... gib ihr einfach eine Chance!'* „Okay,

Marie, ich sag dir jetzt mal was! Lass uns einfach ein bisschen Zeit. Vielleicht beruhigt sich irgendwann alles. Dann werden wir sehen, ob ein kleines Stück von der alten Freundschaft wieder auferstehen kann", biete ich ihr an, und sie scheint überglücklich darüber zu sein. „Tina, ich dank dir für dein Verständnis. Echt! Jetzt geht es mir besser ... Sag, wie geht es dir eigentlich damit, dass du noch dienstlich nach München musst? Musst du doch, oder?" „Ja, klar. Gelegentlich. Was meinst du damit?" „Na ja, siehst du dann Leo noch oder gar nicht mehr?" „Nein, wir sehen uns selbstverständlich nicht mehr. Was würde denn Sven denken? Und ich möchte das auch gar nicht. Wahrscheinlich werde ich ihm zum Geburtstag gratulieren und mehr nicht." Allein die Frage zu stellen, finde ich schon wieder sehr grenzwertig. „Dann ist es also wirklich sehr ernst, wie ich sehe. Das mit dir und Sven?", legt Marie nach. „Davon kannst du ausgehen! Und auch wenn ich nächste Woche am Dienstag und Mittwoch wieder in München sein werde, bin ich in Gedanken nur bei Sven und sonst bei niemandem. Ich bitte dich, das jetzt wirklich so zu akzeptieren!" „Ja, hab ich ja schon gesagt. Ich hab jetzt verstanden und werde mich zurückhalten. Versprochen!" Einen letzten Rat gebe ich ihr noch mit: „Du könntest ja mal auf Tinder versuchen, einen lieben Partner zu finden. Ins Profil kannst du schreiben, dass du gern fotografieren lernen möchtest. Da wird sicher jemand auf dich aufmerksam!"

Ich bin wirklich auf dem besten Weg, ihr zu glauben. Trotzdem erzähle ich niemandem von diesem Gespräch, nicht einmal Sven. Wie gesagt, es wird etwas Zeit vergehen, dann kann wieder alles anders aussehen. Bis eine alte Freundschaft ganz kaputt ist, muss es doch einige Chancen gegeben haben, etwas gut zu machen. Die gebe ich Marie hiermit.

Leo

92.

Ich bin sehr froh, dass Lydia mit mir ins Möbelhaus fährt. Ursprünglich wollte Mama mitfahren und mir beratend zur Seite stehen. Sie war zuerst ein bisschen enttäuscht, als ich ihr mitteilte, dass meine neue Bekannte Zeit hat und mich begleiten wird. Aber dann hat sie es doch akzeptiert und uns viel Spaß gewünscht. Der Vormittag im Möbelhaus vergeht wie im Flug, und am Ende habe ich eine Couch, den dazu passenden Tisch und einen Esstisch mit sechs Sesseln bestellt. Lydia ist begeistert: „Also die Couch ist perfekt. Du wirst sehen, die passt super. Anthrazitgrau fügt sich wunderbar in das Zimmer ein. Auch die Größe hätten wir nicht besser finden können." Ich kann ihr nur ebenso angetan recht geben: „Ja, das große L mit den breiten Sitzflächen und den vielen Kissen. Und wenn Gäste kommen, ziehen wir es einfach aus und haben ein großes Bett!" Erst viel später wird mir bewusst, wie oft wir beide das Wort WIR benutzen, obwohl es doch meine Wohnung ist. Wir beschließen den Einkaufsmarathon in einem Café, wo Tisch, Sessel und Co. noch eine Weile unser Thema sind. „Und es bleibt dabei, am 25. bin ich da und helfe beim Umzug!", verspricht sie beim Abschied. „Super! Ich danke dir! Wir hören uns", verabschiede ich mich und denke: ‚Mann, nur noch drei Wochen bis dahin!'

Pünktlich um acht steht der Möbelwagen vor meinem Elternhaus, und nach und nach trudeln die Helferleins ein. Es ist genau eingeteilt, wer die schweren Sachen übernehmen kann und wer eher zu den Leichtgewichten zählt. Sogar mein Vater bleibt nicht untätig. Er weist die Leute im Lkw an, wo sie am besten alles hinstellen. Er ist ein wahrer Meister im Platzschaffen. Davon darf ich heute profitieren. Meine Mutter muss ich regelmäßig von den Umzugskartons verscheuchen. Sie will sich auch nützlich machen, wenn sie schon nicht für uns kochen darf. „Aber schwer schleppen geht gar nicht", sage ich ihr. „Es ist doch eine ehrenvolle und unsagbar wichtige Aufgabe, die Crew mit Kaffee, Kuchen und Getränken zu versorgen. Und du hast mir doch beim Einpacken schon so viel geholfen, Mama ... Zum Essen kommt ihr dann zu mir nach Hause. Meine Küche ist ja bereits einsatzfertig."

Alles klappt wie am Schnürchen. Mit Papas Hilfe müssen wir den kleinen Lastwagen auch nur einmal voll beladen. Die meisten Möbel bleiben ja hier zurück. Nur ein paar Kleinigkeiten brauche ich, um die erste Zeit zu überbrücken. Der Rest sind Kartons mit meinen persönlichen Dingen. Da ist letztlich aber mehr zusammengekommen, als ich gedacht habe. Als wir bereits einen Teil abgeladen haben, kommt Lydia mit zwei riesigen Taschen an. Ich sehe ihr an, dass sie schwer sind. Außerdem wirken sie unhandlich, weil sie auch den warmen, dicken Mantel trägt. Ich nehme ihr die Last ab und wir gehen hinauf in die Wohnung. „Bitte sehr, wie befohlen, haben wir den Küchenbereich ausgespart und von dem ganzen Zeugs verschont. Wir haben, was geht, in das leere Zimmer gestellt. Von dort kann ich es dann wegarbeiten. Den Klapptisch habe ich im Wohnzimmer platziert, damit wir nachher dort in Ruhe essen können", berichte ich. „Sehr ordentlich!", sagt Lydia lächelnd. „Wirklich sehr fleißig! Muss ich schon sagen. Ich war aber auch nicht untätig. Ich habe gestern schon das Chili con Carne vorbereitet. Das ist im Topf in der einen schweren Tasche. So muss ich es heute nur mehr wärmen ..." „Ach, und ich dachte schon, du hast Steine für die Deko mitgebracht!" Wir lachen beide und freuen uns sichtlich über unsere Fortschritte.

Knapp anderthalb Stunden später ist alles nach oben geschleppt, der Lkw leer und sauber gefegt. Wegen der

Anstrengung spürt niemand von uns die eisige Kälte, außer vielleicht Lydia, denn die war die ganze Zeit in der Wohnung mit der offenen Eingangstür. Ich staune, wie gemütlich sie den provisorischen Esstisch inzwischen für uns hergerichtet hat. Es gibt sogar eine Tischdecke und Servietten. In der Mitte des Tisches steht eine Schüssel mit Semmeln und Brezen, und auch verschiedene Getränke sind vorbereitet. Meine Eltern sind auch schon da. Sie sind begeistert, wie gut wir alles geplant haben, und loben Lydia für ihre Kochkunst. Das Chili schmeckt aber auch vorzüglich … nicht zu mild und nicht zu scharf.

Nach dem Nachtisch, dem Apfelkuchen, den Lydia heute Morgen auch noch gebacken hatte, und einem kräftigen Kaffee, machen sich meine Helfer und auch meine Eltern auf den Heimweg. Nur Lydia bleibt noch. Gemeinsam machen wir den Abwasch und quatschen dabei über die erfolgreiche Aktion. „Wenn du willst, helfe ich dir noch beim Ausräumen der ersten Kartons", bietet Lydia an. „Es ist ja noch früh. Und was geschafft ist, ist geschafft."

„Warum tust du das alles?", will ich wissen. „Du nimmst dir immer Zeit und hilfst, wo du kannst. Das müsstest du doch nicht tun. Versteh mich bitte nicht falsch! Ich freue mich unheimlich darüber, ich genieße es wirklich. Ich wundere mich nur über den großen Einsatz, obwohl wir uns doch noch gar nicht SO lang kennen." Lydia denkt kurz nach, dann lächelt sie und sagt: „Es macht mir einfach Freude. Vielleicht lenkt es mich auch ein bisschen ab von dummen Gedanken, die mich sonst quälen würden. Ja, eine Art Therapie, wenn ich so nachdenke … Wenn es dir zu viel wird, sag es einfach, bitte." Mit dieser Antwort wird mir bewusst, dass ich durch Lydias Anwesenheit auch irgendwie aus dem dunklen Loch herausgefunden habe, in das ich gefallen war, als Tina ging. ‚*Das fühlt sich verdammt nach einer guten Freundschaft an.*‘

Sven

93.

In der Früh um sechs geh ich mit Tina zur Bahn und fahre mit ihr zum Flughafen. Sie hat bei mir übernachtet und muss heute für zwei Tage nach München. Ich kann sie nicht begleiten, weil ich gerade einen Film nachbearbeiten und vertonen muss. Aber zum Flughafen kann ich sie bringen und mich dort von ihr verabschieden, dann komme ich gerade rechtzeitig in die NDR-Redaktion.

Wir sitzen schlaftrunken Hand in Hand in der Bahn, keiner spricht. Wüsste gern, ob sie auch von der letzten Nacht träumt oder ob sie in Gedanken schon bei ihrem Meeting in München ist. Als die Bahn am Flughafen einläuft, drücke ich ihre Hand und wir gehen ins Gebäude. Da wir ein wenig Zeit haben, nehmen wir noch zusammen einen Espresso. „Wirst du mich auch vermissen?", fragt sie. „Nein, natürlich nicht. Bin ganz froh, dass ich mal eine Nacht allein sein kann", antworte ich lächelnd. Sie weiß, dass das Spaß ist, und antwortet: „Das ist gut, dann muss ich dich heute Abend auch gar nicht anrufen. Ist mir auch lieber, dann kann ich in München auf die Rolle gehen." Ich küsse sie und sage: „Liebste Tina, du wirst mir jede Minute fehlen und ich freue mich, dich heut Abend zu sehen und wenigstens virtuell zu küssen." Dann muss sie los und wir winken uns noch mal durch die Glasscheiben zu.

In der Redaktion warten Susanne und Holger, der Cutter, schon auf mich und wir stürzen uns in die Arbeit. Kurz vor Mittag klingelt mein Telefon und Marie ist dran. Ganz aufgeregt sagt sie: „Sven, ich habe ein Problem, bin eben die Treppe heruntergefallen, und ich glaube, mein Bein ist gebrochen. Müsste dringend ins Krankenhaus, aber weder meine Mutter noch Bernd noch sonst jemand kann auf Bosse aufpassen, bis ich zurück bin. Kannst du vielleicht herkommen?" „Oh Marie, das ist ja blöd, tut es sehr weh? Wenn ich komme, brauche ich aber mehr als zwei Stunden bis zu dir mit dem Zug und dann noch mit dem Bus. Hältst du das so lange aus? Oder fällt dir vielleicht sonst noch jemand ein, der nach Bosse schauen könnte?" „Hab schon alle meine Freundinnen angerufen und entweder nicht erreicht oder sie können auch nicht. Ich würde dich nicht anrufen, wenn es nicht dringend wäre und ich eine andere Lösung wüsste." „Also, ich kann hier grad eigentlich nicht weg, aber ein Notfall geht vor. Ich beeile mich."

Ich flitze also zur U-Bahn und im Zug versuche ich Tina anzurufen. Sie hat abgeschaltet und ich hinterlasse ihr eine Nachricht, dass Marie in Not ist und meine Hilfe braucht. Inzwischen kaufe ich ein Zugticket per DB-App und bin schon im Bahnhof, als Tina zurückruft. „Sven, bitte fahr nicht dahin. Die falsche Schlange hat das sicher fingiert und will dich nach Münster locken. Ich ruf sie an und mach sie jetzt aber echt zur Sau." „Bist du sicher? Sie klang wirklich verzweifelt am Telefon eben." „Ja, ich bin sicher, bleib in Hamburg, bis ich dich wieder anrufe."

Ich habe noch 30 Minuten Zeit, bis der Zug nach Münster abfährt, also warte ich mal, was passiert.

Marie

94.

Ich sitze auf dem Sofa und höre Musik, Bosse spielt am Fußboden. Da klingelt mein Handy mit einer anonymen Nummer im Display. Eine unbekannte Frauenstimme meldet sich: „Guten Tag, Rotes Kreuz, Station Münster, Schulze am Apparat. Wir wurden aus Hamburg informiert, dass Sie einen Rettungswagen benötigen, weil Sie einen Unfall hatten. Nennen Sie mir bitte die Andresse und sagen Sie mir, was Ihnen fehlt." *,Ups, hat Sven die angerufen? Was mach ich denn jetzt?'* Ich stottere: „Das, das muss ein Irrtum sein, äh, sicher hat man Ihnen eine falsche Nummer genannt. Mir geht's jedenfalls gut. Ich brauche keinen Rettungswagen." „Das verstehe ich nicht, haben Sie nicht Ihren Bekannten in Hamburg angerufen, dass Sie Hilfe brauchen?" „Nein, ich sage Ihnen doch, das muss eine Verwechslung sein."

Die Stimme am anderen Ende verändert sich plötzlich und wird ganz schrill: „Du falsches Miststück, hast du noch nicht genug angerichtet? Letzte Woche hast du dich bei mir entschuldigt und jetzt lockst du Seven unter einem solchen Vorwand nach Münster? Du bist krank im Kopf, vielleicht solltest du einen Psychiater aufsuchen." Mir wird ganz schlecht und ich sage kleinlaut: „Tina, bist du das?" „Ja natürlich, was denkst du denn. Ich sage dir jetzt was: Solltest du noch einmal bei Sven oder bei mir anrufen oder dich sonst wie bei uns melden, zeige ich dich an wegen Stalking. Hast du das jetzt kapiert?" „Aber Tina, ich hatte wirklich einen Unfall, dachte, mein Bein ist gebrochen, aber ich habe inzwischen kalte Umschläge drum gemacht und wahrscheinlich ist es nur eine Prellung." „Red dich nicht raus, du Schlampe. Eben hast du noch gesagt, dir fehlt nichts. Und so was wie dich hab ich mal meine Freundin genannt! Das ist, nein, du bist wirklich das Letzte. Hör endlich mit deinen Lügengeschichten auf, und wenn du unbedingt einen Mann brauchst, dann such dir gefälligst einen, wo auch immer du willst, aber lass uns aus dem Spiel. Kapiert?" Damit legt sie auf.

Ich heule los vor lauter Verzweiflung. Bosse krabbelt zu mir und nimmt meine Beine in seine Arme. *Der Kleine versteht seine Mama. Wieso ist der Rest der Welt gegen mich? Ich bin nun mal in Sven verliebt, kann das denn niemand verstehen?*

Lydia

95.

In der Woche nach Leos Umzug habe ich viel zu tun im Büro und am Freitagmittag treffe ich Frank auf einen Kaffee. Er will natürlich wissen, wie es mir inzwischen geht und ob ich mit meiner Anzeige Erfolg hatte. Ich erzähle ihm von dem Reinfall auf dem Bauernhof und dass ich jetzt erst mal aufhöre zu suchen. „Ich hab es satt, immer wieder irgendwelche Dates mit Männern zu haben, die sich dann als die falschen herausstellen. Das bringt mich nicht weiter. Single zu sein, ist meist auch ganz schön." „Ja, aber manchmal wünscht man sich doch mal jemand zum Kuscheln, oder?" „Hab letztens gelesen, dass es dafür auch Kuschelkurse gibt. Da bist du mit einigen Männern und Frauen zusammen und versuchst unter Anleitung dein Bedürfnis nach Nähe mit denen zufriedenzustellen. Stell ich mir auch nicht einfach vor, aber die Teilnehmer berichten in Blogs und Foren, dass es zu Anfang schwer sei, dass aber fast immer ein Teilnehmer oder eine Teilnehmerin dabei ist, mit dem bzw. der man sich näherkommt. Allerdings scheinbar meist nur in dem Kurs. Vielleicht ist das aber auch genug." „Willst du das mal ausprobieren?" „Weiß ich noch nicht. Vielleicht. Und du, hast du schon jemand Neues getroffen?" „Nein, nicht wirklich. Hatte letztens eine kurze Begegnung mit einer etwas älteren Frau, die ich im Club kennengelernt hatte. Unsere Nächte waren sehr schön, aber unsere Interessen tagsüber doch zu verschieden, also hab ich das wieder beendet." „Na, da scheinen wir ja beide zurzeit kein Glück zu haben." „Vielleicht müssen wir es noch mal miteinander versuchen?" „Frank! Bitte, das hatten wir schon. Fang nicht immer wieder davon an."

Als ich abends nach Hause fahre, kommt eine WhatsApp von Leo:

Hi Lydia, kann ich Dich mal was fragen?

Ja sicher, was möchtest Du denn wissen?

Ich hab überlegt, dass ich das dritte Zimmer doch nicht wirklich brauche. Ich kann auch an meinem Esszimmertisch gut arbeiten. Da dachte ich daran, das Zimmer an einen WG-Partner zu vermieten. Das würde die Kosten halbieren und ich hätte auch ab und zu Gesellschaft.

Gute Idee. Ich finde WGs grundsätzlich gut. Nur in meiner hier, so wie es jetzt ist, nicht. Aber das weißt Du schon.

Darf ich Dir mal meinen Text senden, den ich in WG-Gesucht veröffentlichen möchte?

Klar. Her damit.

„Suche WG-Partner*in für meine 3-Zi-Wohnung in Milbertshofen. Zimmer ca. 20 m². Bad und Wohn/Essz/Küche für beide nutzbar. Kosten ca. 450 €."

Klingt doch gut. Ich würde mich bewerben.

*Echt? Hättest Du Lust darauf,
hier zu wohnen?*

*Ja, sehr gern. Vor allem, weil
ich Dich schon ganz gut
kenne und weil wir uns gut
verstehen.*

*Willst Du Dir die Wohnung
noch mal anschauen?
Inzwischen sind alle Möbel
auch schon da.*

Ja, wann denn?

Jetzt?

*Ich bin eh grad in der Bahn.
Fahre gleich zu Dir weiter.
Freu mich.*

Tina

96.

Es ist einfach unfassbar! Langsam glaube ich wirklich, Marie braucht professionelle Hilfe. Sie reagiert kaum auf das, was wir sagen, hört nur, was sie hören will. Sie ist besessen von dem Wunsch, Sven zurück zu bekommen. Sie lügt, dass sich die Balken biegen, aber man hat das Gefühl, sie glaubt selber, was sie sagt. Ich bin sicher, mit ihrer Wahrnehmung stimmt etwas nicht. Auch ihre wechselhafte Stimmung beim Telefonieren ist mir aufgefallen. Sie klang zuerst wirklich einsichtig und reuig. Im nächsten Moment rief sie Sven an und wickelte ihn um den Finger. Ich mache mir zwar nicht wirklich Sorgen, dass sie Sven doch noch rumkriegen könnte, dazu ist unsere Beziehung viel zu stabil und ... ja ... eng, aber es trübt doch ein wenig unsere Stimmung.

Ich erreiche Sven gerade noch, bevor er in den Zug nach Münster einsteigt: „Liebster Sven, ich hatte recht! Marie geht es gut ... zumindest ihrem Fuß. Es gibt kein gebrochenes Bein. Sie braucht deine Hilfe nicht!" „Wieso? Was war da los?", will er ganz aufgeregt wissen. „Es hat für mich wirklich nach einem Notfall geklungen!" „Klar!", antworte ich verstehend. „Marie weiß auch, dass du in Notsituationen der Letzte bist, der seine Hilfe verweigert, egal wer es ist. Sie hat dich unter einem Vorwand zu sich gelockt. Keine Ahnung, was sie gemacht hätte, wenn du da angekommen wärst." Sven versteht die Welt nicht mehr. Er kann sich gar nicht vorstellen, was da in Maries Kopf vorgeht. „Das ist doch krank. Sie kann doch nicht wirklich glauben, dass sie mit solchen Mitteln ans Ziel kommt, oder?" „Ich bin keine Psychologin", gebe ich zu bedenken, „aber das sieht verdammt nach einem psychischen Problem aus. Sie weiß nicht mehr, was sie da tut. Mir scheint, sie bildet sich ein, dass du sie liebst. Bitte, sag mir, dass du nicht mehr reagierst, wenn sie sich noch mal meldet!"

Hoch und heilig verspricht er es, und wir telefonieren an dem Abend noch ganz lang miteinander. „Möchtest du, dass ich morgen gleich zu dir komme?", frage ich. „Ich nehme den Zug nach drei von hier." Es würde uns guttun, morgen zusammen zu sein. Einfach um uns zu bestätigen, wie stark wir miteinander sind und wie wenig Chancen irgendjemand anders hat. Wir sollten uns einfach fest in die Arme nehmen, in die Augen sehen und uns sagen „Ich liebe nur dich". Sven dürfte genauso denken, denn er antwortet: „Ja, Tina, das ist gut. Komm direkt zu mir nach Hause. Dann vergessen wir Marie und Lydia und Leo ... und den Rest der Welt. Du hast ihn doch nicht getroffen, oder?" „Nein! Was denkst du denn! Ich weiß, es ist blöd, dass ich noch gelegentlich nach München muss. Aber du musst dich nicht sorgen. Nicht eine Minute!", schwöre ich. Ich will, dass er spürt, dass ich nur an ihn denke und keinen anderen mehr brauche.

In dieser Nacht, in dem Hotelzimmer, träume ich von einem großen, weißen Auto. Es ist nicht mein Cabrio, sondern ein großer, weißer SUV, in dem Sven sitzt, der kokett zu mir heraussieht und mir zuzwinkert. Ich stehe an der Straße, inmitten von vielen unbekannten Menschen. Sven winkt mich zu sich heran und ich steige zu ihm in den Wagen. Als ich einen Blick durch das gegenüberliegende Fenster werfe, sehe ich Marie. Sie steht da, mit Bosse auf dem Arm, dreht sich um und geht fort. In die Dunkelheit.

Leo

97.

Das nenn ich mal einen spontanen Entschluss! Innerhalb einer Minute hat Lydia ihr Interesse an einer Wohngemeinschaft mit mir bekundet und zugesagt, sofort vorbeizukommen, um sich noch mal alles anzusehen, aus der Perspektive der Interessentin. Es dauert keine 20 Minuten, bis sie an der Tür klingelt. Sie begrüßt mich sehr herzlich und sagt dann: „Sag mal, Leo, bist du ganz sicher, dass du dich mit mir einlassen willst? ... Ich meine, mit mir als WG-Partnerin natürlich ..." „Klar!", antworte ich sofort. „Das stelle ich mir total nett vor. Die Wellenlänge zwischen uns passt und wir können gut miteinander reden. Sind doch super Voraussetzungen, oder?" „Da hast du recht. Wir werden uns möglicherweise nicht sofort in die Haare kriegen." Lachend gehen wir, so als wäre es so besprochen, zuerst in die Küche. Lydia fragt höflich, ob sie in die Schränke schauen dürfte. „Selbstverständlich!", antworte ich. „Ist ja bald dein Arbeitsplatz." Sie kneift die Augen zusammen, zieht die Mundwinkel hinunter und tut so, als wäre sie wütend. Sie schaut richtig böse. Dabei kann sie sich kaum das Lachen verkneifen und sagt mit fester Stimme: „Haha, du Eggsbärrde! Das würde dir so passen. Mich hintern Herd verbannen!" Sie stößt mich verspielt mit dem Ellenbogen in die Seite und prophezeit mir: „Wirst schon sehen, wie wir uns die Arbeiten teilen werden!" Dann schwenkt sie im Ton wieder um auf „normal" und sagt: „Jetzt würde ich gern mein Zimmer sehen. Mal guggn, welche Möbel ich mitnehmen kann."

Das Zimmer hat eine rechteckige Grundfläche mit einem kleinen Vorbau an der Fensterseite. Die Glasflächen sind dort sehr groß, sodass der Raum lichtdurchflutet ist. Lydia meint, da müsste wohl ihr Tisch hinpassen. An der kurzen Wand gegenüber, also neben der Eingangstür, kann sie sich das Bett vorstellen und an der langen ihren Kleiderschrank. „Ach, jetzt wäre es gut, die Maße zu wissen", grübelt Lydia und beschließt, zu Hause anzurufen, um sich helfen zu lassen. Sie wählt Wolfgangs Nummer, schaltet auf *Lautsprecher* und legt das Telefon auf das Schränkchen in der Diele, gleich neben der Zimmertür. „Hi Lydia! Was gibt's? Wir vermissen dich schon. Ist alles in Ordnung?", meldet sich Wolfgang. „Ja, ja!", antwortet Lydia beruhigend. „Ich brauch nur kurz deine Hilfe. Sei doch so nett, hol ein Maßband und miss für mich nach ..." Blitzschnell unterbricht er ihren Redefluss: „18 Zentimeter ziemlich genau sind es bei mir. Da muss ich nicht mehr nachmessen." „Mann, Wolfgang! Ich meine doch nicht dein bestes Stück! Du sollst meinen Kleiderschrank abmessen und mir bitte die Maße durchgeben." „Ach so! Und ich dachte, du bist endlich zur Besinnung gekommen", sagt er und klingt dabei etwas enttäuscht. „Wozu zum Teufel musst du die Maße deines Schranks wissen?", fragt er, jetzt schon sehr neugierig. „Ich besichtige gerade eine Wohnung und möchte wissen, was ich an Möbeln mitnehmen kann. Ich erzähl euch später alles ... Jetzt mach mal bitte!"

Der WG-Genosse führt seinen Auftrag aus und Lydia ist sehr zufrieden. Das gute Stück passt genau. Das Telefonat hat mich auch neugierig gemacht: „Sag, Lydia, war da mal was zwischen dir und Wolfgang? Er klang mir sehr nach enttäuschtem Liebhaber ... oder eher verschmähtem." „Nein, um Himmels willen! Das fehlte noch. Inzwischen ist er ja mit Lisa zusammen. Aber hab ich noch nicht erwähnt, dass er vor längerer Zeit mal reges Interesse an mir bekundet hat? Dachte, ich hätte es erzählt." „Nö, kann mich nicht erinnern. Aber wenn du mal jemand kennenlernst, dann ratschen wir drüber. Abgemacht?" „Versprochen!"

Als wir mit der Besichtigung fertig sind, beschließen wir, noch zur Pizzeria zu gehen, eine Kleinigkeit zu essen und auf unsere Vereinbarung anzustoßen. „Es ist also beschlossen. In 14 Tagen ziehst du ein. Ich helfe dir gern beim Transport!"

Sven

98.

Tina kommt kurz vor 22:00 Uhr am Hauptbahnhof an, also werde ich sie mit einem Prosecco willkommen heißen. Den könnten wir mit ins Bett nehmen, aber wir werden zuerst mal in der Küche anstoßen.

„Hast du noch Hunger?", frage ich sie nach einer ersten stürmischen Begrüßung. „Nur auf dich", antwortet sie. Also Korken raus, Gläser vollschenken und einen ersten Schluck mit ihr genießen. Dann ein weiterer langer Kuss und dabei fange ich an, ihr Jacke, Bluse und Rock des Businesskostüms auszuziehen. Sie lässt es nicht nur geschehen, sondern zieht mir gleichzeitig mein T-Shirt und meine Jeans aus. Das zweite Glas trinken wir also in unserer Unterwäsche noch in der Küche und sind bald in einem wilden Liebesspiel vereint.

Nachdem der erste Hunger gestillt ist, nehmen wir die Flasche mit ins Schlafzimmer und beginnen dort von vorn. Hier geht es etwas ruhiger zu und wir trinken die perlende Flüssigkeit auch von unseren Körpern weg. Herrlich, wie wir beide das genießen können. Vergessen sind die blöden Gedanken an Marie und dass sie uns auseinanderbringen könnte. Wir sind eins und wir flüstern uns jeweils ins Ohr, dass wir miteinander noch viele solcher Nächte erleben wollen.

Etwas später fragt Tina: „Hast du eigentlich schon drüber nachgedacht, dass wir mal ein paar Tage wegfahren könnten? Jetzt im Winter wären doch ein bisschen wärmende Sonne und vielleicht ein einsamer Strand für uns beide allein nicht schlecht, oder?" „Woran denkst du? Da müssen wir ja schon ein paar Stunden nach Süden fliegen, sonst klappt das mit der Wärme nicht." „Ja genau, ich dachte an die Kanaren, da ist doch immer Frühling, sagt man. Warst du da schon mal?" „Nein, aber das ist eine gute Idee. Lass uns das morgen mal eruieren und auch schauen, zu welchem Termin wir uns beide freimachen können." „Willst du da auch wirklich hin oder wären dir Vögel auf Sylt lieber?" „Von Vögeln auf Sylt hatte ich schon genug und die haben uns nur Ärger eingebracht. Das lassen wir erst mal." „Hast du gesagt, vom Vögeln auf Sylt? Das hatten wir beide aber auch noch nicht."

„Du weißt schon, was ich meine. Ich denke, Lanzarote wär ein sehr schönes Ziel, bei dem wir Strand und Entdeckung von Sehenswürdigkeiten der Insel unter einen Hut bringen können. Hab vor langer Zeit mal ein Buch über den Künstler Cesar Manrique gelesen und was der dort alles geschaffen hat. Da käme ich auch fotografisch auf meine Kosten, du vielleicht auch. Und wenn ich mir dann noch vorstelle, mit dir am schwarzen Lavastrand zu liegen und dich zu lieben, da möchte ich gleich los. Und das mitten im Winter." „Das gefällt mir und ich werde morgen gleich mal sehen, zu welchen Zeiten wir das am besten machen könnten. Kannst du das auch checken bitte?" „Ja klar, lass uns das morgen festlegen und dann morgen Abend buchen."

Wir entscheiden uns für einen Termin nach Karneval, denn bis dahin sind die Flüge teuer und schon fast ausgebucht. Also wird es am 29. Februar losgehen.

Lydia

99.

Als ich abends nach Hause komme, sitzen Lisa und Wolfgang wieder mal in der Küche bei einer Flasche Rotwein. Sofort überfallen sie mich mit Fragen zu der neuen Wohnung. Ich erzähle ihnen voller Freude, dass die Wohnung sehr schön ist und mein neuer WG-Partner sehr nett. „Ich hatte schon länger das Gefühl, dass ich euch beide hier eher störe, und die Lösung mit Leo in einer Zweier-WG fühlt sich gut an." „Na, wenn das man gut geht", meint Wolfgang, „wer weiß, warum der Kerl dich bei sich einziehen lässt." „Nicht alle Männer haben immer solche Absichten wie du, Wolfgang. Aber du kannst mir gern in zwei Wochen beim Möbelschleppen helfen, wenn deine Kräfte das zulassen." Lisa schaut ganz verdattert und ich lasse die beiden allein. Da kann er ihr erklären, wie ich das gemeint habe.

In den nächsten beiden Wochen packe ich alles in Kisten, was ich mitnehmen möchte, und versuche auch schon Dinge zu entsorgen, die ich nicht mehr brauche. Bin wieder mal verwundert, was sich in fünf Jahren so alles für ein Krempel ansammelt. Fürs Ausmisten ist ein Umzug immer eine gute Gelegenheit.

Am Samstag kommt Leo schon um acht Uhr morgens mit dem Transporter und bringt auch die zwei Freunde mit, die ich schon von seinem Umzug kenne. In weniger als zwei Stunden ist alles im Auto und wir können los. Wolfgang bietet an, auch mitzufahren, aber ich lehne das höflich ab und sage zu ihm: „Das schaffen wir schon in der neuen Wohnung. Du kannst ja nächste Woche mal mit Lisa vorbeikommen und alles anschauen, wenn du magst."

Auch in der neuen Wohnung klappt alles wie geschmiert. In kurzer Zeit ist alles oben, die Jungs bauen meinen Schrank und das Bett zusammen. Die Kleidung und die Sachen für Bad und Küche kann ich später einräumen. Um 15:00 Uhr biete ich der Truppe was zu essen und zu trinken an. Wir sitzen zu viert um den großen Esstisch, stoßen mit unseren Bieren an und ich bedanke mich bei den drei fleißigen Helfern.

„Feiert ihr auch eine Housewarming Party?", fragt Achim. Leo und ich schauen uns an und er antwortet: „Darüber haben wir uns noch keine Gedanken gemacht, aber ihr habt recht, das machen wir." Leo nimmt sein Handy und sagt: „Lass mal schauen, Lydia, hast du am nächsten Samstag schon was vor?" „Nein, das ist ein guter Termin, da können Wolfgang und Lisa auch dazukommen. Willst du auch deine Eltern einladen?" „Ja vielleicht, aber da machen wir eine Teilung. Würdest du für nachmittags noch mal einen Apfelkuchen backen? Dann können meine Eltern zum Kaffee kommen und die anderen kommen abends. Da geht's ja vielleicht ein wenig hoch her." „Ja, das kann ich machen. Und was sagt ihr beiden? Könnt ihr am nächsten Samstag?" Achim antwortet: „Wenn ich auch noch ein Stück Apfelkuchen abbekomme, gern." Luis nickt und sagt: „Für mich auch bitte. Solche Leckereien bekommen wir ja sonst nur zu Hause bei den Eltern." „Also dann backe ich ein ganzes Blech mit Apfelkuchen, das sollte dann reichen." Achim zwinkert Leo zu: „Kerl, da hast du eine super Mitbewohnerin gefunden. Die könnt mir auch gefallen." Und ich stelle erstaunt fest, dass Leo ganz rot anläuft und nichts mehr erwidert.

Tina

100.

Wie oft habe ich mich schon geärgert, wenn eine Kollegin oder ein Kollege unkonzentriert gearbeitet und dumme Fehler gemacht hat! Und ganz besonders, wenn der Grund dafür so offensichtlich war, dass man ihn in den glänzenden, verliebten Augen wie auf einem Display ablesen konnte! Wie kommen die anderen dazu, dass sie diese Tagtraumaktionen ausbaden müssen? Erst im letzten Jahr hatte Irmgard einmal vergessen, ein Dokument mit wichtigen Terminen und Informationen rechtzeitig an die Kollegen der Abteilung zu schicken. Sie war meine Urlaubsvertretung gewesen. Somit ist es zuerst auf mich zurückgefallen, dass einige Leute Termine verpasst haben und dafür schlechte Kritik geerntet haben. Es hat Tage gebraucht, bis ich rehabilitiert war. ‚Wie peinlich ist das denn?', dachte ich damals. Dass mir jemals so etwas passieren könnte, war für mich undenkbar.

Deshalb weiß ich auch im ersten Moment gar nicht, wie mir geschieht, als mich Stefan, mein Chef, zu sich ins Büro zitiert. Er bittet mich nicht wie sonst freundlich, mal kurz zu ihm zu kommen, sondern er schlägt den Befehlston an: „Tina! In fünf Minuten bei mir im Büro!" Zack! Das hat gesessen. Die Kolleginnen an ihren Schreibtischen heben die Köpfe, starren zu mir herüber, und ich überlege kurz, wie ich denn im Erdboden versinken könnte. Wenn er jemand in diesem Ton anblafft, hat das noch nie etwas Gutes bedeutet. Mir wird heiß, meine Kehle wird ganz trocken.

Als ich in Stefans Büro eintrete, versuche ich noch, Haltung zu bewahren, und frage, was ich für ihn tun kann. „Falsche Frage!", sagt er laut und betont die Aussage, indem er mit den Händen eine ausladende

Bewegung macht. „Was du hättest tun sollen, wäre die richtige gewesen!" In Sekundenbruchteilen jagen mir Gedanken durch den Kopf, was ich wohl getan oder nicht erledigt haben könnte. Aber mir fällt und fällt nichts ein. Das Sitzungsprotokoll ist weitergeleitet, die monatlichen Geburtstagswünsche für die VIP-Kunden, die Stefan besonders wichtig sind, sind raus und die Einladungen zur Jahresauftaktversammlung schon lange erledigt. ‚Was will er nur von mir?'

„Tina, um Himmels willen, wie konnte es passieren, dass ausgerechnet Jan Behrens keine Einladung zu dem jährlichen Event bekommen hat? Jan Behrens! Es gibt nicht viele Firmen wie die MATSEN Chemie, mit der wir so intensiv und gewinnbringend arbeiten. Eine Katastrophe ist das!" Stefan kann sich gar nicht beruhigen. Das verstehe ich auch, denn Behrens ist einer unserer wichtigsten Kunden. Ich suche nach einer Entschuldigung, aber es ist auch für mich unbegreiflich, wie das möglich ist. „Stefan, das gibt's doch gar nicht! Ich habe keine Ahnung, wie das geschehen konnte! Ich hab ganz sicher alle Einladungen rausgeschickt", versuche ich ihn zu überzeugen. „Lass mich meine Liste kontrollieren. Da muss ein Fehler sein. Ganz sicher!" Stefan winkt nur wütend ab. „Kannst du dir vorstellen, wie es mir gegangen ist, als ich den Anruf bekommen habe? Und der Behrens hat darauf bestanden, mit mir persönlich zu sprechen. Ein Freund habe gesagt, er freue sich, ihn beim Jahresauftakt zu sehen, hat er mir erzählt. Und er habe nichts von der Einladung gewusst. Ob wir denn keinen Wert mehr auf unsere Geschäftsbeziehung legen, wollte er wissen … Und du willst nur nachsehen, wo der Fehler im System ist?!" Er wird jetzt richtig laut und ich fürchte, dass man ihn auch außerhalb seines Büros hört. Wie eine vorgeführte Schülerin stehe ich meinem Chef gegenüber und mir fehlen die Worte. Ich stammle nur: „Was können wir jetzt tun?" „WIR?", schreit er. „DU wirst das in Ordnung bringen! Blitzartig schickst du ihm eine VIP-Einladung mit einem angemessenen Entschuldigungsschreiben, das ich vor dem Absenden kontrollieren werde!" Er gibt mir eine halbe Stunde, dann möchte er das Ergebnis sehen.

Sehr geehrter Herr Behrens!

Es ist mir besonders unangenehm, dass beim Versand der Einladungen zu unserer Jahresauftaktversammlung ausgerechnet Ihre verloren gegangen ist. Ich möchte mich dafür persönlich entschuldigen und hoffe sehr, dass dieses unverzeihliche Missgeschick nichts an der vorbildlichen Zusammenarbeit unserer Firmen ändern wird!

Anbei sende ich Ihnen ein ganz persönliches Exemplar Ihrer VIP-Einladung und wünsche Ihnen besonders gute Unterhaltung beim Event!

Herzlichst

Mit geringschätzender Miene studiert Stefan den Brief. „In Ordnung", sagt er knapp. „Und nimm noch einen Rat mit: Wenn du verliebt bist, ist das deine Privatsache. Wenn du dieses Haus betrittst, bist du im Dienst und hast dich zu konzentrieren."

Leo

101.

Die ersten Tage mit Lydia zusammen in der Wohnung waren noch geprägt von Umzugskartons ausräumen, Sachen ordnen und Möbel umstellen. Ja genau, Möbel umstellen. Lydia hatte zwar genaue Vorstellungen gehabt, wo sie ihre Möbel haben wollte, doch dann hat es ihr so nicht gleich gefallen. Das Einzige, was blieb, wie sie es vorhatte, war der Tisch an der Fensterseite. Es war ihr selbst unangenehm, dass sie mich ein paarmal um Hilfe bitten musste, weil ihr Bett und Schrank einfach zu schwer waren. Und sie war sehr verwundert, dass mir das gar nichts ausmachte. „Es soll zum Schluss so sein, wie es dir gefällt", sagte ich zu ihr, und schließlich haben wir es gemeinsam geschafft.

Heute ist der Tag unserer Wohnungseinweihung. Kurz nach Mittag kommen meine Eltern, am Abend dann unsere Freunde. Lydia war gestern schon einkaufen gewesen und ich habe für Ordnung gesorgt, noch mal das Bad geputzt und staubgesaugt. Jetzt hat sie genug Zeit, um den Apfelkuchen zu backen und auch die Vorbereitungen für die Tapas zu treffen. Ich bin für die Getränke verantwortlich, so haben wir es vereinbart. Der Kuchen ist im Backrohr und wir haben ein bisschen Zeit für einen Zwischendurch-Kaffee. Lydia sagt, dass sie sich sehr freut, dass wir so problemlos Hand in Hand arbeiten. Das hat in ihrer letzten WG nicht von Anfang an so gut geklappt. „Wie wollen wir das denn in Zukunft handhaben? Ich meine, das mit den Regeln und Vereinbarungen?", fragt sie. „Wieso, meinst du, wir brauchen so was?", will ich überrascht wissen. „Oh, ich merke, du hast noch nie in einer WG gelebt, oder?" „Nein, ich hatte ja zu Hause genug Platz und Freiraum. Hat sich nie ergeben." Da schildert sie mir ihre

Erfahrungen und meint, dass es Klarheit schafft und Missverständnisse verhindert, wenn man zeitgerecht vereinbart, wer wofür verantwortlich ist. „Erst als wir sogar schriftlich festgelegt hatten, wer welche Aufgaben hat, kehrte wirklich Ruhe und Zufriedenheit ein", erklärt Lydia. „Okay, das klingt sehr vernünftig für mich. Aber ich habe das Gefühl, dass das bei uns schon ganz gut begonnen hat", werfe ich ein. „Meinst du, wir könnten es zuerst mal ohne Vertrag versuchen? Wenn es denn notwendig wird, können wir das doch auch später machen." Lydia lächelt mich an und willigt ein. Sie habe auch nicht wirklich Sorge deswegen, aber sie wolle darauf aufmerksam gemacht haben.

Pünktlich um eins klingelt es an der Tür. Meine Eltern sind da. Mama möchte gleich nach der herzlichen Begrüßung einen Rundgang durch die Wohnung machen. Papa überreicht mir eine Flasche Champagner und sagt: „Hier, Junge, für eure Party heute Abend. Für einen besonderen Moment." Ich stelle sie auch gleich in den Kühlschrank. Der schmeckt am besten kalt. Beide sind begeistert, wie schnell wir hier Ordnung gemacht haben. „Ja, das hat uns selbst überrascht. Wir wollten halt beide so bald wie möglich alles unter Dach und Fach bringen. Und die bevorstehende Party heute hat uns natürlich auch motiviert. Die Gäste können ja wohl schlecht auf den Umzugskartons sitzen." Meine Mutter überkommt wieder die Neugier, und sie fragt, ob sie Lydias Zimmer auch sehen darf. „Natürlich, gern!", sagt Lydia und öffnet gleich die Tür. Ich sehe meiner Mutter immer genau an, ob ihr etwas gefällt oder nicht. In diesem Fall zeigt ihre Miene, dass sie sehr zufrieden ist mit dem, was sie sieht. „Sehr schön", sagt sie. „Geschmackvoll … und ordentlich! Da passt ihr ja gut zusammen. Leo kann auch gut Ordnung halten." Wir werden beide verlegen, obwohl es doch dafür wirklich keinen Grund gibt.

Lydias Apfelkuchen hat es meiner Mutter besonders angetan. „Der ist ja ausgezeichnet! Kann ich davon das Rezept haben?" Lydia freut sich über das große Lob und verspricht, es ihr zu schicken. Wenn man Mama beim Reden zuhört, könnte man meinen, das mit der WG sei nicht ganz zu ihr durchgedrungen. Immer wieder spielt sie darauf an, dass wir gut zusammenpassen und dass sie es schön findet, dass wir uns gefunden haben. Mein Vater, der Realist, bremst sie gern ein bisschen ein. „Herta, die zwei müssen doch nur miteinander auskommen. Sie wohnen nur in derselben Wohnung. Es ist reiner Zufall, dass sie optisch zusammenpassen wie ein Liebespaar", belehrt sie mein Vater. Aber nachdem Mütter ihre Kinder immer besser zu kennen glauben, antwortet sie nur: „Heinz, ist schon gut. Ich weiß das. Aber ich kenne unseren Leo und brauche nur in seine Augen zu schauen, wenn er ein Mädchen ansieht. Und so, wie er Lydia ansieht ..." Sie zwinkert Papa zu.

Um vier verabschieden sich meine Eltern. Es ist also genug Zeit, das Geschirr gleich abzuwaschen und die Vorbereitungen fürs Essen fortzusetzen. Etwas verlegen frage ich Lydia: „Du, war dir das eh nicht zu unangenehm, was meine Mutter über uns gesagt hat? Es war mir schon ein bisschen peinlich." „Nein, gar nicht", erwidert sie. „Ich kenne das. Meine Mutter glaubt auch immer, in meinen Augen lesen zu können. Alles gut, Leo." Es hat mich ein wenig beruhigt, dass sie nicht alles glaubt, was Mütter sagen. Sonst hätte sie am Ende noch gefragt, ob da was dran ist. Und da ehrlich zu antworten, wäre schwierig gewesen.

Die Gäste sind überpünktlich. Als Erste kommen Lisa und Wolfgang, Lydias Ex-WG-Partner. Sie sehen heute ganz anders aus als in den Arbeitsklamotten. Lisa hat die Haare hochgesteckt und ist geschminkt, was sie jünger aussehen lässt. Und Wolfgang macht rasiert beinahe einen seriösen Eindruck. Die beiden haben auch zwei Geschenke mitgebracht, eines für Lydia, eines für mich. Als sie am Esstisch Platz nehmen, kommen Achim und Luis – auch gemeinsam. Der letzte Gast ist Frank, Lydias Freund. Sie wollte ihn unbedingt dabeihaben.

„Die Gesellschaft ist komplett!", rufe ich. „Eine Runde Prosecco für alle?" „Jaaa!", kommt einhellig zurück, und so komme ich gleich meiner Aufgabe als Gastgeber nach. Ich beobachte Lydia, wie sie routiniert die Tapas serviert, und merke wieder einmal, dass ich sie gern ansehe. „Bitte bedient euch!", sagt sie. „Ich stelle die Teller in die Tischmitte und jeder nimmt sich, wonach ihm ist. Es gibt Tortillas, Chorizo-Chips, Pimientos de Padrón, gebackene Tomaten, Gambas al ajillo und gebackene Auberginen. Und es gibt genug Nachschub für alle. Der Herr des Hauses serviert uns den wunderbaren Rioja." Damit zeigt sie mit der Hand zu mir herüber und lächelt sehr zufrieden.

Die spanische Musik im Hintergrund, das herrliche Essen und der Wein sorgen für eine südländische Stimmung. Schade nur, dass es für einen Ausflug auf die Terrasse zu kalt ist. Der andalusische Sommer ist nur in unseren vier Wänden zu spüren, da aber richtig. Lydia und ich unterhalten uns abwechselnd mit den Gästen. Eine Zeit lang sitzt Lydia mit Frank auf der Couch, wo sie sich intensiv unterhalten. Ich hätte schon gern gehört, worüber sie gerade reden. Frank genießt das Gespräch scheinbar sehr. Und ich habe das Gefühl, er bemüht sich, sie nicht irgendwo zu berühren. Immer wieder faltet er seine Hände zusammen oder legt sie ganz bewusst auf seine Schenkel. Eigentlich kann es mir ja egal sein … Ist es aber irgendwie nicht …

Etwas später spreche ich ihn an: „Du bist also Lydias Freund …" Franks Gesichtsausdruck wird ernst und er antwortet etwas zerknirscht: „So wie du das sagst, hört es sich toll an … Ja, ich glaube sogar, ich bin ihr bester Freund. Wir können stundenlang reden. Wir suchen oft Rat beieinander. Wir trinken gern was zusammen oder gehen mal essen. Wir arbeiten in derselben Firma." „Wie ist das so für dich, dass sie in eine WG mit einem Mann zieht?", wage ich zu fragen. „Alles, was für Lydia gut ist, ist okay", antwortet er. „Ich hab sie sehr gern und würde mich nie einmischen. Lydia ist ein toller Mensch. Mit ihr kannst du Pferde stehlen. Wirst schon sehen!"

Zu recht fortgeschrittener Stunde hebt Lisa ihr Glas und ruft: „Ich denke, wir sollten die Geschenke auspacken!" Schon ist Lydia zur Stelle und holt mich an ihre Seite. Wir öffnen unsere Päckchen gleichzeitig und staunen nicht schlecht, als wir den Inhalt sehen. Es sind zwei Blumenvasen. Lydias ist weiß und meine schwarz. Das Besondere daran ist, dass die geschwungenen Formen so angelegt sind, dass die beiden Vasen zusammen ein Herz ergeben. Zur Erklärung sagt Lisa: „So hat jeder von euch eine schöne Vase für den eigenen Wohnbereich. Und wer weiß … vielleicht stellt ihr sie ja mal zusammen auf." Wieder so ein Moment, in dem ich hoffe, verbergen zu können, dass ich mich darauf freue.

Bald danach löst sich die Gesellschaft langsam auf. Zufrieden stehen wir da und nach einem langen Blick in Lydias Augen frage ich: „Was hältst du von einem guten Glas zum Abschluss des Tages?"

Sven

102.

Kurz vor acht Uhr abends klingele ich bei Tina an der Haustür. Sie macht nicht auf. Noch mal. Immer noch keine Reaktion. Also ruf ich sie an. Der Anrufton geht mehrfach raus, dann kommt ihre Mailbox: „Hallo, hier ist Tina. Ich kann gerade nicht, aber du kannst mir gern eine Nachricht hinterlassen. Piep." „Tina, wo bist du? Wir waren doch für acht verabredet, oder?

Zwei Minuten später ruft sie zurück. „Hallo Sven, stehst du vor der Tür? Sorry, ich war unter der Dusche. Mach dir jetzt auf." Der Türsummer ertönt und ich gehe hoch. Sie kommt mir an der Wohnungstür mit einem umgebundenen Handtuch entgegen, küsst mich nur flüchtig und geht wieder ins Bad. „Hallo Tina, ich hab jetzt zum zweiten Mal bei der Kälte vor deiner Tür gestanden. Meinst du, wir könnten uns vielleicht jeweils einen Schlüssel vom anderen geben? Oder bekommen Fremde keinen Schlüssel von dir?" „Ach Sven, das tut mir leid, war zu spät aus dem Büro zurück und daher erst jetzt unter der Dusche. Setz dich doch einfach schon mal und mach uns bitte einen Weißwein auf. Der steht in der Küche. Ich bin gleich fertig."

Als ich beim zweiten Glas Wein bin, kommt sie ins Wohnzimmer. Ich sehe ihr an, dass sie geweint hat. „Liebste Tina, was ist los? Hab ich dich mit meiner Frage nach dem Schlüssel geärgert? Willst du mir keinen geben? Wovor hast du Angst?" „Tut mir leid, hatte heute einen furchtbaren Tag in der Firma. Mit dir hat das gar nichts zu tun. Darf ich es dir kurz erzählen?" „Ja natürlich", antworte ich, „das ist sogar gut, wenn du das machst. Vielleicht wird es dann schon ein bisschen besser. Und trink schon mal einen Schluck Grauburgunder, der ist nämlich sehr gut."

Sie nippt an ihrem Glas und erzählt mir von ihrem Missgeschick mit dem vergessenen Kunden. „Das Schlimmste ist, dass ich beim nochmaligen Durchschauen der Einladungsliste festgestellt habe, dass noch drei weitere Kunden vergessen wurden. Aber ich hab keine Ahnung, wie mir das passieren konnte." „Hast du denn jetzt alle fehlenden Kunden eingeladen?" „Ja, ich hab allen ein ähnliches Entschuldigungs- schreiben geschickt und die Einladung dazu. Ich überlege noch, ob ich das meinem Chef morgen noch sagen soll." „Ich finde, ja. Denn das zeigt ihm umso mehr, dass du eigentlich sehr gewissenhaft bist und auch deine Fehler wieder ausbügelst. Aber sicher hat er nicht unrecht, dass du an dem Tag, als die Einladungen rausgingen, unkonzentriert warst. Erinnerst du dich, wann das genau war?" Sie überlegt kurz und sagt dann: „Ja klar, das war an dem Tag, nachdem ich aus München zurück war und wir noch lange bei dir wach waren. Das war ja so schön und ich vergesse die Nacht sicher nicht. Aber an dem Morgen fehlte mir eine Menge Schlaf. Also hat Stefan doch recht, dass ich draußen verliebt sein kann, aber in der Firma muss ich trotzdem vernünftig und präzise arbeiten." „Grundsätzlich ja, aber Menschen sind keine Maschinen, und selbst die haben auch mal Ausfälle. Die Hauptsache ist doch, dass man seine Fehler wiedergutmacht und nicht wiederholt."

Ich nehme sie in den Arm, küsse sie ganz zärtlich und sage: „Tina, Liebste! So etwas passiert auch den Besten. Aber dein Chef weiß ganz genau, was er an dir hat. Letztens hast du mir noch erzählt, wie sehr er dich gelobt hat. Noch besser als er weiß ich, was ich an dir habe. Ich liebe dich nämlich und ich möchte auch in solchen Momenten für dich da sein und dich unterstützen, wenn es dir nicht gut geht." Ich küsse sie noch mal und sie sagt: „Liebster, du bist das Beste, was mir je passiert ist, und ich bin so froh, dich an meiner Seite zu haben. Ich liebe dich auch, und zwar sehr." Unser Küssen und Streicheln endet in einer wilden Umarmung auf dem Fußboden.

Später fällt mir meine Frage wieder ein: „Sag mal, ich hatte dich vorhin gefragt, ob Fremde keinen Schlüssel von dir bekommen. Ich stelle die Frage jetzt noch mal anders: Den Schlüssel zu deinem Herzen hab ich ja schon, kann ich auch einen zu deiner Wohnung bekommen?" „Ja natürlich, ich hole dir gleich einen." „Und du bekommst auch einen von mir, wenn wir uns das nächste Mal sehen."

Als ich am nächsten Morgen von Tinas Wohnung aus zur Arbeit fahre, denke ich noch mal über unseren Abend nach. So nah wie ihr war ich wirklich noch nie jemandem gewesen. Die Schlüssel zur Wohnung des anderen könnte man ein wenig als Symbol ansehen, dass wir jetzt ein Paar sind, das alles miteinander teilt. Wir sind uns im Denken und Fühlen so sehr ähnlich und ich frage mich, woher das wohl kommt. Ich muss sie mal fragen, ob sie eine Begründung dafür weiß. Ich schicke ihr aus der Bahn eine entsprechende Nachricht zu. Gegen Mittag erreicht mich ihre Antwort: „Ja, mein Liebster, ein Grund könnte sein, dass wir beide Steinböcke sind. Da fällt mir ein: Wie möchtest du denn deinen Geburtstag feiern?"

Lydia

103.

Ich habe es mir auf dem Sofa bequem gemacht, meine Schuhe ausgezogen und sitze auf meinen Unterschenkeln. Leo kommt herein und bringt die Flasche Pommery und zwei Sektgläser mit. „Hey Leo, dein Vater hat doch gesagt, die ist für einen besonderen Moment." „Ja, genau. Und ist das vielleicht keiner? Wir hatten eine tolle Einweihungsparty, es hat allen dank deiner Kochkünste geschmeckt, der Rioja kam auch gut an. Ich bin so froh, dass du hier wohnst und wir beide so gut harmonieren. Findest du nicht, dass das ein guter Moment für eine kleine Feier für uns beide ist?" „Ja, du hast recht, aber ich hätte auch noch eine Flasche Prosecco gehabt, der reicht doch zum Anstoßen. Dann könnten wir den Champagner für einen wirklich besonderen Moment aufheben." „Blödsinn, Prosecco und Wein hatten wir mit unseren Gästen. Der hier ist für uns beide und ich sage es noch mal: Dies ist ein besonderer Moment."

Leo sitzt neben mir und hat inzwischen den Verschluss von der Flasche gezwirbelt und schon knallt der Korken an die Decke. Geschickt gießt er uns beiden etwas von der goldgelben Flüssigkeit in die Gläser, reicht mir eins und sagt: „Liebe Lydia, herzlich willkommen in unserer gemeinsamen Wohnung und auf ein weiter so harmonisches Zusammenleben." Wir trinken beide einen kleinen Schluck, setzen die Gläser ab und Leo nimmt mich in den Arm. Seine Lippen kommen mir immer näher und ich glaube, dass er mich nur kurz küssen will. Aber da habe ich mich getäuscht. Nach der ersten flüchtigen Berührung wird ein inniger Kuss daraus. *Hui*, denke ich, *was ist das jetzt? Begrüßt man so seine Wohnungsnachbarin?* Aber der Kuss gefällt mir und ich erwidere seine Zungenbewegungen. Als er sich nach gefühlten zehn Minuten zum ersten Mal von mir löst, schaue ich in seine Augen. Sie sind so dunkel und tief und sie schauen mich fragend an. „Was war das jetzt, Leo?" „Das war der Begrüßungskuss, von dem ich schon geträumt habe, bevor du eingezogen bist. Weil, ehrlich gesagt, habe ich mich schon bei unserem ersten Treffen im Rischart in dich verliebt. Ich hoffe, du bist mir nicht böse." „Warum soll ich böse sein, wenn du dich in mich verliebst? Das ist doch schön. Ich hoffe nur, ich kann das erwidern, da musst du mir ein bisschen Zeit geben."

Wir nehmen noch einen weiteren Schluck von dem edlen Getränk und Leo fängt an, mir zu erklären, dass er von vornherein daran gedacht hat, mich in seine Wohnung einzuladen. „Und dann war ich so glücklich, dass du mir mit allem so viel geholfen hast. Du bist so lieb und hilfsbereit und da war es dann endgültig um mich geschehen." „Leo, ich mag dich auch und ich hatte letzte Woche so ein komisches Gefühl, als ich eingezogen bin. Mir ist aufgefallen, dass du ganz rot geworden bist, als Achim gesagt hat, ich könnte ihm auch gefallen. Ich spürte deutlich, dass du ganz verlegen warst, denn du hast auch gar nichts drauf gesagt. Da hab ich gedacht, ob Leo noch mehr Absichten hat, als nur eine Mitbewohnerin zu finden?" „Und ist dir das jetzt unangenehm, dass ich dir so nah gekommen bin?" „Kennst du den Film: ‚Küss mich, Dummkopf'?"

Das macht er dann auch, und zwar stürmischer als vorher. Kurz darauf geht er mit seiner Hand unter mein T-Shirt und zieht es mir über den Kopf. Erstaunt sieht er mich an und sagt: „Hattest du die ganze Zeit keinen BH an?" „Nein, den hab ich eben ausgezogen, als wir beschlossen haben, noch ein Glas zu trinken. Da dachte ich, jetzt wird's gemütlich, da brauch ich das enge Ding nicht mehr." Leo sieht sich meinen Busen näher an und beginnt, die Brustwarzen zu liebkosen. Ganz zärtlich streichelt er mit seiner Zunge darüber, saugt daran und knetet sie mit seinen Händen. Dann fängt er an, meine Jeans aufzuknöpfen, und es dauert nicht lange und er hat mir ganz sanft Hose und Slip ausgezogen. Blitzschnell zieht er auch seine Sachen aus und beginnt mich am ganzen Körper zu streicheln und zu küssen. Das dann folgende Liebesspiel dauert eine gefühlte Ewigkeit und dann plötzlich explodieren wir beide. Später in Leos Bett beginnt das Ganze noch einmal von vorn und es ist wieder sehr schön.

Am Sonntagmorgen betrachte ich den schlafenden Leo neben mir. Seine dunklen Locken sind ganz zerzaust. *Oje, wie sehe ich wohl aus?* Schnell gehe ich ins Bad, putze mir die Zähne und kämme mir die Haare.

Der Champagner ist ein wenig warm geworden, aber ich nehme die Gläser und die Flasche mit ins Bett. Ein ganz klein wenig Flüssigkeit gieße ich auf Leos Lippen und dann küsse ich ihn wach. „Kannst du mit dem Märchen von gestern Abend weitermachen?", frage ich ihn. „Ich denke schon, aber diesmal wird es noch spannender."

Beim Frühstück fragt er mich dann: „Sag mal, wie nah bist du eigentlich mit Frank?" „Oh, hast du gemerkt, dass er auch in mich verliebt ist?" „Ja sicher, das kann man nicht übersehen. Aber wie ist das mit dir?" „Ich mag ihn und ich unterhalte mich viel und oft mit ihm. Allerdings sind wir sehr unterschiedlich. Ich kann mir keine Beziehung mit ihm vorstellen, und das weiß er auch. Aber als Freund und Kollegen schätze ich ihn und möchte ihn gern behalten." „Und was denkst du heute früh über mich?" „Ich denke, wir haben eine gute Entscheidung getroffen, dass wir eine WG gegründet haben. Aber ich glaube auch, dass das nicht alles ist. Ich hab das blöde Gefühl, du gefällst mir jetzt schon mehr, als ich zugeben möchte. Du warst mir letzte Nacht und heute früh so nah und du bist mir so vertraut, als ob ich dich schon sehr lange kennen würde. Das fühlt sich sehr gut an." „Deine Antwort macht mich sehr glücklich und ich bin sicher, wir werden eine tolle Zeit miteinander haben. Darf ich dich nur darum bitten, dass wir immer offen über alles sprechen, was uns bewegt?" „Das machen wir. Denn das finde ich in einer Beziehung auch wichtig. O Gott, jetzt rede ich auch schon von Beziehung." „Ja, dann sind wir uns doch einig."

Tina

104.

Sven hat recht! Ich muss noch mal mit Stefan reden. Am Ende erfährt er sonst von anderer Seite, dass der Behrens nicht der einzige Ausgeladene war. Dann stehe ich noch dümmer da. Ich klopfe gleich auf dem Weg zu meinem Büro bei ihm an. „Tina! Was gibt's?", fragt er höflich. Keine Spur von Ärger in seiner Stimme oder irgendetwas, was noch an die unangenehme Situation von gestern erinnern könnte. „Stefan, hast du ein paar Minuten Zeit für mich? Ich muss dir etwas Wichtiges sagen." „Klar, komm rein. Hier kann ich kurz unterbrechen." Sosehr mich dieses Gespräch letzte Nacht beschäftigt hat, so schnell wird es jetzt zu einer angenehmen Aufarbeitung des Geschehenen. Nach meinem ausführlichen Bericht über drei weitere Opfer meiner Unkonzentriertheit und das bereits erledigte Ausbügeln der Ausrutscher meint Stefan, beinahe amüsiert: „Ich wusste, dass ich nicht nachsehen muss, ob noch was passiert ist. War mir klar, dass du dich sofort dransetzt, um das zu kontrollieren … Tina, du bist eine der gewissenhaftesten Arbeiterinnen im Team. Und darum habe ich meinen anfänglichen Ärger in dieser doch sehr peinlichen Situation genützt, um dich ein wenig aufzuwecken. Bleib einfach dabei, Privatleben und Job nicht zu vermischen, und dann ist es gut. Ich schätze deine Arbeit sehr!"

Das sind doch perfekte Neuigkeiten, die ich Sven sofort mitteilen möchte. Schließlich hat er rundum recht behalten.

Beim Abendessen ist das unser erstes Gesprächsthema, bevor wir uns der Planung seines 33. Geburtstags widmen. „Ach, weißt du, mir ist gar nicht nach einer großen Feier. Von Geburtstagspartys

348

hab ich erst mal genug", sagt Sven und blinzelt mir dabei lächelnd zu. „Wäre es für dich in Ordnung, wenn wir uns einfach ein schönes Lokal suchen und da zusammen darauf anstoßen?" Ich denke kurz nach, wie ich ihn da am besten überraschen könnte und habe auch schon eine Idee. „Das ist in Ordnung", antworte ich. „Dann hole ich dich am 18. ab, sagen wir um 17:00 Uhr. Ich suche das Lokal aus, und wir zwei feiern ganz allein in deinen Geburtstag hinein."

Sven hat nichts gegen Überraschungen. Im Gegenteil. Und so steigt er am Samstag in mein Cabrio ein, ohne zu wissen, dass wir ins Alte Land fahren werden, dahin, wo wir schon auf unserer allerersten Fahrt so viel Spaß gehabt haben. Als wir der Stadtgrenze näher kommen, ahnt er offensichtlich schon etwas, das verrät sein schelmischer Blick. Vor dem „Hotel Altes Land" angekommen, sagt Sven: „Du führst uns an unsere Anfänge zurück. Was für eine herzerwärmende Idee!"

Das Essen ist großartig, der Wein köstlich. Wir schwelgen gemeinsam in der Erinnerung an unsere erste Fahrt und auch ein wenig an die unangenehme Trennung von Leo. Einen Moment denke ich daran, dass ich doch gern wissen würde, wie es ihm jetzt geht. *,Kann er denn auch so glücklich sein wie ich gerade? Ich wünsche es ihm von Herzen.'*

Das ist genau der richtige Moment für das Geburtstagsgeschenk, um mich von den Gedanken an Leo wieder abzulenken. Feierlich überreiche ich Sven ein Kuvert mit einer Karte. Er nimmt sie aus dem Umschlag, sieht zuerst die Abbildung des Brunnens, den er damals fotografiert hat, und liest dann den Text:

Liebster Sven!

Zur Feier des Tages möchte ich Dir etwas Besonderes schenken. Keine Blumen, keine Krawatte, auch kein Zubehör für Deine Kamera ... Nein, ich schenke Dir eine wunderbare Nacht in diesem Hotel. Man hat für uns das schönste Zimmer vorbereitet. Da schweben wir nachher mit Champagner in Deinen Geburtstag hinein!

Ich liebe Dich sehr!
Deine Tina

Damit habe ich nicht zu viel versprochen. Erst gegen drei Uhr früh fallen wir in einer engen Umarmung in einen tiefen, zufriedenen Schlaf.

Leo

105.

‚Ob Lisa bereits vor der Wohnungseinweihung bemerkt hat, dass Lydia ein Auge auf mich geworfen hatte?' Warum hätte sie sonst so ein eindeutiges Geschenk mitgebracht? Dass wir die Herzvase so schnell an einem gemeinsamen Ort aufstellen würden, damit hatte sie wahrscheinlich aber nicht gerechnet. Wir platzieren sie erst mal auf dem Wohnzimmertisch und beschließen, heute noch Blumen zu besorgen und ein Foto an die WG-WhatsApp-Gruppe zu schicken. „Rosen", sage ich zu Lydia. „Rote Rosen sollen es sein. Und wir schreiben keinen Kommentar dazu." Sie lächelt zufrieden und küsst mich zärtlich auf die Wange. Dass Lydia vorschlägt, das Bild in die Gruppe zu stellen und nicht nur Lisa allein zu schicken, zeigt mir, dass sie auch für Wolfgang noch ein Signal setzen möchte. Deshalb lächle auch ich zufrieden und küsse zurück.

Gleich nachdem wir die Spuren von gestern Abend beseitigt haben, machen wir das. Zum Glück hat in der Nähe ein Blumenladen am Sonntagvormittag auf. Wir verbinden unser Vorhaben mit einem ausgiebigen Spaziergang, bei dem ich Lydia in die Besonderheiten der näheren Umgebung einweihe. Es gibt hier alles, was wir brauchen, und sehr viel ist zu Fuß erreichbar. Und wenn uns mal danach zumute ist, auswärts zu essen, reicht die Auswahl vom einfachen Imbiss bis zum piekfeinen Lokal. „Es ist einfach perfekt hier!", schwärme ich und Lydia sieht das genauso.

Der große Rosenstrauß putzt die schwarz-weiße Gemeinschaftsvase unheimlich auf, und im richtigen Licht fotografiert, wirkt er gewaltig. Lydia schickt das Foto in die Gruppe, und es dauert gar nicht lange, bis die Antworten kommen:

Lisa:
*Wusste ich es doch! Herzliche
Gratulation Euch beiden!*

Lydia:
*Danke Dir! Du warst
natürlich schon im Bilde ...*

Lisa:
*Klar! War ja kaum zu
übersehen!*

Wolfgang:
*Auch von mir einen herzlichen
Glückwunsch! Habt eine schöne
Zeit miteinander!*

Lydia:
*Ich sag auch noch einmal
Danke für die tolle
gemeinsame Zeit mit Euch
und hoffe sehr, dass wir
Freunde bleiben und uns
nicht aus den Augen
verlieren werden!*

Sven

106.

In der Woche nach meiner Geburtstagsfeier muss ich mit Susanne noch mal zu einer Reportage für den NDR fünf Tage nach Belarus. Die EU und Belarus haben ein Abkommen unterzeichnet, das Visa-Erleichterungen für beide Seiten bringen soll. Sie ebnen den Weg für eine verbesserte Mobilität der Bürger und tragen zu engeren Beziehungen zwischen der EU und Belarus bei. Wir sollen in Minsk unter den Bürgern und Politikern herausfinden, welche Erwartungen dort an dieses Abkommen geknüpft werden.

Als ich Tina davon erzähle, ist sie gar nicht begeistert: „Schon wieder mit Susanne und gleich fünf Tage. Wie schaut es denn dort mit der Kommunikation aus?" „Na, ich denke, im Hotel wird es WLAN geben, sodass wir abends immer miteinander chatten oder sprechen können, vielleicht sogar mit Bild. Ich melde mich am Montagabend und ich zeig dir, wie es dort aussieht."

Unsere Flüge gehen von Hamburg über Warschau nach Minsk und gegen 19:00 Uhr Ortszeit checken wir im Planeta-Hotel im Zentrum der Stadt ein. An der Rezeption sagt man uns, dass das WLAN-Netz leider nicht funktioniert. Ich schicke nach dem Auspacken eine kurze WhatsApp an Tina:

Liebste,
leider geht das WLAN hier im
Hotel nicht. Wir gehen gleich
was essen und ich hoffe, im
Restaurant geht's besser.
Küsse, Sven

Sie ist enttäuscht und schreibt kurz darauf zurück:

Liebster Sven,
hatte ich doch schon so was
erwartet. Dann hoffe ich,
dass ich bald ein bisschen
mehr von Dir höre oder Dich
kurz sprechen kann.

Wir finden ein uriges Restaurant in der Nähe des Hotels, deren WLAN läuft tadellos und so kann ich eine halbe Stunde später mit Tina ein wenig chatten. Aber weil Susanne mit am Tisch sitzt, ist es nicht ganz so prickelnd. Also vertagen wir unser Gespräch auf den nächsten Abend, in der Hoffnung, dass dann das Hotelnetz wieder läuft.

Den ganzen Dienstag sind Susanne und ich in der Stadt unterwegs, um Menschen auf der Straße zu interviewen und ihre Meinung zum Abkommen zu erfragen. Wir haben uns aus dem Hotel einen Dolmetscher mitgenommen, denn die meisten sprechen nur Russisch. Das Ganze entpuppt sich auch insofern als Reinfall, als kaum einer der Passanten auf der Straße von dem Abkommen etwas mitbekommen hat. Erst als wir ihnen einen Artikel aus der lokalen Zeitung mit dem kleinen Hinweis auf die Unterzeichnung zeigen, fällt dem einen oder anderen etwas dazu ein. Einen Termin beim Innenministerium bekommen wir erst für Donnerstagnachmittag und aus dem Außenministerium erhalten wir eine komplette Absage. Na super, das wird ja ein interessanter Bericht. Susanne kommt auf die Idee, ein paar lokale Journalisten zu kontaktieren, was uns ein paar Gesprächstermine am Mittwoch und Donnerstag einbringt.

Abends im Hotel müssen wir feststellen, dass das Netz weiterhin schwächelt, und so suchen wir wieder ein

Restaurant, aus dem ich Tina anrufen kann. Ich sage Susanne, was sie für mich bestellen soll, und gehe nach draußen. Tina meldet sich frostig, obwohl es bei mir sicher viel kälter ist als in ihrer warmen Wohnung. „Schön, dass du noch anrufst. Hab schon gedacht, du hast mich vergessen." Ich erzähle ihr von unseren Schwierigkeiten und versuche sie zu trösten, dass es nur ein paar Tage sind, bis ich zurück bin. „Und natürlich denke ich an dich, auch wenn ich hier unterwegs bin, aber die Technik und die vielen Interviews hindern mich halt daran, mich zwischendurch bei dir zu melden."

‚Ich glaube, ich hab sie nicht ganz überzeugen können, und das tut mir sehr leid. Aber in meinem Job ist das eben manchmal etwas schwierig. Ich muss mit ihr drüber reden, wenn ich zurück bin. Außerdem fahren wir ja bald in Urlaub, da können wir das sicher intensiver miteinander besprechen.'

Lydia

107.

Nach dem Wochenende möchte Lisa mich treffen und aus erster Hand hören, wie es mir mit Leo geht. Wir verabreden uns im Café in der Nähe der WG und bald ist eine aufgeregte Mädels-Quatschrunde im Gange. Lisa sagt: „Als du zum ersten Mal von Leo erzählt hast und du immer so hilfsbereit warst, wenn es darum ging, ihn zu unterstützen, wusste ich schon, dass du ein Auge auf ihn geworfen hast. Aber als ich euch am Samstag zusammen sah, war es sonnenklar, dass ihr keine WG, sondern ein Paar seid. Das Knistern lag immer in der Luft." „Leo ist aber auch sehr um mich bemüht und will, dass es mir gut geht. Er scheint in mich hineinsehen zu können und weiß manchmal schon, was ich möchte, bevor ich es ausspreche. Das ist ein tolles Gefühl." „Ich freue mich sehr für dich, Lydia, denn ich weiß, wie sehnsüchtig du dir eine Partnerschaft gewünscht hast. Und dass es jetzt so schnell ging, ist doch mega. Wolfgang scheint sich auch darüber zu freuen." „Da bin ich mir nicht so sicher, ich denke, bei ihm musst du vorsichtig sein. Der ist immer an anderen Mädels interessiert. Vielleicht ist es nur gespielte Freundlichkeit, aber ich werde das Gefühl nicht los, dass er schnell auf Abwege geraten könnte, wenn sich die Gelegenheit bietet."

Dann erzähle ich ihr von unserem Telefonat wegen des Ausmessens und dass er schon mehrfach versucht hat, mich anzubaggern. „Dieser Schuft", sagt Lisa, „da muss ich wohl besser auf ihn aufpassen." „Möglicherweise ist es sein Naturell, immer mal wieder so kleine Annäherungsversuche zu machen, und vielleicht steckt ja gar nichts dahinter. Sag ihm doch einfach, dass dich das stört und kränkt und dass du nicht möchtest, dass er sich so verhält." „Gute Idee, da muss ich mir die passende Gelegenheit suchen und ihn drauf aufmerksam machen."

Wir quatschen noch eine Stunde weiter über Gott und die Welt und dann düse ich nach Hause. Leo wartet schon und hat einen kleinen Imbiss vorbereitet. Den genießen wir zusammen und dann folgen weitere Genusseinheiten im Schlafzimmer, die mich die Welt vergessen lassen. ‚Leo, du bist wunderbar. Halt mich fest und lass mich nicht mehr los. Ich möchte mit dir überallhin fliegen und deine Küsse und Streicheleien spüren.'

Am Mittwoch treffe ich Frank und erzähle ihm von Leo. Auch er sagt, dass er das geahnt hat, denn meine Berichte von den Treffen mit ihm wären schon sehr schwärmerisch gewesen, und am Samstag hätte man es uns angesehen. „Komisch, dass alle anderen es scheinbar gewusst haben, aber Leo und ich nicht." „Das glaub ich nicht, ihr habt es sicher gespürt, aber ihr wolltet es nicht wahrhaben, bis es passiert ist. Ich freue mich sehr für euch beide, auch wenn damit meine Chancen bei dir gleich null geworden sind." „Ach Frank, das Thema ist nun wirklich vorbei. Und es ist höchste Zeit, dass du es auch akzeptierst. Ich bin jedenfalls sehr froh, in dir einen guten Freund zu haben, und ich hoffe, das bleibt auch so."

Tina

108.

Während Svens Dienstreise nach Belarus habe ich an mir selbst eine ganz neue Seite entdeckt. Das Gefühl von Eifersucht ist mir zwar nicht ganz unbekannt. Es gab schon Momente, in denen ich kurz Zweifel hatte oder wo ich irgendwelche Ahnungen hatte, die sich später bestätigten oder auch nicht. Aber diesmal war es anders. Mein Kopf wusste, dass Sven mich liebt und dass es keinerlei Gründe gab, daran zu zweifeln. Es war eine Dienstreise mit einer Kollegin ... Weiter nichts. Doch dann meldete sich der Bauch. Und wie heißt es doch so schön: „Traue immer deinem Bauchgefühl. Das hat meistens recht!" Und meines meldete sich jedes Mal, wenn ich daran dachte, dass Susanne den ganzen Tag mit meinem Liebsten verbringt. Schon beim Frühstück sitzen sie zusammen, und wer weiß, wie sie ihn gerade ansieht oder was sie so zu ihm sagt. Meine Fantasie spielte mir die wildesten Streiche, wenn ich die beiden beim Abendessen wusste. ‚Ich kenn doch die Frau gar nicht! Warum unterstelle ich ihr solche Sachen?', fragte ich mich selbst immer wieder. Wenn Sven mich anrief, was in dieser Zeit verdammt selten vorkam – angeblich wegen der schlechten Verbindung und weil die beiden so viel Arbeit hatten –, fiel es mir sehr schwer, freundlich zu klingen. Ich war einfach frustriert. Es waren nur ein paar Tage, aber die haben mir gezeigt, dass wir in unserer Beziehung noch etwas zu klären haben, damit das nicht irgendwann zum Problem wird.

Heute früh sind die beiden zurückgekommen. Erst hatte ich die Idee gehabt, sie vom Flughafen abzuholen. Vielleicht geht es mir besser, wenn ich die Frau einmal gesehen habe, dachte ich. Dann musste ich aber doch dringend ins Büro. Das war gut so, denn dann ist mir klar geworden, wie komisch das womöglich ausgesehen hätte. Ich will nicht den Eindruck erwecken, ihn kontrollieren zu wollen. Die paar Stunden bis zum gemeinsamen Abendessen werde ich auch noch durchhalten.

Als ich die Pizzeria betrete, sitzt er schon an unserem Tisch. Und er sieht großartig aus! Wie immer. Mein Herz schlägt gleich höher und als ich in seine Augen sehe, weiß ich es wieder ganz genau: ‚Da gibt es niemand anderen!'

Unsere Begrüßungsumarmung fällt ziemlich heftig aus. Da man uns hier aber kennt, wird das kaum beachtet. „Es ist, als ob du Wochen weg gewesen wärst!", sage ich und streiche Sven noch mal über die Wange. „Ja, genau das Gefühl hab ich auch! Du hast mir unendlich gefehlt!" Und ich muss ihm das einfach glauben. Diese Augen können nicht lügen. Während Sven von seiner Reise erzählt, verfliegen die unangenehmen Gedanken immer mehr. Er spricht auch sehr wenig von Susanne, und wenn, dann in einem eher sachlichen Ton, ohne besondere Emotionen. Irgendetwas in mir achtet noch immer auf so etwas.

Als wir beim Dessert angelangt sind, will Sven wissen, was ich denn diese Tage so gemacht habe. „Ich hatte auch jede Menge Arbeit", sage ich. „Die Berechnungen für den Jahresabschluss sind voll im Gange. Deshalb musste ich auch noch mal für einen Tag mit meinem Chef nach München zu einer Sitzung fliegen." „Wie, nach München!", fällt er mir ins Wort. „Das hast du mir gar nicht gesagt!" „Das hat sich einfach nicht ergeben. Wir haben doch kaum miteinander gesprochen. Und dann hättest du dir doch nur Gedanken gemacht, wenn ich dir gesagt hätte, dass ich Leo treffe." Jetzt verfinstert sich Svens Miene. „Das ist aber ein harter Schlag, Tina. Findest du nicht? Du hast ihn tatsächlich getroffen?" „Ja,

359

ich bin am Nachmittag nach der Besprechung mit ihm essen gegangen. Ich wollte einfach wissen, wie es ihm geht. Schließlich haben wir doch eine schöne Zeit miteinander gehabt. Und dabei habe ich etwas erfahren, was dich auch sehr überraschen wird ... Außerdem bin ich gleich danach wieder heimgeflogen. Am Abend war ich wieder hier." Sven ist kurz sprachlos. Ich sehe, wie es in seinem Kopf arbeitet. Ein Anflug von Eifersucht kämpft scheinbar gerade mit der Neugier, was es denn mit der Überraschung auf sich hat. Die Neugier gewinnt: „Sag schon, was hat er dir erzählt?"

„Du wirst es nicht glauben, Sven! ... Ich war selber völlig platt ... Leo ist jetzt mit Lydia zusammen! Ist das nicht der Hammer?" Sven verschluckt sich fast an dem Wein, von dem er gerade trinken wollte. „WAS?" ... Wie das denn?!" Ich gebe die Geschichte wieder, die mir Leo ausführlich geschildert hat. Er hört aufmerksam zu. „Und jetzt wohnen sie zusammen?", fragt er ungläubig. „Ja", antworte ich. „Und die beiden sind bis über beide Ohren verliebt. Das heißt, es geht ihnen gut ... Alles ist super!"

Leo und Lydia sind für den Rest des Abends bis zur Sperrstunde des Restaurants unser Gesprächsthema. Dann beschließen wir, zu mir zu gehen. Als wir dann so Haut an Haut im Bett liegen, sagt Sven leise zu mir: „Liebste, ich muss jetzt doch noch etwas loswerden ... Ich hatte unterwegs in Belarus echt das Gefühl, dass du darunter leidest, dass ich mit meiner Kollegin unterwegs bin. Das musst du nicht. Und vor allem, das wird noch öfter vorkommen." „Ich weiß! Und du musst dich nicht wegen Leo sorgen und auch wegen niemand anderem ... Ich liebe dich! Und ich freue mich schon sehr auf unseren Urlaub." Ein inniger Kuss besiegelt diese Worte.

‚Auf Lanzarote wird sich bestimmt die Gelegenheit bieten, über Eifersucht und Co. in unserer Beziehung zu reden ...'

Leo

109.

Ich bin gespannt, was Lydia sagen wird, wenn ich ihr von heute Nachmittag erzähle; war ich doch selbst nicht darauf vorbereitet gewesen, dass Tina anrufen würde und mich treffen wollte. ‚Wozu sollte das denn gut sein? Sie war doch die gewesen, die gehen wollte. Und trotz allem Schönen, das mir inzwischen widerfahren ist, sitzt mir der Geist des Verlassenwerdens noch immer im Nacken.' Dennoch habe ich mich darauf eingelassen, und das war gut so.

Ich bin heute als Erster zu Hause und habe versprochen, ein kleines Abendessen zuzubereiten. Fleischpflanzerl und Kartoffelbrei sind genau das Richtige. Dann kann ich noch ein wenig mitessen, obwohl ich eigentlich nicht mehr hungrig bin. Gleich, als sie die Tür öffnet, bemerkt sie den guten Duft nach angebratenem Fleisch und drückt ihre Freude darüber in einem dicken Kuss auf meine Wange aus. „Ich bin grad richtig hungrig. Heute schaff ich was. Darf ruhig ein Pflanzerl mehr sein, bitte! Das kann ich im Fitnessstudio wieder abtrainieren", witzelt Lydia. „Gern, Prinzessin! Wie sie wünschen!" Ich richte ihr eine g'scheite Portion an ... und mir selbst eine eher ungewöhnlich kleine. „Hey, was ist denn mit dir los? Bist du krank? Oder willst du nicht mit zu Clever Fit?", folgt der erwartete Einwand, aber mit einem zwinkernden Auge.

Nachdem ich auf keinen Fall etwas verheimlichen möchte, erkläre ich mit aller Offenheit, warum mein Hunger heute nicht so groß ist: „Nein, nein, Lydia. Alles okay. Ich habe nur heute Nachmittag ausgiebig gegessen und bin noch immer ziemlich satt. Aber eine kleine Portion will ich gern mit dir essen." „Oh, du hast auswärts gespeist. Geschäftliche Besprechung?" Sie kostet vom Kartoffelbrei und lauscht meiner Antwort: „Hm, also geschäftlich ... nein ... kann man nicht sagen ..." Lydia nimmt die Gabel aus dem Mund und hebt eine Braue. Ich rede weiter: „Stell dir vor, heute Mittag klingelt plötzlich das Telefon und wer ist dran? ... Tina ..." Die zweite Braue geht hoch und etwas von ihrem verschmitzten Lächeln verschwindet. Ich hebe beschwichtigend die Hand und ergänze eilig: „Nein, nein! Keine schlimmen Gedanken, bitte! Sie war nur für einen Tag dienstlich hier und wollte wissen, ob es mir gut geht und was ich so treibe. Wir waren beim Griechen essen und jetzt sitzt sie schon wieder im Flieger nach Hamburg." „Ha!", sagt Lydia amüsiert. „Dann wissen die beiden ja jetzt, dass wir auch zusammen sind! Wie hat sie denn darauf reagiert? Sie muss ja von den Socken gewesen sein. Damit rechnet doch kein Mensch!" „Allerdings! Sie hat dreimal nachgefragt, ob ich ihr keinen Schmarrn erzähle. Ich soll sie nicht verarschen, hat sie gemeint."

Wir lachen beide herzlich und dann muss ich sie einfach fragen: „Sag mal, stört dich das gar nicht, dass ich mit Tina essen war?" Sie schaut mir in die Augen und beruhigt mich: „Nein, Leo. Zugegeben, es muss jetzt nicht jede Woche mal vorkommen, aber ihr wart mal ein Paar. Was spricht dagegen, dass man freundschaftlich verbunden bleibt und sich ab und zu trifft? ... Wenn ich ganz ehrlich bin, wünsche ich mir auch eine Gelegenheit, bei der ich mich bei Sven entschuldigen kann. Ist doch echt blöd, so auseinanderzugehen und nichts mehr vom anderen zu wissen."

Nach dem Essen ist es zwar schon dunkel draußen, trotzdem frage ich Lydia: „Ich würde noch gern meine BMW herüberholen. Meinst du, ich könnte das heute noch machen?" Mir war nicht bewusst gewesen, dass Lydia von dem Hobby noch gar nichts weiß. „WAS? Du hast ein Motorrad? Das ist ja klasse!" „Oh, hab ich das wirklich noch nicht erwähnt? Das muss an der Jahreszeit liegen. Man fährt doch selten im Winter." Wir schmunzeln und holen das Gefährt erst am nächsten Tag, gemeinsam. Heute quatschen wir noch bis in die Nacht darüber, wohin wir demnächst fahren wollen. Dass Lydia vor Jahren auch den Führerschein dafür gemacht hat, haut mich von den Socken. Die nächste Tour wird super. Da will sie auch mal selber fahren.

Sven

110.

Die Fahrt vom Flughafen in Lanzarote zum „Hotel Lanzarote Gardens" nordöstlich von Arrecife dauert nur etwa eine halbe Stunde. Tina und ich sitzen im gekühlten Bus und freuen uns, dass wir das Hamburger Schmuddelwetter für zwei Wochen hinter uns gelassen haben. Draußen hat's angenehme 27 Grad und ich freue mich schon, nachher mit Tina zur Playa de las Cucharas zu gehen und in der Sonne zu liegen.

„Wo hast du die Sonnenmilch, Tina? Ich glaub, wir Weißnasen müssen uns einschmieren, bevor wir zur Playa gehen, sonst haben wir schon am ersten Tag einen Sonnenbrand." Sie kommt mit der Creme aus dem Bad und sagt: „Na, dann zieh mal das Hemd aus, Kleiner." Dabei bleibt's dann nicht, denn Tina hat auch nichts an, außer ihrer Haut.

Das Einschmieren unserer beiden Körper kommt dann etwas später dran, nachdem wir uns vorher noch mal ohne Creme gestreichelt und dann gegenseitig gewaschen haben. Aber dann geht's zum Strand. Inzwischen ist es vier Uhr nachmittags und die Sonne ist erträglich. Wir finden ein schönes Plätzchen und schauen zusammen in den strahlend blauen Himmel. „Wie wär's mit einem kleinen Bad?", fragt Tina nach einiger Zeit. Hand in Hand gehen wir zum Wasser, das für Anfang März erstaunlich warm, aber dennoch erfrischend ist. Die Wellen sind großartig und es schmeißt uns ein paarmal hin.

Als wir wieder am Strand liegen, fragt mich Tina, wie es mir letztens ging, als sie mir von ihrem Treffen bei Leo erzählt hat. „Zunächst war ich sehr erschrocken und hatte Angst, dass du es dir anders überlegen würdest.

Mir war, als hättest du mich mit einem Messer gestochen. Vor allem, da du es so locker erzählt hast, und ich dachte, was sagt sie jetzt noch?" „Verstehe ich gut, denn ich hatte ganz ähnliche Empfindungen, als ich aus Minsk nichts von dir hörte. Ich bildete mir ein, jetzt liegt er mit Susanne im Bett. Ob es ihm gefällt? Wird er es mir erzählen, wenn er zurück ist?"

Das Gespräch über unsere gegenseitige Eifersucht dauert eine ganze Weile und wir merken, dass wir offensichtlich einander noch nicht so ganz sicher sind. „Was, glaubst du, können wir tun, um diese Gefühle zu überwinden?", fragt Tina nach einiger Zeit. „Ich denke, ehrlich und offen zueinander sein und Vertrauen haben, dass es nur uns beide gibt. Und daran glauben, dass niemand anders uns trennen kann." Sie nickt und fügt hinzu: „Eifersucht ist die Seele der Liebe, habe ich letztens irgendwo gelesen, aber ich würde lieber ohne sie auskommen, also die Eifersucht. Heißt das dann, ich liebe dich nicht?" „Quatsch. Ich weiß, dass du mich liebst, und ich liebe dich. Aber Eifersucht gehört irgendwie dazu. Vorige Woche hab ich mal das Thema gegoogelt und den Spruch gefunden: ‚Eifersucht ist so alt wie die Menschheit: Als Adam mal zu spät nach Hause kam, fing Eva an, seine Rippen zu zählen.'" Darüber lachen wir beide herzlich und es wird Zeit, ins Hotel zurückzugehen.

Nach einer Woche voll interessanter Gespräche und einigen Ausflügen auf der Insel, die von Hinterlassenschaften von Cesar Manrique nur so strotzt, schauen wir abends die Tagesschau und sind erstaunt, dass das Thema Coronavirus so einen breiten Raum eingenommen hat. „Da scheint was Ernstes auf uns zuzukommen", sagt Tina. „Ein Kollege war vor ein paar Wochen in China und hat erzählt, dass dort eine ganze Stadt geschlossen wurde, weil man auf deren Markt den Ausbruch des Virus vermutet."

Zwei Tage später sind die deutschen Nachrichten nicht nur voll von solchen Berichten, sondern es gibt täglich Sondersendungen zu Covid-19, wie das Virus offiziell heißt. Man redet von Schließungen von Lokalen und öffentlichen Einrichtungen, auch Flughäfen. Unser Rückflug ist in drei Tagen geplant und wir hoffen, dass wir noch rechtzeitig zurückkommen.

Lydia

111.

Leos BMW ist der Hammer. Schon bei der kurzen Tour, als wir die Maschine bei seinen Eltern abholen, kribbelt es in meinem ganzen Körper. Vorgestern habe ich mir einen neuen Helm, Handschuhe und eine knallrote Lederjacke gekauft. Heute wollen wir eine kleine Spritztour machen. Es ist zwar kalt, aber sonnig, und so düsen wir gegen zehn los. Nach fünfzehn Minuten haben wir die Stadt verlassen und fahren auf der B 304 Richtung Wasserburg am Inn. Die Strecke von etwa 60 Kilometer soll uns für heute reichen.

In Vaterstetten fährt Leo an eine Tankstelle und sagt danach: „So Lydia, jetzt bist du dran. Zeig mal, ob du noch fahren kannst." Ich krieg ganz weiche Knie, denn so ein schweres Motorrad hab ich noch nie gefahren. Überhaupt hab ich seit der Führerscheinprüfung quasi keine Fahrpraxis. Entsprechend wacklig und ruckelig fahre ich los. Gut, dass kaum Verkehr ist. Nach einigen Kilometern mit maximal 60 km/h gebe ich mal ein bisschen mehr Gas und merke, wie viel Kraft in der BMW steckt. Leo sitzt scheinbar unbeteiligt hinter mir und lässt mich machen. Die 40 Kilometer bis Wasserburg vergehen wie im Flug und dort sagt Leo: „Bieg mal da vorne rechts ab und später über den Inn noch mal." Ein paar Hundert Meter weiter lässt er mich bei Dirneckers Hofcafé anhalten. „Das war doch für den Anfang schon super", sagt er zu mir und ich bin ganz stolz, dass ich ohne Probleme hier angekommen bin.

Im Café nehme ich ein Fitmacher Frühstück und Leo entscheidet sich für das Schlemmerfrühstück. Gern hätten wir das Turteltaubenfrühstück für zwei ausgesucht, aber das Glas Sekt, das es dazu gibt, heben wir uns lieber für zu Hause auf. „Wenn ich

Motorrad fahre, trinke ich keinen Tropfen", sagt Leo, „das ist viel zu gefährlich."

Die Rückfahrt übernimmt er dann wieder und wählt eine Strecke über Rott am Inn und Grafing. Gegen 15:00 Uhr sind wir zurück und Leo macht die Flasche Prosecco auf, die wir noch im Kühlschrank haben. Wir kommen ins Träumen und Leo schlägt vor, im Sommer mal mit dem Bike an den Gardasee zu fahren. „Das wär ja supi", antworte ich, „aber ein bisschen Urlaub würde uns auch vorher schon guttun, oder?"

Also werfen wir seinen Laptop an und suchen nach Winterzielen. Nach längerem Suchen entscheiden wir uns für zwei Wochen im „Desert Rose Resort" in Ägypten. In fünf Wochen soll es losgehen. „Warst du schon mal tauchen?", fragt Leo. „Nein, nur ein bisschen Schnorcheln im Mittelmeer, aber ein Tauchkurs wär auch super." „Na, dann buchen wir den doch gleich vor Ort. Im Roten Meer soll es traumhafte Reviere geben."

Drei Wochen später verkündet die Bundesregierung, dass in Deutschland Läden und öffentliche Einrichtungen geschlossen werden. Viele Firmen, auch unsere, lassen die Mitarbeiter im Homeoffice arbeiten. Es gibt in Bayern ein Ausgangsverbot, außer für dringende Besorgungen, und ins Ausland reisen darf man auch nicht mehr. Wir müssen also unseren Traumurlaub stornieren. Das gestaltet sich nicht so einfach. Das heißt, Stornieren geht schon, aber es gibt zunächst keine Erstattung. Erst nach sieben Wochen erhalten wir einen Gutschein über den Preis der Reise, den wir bis Ende 2021 einlösen können.

Wir sind jetzt beide viel zu Hause und kommen uns dabei noch viel näher als vorher. Wir sprechen zwischendurch auch viel über uns und was dieser Lockdown mit uns macht. „Stell dir vor, wir würden uns jetzt erst kennenlernen, du würdest noch bei deinen Eltern wohnen und ich in meiner WG. Dann dürften wir uns eigentlich nicht mal besuchen. Wir haben doppeltes Glück, dass wir nicht nur eine WG gegründet haben, sondern ein Paar geworden sind." Leo strahlt mich an und küsst mich ganz zart. Am helllichten Tag unterbrechen wir die Arbeit an den Laptops und verschwinden für eine Stunde im Schlafzimmer.

Tina

112.

Nach der letzten sorgenvollen Nachricht meiner Mutter sollten wir eigentlich reagieren. Sie meint, die Gefahr wird immer größer, dass die Flughäfen geschlossen werden. Auch im Internet wird das bestätigt und sogar Lars, Svens Bruder, macht sich Sorgen um uns. „Was ist das für ein Albtraum?", sage ich zu Sven. „In den örtlichen Nachrichten hört man doch nicht viel. Sieht aus, als wären wir in einer Gegend, die verschont geblieben ist." „Ja, da haben wir noch einmal Glück gehabt." Um die Familie zu beruhigen, sehen wir in den Flugplänen nach Möglichkeiten für eine Umbuchung. Das sieht aber nicht gut aus. Es sind nur einzelne, ziemlich überteuerte Angebote zu finden. Daher beschließen wir, die letzten drei Tage hier noch zu genießen und unsere ursprünglichen Flüge zu nehmen. *So schnell wird doch kein Flughafen geschlossen.*

Auf unserem Programm stehen noch eine Mini-kreuzfahrt mit Delfin-Beobachtung und der Besuch der Fundación César Manrique. Und die wollen wir nicht versäumen. Die Schifffahrt genießen wir auch in vollen Zügen. Sogar die Delfine begleiten uns tatsächlich auf unserer Tour. Nichts deutet auf das hin, was uns am nächsten Tag erwartet. Froh gelaunt und guter Dinge machen wir uns auf den Weg zum Geburtshaus des bekanntesten Künstlers der Insel. „Seltsam, hier sind kaum Leute", bemerke ich, und Sven meint auch, dass da etwas nicht stimmen kann. Als wir zum Eingang kommen, werden wir kurzerhand wieder weggeschickt. „Todos los museos deben estar cerrados de hoy", ruft uns der Mann zu. Dann verstehen wir nur mehr etwas von „Virus" und „Lockdown." Enttäuscht fahren wir zurück zum Hotel und müssen dann auch noch feststellen, dass sämtliche Lokale dichtgemacht haben.

Wir fühlen uns wie im falschen Film. In einem winzigen Ecklokal im Ort ergattern wir gerade noch ein kleines Abendbrot.

Der letzte Tag auf der Insel ist wie unecht. Es ist, als wären wir in einem Traum gefangen, in dem wir allein sind in einer ausgestorbenen Gegend. Nur aufwachen müssen wir nicht. Wir sind schon wach ...

Am Flughafen bei Arrecife ist dafür die Hölle los. Alle Touristen, die noch hier sind, wollen scheinbar gleichzeitig nach Hause. Erst daheim erfahren wir das ganze Ausmaß der Katastrophe. Wir hatten Glück gehabt, dass wir es noch auf normalem Weg geschafft haben. Zwei Tage später ist der Flughafen bereits gesperrt.

Da stehen wir jetzt mit unseren zwei Wohnsitzen. Was kann das jetzt werden? Lockdown in Deutschland und in der ganzen Welt ... „Eigentlich dürfen wir uns gar nicht treffen", sage ich. „Wir haben zwar großes Glück, dass wir wenigstens in derselben Stadt wohnen, aber das war es auch schon." „Dann bleibe ich erst mal gleich ein paar Tage bei dir. Wer will uns das verbieten?", antwortet Sven und nimmt mich in den Arm.

Leo

113.

„Stell dir vor, Lydia, meine Mutter hat eben angerufen und mir erzählt, dass mein Vater wegen des Corona-Lockdowns im Moment keine Aufträge und damit auch kein Einkommen hat." „Was macht dein Vater denn beruflich?" „Er ist staatlich geprüfter Vermessungsingenieur, also selbstständig. Das bedeutet auch, er hat drei Angestellte und ein Büro, das er bezahlen muss." „Oh, das ist ja schlimm. Können wir da irgendwie helfen?" „Ich mach mir Vorwürfe, dass ich zu Hause ausgezogen bin. Meine Eltern haben zwar nie Miete für meine Wohnung verlangt, aber jetzt könnte ich ihnen eine bezahlen." „Wie wär's, wenn wir beide zusammenlegen und ihn finanziell unterstützen?" „Ich weiß nicht, ob er das annehmen würde. Aber ich frag meine Mutter mal."

Im Gespräch mit meiner Mutter stellt sich dann heraus, dass mein Vater für seine Mitarbeiter Kurzarbeit angemeldet hat und dass er versucht, die von der Regierung für kleine Selbstständige angekündigte Unterstützung zu beantragen. Ich erzähle Lydia davon und sage auch, dass meine Mutter meint, mein Vater würde nichts von uns wollen. „Sollen wir sie mal zum Essen einladen und das Ganze besprechen?", fragt sie. „Gute Idee. Das mach ich morgen."

So kommen also meine Eltern am folgenden Samstag zu Besuch, obwohl sie das nach den Corona-Beschränkungen eigentlich nicht dürften. Die Stimmung ist von Beginn an sehr gedrückt. Erst als wir beim Essen ein paar Bier getrunken haben, wird es besser. Ich frage dann meinen Vater direkt: „Papa, wie geht's inzwischen mit deiner Arbeit?" „Schlecht, Leo, aber wir haben die

Zusage von der Agentur für Arbeit, dass die Mitarbeiter Kurzarbeitergeld bekommen, und ich habe den Antrag auf Unterstützung gestellt. Mal sehen, ob ich das bewilligt bekomme, dann können wir eine Zeit lang durchhalten." „Lydia und ich haben ja kein wirkliches Problem, außer dass wir im Homeoffice arbeiten. Wir bieten euch an, dass wir euch finanziell unterstützen, wenn es euch nicht reicht." „Des kommt ja gar net infrage", antwortet mein Vater. „Wieso nicht? Ihr habt so viel für mich getan und ich habe jahrelang bei euch gewohnt, ohne dass ich nur einen Cent bezahlt hab. Da kann ich euch doch im Notfall mal unterstützen. Stell dir vor, einer von euch beiden wär krank, dann würde ich mich auch kümmern."

„Das wissen wir, Leo, und das ist lieb von dir", wirft meine Mutter ein. „Machen wir es so, wenn wir das Gefühl haben, wir brauchen deine Hilfe, dann sag ich dir Bescheid. Einstweilen haben wir ja noch mein Einkommen, ich arbeite auch von zu Hause, werde aber weiter normal bezahlt. Also noch ist keine Not." „Gut, aber bitte meldet euch wirklich, wenn ihr was braucht, und geht nicht wegen eines Kredits zur Bank oder was Ähnliches, versprochen?" „Leo", sagt mein Vater, „wir haben auch a bisserl was gespart. Das können wir in einem solchen Notfall auch mal hernehmen. Aber ich freue mich darüber, dass du bzw. ihr beide euch Gedanken dazu macht und eure Hilfe anbietet. Wenn wir's brauchen, kommen wir drauf zurück."

Lydia und ich sprechen abends noch mal darüber und sind uns einig, dass wir das im Auge behalten müssen. Dabei erzählt sie mir, dass ihre Mutter ihren Friseursalon hat schließen müssen und auch ähnliche Schwierigkeiten hat. „Da gilt natürlich das Gleiche. Kommt sie denn klar, oder braucht sie Geld von uns?", frage ich sie. „Sie hat ebenfalls Kurzarbeit für ihre drei Angestellten beantragt und auch die staatliche

Unterstützung, aber noch hat sie nichts bekommen. Chantal hat mir gesagt, es sieht düster aus." „Sollen wir ihr einfach mal was überweisen, sagen wir 1.000 Euro oder so?" „Du bist ein Schatz, das wär echt eine tolle Geste, denn ich glaube, meine Mutter hat nicht so viele Ersparnisse. Der Laden trägt sich mehr recht als schlecht." „Na, dann machen wir das gleich."

Nachdem wir die Online-Überweisung an ihre Mutter unter dem Verwendungszweck „Corona-Hilfe" gemacht haben, fühlen wir beide uns sehr viel besser. „Bin gespannt, wie sie reagiert", sagt Lydia zu mir und küsst mich.

Einige Tage später meldet sich ihre Mutter und bedankt sich sehr herzlich. „Es ist toll, solche Kinder zu haben, Chantal und Nicole haben mir auch schon was gegeben. Und heute kam die Zusage, dass ich 15.000 Euro vom Land Sachsen bekomme. Jetzt muss ich mir keine Sorgen mehr machen. Es heißt auch, dass wir im Mai wieder aufmachen dürfen, unter Auflagen zwar, aber immerhin."

Ein paar Wochen später meldet sich Chantal bei Lydia und fragt, ob sie ein paar Tage zu uns kommen kann, nachdem die Reisebeschränkungen aufgehoben sind. Lydia bittet mich um Erlaubnis. „Na klar", sage ich, „deine Gäste sind auch meine Gäste, solange sie nicht dauerhaft hier wohnen will."

Sven

114.

Eine Woche nach unserer Rückkehr aus Lanzarote bringt Tina mich mit dem Auto nach Hause, damit ich mir ein paar Sachen zum Anziehen hole. Sie arbeitet seit gestern von zu Hause, weil ihre Firma den Mitarbeitern Homeoffice verordnet hat. Das bedeutet natürlich viel Arbeit am PC und dabei auch dauernde Videokonferenzen.

Da mein Urlaub morgen zu Ende geht, schaue ich zu Hause gleich mal in meinen Laptop, um zu sehen, welche nächsten Aufträge ich bekommen habe. Ich staune nicht schlecht, denn weder von DIE ZEIT noch vom NDR finde ich irgendetwas in meinem Posteingang. Corona schlägt beinhart bei mir zu. Also kann ich gleich meinen Urlaub verlängern und packe einen Koffer, um mich auf einen längeren Aufenthalt bei Tina einzurichten. Auch meine Fototasche und meinen Laptop bereite ich zur Mitnahme vor. Mit der Bahn will ich lieber nicht fahren, aber Tina kann mich erst abends abholen, weil sie den ganzen Tag gebraucht wird. Das nutze ich, um mir über meine finanzielle Situation einen Überblick zu verschaffen.

Sieht noch einigermaßen gut aus, ein paar Wochen oder auch drei Monate komme ich ohne Einnahmen klar. Ich überlege, ob ich einige Sparverträge kündigen oder ruhen lassen soll, beschließe aber, damit erst mal zu warten. In den Nachrichten höre ich, dass es für Solo-Selbstständige Hilfen vom Staat geben soll. Das klingt doch gar nicht so schlecht. Ich fange schon mal an, mir aufzulisten, welche Kosten ich habe, damit ich das bei einem eventuellen Antrag mit angeben kann.

Abends bei Tina sprechen wir zunächst nur über die von Corona verursachten Veränderungen. Tina sagt: „Wenn's hart auf hart kommt, kündigst du einfach deine Wohnung und ziehst zu mir." „Denkst du, das wär eine gute Lösung? Wir beide hier dauerhaft auf engstem Raum? Und wenn ich von dir abhängig bin, fühle ich mich gar nicht wohl." „Liebster Sven, wir sind schon so sehr voneinander abhängig, und das meine ich nicht finanziell, dass ich mir alle möglichen Lösungen für ein Zusammenleben vorstellen kann." „Aber ich finde, wir sollten uns nicht durch Corona in eine Wohnung zusammendrängen lassen. Wenn wir beide zusammenleben wollen, dann können wir das umsetzen. Aber nicht, weil so ein blödes Virus uns dazu zwingt. Da gehe ich eher zu meinen Eltern zurück." „Sven, hast du so wenig Vertrauen zu mir? Du willst ernsthaft lieber zu deinen Eltern zurück, als hier mit mir zu leben? Ist das deine Vorstellung von unserer Liebe? Ich meine ja nicht, dass wir es übers Knie brechen sollen. Du hast selbst gesagt, du kannst es einige Wochen oder Monate ohne Aufträge aushalten. Jetzt sind wir praktisch schon fast drei Wochen zusammen, ohne uns auch nur einmal zu streiten. Was ist denn dein wirkliches Problem?" „Ich möchte unabhängig sein und nicht zu dir ziehen müssen, weil ich kein Geld habe."

Die Diskussion geht noch einige Zeit weiter, aber wir kommen zu keiner wirklichen Lösung. Ich finde es einerseits toll, dass ich bei Tina bleiben kann, solange ich will. Aber wenn ich mir vorstelle, hierbleiben zu müssen, weil ich mir keine Wohnung mehr leisten kann, dann befällt mich die blanke Panik.

Am nächsten Tag muss Tina ins Büro ein paar Sachen abholen, die sie für ihre Arbeit zu Hause braucht. Ich setze mich hin und überlege, welche Fotos ich schon immer mal machen wollte, für die ich bisher nie Zeit hatte. Da klingelt mein Telefon und Lydia ist dran.

Lydia

115.

„Hallo Sven, wie geht's dir?" Er ist offensichtlich platt, dass ich ihn anrufe, und kann nur stammeln: „Ähm, na ja, es geht so." „Wieso? Leo hat mir erzählt, du bist mit Tina zusammen und ihr seid glücklich." „Ja, das stimmt. Aber im Moment habe ich keine Arbeit und das bereitet mir Sorgen." „Oh, du auch? Hast du denn schon die staatliche Hilfe beantragt?" „Nein, aber das werde ich wohl machen. Es ist auch noch nicht wirklich kritisch, aber ein bisschen Angst vor der Zukunft habe ich schon. Wie geht's dir denn?" „Megagut. Leo und ich wohnen zusammen in seiner neuen Wohnung. Allerdings machen uns unsere Eltern ein bisschen Sorgen. Meine Mutter und Leos Vater haben als Selbstständige auch kein Einkommen und daher kann ich deine Situation gut verstehen. Wohnst du denn auch mit Tina zusammen?" „Im Moment bin ich viel bei ihr, aber hier wohnen tu ich nicht. Ich hätte dabei ein komisches Gefühl, denn damit gäbe ich meine Freiheit auf."

„Überleg mal, was Freiheit für dich bedeutet. Wenn ihr euch liebt, kann das doch kein Problem sein. Aber was anderes: Ich wollte dir sagen, dass ich dir nicht mehr böse bin und dass ich in Münster auch offensichtlich falsch reagiert habe. Das tut mir sehr leid. Ich war total sauer auf dich und weiß inzwischen, dass das unbegründet war. Dennoch hat das Ganze für uns alle doch was Gutes, meine ich. Was denkst du?" „Da hast du recht. Stell dir vor, wir beide wären noch zusammen und Leo auch mit Tina. Dann könnten wir uns im Moment gar nicht sehen. Das wär wirklich furchtbar. So haben wir alle eine bessere Situation als vorher." „Stimmt genau. Ich möchte dich was fragen: Wir wissen ja nicht, wie das noch weitergeht mit den Beschränkungen, aber wenn das mit der Reisefreiheit wieder besser wird, wäre es da nicht schön, wenn wir uns zu viert noch mal treffen?" „In Münster etwa? Das kommt gar nicht infrage. Marie, die Schlange, ist für Tina und mich gestorben. Sie hat tatsächlich noch einen Versuch gemacht, mich in ihre Fänge zu kriegen. Die will ich ganz sicher nicht mehr sehen."

„Muss ja nicht in Münster sein. Aber schließlich hat Marie auch dafür gesorgt, dass wir alle in der neuen Konstellation zusammengekommen sind. Da können wir ihr auch ein bisschen dankbar sein. Nein, im Ernst: Wir könnten uns hier oder in Hamburg treffen oder an einem ganz neutralen Ort. Was meinst du?" „Hm, ich weiß nicht. Werde mal mit Tina drüber sprechen." „Okay, im Moment geht das ja eh noch nicht, aber ewig kann dieser Lockdown ja nicht dauern. Lass uns mal drüber nachdenken, und wenn Reisen wieder möglich wird, reden wir noch mal. Okay?" „Okay, alles klar. Lass dir's gut gehen und bleib gesund."

Ein paar Wochen später ist es amtlich, man darf sich wieder freier bewegen und Chantal ruft an: „Lydia, du hast gesagt, ich kann euch mal besuchen. Geht das jetzt bei euch? Dann setz ich mich in 'n Zug und komme." „Ja sicher, Chantal, wann willst du kommen und wie lange willst du bleiben?" „Am liebsten käme ich morgen schon. Und wie lange ich bleiben will, weiß ich noch nicht. Mein Studium kann ich auch aus München weiterbetreiben, läuft eh alles online zurzeit. Außerdem möchte ich deinen Leo kennenlernen." „Na, also komm erst mal, dann sehen wir schon weiter. Ich freu mich, dich zu sehen, und grüß Mama und Nicole von mir."

Tina

116.

Klara hat recht, es ist an der Zeit, dass wir mal wieder zusammen Kaffee trinken gehen. Wir beschließen, dass uns das Virus lange genug ans Telefon gefesselt hat. Und so treffen wir uns auf meinem Heimweg vom Büro auf ein Stündchen. Es ist ungewohnt, daran zu denken, dass man auch in Lokalen beim Eintreten einen Mund-Nasen-Schutz tragen muss, aber man darf zu zweit an einem Tisch sitzen. Gott sei Dank, denn zu besprechen gibt es viel.

Wir versuchen beide, so kurz wie möglich das derzeitige Allerweltsthema anzusprechen, und schwenken deshalb rasch zu Kurt und Sven. Klara wirkt ein wenig genervt, als sie berichtet, dass ihre Beziehung eine Zeit lang am seidenen Faden hing. Wir können der Pandemie also nicht ganz entfliehen. Zu sehr beeinflusst sie unser Leben. „Ich wusste nicht, wie er reagiert, wenn er sich bei der Arbeit gestört fühlt, bis er mit dem Homeoffice begann. Wenn ich nebenan etwas lauter telefonierte, gab es anschließend immer Diskussionen", erzählt sie. „Das ist bei uns gar kein Problem. Ich kann mich gut konzentrieren, auch wenn es um mich herum nicht so ruhig ist, Sven auch. Und genau genommen hatte er in letzter Zeit wenig zu tun. Es läuft nicht so toll", muss ich erklären. „Aber ihr habt doch alles wieder im Griff?", will ich wissen. „Ja, klar", beruhigt mich Klara sofort. „Es war nur anders als sonst und wir mussten unseren Weg finden." Nachdenklich beginne ich, von meinen Sorgen zu erzählen, dass Sven nicht zu mir ziehen möchte, obwohl ich ihm das vorgeschlagen habe.

„Wir haben drei Wochen praktisch zusammengelebt. Gegenseitiges Besuchen war eigentlich nicht erlaubt …

Und unser Urlaub vorher ... Ein Traum! Es funktioniert einfach toll mit uns beiden. Wir würden echt gut zueinanderpassen. Wir teilen uns die Arbeit, respektieren einander und die Liebe besorgt den Rest! Aber er will nicht zu mir ziehen. Hat Angst, seine Freiheit aufzugeben. Er will nicht bei mir wohnen MÜSSEN, weil ihn ein Virus dazu zwingt." „Oje, das ist schwierig! Du darfst ihm da bloß nicht auf 'n Sack gehen. Sonst wird das nix", bringt es Klara auf den Punkt. „Das ist mir schon klar. Aber dass er dabei so gar nicht an meine Meinung und meine Gefühle denkt, tut doch ein bisschen weh." „Was sind denn deine Gefühle dabei und was willst du genau?", will sie wissen. Das ist gar nicht so leicht zu sagen. Ich muss erst darüber nachdenken und bestelle erst mal eine Cola. „Also", fahre ich dann fort, „meine Beweggründe sind diese:

Erstens: Ich liebe Sven sehr und weiß, dass er mich auch liebt. Daher verbringe ich unheimlich gern meine Zeit mit ihm. Ich arbeite viel und lang, und da ist das Hin und Her des gegenseitigen Besuchens eher mühsam. Würden wir zusammenwohnen, könnten wir uns noch öfter und ungezwungener sehen.

Zweitens: Die wirtschaftliche Seite ist nicht zu verachten. Sven hat es durch Corona sehr schwer und es würde ihm sicher helfen, wenn wir nur eine Wohnung und einen Haushalt gemeinsam bezahlen müssten.

Und drittens ..." Klara unterbricht mich hart: „Und drittens willst du sowieso eine Familie mit ihm gründen. Warum dann nicht jetzt ...!"

Ich bin wieder mal erstaunt, wie gut sie mich kennt, und finde nur schwer Worte: „Ja ... irgendwie war das der Gedanke. Weißt du, wenn es so passt und du weißt, dass er der Richtige ist ..." „Versteh schon. Aber zu dieser Erkenntnis gehören nun mal immer zwei. Kannst du dir vorstellen, dass sich ein Mensch nicht von einer Pandemie den Zeitpunkt der Familienplanung aufzwingen lassen will? Und wenn ich mich richtig erinnere, ist der Mann auch noch Steinbock vom Sternzeichen. Ich fürchte, zu dir ziehen würde für ihn gleichkommen mit von dir abhängig sein." „Genau so hat er es gesagt! Aber ich weiß doch, dass er nicht von mir abhängig ist. Er muss ja seinen Beitrag leisten." „In seinem Hinterkopf kommt das aber anders an. Da läuten wahrscheinlich die Alarmglocken bei der Aussicht, sein gewohntes Terrain verlassen zu müssen. Lass ihm einfach Zeit. Vielleicht geht es ohnehin bald wieder aufwärts im Job. Und wer weiß, vielleicht verspürt er selber mal den Wunsch nach mehr Nähe." Der folgende Satz berührt mich besonders, ich fürchte, sie hat recht: „Und versuch doch einmal, das Ganze umgekehrt zu betrachten. Du bist doch auch so ein Hörnervieh. Würdest du zu ihm ziehen, wenn du diejenige wärst, die von der wirtschaftlichen Lage betroffen wäre? Also, wie ich dich kenne ... sicher nicht!" Ich muss nicht antworten, ein Blick reicht.

Mit vielen Gedanken im Kopf, aber bereits auf dem Weg zu einem besseren Verständnis unserer Lage komme ich nach Hause und werde von Sven mit einem zärtlichen Kuss begrüßt. „Na, Liebste, wie war's beim Tratsch mit Klara? Ich habe inzwischen telefoniert ... Lydia hat angerufen."

Leo

117.

Ich weiß nicht mehr genau, warum ich eingewilligt habe, Chantal für ein paar Tage bei uns wohnen zu lassen. Ich denke, es war wohl aus Höflichkeit und in der Annahme, dass Gäste sich wie Gäste benehmen. Das stelle ich mir so vor, dass man den geregelten Alltag der Gastgeber respektiert und versucht, sich ein wenig anzupassen. Ein bisschen Mithilfe im Haushalt wäre lobenswert und zumindest der Anflug einer Ahnung, wie lange man die Gastfreundschaft in Anspruch nehmen möchte. Lydias Schwester hat davon allerdings eine komplett andere Vorstellung. Die Sache entwickelt sich zum Albtraum.

Ich hatte schon vorher aus Erzählungen von Lydia gewusst, dass Chantal ein ausgeflipptes Huhn ist. Ich habe sie von Fotos mit grünem Haar und jeder Menge Tattoos in Erinnerung. Das eine oder andere Piercing macht den Wahnsinnseindruck perfekt. Als sie blauhaarig und im Lederdress hier antanzt, ahne ich noch nichts Böses. Ihre Schwester begrüßt sie liebevoll und bringt sie gleich mitsamt ihren Sachen in ihr Zimmer. „Du kannst gern mein Zimmer haben", sagt Lydia. „Ich schlafe die paar Nächte bei Leo drüben." „Das ist cool. Danke. Ich hoffe, ich falle euch nicht zur Last", meint sie, scheinbar in einem letzten Anflug von Höflichkeit. „Natürlich nicht", sage ich noch darauf. „Wir freuen uns, dass du da bist ... Sag, waren deine Haare nicht grün?" Sie lacht, während sie ihren Koffer in die Ecke stellt. „Ja, stimmt. Aber immer das Gleiche ist doch langweilig. Ab und zu muss mal eine neue Farbe her."

Die folgenden Tage sind der blanke Horror. Es beginnt schon morgens damit, dass Chantal stundenlang das Bad blockiert. Jede Bitte unsererseits nach einem

Zeitplan für die Morgentoilette schmettert sie ab: „Ach, seid doch nicht so nervig! Bin eh gleich fertig. Wegen der paar Minuten macht ihr euch ins Hemd." Wenn sie das Bad endlich verlässt, bleiben blau gefärbte Handtücher zurück ... Sie kommt und geht, ohne ein Wort zu sagen. Wir wissen nicht, was sie den ganzen Tag macht, hoffen nur, sie ist zumindest auf der Suche nach einer Wohnung. Dass für sie auch genug da ist, nimmt sie für selbstverständlich, auch wenn sie nicht Bescheid gesagt hat, dass sie zum Essen kommt. Und wo sie sich nachts herumtreibt, wüssten wir ebenfalls gern. Schließlich sind Bars und so weiter ja noch geschlossen. Tagsüber ist sie öfter zu Hause, dann rennt sie planlos in der Wohnung umher und will wohl den Eindruck erwecken, sie sei sehr beschäftigt. Das wiederum hindert diese Person daran, sich im Haushalt auch nur ein bisschen nützlich zu machen. Anschließend will sie aber SO viel gemacht haben.

Die Situation wird zu einer echten Zerreißprobe. Nach einer Woche liegen die Nerven blank. Ich merke selber, dass ich immer öfter gereizt reagiere. Gleichzeitig sehe ich, dass Lydia auch langsam genug hat von den Allüren ihrer Schwester. Trotzdem nimmt sie sie immer noch in Schutz. „Ich rede mit ihr", versichert mir Lydia. „Ich frage sie morgen, wie lang sie noch vorhat zu bleiben." „Ja, bitte tu das. Ich fühle mich gar nicht mehr wohl hier. Es kann doch nicht sein, dass sich jemand einfach irgendwo einnistet und dort alles auf den Kopf stellt! Das habe ich mir unter unserer WG wirklich nicht vorgestellt!"

Ich spüre förmlich die Zwickmühle, in der Lydia steckt. Sie will einerseits ihrer Schwester helfen, andererseits mich nicht verärgern. Bedrückt schaut sie zu Boden, während sie überlegt, wie sie das Gespräch anfangen soll.

Die Debatte zwischen den beiden Schwestern war eine Katastrophe. Sie endete damit, dass Chantal zu weinen begann und schluchzte: „Nicht einmal du verstehst mich mehr! Ich dachte, ich kann mir hier in München in Ruhe was suchen. Jetzt wollt ihr mich schon loswerden. Na gut, wenn ihr das so seht, dann hau ich wieder ab."

Lydia erzählt mir, dass sie Angst um Chantal hat und sie daher beruhigt hat, sie könne noch ein bisschen bleiben. „Ich habe ihr gesagt, dass wir uns wünschen, dass sie sich an ein paar einfache Regeln hält, damit wir hier auch noch zu Hause sein können", versucht sie zu beschwichtigen. „Na, das kann ja noch heiter werden", antworte ich entsetzt. „Ich hoffe trotzdem, dass die blaue Elise bald wieder abreist!"

Sven

118.

„Stell dir vor, mein Herz, Lydia ist mir nicht mehr böse. Sie hat wohl eingesehen, dass sie manches falsch interpretiert hat und daher überstürzt unsere Beziehung beendet hat. Andererseits ist sie mit Leo sehr glücklich und sagt, dass wir alle doch froh sein können, dass Marie uns letztlich zusammengebracht hat. Sie meinte sogar, wir könnten uns noch mal zu viert treffen und uns bei Marie bedanken." „In Münster?" „Nein, das hab ich auch gleich abgelehnt. Hab gesagt, dass wir Marie auf keinen Fall mehr treffen wollen. Aber Lydia meint, wenn wir wieder reisen dürfen, können wir uns hier oder in München oder sonst wo treffen und unsere Beziehungen feiern." „Das ist keine blöde Idee, finde ich. Es könnte doch vielleicht sogar eine echte Freundschaft zu den beiden draus werden, meinst du nicht?" „Na, ich weiß nicht, lassen wir es auf uns zukommen. Noch können wir ja eh nicht reisen, obwohl ich heute in den Nachrichten gehört habe, dass sie Lockerungen planen."

Dann zeige ich Tina ein paar Fotos, die ich heute gemacht habe. Ich war am späten Nachmittag an der Alster und so menschenleer habe ich die noch nie gesehen. Ein Bild mit einem einzelnen Spaziergänger als Silhouette im Gegenlicht gefällt ihr besonders. Mir auch. Und nach dem Abendessen träumen wir beide uns woanders hin. Ich hatte in der Zeitung von einem Hotel an der Ostsee gelesen, das Strandkorb-Urlaub anbietet. „Das würde ich gern mal ausprobieren. Ich stelle mir das ganz toll vor, abends mit dir allein im Strandkorb zu liegen und in den Sternenhimmel zu schauen." „Und wie bekommen wir was zu essen? Und muss ich dann am Strand duschen?" „Nein, natürlich nicht. Solche Hotels bieten eine Rundumversorgung an. Sie bringen das Essen zum Strandkorb und Duschen und Toiletten benutzt man im Hotel." „Na, wenn das so ist, bin ich einverstanden. Wir können ja mal ein längeres Wochenende dahin fahren, sobald wir wieder dürfen."

Am nächsten Tag suche ich nach einer Möglichkeit und finde ein solches Hotel in Grömitz. Unter dem Namen „Strandidyll" bieten sie genau das an, was ich in dem Zeitungsartikel gelesen hatte. Allerdings kommt im Netz auch gleich der Hinweis: „Zurzeit geschlossen!" Also speichere ich den Link und nehme mir vor, immer mal wieder zu schauen.

Mittags nehme ich den Zug an die Nordsee und mache am Spätnachmittag viele Bilder am Meer. Auch hier nur mit ganz wenigen Menschen oder sogar ganz ohne. Trotzdem kommen ein paar sehr brauchbare Fotos heraus. Wer weiß, wo ich die mal verkaufen kann. Ich nehme mir vor, ein paar an DIE ZEIT und den stern zu schicken, denn derzeit sind eh alle Medien voll mit Corona. Da sind Einsamkeitsbilder vielleicht sogar der Renner.

Bei meinen Spaziergängen kann ich auch viel nachdenken. Der Gedanke, mit Tina zusammenzuwohnen, lässt mich irgendwie nicht los. Im Moment tun wir das ja faktisch schon. Ich fahre nur ein- oder zweimal in der Woche nach Hause, um nach der Post zu schauen und ein paar Sachen zu holen oder zu waschen. Bei Tina zu waschen, hab ich mich noch nicht getraut. Wieso eigentlich? Wir könnten doch manches gemeinsam waschen. Was ist schon dabei? Aber ich war seit dem Auszug von zu Hause immer gewohnt, alles allein zu schaffen. Daher ist die Vorstellung von gemeinsamer Wäsche ganz seltsam für mich. Ich beschließe, mal meine Eltern allein zu besuchen und sie zu fragen, wie sie das sehen. Schließlich tun sie das Gleiche seit mehr als 30 Jahren. Und es scheint für sie das Normalste der Welt zu sein.

Meine Mutter freut sich sehr, dass sie mich nach so vielen Wochen wieder mal sieht. Wir begrüßen uns mit Ellbogencheck, so wie die Virologen und der Gesundheitsminister es vorschreiben, und das kommt mir vollkommen absurd vor. Danach sitzen wir zusammen im Esszimmer, ich genieße Mamas Schnitzel und Rosenkohl, wir haben sicher weniger als 1,5 Meter Abstand zueinander und irgendwann steht meine Mutter auf und umarmt mich ganz spontan. „Sven, mein Lieber, wir sind doch eine Familie und wenn das Virus einen von uns erwischt, dann werden wir auch das zusammen meistern. Also, was soll das mit dem Abstand? Wir müssen es ja nicht auf der Straße machen, aber hier möchte ich mein Kind spüren dürfen."

Später bringe ich das Thema Wäsche an und meine Eltern schauen sich an und beide fangen lauthals an zu lachen. Meine Mutter sagt: „Junge, du warst mit deiner Wäsche schon immer komisch. Als du 13 warst, hast du drauf bestanden, dass ich deine Jeans allein wasche. Erklären konntest du uns das nicht, aber es musste so sein. Inzwischen bist du aber 33 und musst auch mal die praktische Seite sehen. Wenn du deine Wäsche bei Tina wäschst, spart das Kosten. Im Gegenzug kannst du ja ein paar Sachen von ihr bügeln, während du viel zu Hause bist und sonst keine Arbeit hast."

Auf dem Weg nach Hause denke ich noch mal darüber nach. Ich rufe Tina an und sage ihr, dass ich heute bei mir schlafen möchte. Sie ist erstaunt und fragt: „Ist was passiert?" „Ja schon, aber nichts Schlimmes. Erzähl ich dir morgen. Schlaf schön. Ich liebe dich."

Lydia

119.

Am Bahnsteig in München stehe ich Chantal gegenüber. Sie schaut lustig aus mit der blauen Maske, welche die gleiche Farbe hat wie ihre Haare. „Ich fahre nicht gern zurück, aber ich verstehe, dass es für euch beide nicht so schön ist, wenn ich ständig da bin. Ihr seid ja auch viel zu Hause und zu dritt ist es schon eng in der Wohnung", sagt Chantal zu mir. „Weißt du, Leo und ich wohnen ja noch nicht so lange zusammen, wir müssen uns noch finden und das ist halt noch schwierig, wenn jemand dauernd dabei ist. Aber wenn du mit dem Studium fertig bist und nach München kommen möchtest, helfen wir dir gern, eine WG oder eine eigene Wohnung zu finden. Aber zuerst brauchst du ja mal einen Job. Dann sehen wir weiter." „Wenn alles klappt, bin ich im Herbst fertig. Du kannst ja mal nach Jobs bei deinem Sender schauen oder sonst wo. Ich würde auch mit einem Praktikum anfangen, wenn's nichts anderes gibt." „Da verdienst du aber so wenig, dass eine eigene Wohnung nicht drin ist." „Kann ich noch mal bei euch wohnen?" „Ein paar Tage vielleicht als Übergang zu etwas Eigenem. Aber keinesfalls länger. Das halten wir alle nicht aus."

Ihr Zug nach Dresden fährt gleich ab und sie muss einsteigen. Wir verabschieden uns mit einer knappen Umarmung und ich wünsche ihr eine gute Reise. „Und grüß Mama und Nicole von mir. Ich wünsche Mama, dass sie ihren Laden bald wieder öffnen kann. Vielleicht komme ich euch demnächst noch mal besuchen."

Zu Hause hat Leo Kuchen besorgt und einen Kaffee vorbereitet. „Komm, zuerst gibt's ein Glas Sekt und dann feiern wir unser Wiederalleisein bei Kaffee und

Kuchen. Danach können wir ja ins Schlafzimmer umziehen." „Am helllichten Tag?" „Ja, wieso nicht? Wir müssen das doch ausnutzen, dass wir wieder nur zu zweit sind." „Leo, wenn du so weitermachst, sind wir bald zu dritt." Er wird ganz blass und ruft: „Waaas? Wieso? Ich dachte, du nimmst die Pille?" „Ja, du Dummchen. War doch nur ein Scherz. Aber vorstellen könnt ich mir's schon. Und du? Was denkst du über Kinder?" „Grundsätzlich möchte ich gern welche. Aber ich meine, wir warten noch ein bisschen. Wir haben gesehen, dass wir zu dritt mit deiner Schwester nicht immer harmonisch miteinander waren. Und mit einem Baby ist das sicher auch nicht immer leicht." „Da hast du recht. Aber das ist nächstes Jahr auch nicht anders." „Doch, dann kennen wir uns besser." „Leo, ich liebe dich sehr und ich möchte wirklich mit dir am liebsten zwei Kinder haben." „Zwei find ich auch okay. Aber noch nicht, bitte." „Na gut, aber auch nicht erst in zehn Jahren. Dann könnt ich schon die Oma der Kinder sein."

Wir schaffen es nach dem Sekt und dem Kuchen nicht mehr ins Schlafzimmer. Aber auf dem Sofa ist es auch gemütlich. Nachher holt Leo uns eine Decke und wir kuscheln uns ganz eng zusammen. Ich erzähle ihm, dass ich mit Sven telefoniert habe, und von meiner Idee, ihn und Tina mal zu treffen. „Was meinst du denn dazu?"

Tina

120.

Von zu Hause aus arbeiten hat schon Charme. Die freie Zeiteinteilung bringt so viele Vorteile, dass ich echt Gefallen daran finde. Man macht automatisch Pausen, an die man im Büro oft gar nicht denkt, und ist daher viel konzentrierter. Ich bin sicher, dass ich noch weniger Fehler mache als sonst. Sven bestätigt meinen Eindruck. Auch er kann dem neuen System viel abgewinnen. Praktisch müssten wir eigentlich nur Auswärtstermine persönlich wahrnehmen, denn sogar Sitzungen finden derzeit online statt.

Heute muss ich aber dringend mal ins Büro. Ich brauche die Originalunterlagen für den Vertrag mit den neuen Kunden und muss mit Stefan die letzten Ergebnisse der Verhandlung besprechen. Der Mund-Nasen-Schutz ist dabei für mich sehr störend. Irgendwie kann ich mich nicht daran gewöhnen, dass die Brille beim Ausatmen anläuft. Und ich muss meinen Chef oft bitten, einen Satz zu wiederholen, weil die Maske einfach Laute verschluckt und Aussagen dadurch missverständlich werden.

Nach dem inzwischen ungewohnt langen Arbeitstag ruft Sven an, um mir zu sagen, dass er heute Abend wieder zu mir kommt. Irgendwie tut er sehr geheimnisvoll bei seiner Ankündigung. Im Gegensatz zu gestern, als er unbedingt in seiner Wohnung bleiben wollte und sehr nachdenklich gewirkt hat, macht er jetzt beinahe einen euphorischen Eindruck. *„Was hat er vor?'*, frage ich mich und werde noch neugieriger, als Sven zur Feier des Tages eine Flasche Prosecco mitbringt. „Tina!", ruft er freudig. „Ich habe eine Überraschung für dich!" Er schenkt uns zwei Gläser ein und reicht mir dazu ein Blatt Papier, auf dem er etwas ausgedruckt zu haben scheint. „Ein Voucher!", rufe ich aufgeregt und lese hocherfreut die Buchungsdaten für ein Wochenende in Grömitz an der Ostsee. Was für eine tolle Idee! Ein paar ruhige Tage am Meer, nur für uns zwei. Es liegt ihm also doch viel an unserer Zweisamkeit. Klara hat anscheinend recht. Ich muss ihm Zeit lassen für seine eigene Entscheidung.

Unser Strandkorb ist ein Hit! Ich konnte mir nicht vorstellen, dass man abseits des Hotels in einem engen Korbmöbel wirklich noch einen gewissen Komfort genießen kann. Aber es ist so. In einer ähnlichen Dimension wie ein Doppelbett ist der Korb ausgestattet mit allem, was man für eine romantische Liebesnacht braucht. Es ist auch genug Patz für persönliche Dinge. „... und wenn Sie duschen möchten oder eine Toilette brauchen ... Wir sind nicht weit weg. In ein paar Minuten ist alles erreichbar", erklärt uns die Dame an der Rezeption.

Am frühen Abend spazieren wir Hand in Hand durch den Ort, um uns ein wenig umzusehen. Langsam sind wieder etwas mehr Menschen unterwegs, und das Gefühl, man sei im falschen Film, legt sich allmählich wieder. Wir sind auch nicht das einzige Pärchen, das hier ein Abenteuer sucht oder sich nach der langen Zeit der Zurückgezogenheit nach Meeresluft und Freiheit sehnt. Sven wirkt jetzt viel gelöster als zu Hause und wir verbringen zwei traumhafte Tage an dem Strand und in der nahen Umgebung. Wir turteln herum, können kaum die Hände voneinander lassen und niemand kann uns stören, wenn wir uns mitten auf dem Weg küssen wollen. Die Vorfreude auf die erste Nacht im Strandkorb lässt uns nicht mehr los.

Dann endlich, nach dem köstlichen Abendessen im Hotel, kuscheln wir uns in unser idyllisches Minizimmer nah am Wasser. Das Dach lässt sich mühelos öffnen und an dem klaren Abend wird uns sogleich ein traumhafter Blick auf den Sternenhimmel freigegeben. Minuten verharren wir im Blick nach oben, und eine Behaglichkeit und Zufriedenheit machen sich breit, die wir lange vermisst haben. Unsere Kleider haben wir abgelegt, aber die riesige Decke verhüllt unsere Körper perfekt, die sich – ungesehen von Vorbeigehenden – aneinanderschmiegen. Ein unendliches Gefühl von Geborgenheit durchströmt mich. Und ich spüre genau, dass Sven dasselbe fühlt. Das ist einer jener Momente, die ich am liebsten für die Zukunft einfrieren möchte, um ihn jederzeit wieder erleben zu können. Wir stoßen mit einem Glas Sekt an, dann schließt Sven verheißungsvoll das Dach. Was dann kommt, macht mir klar, dass wir füreinander bestimmt sind. Svens „Ich liebe dich" wiegt uns in eine berauschende, sinnliche Nacht und anschließend in einen tiefen Schlaf. Um neun Uhr werden wir, so hat es Sven vereinbart, von einem Hotelbediensteten geweckt und mit einem leckeren, ausgiebigen Frühstück verwöhnt. Jetzt muss ich einfach noch mal fragen: „Sven, liebster Sven! Willst du es dir nicht noch mal überlegen und bei mir wohnen? Ich sehne mich nach dieser Geborgenheit und Zufriedenheit in deinen Armen ..."

Leo

121.

Lydia hat mich ziemlich überrascht mit ihrer Idee, Sven und Tina noch mal zu treffen. Gut, es ist einige Zeit vergangen seit den verhängnisvollen Geburtstags- wirren. Die Wogen haben sich geglättet, alle Beteiligten sind jetzt zufrieden und glücklich – außer vermutlich Marie. Aber was soll so ein Vierertreffen jetzt noch bringen? Ich bin nicht gleich von der Sinnhaftigkeit dieser Aktion überzeugt. Daher erbitte ich Bedenkzeit bis morgen und bekomme prompt Antwort in einem Traum:

Wir sind wieder bei einer Party. Nach der großen Torte und den vielen Geschenkpaketen zu urteilen, ein weiterer Geburtstag. Es ist nicht klar, um wen es geht, aber wir sind alle vier dabei und haben viel Spaß beim Tanzen und Cocktails vernichten. Plötzlich, aus dem Nichts, erscheint eine ganz in Rot gekleidete Frau auf der Tanzfläche, bleibt vor uns stehen und sieht uns, einen nach dem anderen, eindringlich an. Sie deutet dem DJ mit einer eindeutigen Handbewegung, er solle die Musik stoppen, und ruft theatralisch: „Es ist jetzt so weit! Alles ist, wie es sein soll! ... Macht das Beste daraus!" Im nächsten Moment, gerade als ich noch überlege, ob sie Ähnlichkeit mit Marie hat, ist sie verschwunden und ich wache ziemlich unruhig auf.

Beim Frühstück erzähle ich Lydia von dem beinahe mystischen Traumerlebnis und fast gleichzeitig denken wir an meinen Geburtstag, der im August ansteht. Es ist der 30., wie bei Marie. „Wie wäre es", frage ich, „wenn wir den zu viert feiern würden? Keine 30 Gäste wie damals und keine verwirrende Action. Nur wir vier. Einfach, um die unangenehmen Geschehnisse zu begraben, die positiven Gedanken gewinnen zu lassen und dadurch mit Sven und Tina befreundet bleiben zu können." Lydia lächelt zufrieden, was ich nicht nur als Zustimmung deute. Ich spüre, dass sie mir genau das sagen wollte. „Bleibt nur noch zu überlegen, wo", sagt sie. „Sehr weit weg können wir nicht fahren. Alles zu unsicher wegen Corona", meine ich und blättere in der Tageszeitung herum, als hätte diese eine Idee für uns bereitzuhaben. Hat sie natürlich nicht, aber als ich auf meinem Handy Facebook öffne, erscheint sofort, als hätte das Ding zugehört, ein Werbespot von Touristik Austria. Wien sei jetzt als Urlaubsziel besonders zu empfehlen! „Das wär's doch, oder? Was meinst du?", frage ich aufgeregt. Lydia ist begeistert. Da war sie auch noch nie, und es ist nicht so weit weg. Im August könnte eine Reise nach Österreich durchaus schon wieder erlaubt sein.

Sofort machen wir uns an die Planung. Als Erstes lädt Lydia Tina, Sven und mich in eine WhatsApp-Gruppe ein. Dann können wir besser kommunizieren. Auf der Suche nach einem passenden Namen für die Gruppe halten wir uns eine Weile auf. „Happy Birthday, Leo!", „Vienna calling!" und „Corona ade!" erscheinen uns jeweils kurzfristig als okay, bald aber sind wir der Meinung, der Begriff müsste uns genauer bezeichnen, einer, der alles aussagt. Er müsse die Anzahl der Teilnehmer ausdrücken und auch die Gemeinschaft, die durch die Umstände entstanden ist. Plötzlich ruft Lydia: „Ich hab's! Ich erinnere mich da an einen Satz, den ich einmal gesagt habe. *,Sollte ich dort eingeweiht werden in die Quadriga aus einem Hengst und drei Stuten?'* Du weißt schon, damals, als ich so eifersüchtig auf Sven war. Was hältst du von ‚Quadriga'?" „Besser kann man es nicht ausdrücken! Perfekt!", antworte ich, und die WhatsApp-Gruppe ist eröffnet.

Sven

122.

Während der Zeit zu Hause allein habe ich viel nachgedacht. Ich bin zu dem Schluss gekommen, ich sollte ernsthaft in Erwägung ziehen, ob ich mit Tina zusammenwohnen möchte. Es gibt eigentlich keine Dinge, die wirklich dagegensprechen. Meine Mutter hat mir klargemacht, dass das mit der Wäsche ein blöder Spleen von mir ist. Den könnte ich ablegen. Wir verstehen uns in allen möglichen Situationen fast blind und meine Gefühle für sie sind wirklich sehr tief. Ich bin auch überzeugt, dass Tina mich liebt, und daher werde ich sie heute Abend überraschen, damit wir noch mal ein gemeinsames Wochenende ganz für uns und ohne Stress verbringen.

Als ich wieder zu ihr komme, ist sie auch gleich ganz hin und weg und ihre Augen strahlen wie zwei Sterne. Ein paar Tage später sind wir dann mit ihrem Cabrio nach Grömitz unterwegs. Die Fahrt dorthin ist schon sehr schön und mit dem offenen Dach bekommen wir schon einen kleinen Vorgeschmack auf unser romantisches Strandkorbwochenende. Ich bin unheimlich gespannt, wie das sein wird, mit ihr die Nacht unter freiem Himmel zu verbringen.

Im Hotel bitte ich noch darum, uns am ersten Abend den Moonlight-Picknickkorb an den Strandkorb zu bringen, und der Sekt und die kleinen Häppchen dazu eröffnen einen wunderbaren Abend unter dem wie für uns blank geputzten Sternenhimmel. Die anderen vorbeigehenden Touristen stören uns nicht, denn wir sind sehr mit uns selbst beschäftigt. Nach Mitternacht sind wir sowieso fast allein und so können wir uns ganz aufeinander konzentrieren. Unter der warmen Decke beginnen wir ein Liebesspiel, das ich so schnell nicht vergessen werde. Tina ist mal sanft, mal wild, und ich versuche, es ihr ähnlich zu tun. Also wechseln wir von zärtlichem Streicheln zu wilden Küssen, von schnellen harten Stößen zu sanftem Schaukeln … *„Tina, ich liebe dich"*- und *„Sven, ich liebe dich"*-Flüstern wechseln sich ab und wir können nicht voneinander lassen, bis wir endlich einschlafen.

Am Morgen, als wir von dem Rauschen der Wellen geweckt werden, nehmen wir unsere Spiele wieder auf und erst als der Hotelboy uns das Frühstück bringt, kommen wir langsam in die Wirklichkeit zurück. Nach dem Frühstück und einer langen kollektiven Brause im Hotel sind wir bereit, Grömitz näher zu erkunden, und wir verbringen den Tag am Strand und mit Spazierengehen im Ort. Dabei reden wir viel, von uns, von unseren Wünschen und unserer Zukunft. Als Tina mir die Frage stellt, ob ich noch mal drüber nachgedacht habe, bei ihr zu wohnen, antworte ich: „Liebste, ich verbringe gern alle Zeit mit dir, die wir haben, und ich kann mir auch vorstellen, mit dir zusammenzuwohnen. Jetzt, wo bei mir auch wieder erste Aufträge eingegangen sind und ich nicht mehr um mein Einkommen fürchten muss, kann ich auch freier entscheiden. Ich wollte auf keinen Fall aus finanziellen Gründen zu dir ziehen. Aber grundsätzlich kann ich mir das vorstellen. Lass uns erst noch ein wenig probieren, wie es uns damit geht, wenn wir quasi 24/7 miteinander zusammen sind. Wir wissen ja beide nicht, wie lange die Homeoffice-Tage für dich noch dauern und wie viel Zeit ich zu Hause verbringe, weil grad kein Auftrag vorliegt oder weil ich Bilder oder Filme zu Hause bearbeite." „Hast du Zweifel, dass wir uns verstehen?" „Nein Liebste, da habe ich ein sehr positives Gefühl. Auch nach der letzten Nacht und unseren Erfahrungen der letzten Wochen bin ich zuversichtlich, dass wir zusammengehören. Aber noch möchte ich meine

Wohnung nicht aufgeben und vielleicht wollen wir uns auch gemeinsam was Neues suchen. Wie gesagt, ich verbringe gern viel oder sogar die meiste Zeit bei dir und fühle mich wohl dabei. Aber ich möchte das noch nicht endgültig entscheiden. Lass uns doch eine Weile warten und die Erfahrungen auf uns beide wirken lassen. Irgendwann treffen wir dann eine Entscheidung, wann und wo wir zusammenwohnen wollen." „Okay, aber genauso wenig wie du möchte ich meine Wohnung aufgeben. Ich fühle mich dort so wohl und bin froh, dass ich dieses kleine Reich habe. Gern teile ich alles mit dir. Ein neuer Ort für uns beide ist für mich im Moment nicht vorstellbar. Aber mit deinem Vorschlag, es erst mal weiter miteinander zu versuchen, bin ich einverstanden."

Lydia

123.

Quadriga-WhatsApp-Gruppe

Lydia:
Hallo Tina und Sven,
wir möchten gern mit Euch
Leos Geburtstag feiern.
Habt Ihr Lust darauf?

Sven:
Wann wär das denn?

Lydia:
Am Wochenende 31.07. bis 02.
08.

Tina:
Wo wollt Ihr das machen?
Meint Ihr, dass man dann
schon wieder wohin fahren
darf?

Lydia:
Wir dachten an Wien und Leo
hat gelesen, dass ab 15. Juni
Reisen nach Österreich wieder
ohne Coronatest möglich sind.

Sven:
Dann reservieren wir uns
das Wochenende schon mal.
Mit der Flugreservierung
warten wir noch ein wenig.

Leo und ich suchen inzwischen nach Hotels und Möglichkeiten in Wien, wo wir feiern können. Wir überlegen auch, dass wir uns den Freitag beide freinehmen wollen und mit dem Motorrad hinfahren. „Wenn wir uns den Weg teilen und jeder etwa 200 Kilometer fährt, sollte das machbar sein", meint Leo.

Mit dem „The Harmonie Vienna" finden wir ein Superhotel in der Innenstadt. Wir schauen uns die Bilder im Internet an, sind ganz begeistert von unserer Wahl und reservieren telefonisch zwei Komfort-Doppelzimmer nebeneinander. Dann schicken wir den Link des Hotels an Tina und Sven und schreiben ihnen, dass wir eine Reservierung für unser Wochenende gemacht haben. „Wir können bis zwei Tage vor unserer Reise stornieren, wenn irgendwas dazwischenkommt", fügen wir hinzu und Tina schickt ein Smiley zurück.

Später suchen wir nach Kneipen und Bars, wo wir feiern können, und auch hier werden wir fündig. „Ich glaube, das wird ein toller Geburtstag. Aber du willst sicher auch mit deiner Familie feiern, oder?", frage ich Leo. „Ja, das organisieren wir am Wochenende danach."

Wir sind beide sehr euphorisch und öffnen eine Flasche Chianti zum Abendessen. Die ersten Gläser trinken wir schon, während wir zusammen Saltimbocca alla Romana zubereiten. Das Fleisch und das Gemüse sind uns sehr gut gelungen und so wird die Flasche Wein auch schnell leer. Leo holt eine zweite, die wir dann auf dem Sofa genießen. „Wollen wir den Rest mit ins Bett nehmen?", frage ich ihn. „Das könnt' Flecken geben", entgegnet Leo und grinst.

Wir streicheln und küssen uns zärtlich und bald sind wir zum ersten Mal vereint. Es ist ein wunderbares Gefühl, von Leo umarmt und liebkost zu werden, und ich fühle mich wie im siebten Himmel.

Etwas später fängt er eine zweite Vergnügungsrunde an und jetzt kommt der Löwe in ihm zum Vorschein. Er küsst mich am ganzen Körper, beißt mich in den Nacken, dass mir heiß wird und ich überall Gänsehaut bekomme. „Weißt du eigentlich, dass du genau mein Beuteschema bist?", fragt er plötzlich. „Ich bin sehr gern immer wieder deine Beute", hauche ich zurück.

Morgens sehen wir, dass ein paar Spritzer tatsächlich auf dem Betttuch gelandet sind, aber nicht nur vom Rotwein.

Tina

124.

„Was hältst du denn davon, dass wir uns in Wien mit den andern beiden treffen?", frage ich Sven nach der Nachricht von Lydia. „Jedenfalls besser als in Münster." „Ja, aber willst du es denn wirklich?" „Ach, es kann bestimmt ganz nett werden. Und es ist wieder ein 30. Geburtstag, der muss ja nicht so enden wie der von Marie." „Okay, dann sagen wir zu."

Wir lassen die Feier von Marie im letzten November noch mal Revue passieren und freuen uns, dass wir dadurch zusammengekommen sind. „Es war zuerst hart, zu verstehen und zu akzeptieren, dass ich Lydia verloren hatte. Aber seit wir beide uns gefunden haben, weiß ich, das hat so kommen müssen", sagt Sven zu mir. „Mir ging es ähnlich. Die Zeit mit Leo war wunderschön, aber was hätten wir in der Corona-Abstinenz gemacht? Ich glaube, da wäre unsere Beziehung sowieso zerbrochen. Drei Monate, ohne sich zu sehen, ist eine viel zu lange Zeit. Das hätten wir sicher nicht durchgehalten." „Das wäre bei uns anders. Wir würden nie mehr aufeinander verzichten wollen, egal wie lange wir voneinander getrennt wären."

Sven fährt zu einem Fotoauftrag für ein paar Tage nach Hannover. Weil die Messe wegen Corona abgesagt wurde, sollen er und ein Redakteur der ZEIT Einwohner in der Stadt interviewen, die sonst Zimmer an Messebesucher vermieten.

Als er zurückkommt, sind es nur noch ein paar Tage bis zum Geburtstag von Leo und wir buchen unsere Flüge. Ich hatte mir schon Gedanken zum Geschenk gemacht und besorge die beiden Teile. Sven hat inzwischen im Netz gesucht, was wir am Wochenende noch unternehmen könnten. Er findet eine Fotoausstellung im Hundertwasserhaus und wir nehmen uns vor, diese am Samstag auf alle Fälle zu besuchen. „Das können wir ja auch allein machen, wenn die beiden nicht mitwollen", sagt er.

Am 31. Juli fahren wir gegen vier Uhr nachmittags zum Flughafen. So leer habe ich den Hamburger Airport noch nie gesehen. Unser Flieger ist relativ voll und wegen Corona tragen alle einen Mund-Nasen-Schutz. In Wien nehmen wir die S-Bahn bis Landstraße und dann die U4 bis Roßauer Lände. Im Hotel erwarten uns Leo und Lydia. Mit großem Hallo, aber ohne Küsschen-Küsschen, sondern mit Ellbogencheck, begrüßen wir uns. Nachdem wir eingecheckt haben, gehen wir zusammen zum „Servitenwirt" in der Nähe. Dort gibt's großartige Wiener Schmankerln und wir haben viel zu bereden.

Leo

125

Wir haben die Motorradkoffer gepackt (Lydia hat ein wenig protestiert, weil so wenig Platz ist) und um acht Uhr brechen wir auf. Das erste Stück fährt Lydia und mir scheint, der Ärger über die zu kleinen Koffer ist schon vorbei. Sicher und vorsichtig kutschiert sie uns über die ausgesuchte Landstraßenroute Richtung österreichische Grenze. In Bad Schallerbach machen wir Mittagspause und danach übernehme ich den Lenker. Kurz vor 19:00 Uhr erreichen wir das Domizil „The Harmonie". Wir haben noch etwas Zeit bis zur Ankunft von Tina und Sven und gönnen uns eine Auszeit unter dem Federbett.

Beim Abendessen mit den beiden besprechen wir den morgigen Tag. „Wir hatten uns eine Stadtrundfahrt überlegt und für später ein paar Ideen, mit denen wir euch überraschen möchten", sagt Lydia. Sven und Tina sind einverstanden, möchten aber auch eine Fotoausstellung besuchen. „Wollt ihr da mitkommen?", fragt Tina. „Was ist das Thema der Ausstellung?", will Lydia wissen. „,Photography Is a Language'", antwortet Sven „und Alec Soth ist ein sehr bekannter amerikanischer Fotograf." Ich schaue Lydia an und sehe, dass sie kein großes Interesse hat. „Könnt ihr das auch am Sonntag machen?", werfe ich ein. „Dann müssen wir unser Programm morgen nicht umstellen." „Natürlich", bestätigt Tina, „wollt ihr denn nicht mit?" „Das können wir am Sonntag entscheiden, aber ich glaube eher nicht. Denn unsere Fahrt mit dem Motorrad zurück dauert ein paar Stunden und da wollen wir lieber nach dem Frühstück losfahren." „Okay", sagt Sven. Unser Flieger geht erst abends, dann machen wir das allein."

Am nächsten Morgen gehen wir nach dem sehr guten Frühstück zur Bushaltestelle für die Stadtrundfahrt. Bei strahlendem Sonnenschein sitzen wir auf dem Oberdeck und bestaunen die vielen Sehenswürdigkeiten der Stadt. Am Hundertwasserhaus steigen wir aus und besuchen gemeinsam das Gebäude. Wir sehen uns die vielen Exponate und die Gestaltung des Bauwerks an, bevor wir dann doch gemeinsam die Fotoausstellung von Alec Soth bewundern. Ein Bild, in dem zwei Verliebte mit Strohhalmen aus einem Cocktailglas trinken, erinnert uns an Corona und Leo fragt: „Heute Abend haben wir auch so etwas geplant. Trinken wir dann zu viert mit Trinkhalmen aus einem Glas?" „Kommt auf den Cocktail an", meint Tina und wir lachen alle.

Gegen 19:00 Uhr tragen uns unsere Füße fast nicht mehr und wir sind froh, beim Musical am Rathausplatz „I Am From Austria" mit Musik von Rainhard Fendrich gute Sitzplätze zu ergattern. Die Lieder können wir fast alle mitsingen und wir kommen in eine fröhliche Stimmung. Dabei sprechen wir über unser Kennenlernen bei Maries Geburtstag. Wir sind uns einig, dass das insgesamt ein Glücksfall für uns vier ist. Sven hat vorher ein Foto einer Quadriga auf dem Parlamentsgebäude gemacht. „Das war gar nicht einfach wegen der Bauarbeiten", erklärt er. „Schick mir das Bild mal, dann machen wir das zu unserem Titelfoto der Gruppe", bittet Lydia.

Darauf sagt sie: „Wenn ich dran denke, dass ich keine Wundertüten, aber viel Schrott im Netz gefunden habe, so würde ich das nie mehr versuchen. Der Zufall bringt doch offensichtlich bessere Ergebnisse."

Später in dem angesagten Open-Air-Restaurant „Die Blumenwiese" am Donaukanal trinken Sven und ich Bloody Marys und die Frauen Caipirinhas. Um

Mitternacht stoßen wir mit Champagner auf meinen Geburtstag an. Tina überreicht mir ein Paket, das sie den ganzen Tag mitgeschleppt hat. Als ich es auspacke, finde ich eine Flasche Moët in eine Warnweste gewickelt mit der Aufschrift: „Achtung, hier cruised ein 30er!" „Danke schön, die ziehe ich morgen auf der Rückfahrt gleich an", lächle ich den beiden zu. Ausgelassen und bei wilder Musik feiern wir weiter und schlürfen noch ein paar Cocktails.

Nach zwei Uhr nehmen wir ein Taxi zum Hotel, denn richtig gehen können wir alle nicht mehr. Bis zu unserem Zimmer schaffen wir es gerade noch. Ich öffne die Flasche Moët und lalle: „Corona hin, Corona her, unhe Liebe nimt uns niemad mehr." Der warme Schampus schießt aus der Flasche und wir alle werden nass. Also ziehen wir uns aus und legen uns mit der Flasche zusammen in unser großes Doppelbett. „Coroa hin, Coroa her, gim mir ma de Buddel her" ist das Letzte, was ich von Sven höre.

Sven

126.

Im Traum läuft der Fernseher und ich höre Lydia mit Leo reden: „Was haben wir letzte Nacht gemacht?", fragt er. Dann merke ich, das ist kein Traum. Vorsichtig öffne ich die Augen. Tina liegt rechts neben mir und Lydia auf der anderen Seite. Daneben ist Leo, alle nackt. „Was ist das hier?", ruft Tina in dem Moment aufgeregt. Wir alle sind sehr überrascht, dass wir unbekleidet in einem Bett liegen.

„Was ist passiert?", fragt Lydia und wir schauen uns alle erstaunt an. „Haben wir etwa ..." „Ich erinnere mich an euren Schampus, den wir hier getrunken haben", sagt Leo und zieht eine leere Flasche unter der Bettdecke hervor. „Genau, du hast uns damit nass gespritzt", sagt Lydia. „Und dann?", fragt Tina. Nach einer kurzen Pause fällt mir ein, dass wir uns ausgezogen und mit der Flasche ins Bett gelegt haben. „Gibt es Kampfspuren im Bett?", sucht Tina und hält sich dann vor Schreck die Augen zu. „Hier sind nur ein paar Weinflecken", beruhigt uns Lydia. Leo erwidert: „Weinflecken? Von Moët? Bist du sicher? Kann das auch was anderes sein?" „Spinner, wir haben doch nicht wirklich zu viert ..."

Ich schaue unter die Decke und ertaste mein Telefon, schalte es ein und finde ein Foto von uns vier aus dem Bett, das ich um 3:36 h per WhatsApp an Marie geschickt habe mit der fast unleserlichen Nachricht:

Halo Mari,

zum 30. Gebrttag von Leo sin
wir alle nch win gefhren. Heut
abnd han wir ihn gfeiert und

sind zu 4 in 1 Bett gelandet.
Das alles hast Du zu
verntwrten, denn Du hast uns
ausnander und zur Quadriga
zsam bracht. Schau mal …
Bussi aus Wen

Marie

127.

Am Sonntag, dem 2. August, wacht sie gegen acht Uhr auf, als Bosse neben ihr quäkt. Sie macht ihm schnell aus alter Gewohnheit eine Flasche und er trinkt sie gierig. Dann schaltet sie ihr Handy ein, um ihre Nachrichten zu checken. Eine WhatsApp-Message von Sven aus der letzten Nacht weckt sofort ihr Interesse. Sie klickt auf das Foto, das an der Nachricht hängt. Ups, da sind Sven, Tina, Lydia und Leo nackt in einem Bett und den Text muss sie dreimal lesen, bevor sie ihn versteht.

‚Okay, Sven krieg ich wohl nicht mehr, aber er wird ewig eine Lücke hinterlassen. Zumindest habe ich ein Quartett glücklich gemacht. Ich glaube, jetzt ist es so weit. Ich melde mich bei Tinder oder einer anderen Singlebörse an. Das muss doch mal klappen mit dem idealen Partner.‘

Und schon schreibt sie den Entwurf für einen Anzeigentext auf:

Lückenfüller gesucht

Hallo,
ich bin eine lebenslustige 30-jährige Waage-Frau mit Sinn für das Schöne und suche einen ähnlich denkenden Mann. Du solltest möglichst Sternzeichen Zwilling oder Löwe, keinesfalls Steinbock sein. Angst vor Lehrerinnen und Kindern darfst Du nicht haben, denn mein fast 2-jähriger Sohn braucht auch viel Zeit von mir. Aber alles kann ich mit dem nicht machen. Wenn Du die Liebeslücke in meinem Leben füllen willst, melde Dich.

Ich bedanke mich sehr herzlich bei meiner Lektorin Alexandra Eryiğit-Klos, https://www.fast-it.net

Wenn Sie mehr über mich und meine Bücher erfahren möchten, so besuchen Sie gern meine Homepage: https://www.joveviller.com

Ihr Feedback zu meinen Büchern oder sonstige Nachrichten können Sie an meine E-Mail-Adresse senden: jove.viller@gmx.net

Auch über Rezensionen und Mitteilungen, wie Sie auf mein Buch gestoßen sind, freue ich mich sehr.

Jove Viller, im Juli 2021

Bevor Sie das Buch nun zur Seite legen, möchte ich Sie einladen, auf den folgenden Seiten einen Auszug aus meinem ersten Roman – „wörterliebe" – zu lesen:

Jove Viller

wörter-

liebe

PROLOG

Er: „Liebste, ich muss dir was sagen. Ich kann so nicht weitermachen."

Sie: „Was meinst du?"

Er: „Ich meine dieses Doppelleben, das ich seit einigen Monaten führe. Das bringt mich um."

Sie: „Aber wir haben doch eine sehr schöne Zeit miteinander und ich verlange doch gar nicht, dass du deine Frau verlässt."

Er: „Ich weiß, du bist sehr rücksichtsvoll und verlangst eigentlich gar nichts von mir."

Sie: „Was ist es dann?"

Er: „Ich fühle mich innerlich zerrissen. Ich liebe dich unendlich, aber irgendwie auch meine Frau. Das klingt selbst für mich komisch und ich hätte nie gedacht, dass mir das einmal passieren würde. Aber so ist es."

Sie: „Ich weiß das und ich kann damit leben. Das hast du von Anfang an gesagt und ich habe es akzeptiert. Was hat sich jetzt geändert?"

Er: „Ich weiß nicht, wie ich beides unter einen Hut bekommen soll. Wenn ich mit dir zusammen bin, sind wir beide sehr glücklich miteinander. Wenn ich zu Hause bin, denke ich dauernd an dich und ich weiß, ich sollte das nicht tun."

Sie: „Aber du hast auch gesagt, dass du deiner Frau nicht so nahe bist wie mir. Vielleicht ist es nur Gewohnheit, was euch beide noch verbindet. Willst du deshalb unsere Liebe aufgeben? Eine Liebe, wie weder du noch ich sie je erlebt haben?"

Er: *„Du hast recht, eine Liebe wie unsere gibt's nur ein Mal. Und ich werde krank, wenn ich daran denke, dass ich dich nicht mehr sehen soll. Aber meine innere Stimme, mein Gewissen sagt, ich darf das nicht tun. Ich habe meiner Frau versprochen, mit ihr zusammenzubleiben, bis dass der Tod uns scheidet. Und jetzt betrüge ich sie quasi seit einem Jahr. Ich hab keine Ahnung, ob sie was gemerkt hat. Man sagt ja immer, Frauen haben einen sechsten Sinn für so was. Aber ich will nicht, dass sie was merkt. Daher müssen wir beide uns trennen."*

Sie: *„Steht dein Entschluss ganz fest?"*

Er: *„Ich kann nicht anders. Es tut mir sehr leid und ich werde es bereuen. Ich will dir nicht wehtun und ich möchte am liebsten mit dir auf einer einsamen Insel glücklich sein. Aber da ist dieser Schatten, diese Stimme, die immer sagt: Das darfst du nicht."*

Sie: *„Wie stellst du dir das vor?"*

Er: *„Ich denke, wir verbringen den Tag morgen noch hier, fahren übermorgen wie geplant zu dir und ich fahre am Freitag nach Hause. Dann brechen wir den Kontakt ab und versuchen beide, unsere Leben allein in den Griff zu bekommen. Bis zu meiner Abfahrt am Freitag möchte ich aber, dass wir beide versuchen, unser Glück, unsere Liebe noch zu genießen, damit wir uns in guter Erinnerung behalten."*

Sie: *„Du willst ab Samstag jeden Kontakt einstellen?"*

Er: *„Ja, alles andere wäre falsch."*

Sie: *„Alles aufgeben, was wir schon erlebt und geplant haben?"*

Er: *„Ja, mein Entschluss steht fest, so wie jetzt kann ich nicht weiterleben."*

Sie: *„Und wie ich weiterlebe, ist dir egal?"*

Er: „Nein, es ist, du bist mir nicht egal. Ich liebe dich, aber ich kann nicht bei dir bleiben. Meine früheren Versprechungen hindern mich daran."

Sie: „Du liebst also deine Frau mehr als mich?"

Er: „Nein, ich liebe dich. Aber meiner Frau gegenüber bin ich verpflichtet. Die Liebe zu ihr ist nicht mehr das, was sie einmal war. Das weißt du auch schon, das habe ich dir alles erzählt. Aber ich kann mich nicht von ihr lösen. Nenn es Gewohnheit, nenn es Verantwortung, nenn es, wie du willst, aber ich komme nicht von ihr los."

Sie: „Glaubst du, dass du mit ihr glücklicher bist?"

Er: „Nein, Glück, Liebe, Zärtlichkeit, Sinnlichkeit und gleiches Denken und Fühlen in vielen Dingen gibt es nur mit dir. Ich werde es schon auf der Rückfahrt bereuen, aber ich muss es tun."

Teil 1

WÖRTER-DIEBE

Linz

1.

Über zwei Stunden Autofahrt habe ich schon hinter mir. Von Wien nach Linz, ganz schön weit. Ich fahre nicht oft so weit weg. Und wenn doch, nehme ich normalerweise den Zug. Das ist bequem und günstig und ich komme nicht so müde an. Aber diesmal ist es etwas anderes. Ich muss auf jeden Fall flexibel sein. Für den Fall, dass ich schnell wieder nach Hause will, darf ich einfach nicht abhängig sein von so banalen Dingen wie Zugabfahrtszeiten. Das Auto sollte in der Nähe sein, man weiß ja nie … Zwei Stunden Rückfahrt würde ich im Notfall schon schaffen.

Die ganze Fahrt hindurch denke ich an das, was da vor mir liegt. ‚Was machst du hier? Bist du total verrückt geworden? Da musstest du tatsächlich 50 Jahre alt werden, um dich auf so was einzulassen?' Ich war doch bisher immer die Vernünftige in der Familie. Immer schön brav Vorbild sein und vor allem anständig! Na gut, fast immer, um ehrlich zu sein … Das, was ich hier vorhabe, passt eigentlich ganz und gar nicht zu meinen moralischen Vorstellungen. Aber die Neugier und die Spannung, die sich in den letzten Wochen, nein, Monaten aufgebaut hatten, haben gesiegt.

Etwas abgehetzt komme ich am Bahnsteig an. Mein Zeitmanagement ließ ein wenig zu wünschen übrig. Irgendwo musste ich mich verschätzt haben. Zum Schluss musste ich noch einige Minuten vom Parkhaus zum Bahnsteig laufen. Da stehe ich also. Aufgeregt wie ein Teenager, mein Herz schlägt mir bis zum Halse. Ob vor Aufregung oder vom Laufen, ist schwer zu sagen. Und jetzt habe ich noch genau fünf Minuten, bis der Zug kommt. Fünf Minuten – oh Gott! Werde ich ihn gleich erkennen? Ich habe ein paar Fotos und wir haben uns per Skype gesehen. Aber sieht er wirklich so aus? Wenn ja, brauche ich wahrscheinlich kein Fluchtauto. Dann werde ich sowieso schwach … Ich darf gar nicht an seine angenehme Stimme denken mit diesem süßen kölschen Akzent. Nein, ich habe mich bestimmt nicht in ihm getäuscht! Das werden die zwei schönsten Tage seit Langem! Für uns beide! Ich weiß es!

Im Lautsprecher ertönt die Ansage, gleich wird der Zug einfahren! Ist er auch so aufgeregt wie ich? Oder ist er ganz gelassen, weil er so was öfter macht? Nein, auf keinen Fall! Oje, wie sehe ich eigentlich aus? Abgehetzt? Vom Winde verweht? Es ist ein regnerischer Tag und der Wind war entsetzlich gewesen. Zu spät für einen Spiegel, am Horizont taucht der Zug auf. Und irgendwie denke ich nur mehr: „Endlich!" Seit Wochen warten wir auf diesen Moment!

Langsam fährt der IC aus Würzburg ein, mein Blick streift über die Fenster, eines nach dem anderen. Es ist viel los in dem Zug. Offenbar wollen noch mehr Leute aus Deutschland unser schönes Österreich besuchen! Und dann sehe ich ihn! Er steht an der Tür und hat mich auch schon erkannt. Wir sehen uns nur einen Augenblick an, dann steigt er aus und kommt auf mich zu. In diesem Moment empfinde ich ein Gefühl von Nach-Hause-Kommen. Ich will ihm so viel sagen: *‚Endlich bist du da! Ich warte schon so lang auf dich!'* Aber ich kann es nicht. Ich sage gar nichts, genieße nur den Moment. Sein Gesicht ist mir so vertraut, als hätte ich es bisher nicht nur beim Skypen auf dem Bildschirm gesehen. Ich habe sofort das Gefühl, wir kennen uns ewig. Da weiß ich es! Ich hätte auch mit dem Zug kommen können. Ich denke, wir werden beide bleiben, zumindest bis morgen …

2.

Ganz schön lang, so eine Zugfahrt von Würzburg nach Linz. Fast vier Stunden. Aber was soll's, jetzt habe ich mich schon ein paar Wochen auf dieses erste Treffen gefreut, da kann ich auch die paar Stündchen im Zug noch absitzen. Wie wird das sein, wenn ich sie zum ersten Mal live erlebe? Ihre Stimme kenne ich schon vom Telefon und ihre blauen Augen habe ich auf Bildern gesehen, die wir getauscht haben, und als wir letzte Woche mal geskypt haben. Sind die wirklich so strahlend? Werden wir uns auf dem Bahnsteig umarmen? Vielleicht vorsichtig küssen? Keine Ahnung. Das ist ein komisches Gefühl, jemanden zum ersten Mal zu treffen, den man übers Internet kennengelernt hat. Nicht, was Sie jetzt denken, keine Dating-Plattform. Nein, wir haben letztes Jahr angefangen, zusammen Wordox zu spielen. Das ist ein Spiel für zwei Personen, so ähnlich wie Scrabble, man muss auf einem schachbrettartigen Spielfeld Wörter bilden aus sechs vorgegebenen Buchstaben. Dabei kann man die Wörter des anderen ergänzen oder komplett benutzen, also zum Beispiel einer schreibt: DIEB und man bekommt in seiner Buchstabenvorgabe unter anderem ein E und ein N. Also kann man das Wort DIEB ergänzen und DIEBEN daraus machen. Damit stiehlt man dem anderen vier Buchstaben und bekommt selbst sechs Punkte. Wer zuerst 25 Punkte erreicht, hat das Spiel gewonnen. So hatten wir beide auch mal angefangen, bis es mir zu dumm wurde, dauernd zu verlieren, und ich per Chat in dem Programm an sie geschrieben habe: „Kannst du mich auch mal gewinnen lassen?" Frech schrieb sie zurück: „Nö, wieso?" Das stachelte mich natürlich an und ich versuchte fortan, ihr möglichst viele Buchstaben zu stehlen, denn der Untertitel des Spiels lautet: „Der Wörterdieb".

Aber nun hatten wir einmal angefangen mit dem Chat und bauten das aus. Morgens ein fröhliches „Guten Morgen ;-)" oder abends ein müdes „Gute Nacht ;-)" waren die ersten zaghaften Botschaften, die wir austauschten. In den folgenden Monaten waren die Dialoge umfangreicher und wir hatten auch begonnen, in WhatsApp zu schreiben, weil die Buchstabenübertragung in Wordox limitiert ist und der Chat nach dem Ende eines Spiels verschwindet. So lernten wir uns näher kennen. Ich musste passen, als ich sie nach ihrem Wohnort fragte, und sie sagte: „Im Marchfeld." Das hatte ich noch nie gehört und damit war für sie klar, dass ich nicht aus Österreich komme. Irgendwann hatten wir dann auch mal per WhatsApp telefoniert und sie sagte zu mir: „Deine Sprache klingt wie die in den Karnevalssitzungen aus Köln." Kein Wunder, denn da komm ich ja her. Mein Akzent lässt sich nicht verleugnen, den hört man sogar durch, wenn ich Englisch oder Französisch spreche. Aber was soll's, der Kabarettist Konrad Beikircher sagt das so: „Der Rheinländer an für sich ist ja von Natur aus Katholik, also quasi Chromosomonal-Katholik. Er ist Katholik in der barock-franziskanischen Ausgabe und das hört man auch sofort. Er wird immer von ‚unserem Herrjott' sprechen, so als ob der nur für den Rheinländer geschaffen wäre." Aber das ist ein anderes Thema.

Jetzt bin ich als Rheinländer mit Zwischenstopp bei meinen Kindern in Würzburg auf dem Weg nach Linz (nicht Linz am Rhein, sondern an der Donau), und dort soll ich also eine Frau treffen, die ich über Wordox kennengelernt habe. Wie wird das sein? Was werden wir machen? Gut, ich habe ein Hotelzimmer für uns beide reserviert, und das aber nur für eine Nacht, man weiß ja nie. Kann sein, dass wir beide oder einer von uns danach oder dazwischen oder schon gleich sagt: *„Das war wohl nix."*

Jetzt hält der Zug grad in Passau. Also nur noch weniger als zwei Stunden, dann werde ich sie sehen. *,Sie will mich am Bahnsteig erwarten. Habe ich eine Chance, sie vorher aus dem Fenster zu sehen? Will ich vielleicht weiterfahren, wenn ich sie entdecke? Glaub ich nicht. Ich denke, ich werde freudestrahlend aussteigen und sie in den Arm nehmen. Und dann? Ja, was dann? Was werden die ersten Worte sein, die wir miteinander wechseln, so von Angesicht zu Angesicht? Wenn doch nur der Zug endlich da wäre! Ich freue mich schon sehr, sie endlich live zu erleben.'*

Wochenlang haben wir uns das Treffen vorgestellt, haben Linz als Ort ausgemacht, der für uns beide gut erreichbar ist. Ehrlich gesagt, habe ich mir nachts auch schon mal vorgestellt, wie es mit uns im Bett sein würde.

,Geht das überhaupt? Schließlich bin ich schon 62 und verheiratet. Kann ich das weiter meiner Frau gegenüber geheim halten? Werde ich sie wiedersehen wollen? Oder sie mich?' So viele Fragen. *,Ich glaub, ich mach die Augen zu und versuche, ein wenig zu schlafen. Aber vorher noch schnell den Wecker stellen am Handy auf 15:30 Uhr, dann hätte ich noch circa 15 Minuten bis zur Ankunft.'*

Im Traum kam sie mir entgegen, und das nicht am Bahnsteig, sondern zu Hause in Köln in der Schildergasse, also in der Fußgängerzone. Da wachte ich erschrocken auf. *,Wie soll das gehen? Da könnten wir entdeckt werden. Ich hab das Gefühl, ich muss umdrehen. Wie viel Zeit ist noch? Der Zug hält in Wels-Hbf. Kann man hier aussteigen und zurückfahren? Ach Quatsch. Wer A sagt, muss auch ankommen. Morgen fahre ich ja eh wieder zurück. Also die letzten 20 Minuten schaffe ich auch noch.'*

Dann fährt der Zug in Linz ein und ich gucke aus dem Fenster. Plötzlich sehe ich sie. Erwartungsvoll schaut sie zu den Zugfenstern. *,Hat sie mich entdeckt?'* Ich blicke in ihre Augen und die sind auf alle Fälle noch viel blauer, als ich sie nach dem Skypen in Erinnerung habe. Ich könnte jetzt sofort darin eintauchen wie in die Fluten des Mittelmeers. Ihre blonden Locken wehen im Wind und sie sucht offensichtlich die Fenster ab, um mich zu entdecken. Das Blau ihrer Augen ist das gleiche wie das in ihrem Halstuch. ‚Wat für e lecker Mädche‘, denke ich bei mir. ‚Ob Blau wohl ihre Lieblingsfarbe ist, so wie meine?‘ Jetzt aber schnell meinen Koffer gegriffen und raus aus dem Zug. Da sieht sie mich, aber sie schreitet nur ganz langsam auf mich zu. ‚Hat sie die gleiche Furcht wie ich?‘ Egal, jetzt hin zu ihr und sie in die Arme schließen ist das, was ich jetzt tun will und auch mache. Gut fühlt sich das an. Und alle Angst ist weg, aber keiner von uns sagt was. Wir halten uns nur fest.

Die Autoren

2019 beschließen Eva Vieh und HAJO Müller,
die sich übers Spielen im Internet kennen und
lieben gelernt haben, ihre Liebesgeschichte
in Form eines autobiografischen Romans zu
veröffentlichen: „Wörterliebe". Beflügelt durch
den großen Erfolg, entdecken die beiden ihre
Leidenschaft fürs Schreiben. Es folgen weitere
Bücher, deren Handlungen komplett fiktiv sind,
so auch der vorliegende Roman „Quadriga-
Liebe". Eine Sammlung von Kurzgeschichten
unter dem Titel „König Frosch" ist in Arbeit.
In beiden Werken stehen erneut die Themen
des Sichverliebens und Zueinanderfindens im
Vordergrund. Das Besondere: Das österreichisch-
deutsche Autorenduo unter dem Pseudonym
JOVE VILLER bleibt seinem Ansatz treu und
entwickelt seine Geschichten gemeinsam, schreibt
aber abwechselnd. Damit werden den Lesern
unterschiedliche Perspektiven auf die Ereignisse
offeriert und die Emotionen der Protagonisten
jeweils aus weiblicher und männlicher Sicht
transportiert.

Der Verlag

*Wer aufhört
besser zu werden,
hat aufgehört
gut zu sein!*

Basierend auf diesem Motto ist es dem novum Verlag
ein Anliegen neue Manuskripte aufzuspüren, zu veröffentlichen und deren Autoren langfristig zu fördern.
Mittlerweile gilt der 1997 gegründete und mehrfach
prämierte Verlag als Spezialist für Neuautoren in
Deutschland, Österreich und der Schweiz.

**Für jedes neue Manuskript wird innerhalb
weniger Wochen eine kostenfreie, unverbind-
liche Lektorats-Prüfung erstellt.**

Weitere Informationen zum Verlag und
seinen Büchern finden Sie im Internet unter:

www.novumverlag.com

novum VERLAG FÜR NEUAUTOREN

Jove Viller

wörter-liebe

ISBN 978-3-99107-394-9
492 Seiten

„wörter-liebe" ist die Liebesgeschichte von Max und Leni, die sich beim Wordox-Spielen übers Internet kennen- und lieben lernen. Ihre Treffen an vielen Orten führen zu einem emotionalen Auf und Ab der beiden. Kann das gut gehen?